W0209716

K.

Tove Alsterdal

BLINDE TUNNEL

Roman

Aus dem Schwedischen
von Hanna Granz

Kindler

Die schwedische Originalausgabe erschien 2019 unter dem Titel «Blindtunnel» im Verlag Lind & Co, Stockholm.

Deutsche Erstausgabe
Veröffentlicht im Rowohlt Verlag, Hamburg, Oktober 2023
Copyright © 2023 by Rowohlt Verlag GmbH, Hamburg
«Blindtunnel» Copyright © 2019 by Tove Alsterdal
Satz aus der Minion Pro bei CPI books GmbH, Leck
Druck und Bindung GGP Media GmbH, Pößneck
ISBN 978-3-463-00050-3

Die Rowohlt Verlage haben sich zu einer nachhaltigen Buchproduktion verpflichtet. Gemeinsam mit unseren Partnern und Lieferanten setzen wir uns für eine klimaneutrale Buchproduktion ein, die den Erwerb von Klimazertifikaten zur Kompensation des CO_2-Ausstoßes einschließt.
www.klimaneutralerverlag.de

FSC
www.fsc.org
MIX
Papier | Fördert gute Waldnutzung
FSC® C014496

BLINDE TUNNEL

Betten zeichnen sich in der Dunkelheit ab. Dann Körper, wie Hügel und Täler einer Landschaft. Ein Gesicht leuchtet auf, als der Lichtstrahl durchs Zimmer flackert.

Drei Betten an jeder Wand, sechs Körper. Jemand muss das hier kontrollieren. Das Gesicht einer alten Frau, eingesunken und starr. Er möchte die dünne Haut berühren, aber er kann nicht. Geschlossene Augen, verdorrte Gesichter. Ein klaffender Mund, über das Kissen gebreitetes Haar, ein Fuß mit gekrümmten Zehen genau da, wo er am Bettpfosten Halt sucht.

Das Herz klopft ihm bis zum Hals, als müsste es zerspringen. Jetzt begreift er die Stille, die Dunkelheit.

Tot, sie sind alle tot.

Die Augen der letzten Frau sind offen, wässrig stieren sie ins Nichts, aber wo sind die Männer, wo sind die jungen Leute?

Die Kinder – haben sie die schon geholt?

Hätte ich in diesen ersten Tagen morgens nicht allein am Tisch gesessen, hätte ich die Frau ganz hinten in der Ecke des Wirtshauses gar nicht bemerkt. Im Nachhinein verfälscht man die Eindrücke ja gern, sagt Dinge wie «man sah ihr an, dass sie hier fremd war» oder «sie schien ein Geheimnis mit sich herumzutragen», obwohl man zu dem Zeitpunkt viel zu sehr mit dem Menschen beschäftigt war, der einem beim Frühstück gegenübersaß, um die Einsamen zu bemerken.

Die Pension befand sich in einem Haus, dessen Putz längst bröckelte. Früher hatte «Gasthaus» an der Fassade gestanden, inzwischen waren die Buchstaben nur noch zu erahnen. Ein Geruch nach kaltem Rauch hing in den Gardinen und den abgewetzten Polstern. Die anderen Gäste waren vor allem einheimische Männer in verwaschener Kleidung, die hier morgens ihren Kaffee tranken und sich alle zu kennen schienen.

Die Frau in der Ecke passte einfach nicht hierher. Ihre Kostümjacke wirkte viel zu teuer an so einem Ort, und ihre blankgeputzten Schuhe gehörten eher in eine Bankfiliale als in diese kleine Stadt, deren einzige Touristenattraktion die Wanderwege in der Umgebung waren. An der Wand hinter ihr hing der Kopf eines toten Rehbocks.

Immobilien, dachte ich. Bestimmt war sie unterwegs, um ein paar der baufälligen Häuser aufzukaufen, die es hier im Ort überall gab, verlassen, mit zerbrochenen Fensterscheiben, Bäumen, die durch die Balkone wuchsen und sich in die einstmals so schönen Salons drängten.

Am dritten Tag begegneten wir uns an der Tür, und ich grüßte sie auf Englisch. Nahm einen britischen Akzent wahr, als sie mir antwortete, und fragte, ob sie in dem Wirtshaus wohne. Anschließend herrschte Schweigen, sodass ich viel zu viel redete, als wären die Pausen nur dazu da, um von mir gefüllt zu werden.

Dass ich ein Haus gekauft hätte oder eher gesagt ein Weingut, dass wir aber gerade erst eingezogen seien und noch kein Internet hätten. Und dass am Stadtrand, auf der anderen Seite des Flusses und im Schatten der Berge, der Empfang nicht so gut sei.

Deshalb würde ich jeden Morgen in die Stadt kommen, um zu frühstücken und bei der Gelegenheit Kontakt zur Umwelt aufzunehmen.

Sie hörte zu, ohne mich direkt anzusehen. Ich ergänzte, dass ich auch immer noch an der Bäckerei vorbeigehen und frisch gebackenes Brot kaufen würde, um es meinem Mann mitzubringen, damit sie nicht dachte, ich wäre einsam und verzweifelt auf der Suche nach jemandem, mit dem ich reden könnte.

«Er ist sehr beschäftigt mit den Renovierungsarbeiten, es ist viel zu tun, ja, Sie haben bestimmt gesehen, wie die Häuser hier in der Stadt teilweise aussehen …»

Die Frau schaute auf die Straße mit ihren heruntergekommenen Fassaden und Ziegeldächern hinaus, auf die kleine Kirche, die eingeklemmt hinter einem Kuhstall stand.

«Stadt?», sagte sie. «Würden Sie das wirklich als Stadt bezeichnen?»

Das anhaltende Unbehagen darüber, zu viel geredet zu haben, und der verachtungsvolle Ton in ihrer Stimme verflogen erst, als ich am bröckelnden Straßenrand entlang zurückging.

Selbst wenn ich bis an mein Lebensende hierbliebe, würde mir dieser Weg, der kurz vorm Fluss in die Landstraße überging, niemals langweilig werden. Er führte an einem schlossähnlichen Haus mit rissigen Säulen vorbei, das bis zum Dach von wildem Wein bewachsen war und auf dessen Mauer ein paar streunende Katzen lungerten. An der Brücke über den stetig dahinströmenden Fluss stand eine ehemalige Brauerei mit kaputten Fenstern, aus der es nach wie vor nach Hopfen und Malz roch, und dann die Klatschmohnfelder. In wallendem Rot breiteten sie sich am Ufer entlang bis zu den Bergen aus, hemmungslos, sinnlich, das sind die Worte, die mir dabei einfallen. Ich hatte solche Klatschmohnfelder seit meiner Kindheit nicht mehr gesehen, als wir ein paar Sommer in einem Häuschen in Österlen verbrachten. Als ich später im Erwachsenenalter dorthin zurückkehrte, waren sie verschwunden. Jemand meinte, sie würden inzwischen als Unkraut betrachtet.

Daniel war wach, als ich zurückkam, ich roch den Duft frisch gebrühten Kaffees. Dann hatte er also zumindest den Herd in Gang bekommen oder den Wasserkocher, irgendetwas in dem Chaos aus alten Stromleitungen musste funktioniert haben. Ich hörte Lärmen und Hämmern aus dem Keller, packte die Einkäufe aus, rief, dass es frisches Brot gebe. Ließ Wasser für noch mehr Kaffee einlaufen, das inzwischen nicht mehr ganz so verfärbt vom Rost in den Leitungen war, und stellte die Mohnblumen, die ich gepflückt hatte, zu den Butterblumen und dem Wald-Storchschnabel in die Vase. Es kam mir seltsam vor, dass hier die gleichen Wiesenblumen standen wie zu Hause.

«Mann, ist das heiß hier oben», sagte Daniel, als er mit nacktem Oberkörper und einer feinen grauen Staubschicht im Haar und auf den Armen aus dem Keller kam.

Er stellte etwas ab, das wie ein Vorschlaghammer aussah, schwer und überdimensioniert. Solche Dinge lagen hier überall auf dem Hof verstreut, uraltes Werkzeug, von dem sich kaum noch sagen ließ, wozu es einmal gedient hatte. In einer Abstellkammer hatten wir die verschiedensten Mistgabeln und Hacken gefunden, wie wir sie noch nie zuvor gesehen hatten.

Daniel füllte sich ein Glas Wasser aus dem Hahn und trank es samt Rost, wischte sich mit einem der neuen Küchenhandtücher den Schweiß aus dem Nacken. Die Luft war heiß und stand still, schon im Mai waren es beinahe dreißig Grad. Eine Klimaanlage stand ganz oben auf unserer Liste.

«Bald bin ich durch», sagte er und ließ sich am gedeckten Tisch nieder. Drei Küchenstühle hatten wir gefunden, die einigermaßen stabil waren, keiner glich dem anderen. Ich konnte mich nicht entsinnen, dass irgendetwas im Keller absolute Priorität gehabt hätte, um das Haus bewohnbar zu machen. Vorsichtig strich ich ein wenig Staub aus seinem Haar.

«Was machst du eigentlich da unten? Willst du das Haus abreißen?»

Daniel lachte.

«So in der Art. Guck mal, hier.» Er streckte die Hand nach seinem Handy aus. Ich spürte den warmen Dampf, der von seiner Haut aufstieg, als ich mich neben ihn setzte, den schweren Geruch nach Schweiß, der seltsam fremd an dem Mann war, mit dem ich seit über zwanzig Jahren zusammenwohnte. In dem Leben, das wir bisher gemeinsam geführt hatten, schwitzte er im Grunde nur nach dem Laufen, und dann ging er direkt duschen. Oder manchmal wenn wir Liebe machten. Das hier jedoch war ein anderer Geruch, er trug die Feuchtigkeit des noch nicht eingerichteten Kellers in sich, Staub und Ungewaschenheit, Schweiß von gestern, darüber hinaus aber noch etwas anderes, das ich zuvor nicht an ihm gekannt hatte, eine Besessenheit, die ihm nicht erlaubte auszuruhen, bis er spätnachts ins Bett fiel. Morgens, wenn ich meinen Spaziergang zum Wirtshaus unternahm, schlief er noch wie ein Stein. Ich wusste nicht, ob er immer noch Schlaftabletten nahm, obwohl er gesagt hatte, er hätte damit aufgehört. Vermutlich war er direkt runtergegangen, nachdem ich mich auf den Weg gemacht hatte, um im Stehen eine Tasse Kaffee zu trinken und dann gleich nach dem Vorschlaghammer zu greifen. Der Appetit, mit dem er seine Brote verschlang, legte das jedenfalls nahe.

«Ich musste gestern vor dem Einschlafen darüber nachdenken», sagte er zwischen zwei Bissen. «Irgendetwas stimmt mit den Zeichnungen nicht.»

Er suchte ein Foto heraus, den Grundriss, den uns die Stadtverwaltung, bei der wir die Dokumente unterschrieben hatten, digital zugeschickt hatte. Es gab anscheinend keine Kopien, nur die Originale in einem großen, sperrigen Ordner.

«Wenn das hier ein Weingut war», sagte Daniel, «und es einen Keller gibt – warum gibt es dann keinen Weinkeller?»

Er vergrößerte das Foto. Ich kniff die Augen zusammen,

um die verschwommenen Linien besser erkennen zu können, die Zeichnung schien vom Anfang des 19. Jahrhunderts zu sein, als das Haus vermutlich gebaut worden war. Er glaube, dass es eine Öffnung gebe, meinte Daniel, eine Tür weiter links, von der Treppe aus gesehen.

«Du weißt schon, wo der alte Schrank stand, wo das Mauerwerk freilag …» Daniel war ganz außer Atem vor Aufregung, oder war es die Hitze in der stickigen Küche? «Nirgendwo sonst im Keller gibt es solche einfachen Ziegelwände und im ganzen Haus gibt es kein sichtbares Mauerwerk.»

«Wäre toll, wenn es einen Weinkeller gibt.» Ich räumte das Frühstück ab oder eher das Mittagessen, Butter und Käse, bevor sie schmolzen. «Das wird schön, wenn wir erst mal so weit sind.»

«Anschließend kümmere ich mich sofort um die Klimaanlage, versprochen. Und um den Strom.»

«Alles gut.» Ich nahm meine Handtasche, um nach einem Zettel zu suchen, den ich tags zuvor im Eisenwarenladen bekommen hatte. Der alte Händler konnte weder Englisch noch Deutsch, aber mit Hilfe einer Übersetzungs-App und ein bisschen Zeichensprache hatte ich mich mit ihm verständigen können. «Es gibt anscheinend einen Elektriker in der Stadt, ich habe seine Nummer …»

«Das machen wir lieber selbst.» Daniel stand auf und griff wieder nach seinem Hammer. «Dann weiß ich wenigstens, was los ist, wenn etwas kaputtgeht.»

Ich nahm mir das Zimmer im Obergeschoss vor, das unser Schlafzimmer werden sollte, schrubbte das Fenster mit der

Aussicht frei. Auch das stand nicht ganz oben auf unserer Liste, aber die schmalen Betten, die wir in der Kammer neben der Küche zusammengeschoben hatten, machten niemanden glücklich. Sobald ein paar Zimmer bewohnbar waren, wollten wir nach Prag fahren, neue Betten und andere Dinge kaufen. Es war, als passten unsere alten Möbel aus dem Reihenhaus in Älvsjö nicht hierher. Was wir geerbt hatten oder wovon wir uns nicht trennen konnten, hatten wir eingelagert und den Rest über Kleinanzeigen verkauft. Es hatte sich angefühlt, als würden wir noch einmal bei null anfangen.

Ein weißes Blatt, eine neue Seite, eine Leere, die mich euphorisch stimmte.

Der Schmutz lief die Scheiben hinunter, und tote Fliegen fielen zuhauf auf den Boden, aber nach drei Wasserwechseln hatte ich die Aussicht freigelegt. Die Wiese, die sich bis zu den Wäldern erstreckte, und die Berge, die sich dahinter erhoben, zur anderen Seite ein struppiges Gehölz, wo unser Grundstück zum Fluss hin im Schatten einer gewaltigen Linde abfiel. Der schmale Nebenfluss verschwand in einer Biegung Richtung Stadt, dort, wo in ein paar Kilometern Entfernung die Hausdächer und die beiden Kirchtürme sichtbar wurden.

Wie soll ich es erklären?

Diesen Moment, in dem etwas beginnt.

Es waren nicht die Bilder, die uns überzeugten, die Fotos, die so schlecht waren, dass man nicht erkennen konnte, wie die Zimmer angeordnet waren.

Es lag an sieben Buchstaben. Einem einzigen Wort.

Weingut.

Ich war an dem Abend viel zu spät nach Hause gekommen, vielleicht nahm ich mir deshalb die Zeit, wirklich hinzuschauen, als Daniel mich vom Arbeitszimmer aus rief. Es war nicht die erste Annonce, die er mir zeigte. Den ganzen Winter hatte er dagesessen und nach Wochenendhäusern auf dem Land geschaut. Er war zu der Überzeugung gelangt, dass ihm die Natur guttun, dass es ihm dort besser gehen würde. Erst war es Norrland, um seiner alten Heimat wieder näherzukommen, dann Spanien, um den dunklen Wintern zu entfliehen, es war, als zöge es ihn magnetisch immer weiter fort. Und schließlich fand er dieses Weingut in Böhmen.

Daniel vergrößerte die Bilder.

Böhmen?

Ich begriff nicht, wovon er redete, es war völlig absurd. Sowohl von Gutshöfen als auch von Weinen hatten wir geträumt, von Reisen, wie man sie unternimmt, wenn die Kinder aus dem Haus sind, in die Toskana oder in die Provence, aber Böhmen? Daniel hatte es gegoogelt, es lag nur eine gute Stunde mit dem Auto von Prag entfernt und weniger als zwei Stunden von Berlin, in den Bergen an der Grenze zwischen Deutschland und Tschechien.

«Die ehemaligen Oststaaten?» Ich fühlte mich müde, der Wein, den ich getrunken hatte, schmerzte hinter meinen Augen. «Ich dachte, du träumst von einer Pension in der Toskana oder einem Haus in der Provence.»

«Zentraleuropa», sagte er. «Prag liegt übrigens weiter im Westen als Stockholm. Und weißt du, was ein Weingut in der Provence kostet?»

«Ist da nicht alles voller ehemaliger Kohleindustrie?»

Daniel klickte ein paar Bilder mit Felsformationen, wogenden Tälern und blauenden Bergen an, die Böhmische Schweiz.

Das Gebiet, zu dem diese Gegend gehörte, war auch unter einem anderen Namen bekannt.

Sudetenland.

Ich zog mir den Sessel heran und setzte mich neben ihn, sah den Kaufpreis in tschechischen Kronen. Wenn Daniel richtig gerechnet hatte, war es weniger, als unsere Nachbarn, die sich gerade getrennt hatten, für ihr Reihenhaus aus den achtziger Jahren bekommen hatten, das baugleich mit unserem war.

«Aber wir kennen uns doch mit Wein gar nicht aus», sagte ich.

«Das könnten wir lernen. Die Ernte verkaufen und Flaschen mit eigenen Etiketten zurückbekommen … Ein paar Zimmer herrichten und vermieten.»

«Die Leute würden vielleicht sogar dafür bezahlen, die Trauben stampfen zu dürfen …» Ich wollte so gern, dass der Glanz in seiner Stimme noch ein bisschen blieb.

«Und dann müssen sie wiederkommen, um ihren eigenhändig gestampften Wein zu probieren, wie er reifer wird, Jahr für Jahr.»

«Eigenfüßig wohl eher …»

«Stampft man Weintrauben eigentlich immer noch? Ernsthaft?»

Unser Lachen an diesem Abend stieg auf und schwebte leicht und verrückt zwischen uns, glitt ineinander und löste sich wieder, es war lange her, dass ich uns so lachen gehört hatte.

Die Leute sagen, man müsse im Jetzt leben, aber das ist

unmöglich. Das Jetzt gibt es nicht. Es verschwindet in jeder Sekunde. Immer wenn ich versucht habe, im Jetzt zu sein, hat mich die Vergangenheit eingeholt. Vielleicht liegt es am Alter. Der Geruch von Teer und das Wellengeplätscher von Fischerbooten zum Beispiel führen mich zurück in meine Kindheit, als meine Eltern ein Ferienhäuschen in Österlen mieteten, und im nächsten Augenblick möchte ich weinen, weil es vorbei ist und ich allein zurückgeblieben bin.

Das Klatschmohnfeld löste dasselbe in mir aus, verwandelte sich in Wehmut. Das Reihenhaus, in dem wir über fünfzehn Jahre gewohnt hatten, war voll von der Leere, die die Kinder zurückgelassen hatten, die jetzt in Seattle und Umeå waren, um ihr eigenes Leben zu beginnen. Und mein Mann … Ja, mein Mann googelte Höfe und Ferienhäuser und ging immer seltener aus. Wenn ich ein Essen mit Freunden vorschlug oder einen Kinobesuch oder was auch immer, sagte er jedes Mal, ihm sei gerade nicht danach.

Aber geh du nur.

Ich glaube, es ist nicht das Jetzt, was wir wollen, es ist die Zukunft. Wenn wir die aus dem Blick verlieren, stirbt etwas. Das Jetzt ist allenfalls der Moment, in dem die Zukunft beginnt. Etwas Reines. Die Aussicht auf der anderen Seite der Scheibe, der Horizont, von dem man nicht wusste, dass es ihn gibt. Zu wissen, dass alles Mögliche passieren kann und nichts bleibt, wie es war.

Der Laut einer Katze im Garten.

Sie war gelb und blickte zu mir hinauf, ich hatte mehrere von ihnen umherstreunen sehen. Jetzt maunzte sie, als würde sie wissen, dass bessere Zeiten winkten, Leute auf dem Hof und Futter in der Schüssel, wenn es gut lief. Es fühlte sich an, als würde sie uns willkommen heißen. Jemand hatte uns gesehen und freute sich, dass wir da waren.

Ich ließ das Fenster weit offen, um, so gut wie es bei der Hitze möglich war, zu lüften. Dann ging ich hinunter, um im Kühlschrank nach etwas zu suchen, das ich der Katze geben konnte. Aus dem Keller war wieder das beharrliche, rhythmische Hämmern zu hören. Vielleicht brauchte er das. Etwas kaputtschlagen, etwas einreißen, sich abreagieren und befreien.

NOTIZEN, BEOBACHTUNG
in der Nacht zu Mittwoch, 06:20 Uhr

Rastlosigkeit.
Er ist wach.
Schaut aus dem Fenster, kurz vor der Morgendämmerung.
Nackt.

Wo sind wir?
Ich sehe das Tor, aber ich sehe den Fluss nicht.

Meinen Sie den See? Der ist dahinten, hinter den Bäumen, wenn der Nebel sich lichtet, müssten Sie ihn sehen können.

Nein, den Fluss, habe ich gesagt.
Er floss dort hinten, genau da.
Wer sind Sie?
Warum sehe ich den Fluss nicht mehr?

Gab es einen Fluss dort, wo Sie früher gewohnt haben?

Die Toten tragen die Lebenden.

Entschuldigung, was haben Sie gesagt?

Die Lebenden tragen die Toten.
Aber sehen Sie das denn nicht?
Wer sind Sie überhaupt?
Gehen Sie weg.

Eine Berührung an meiner Wange, ein Flüstern. Warum flüsterte er? Ich öffnete die Augen, konnte meinen Mann in der Dunkelheit jedoch nicht erkennen, es war, als befände ich mich noch immer in einem Traum.

«Komm, wach auf, das musst du dir angucken.»

«Was?»

Im Traum hatte ich einen anderen berührt, die Hitze war noch da. Daniel stand über mein Bett gebeugt und suchte unter der Decke nach meiner Hand.

«Ist was passiert? Wie viel Uhr ist es?»

«Zwei, vielleicht auch schon drei …» Er sagte es, als wäre Zeit ein unwichtiges Detail. «Zieh dir was an, es ist kälter da unten.»

«Im Keller?»

Er blendete mich mit der Taschenlampe, einer starken, wie man sie auf Baustellen benutzt, leuchtete den Stuhl an, auf dem meine Kleider lagen. Ich gab den Wunsch, mich zusammenzurollen, auf, zog mein Kleid an und fand auch die Pantoffeln. Daniel legte mir eine Decke um die Schultern. Führte mich in die Küche, ohne ein weiteres Wort, dann die schmale Treppe hinunter. Die Haut seiner Hand fühlte sich härter an als noch vor ein paar Wochen.

Ich war bisher nur ein paarmal im Keller gewesen. Ein kurzer Gang mit niedriger Decke, ein Heizungsraum und ein paar Verschläge, die mit diversem Krempel vollgestopft waren, bestimmt war hier seit Jahrzehnten nicht aufgeräumt worden. Jetzt war es noch dreckiger als zuvor, Reste von Mörtel und Schotter knirschten unter meinen Sohlen. Am Ende des Ganges hielt der Lichtkegel inne. Haufen von Ziegelsteinen lagen dort. Und die Reste der Mauer waren zu sehen, ein Loch direkt in die Finsternis.

«Es ging viel leichter, als ich gedacht hatte, sie war ziemlich schlampig gemauert.» Daniel reichte mir die Taschenlampe. «Geh du vor.»

Die Öffnung war ungleichmäßig und nicht besonders groß, ich duckte mich und kletterte hindurch, schürfte mir die Beine an den Ziegelsteinen auf. Die Wolldecke ließ ich fallen, die tiefe Kühle auf der anderen Seite war angenehm. Ich ließ den Lichtstrahl über den Boden wandern, bevor ich meine Füße aufsetzte. Dachte kurz an Ratten und Ungeziefer.

«Pass mit der Treppe auf», sagte Daniel leise an meinem Ohr. Ich spürte die Wärme seines Atems und griff wieder nach seiner Hand. Ein paar Meter hinter der Backsteinmauer führte eine weitere, schmalere Treppe hinunter, sie war sehr steil. Die steinernen Stufen waren ausgetreten und an den Kanten mit Holzleisten versehen. Sie mussten vor Jahrhunderten in den Stein gehauen worden sein, die Vertiefungen stammten von den Menschen, die hier rauf- und runtergegangen waren. Wie viele Jahre es wohl dauerte, bis solche Spuren entstanden?

Am Fuß der Treppe drehte ich mich um, Daniels Gesicht wie ein weißer Schatten. Er nickte mir zu, geh ruhig weiter. Die Dunkelheit kam mir entgegen, schluckte das Licht nach nur wenigen Metern. Harte Wände, nackter Fels. Und kein Fußboden, nur gestampfte Erde. Ich sah, dass die Decke von dicken Balken gestützt wurde. Dann fiel das Licht auf ein paar Holztonnen. Fässer, dachte ich und spürte, wie mein Herz schneller schlug, keine Tonnen, es heißt Wein*fässer*. Ein paar leere Flaschen lagen ebenfalls herum sowie eine uralte Schubkarre, ganz rau vom Rost und mit riesigen Rädern. Daniel führte meine Hand und richtete den Lichtstrahl noch weiter ins Innere. Wir hielten beide den Atem an.

Wo die Felskammer endete, waren Weinregale angebracht worden, in denen noch Flaschen lagen, sorgfältig einsortiert vom Boden bis zur Decke.

Die Stille wuchs und umschloss uns wie in einer Kirche, mir wurde ganz feierlich zumute.

«Wow», flüsterte ich. «Was glaubst du, wie alt die sind?»

«Alt.»

Wir traten näher, und Daniel nahm mir die Taschenlampe ab, beleuchtete die Flaschen. Dunkelgrün schienen sie zu sein, vielleicht auch braun, in dem künstlichen Licht war die Farbe schwer zu bestimmen. Von einer dünnen Staubschicht bedeckt, absolute Stille.

Das Licht fiel auf ein Etikett, ich beugte mich vor. Strich den Staub beiseite, bis die Beschriftung sichtbar wurde.

1937.

Ich sah Daniel an. Wir waren wie von Schwindel ergriffen.

«Was glaubst du, was die wert sind?»

«Keine Ahnung.»

Ich drehte die Flasche vorsichtig, um das Etikett entziffern zu können. Ein Bild, eine Art Logo. Die Zeichnung eines Baums, eine Bergsilhouette. Elegant geschwungene Buchstaben. «Müller-Thurgau», las ich. Das sagte mir nichts, außer, dass es mir deutsch vorkam.

«Was meinst du, wollen wir …?»

Wir sahen uns an und mussten beide lachen. Die Anspannung ließ nach, das Heilige wich ein wenig. Daniel zog eine weitere Flasche heraus, derselbe Jahrgang.

«Ja, warum nicht? Das ist bestimmt im Kaufpreis inbegriffen.»

Wir nahmen jeder eine Flasche, gingen kichernd die Treppe hinauf, und als Daniel mein Kleid losmachte, das sich an den unregelmäßigen Steinen in der Öffnung verfangen hatte, streichelte er mich zwischen den Beinen, ich hielt seine Hand kurz fest, und wir redeten wild durcheinander, wie wir den Keller mit alten Weinfässern einrichten könnten, um hier unten teure Verkostungen zu veranstalten, und Daniel erinnerte sich, dass auf einem gesunkenen Schiff eine Ladung hundertjähriger Champagner gefunden worden war, wie viel waren die Flaschen eigentlich wert gewesen? Und die Etiketten, wir könnten dieselbe Zeichnung von Baum und Bergen benutzen, die Tradition fortsetzen, das Alte zu neuem Leben erwecken.

Es dauerte eine Weile, bis Daniel den Korken der ersten Flasche herausbekam. Ich zündete Kerzen an und stellte Weingläser auf den Tisch. Es war ein symbolischer Akt, eine Art Einweihung. Bisher hatten wir nicht gefeiert. Die Weingläser waren aus echtem böhmischem Kristall, ich hatte sie in einem Gebrauchtwarenladen hinter dem Markt gefunden.

Das Geräusch, als der Korken nachgab, das Geräusch des Weins beim Einschenken. Auch in mir gluckste es, und ich glaube, in Daniel ebenfalls.

Es war Weißwein. Oder besser gesagt, er war dunkelgelb,

beinahe bernsteinfarben, wir ließen ihn in unseren Gläsern über den Kerzen kreisen und taten, als wären wir Weinkenner, die geschliffenen Kelche funkelten in den Flammen, und wir sogen den Duft ein und überlegten, ob die Farbe ursprünglich oder durch die lange Lagerung entstanden war.

Achtzig Jahre alter Wein.

Wir stießen an, auf uns, darauf, dass von jetzt an alles gut werden würde.

«Bah», machte Daniel und spuckte den Wein ins Glas zurück.

Ein saurer Geschmack breitete sich in meinem Mund aus. Es schmeckte überhaupt nicht nach Wein. Sondern nach irgendetwas anderem. Wässrig. Schließlich schluckte ich ihn dennoch hinunter.

«Ist da überhaupt Alkohol drin?»

Daniel schnupperte erneut.

«Vielleicht ist der nach achtzig Jahren verdunstet.» Er goss den Rest des Weins ins Waschbecken und stellte das Glas viel zu hart ab. «Völlig wertlos, das Zeug.»

«Aber es gibt doch solchen und solchen Wein», sagte ich, «wir wissen es doch noch gar nicht, vielleicht lagert da unten noch anderer, der …» Ich wollte die Stimmung festhalten, das Gefühl des Rauschs. Die Art und Weise, wie er mich berührt hatte, als ich vor ihm durch das Loch gekrochen war. Ich war nackt unter dem Kleid, und es hatte mich erregt, wie es zwischen uns jetzt nur noch selten vorkam, zumindest im letzten Jahr.

Daniel zerrte den Korken aus der anderen Flasche, roch daran und zog eine Grimasse.

«Vielleicht hat er auch von vornherein so eklig geschmeckt», sagte er, «vielleicht haben sie ihn deshalb eingemauert, um das Zeug nicht trinken zu müssen.»

«Es spielt keine Rolle», sagte ich, «es ist nicht wichtig.»

«Und dafür habe ich dich mitten in der Nacht geweckt …»

«Es war trotzdem lustig. Das Wichtigste ist doch, dass du den Weinkeller gefunden hast, die Flaschen können einfach liegen bleiben, als Deko …»

Er holte sich ein Bier aus der Speisekammer und ließ sich schwer auf einen Stuhl sinken.

«Und ich dachte, ich hätte einen echten Schatz entdeckt», sagte er, «ein Vermögen. Wie bescheuert von mir.»

Ich streichelte ihm das Haar, küsste ihn auf die Stirn, ließ meine Hand in seinen Nacken gleiten, ertrug nicht, dass er sich so hängenließ. Erst jetzt merkte ich, wie schmutzig er war, der Schweiß hatte den Staub des alten Mörtels auf seiner Haut zu einer dicken Schicht verklebt. Er öffnete die Flasche an der Tischkante. Der Küchentisch war ohnehin zerkratzt und rissig, es machte nichts aus.

«Wie konnte ich dich da nur reinziehen.»

Daniel drehte das Bier in seiner Hand, lehnte sich zurück, der Stuhl knarrte beängstigend.

«Ich bin froh, dass du mich geweckt hast», sagte ich.

«Ich meine das alles hier», sagte er und breitete die Arme aus, über die Küche, die ich gerade lieben lernte, auch wenn die Arbeitsflächen abgenutzt waren und ein paar Schranktüren schief hingen, aber mit dem riesigen Holzofen würde es richtig gemütlich werden, wenn erst der Schornsteinfeger hier gewesen war und wir uns trauten, Feuer zu machen. Im Moment war es dafür sowieso zu heiß.

«In diesem Haus gibt es nichts, was ganz ist, wir kennen

uns mit Wein nicht aus, ich verstehe nicht mal, was auf diesen verdammten Etiketten steht. Müller-Thurgau, Erzge… Verdammt, was heißt das?»

Er stieß die Weinflasche an, die am nächsten stand, sodass sie beinahe umfiel, ein paar Tropfen des sauren Inhalts schwappten über, bevor ich sie auffangen konnte.

«Und dann habe ich mich endlos mit dieser scheiß Ziegelmauer beschäftigt, statt mich um die Stromversorgung zu kümmern oder das Dach zu reparieren, dieses verdammte Ding wird uns noch über dem Kopf zusammenbrechen. Und dafür hast du alles zurückgelassen, das Haus, deine Arbeit, alles, nur weil ich …»

Ich hatte ungefähr das Gleiche gedacht, dass es vielleicht nicht funktionieren würde. Wir waren beide durch das Haus gegangen und hatten gesehen, wie schön es werden könnte, nicht wie es tatsächlich aussah.

«Ich bin froh, dass du die Idee hattest, hierherzukommen», sagte ich, «es wird großartig werden.»

Daniel starrte zur Decke, die leider auch keinen erfreulichen Anblick bot, seine Augen blieben an einem großen Fleck hängen, wo die Farbe abgeblättert war.

«Julia», las ich auf der Weinflasche, die ich noch immer in der Hand hielt, ich wusste inzwischen, dass es am besten war, über etwas anderes zu sprechen, wenn Daniel in dieser Stimmung war, wenn alles verkehrt zu laufen schien und er sich für einen Totalversager hielt.

«Ob das der Name des Weins ist?», sagte ich und drehte das Etikett ins Kerzenlicht. «Dann wäre Müller-Thurgau der Nachname, vielleicht ein Familienname, wenn es nicht eine Rebsorte ist.» Die Kerzen waren ein ganzes Stück heruntergebrannt, das Wachs tropfte. Ich konnte ziemlich gut Deutsch, hatte sowohl in der Grundschule als auch auf dem Gymnasium Unterricht gehabt und war ein paar Jahre mit einem Typen aus München zusammen gewesen, aber der Text auf dem Etikett ließ sich nicht so leicht deuten, eine zierliche und eigentlich sehr schöne Schrift. «Erzgebirge sagt mir jedenfalls etwas, das ist der deutsche Name der Bergkette hier, Malmbergen auf Schwedisch. Glaubst du, das Gut hieß so, oder ist das eine Markenbezeichnung? ‹Weingut Erzgebirge› klingt vielleicht nicht so gut, aber wie wäre es mit Ore Mountain Vineyard, oder Bohemian Winery …?»

Daniel gähnte.

«Das klingt gut, entschuldige, ich bin ein bisschen müde.» Er gab mir einen flüchtigen Kuss, bevor er aufstand. Ich spürte ihn kaum. «Können wir morgen darüber sprechen?»

Die Katze wartete hinter einem Rosenstrauch neben der Tür. Zog sich zurück, als ich herauskam, und fauchte. An einer Hinterpfote hatte sie eine kahle Stelle. Sie ließ mich nicht an sich heran. Ich überlegte immer noch, wie sie heißen sollte. Madame Bovary oder Anna Karenina oder Sessan, so wie meine erste Katze. Schwere Wolken zogen von Norden über die Berge heran.

Ich musste noch einmal ins Haus und den Futternapf mit Essensresten vom Vortag füllen, einen Regenschirm nahm ich gleich mit.

Die Farbe des Flusses veränderte sich mit der des Himmels. Aschgrau strömte er mir entgegen und verdunkelte sich zu fließendem Blei, Wasserwirbel tanzten und spritzten um die Steine unmittelbar vor den Brückenpfeilern. Ich sah alles so deutlich, jedes Detail war neu. Allein der Duft des Grases, wie er sich mit dem näher kommenden Regen veränderte, stärker wurde. Der Regen wird guttun, dachte ich, vor allem der Natur. Anschließend würde die Luft frischer sein und es atmete sich wieder leichter. Alles war gut. Glück konnte so still und einfach sein. Ein Frühsommerregen, ein Spaziergang.

Ich fuhr nie mit dem Auto in die Stadt, selbst wenn ich viel zu transportieren hatte, lieber ging ich mehrmals, so wie jetzt, nachdem ich die erste Schicht Weiß im Schlafzimmer aufgetragen hatte und die Farbe vor dem zweiten Durchgang ohnehin erst trocknen musste.

Ich überlegte, ob wir Fahrräder kaufen sollten. Mit Korb und Gepäckträger. Dann rissen die Wolken auf und der Regen war über mir, es goss in Strömen. Mein Regenschirm bog sich im Wind. Ich rannte das letzte Stück zum Wirtshaus. Der Mann an der Bar, der, soweit ich wusste, zugleich auch der Eigentümer war, sagte etwas und reichte mir ein Küchenhandtuch. Ich lachte und trocknete mir das Gesicht und die Haare ab, beim Rest war nicht viel zu machen. Er fragte, ob ich Kaffee wolle, und erinnerte sich, dass ich ihn schwarz trank.

Der Regen klatschte gegen die Scheiben. Ich konnte ebenso gut ein Glas Wein dazubestellen.

«Rot oder weiß?» Der Wirt legte einen Bierdeckel mit dem Logo einer bekannten Brauerei vor mich hin, drehte das Glas zwischen den Fingern. Ich glaube, er hieß Libor. Zumindest riefen das die Männer, die im Schankraum saßen und Karten spielten, wenn sie noch ein Bier wollten.

«Haben Sie welchen von hier», fragte ich. «*Bohemian wine?* Ich würde gerne mal einen lokalen probieren, weiß, wenn es geht.»

Der Mann war an die zwei Meter groß und musste sich unter den Gläsern bücken, die über der Theke hingen. Er nahm ein paar geöffnete Flaschen heraus.

«Ich habe französischen Weißwein», sagte er, «und italienischen.»

«Warum keinen einheimischen?»

«Danach fragt keiner. Er hat nicht den Ruf, besonders gut zu sein.»

Sein Englisch war schlecht, manchmal schob er ein paar Brocken Deutsch ein. Vielleicht wollte er nur sagen, dass es hier keinen guten Wein gab, in diesem Tal. Die Stadt lag verkehrstechnisch ungünstig, es fuhren nur wenige Züge, und eine Autobahnanbindung gab es nicht. Wir hatten ziemlich viel gegoogelt und Bilder von Weingütern gefunden, die nach dem Fall des Kommunismus wieder in Betrieb genommen worden waren, in einem Schloss in Mělník außerhalb von Prag sowie in neugebauten Scheunen auf einem Feld vor Litoměřice, der nächsten größeren Stadt, wo ein Kohlemilliardär die tausendjährige Tradition der Weinproduktion wiederaufgenommen hatte. Wir hatten beim Surfen schicke Web-Seiten mit Flaschen im Gegenlicht und wogendem Grün gesehen und gedacht, das wäre genau das Richtige, auch wenn die Weinstöcke auf unserem eigenen Gut bisher noch einen eher kläglichen Anblick boten.

«*Communist wine*», sagte Libor mit einer Grimasse und wusch sich die Hände im Spülbecken.

«Dann würde ich gern den französischen probieren.»

Er lächelte und öffnete eine Flasche Bordeaux.

«In Mähren, ja, da machen sie guten Wein, das sind Bauern», sagte er versöhnlich und füllte mein Glas. Aber aus diesem Teil des Landes habe er auch nichts auf Lager.

Er ließ Bier in ein Seidel laufen, wartete kurz, bis der Schaum sich gesetzt hatte, bevor er mit dem nächsten weitermachte, stellte die Gläser auf ein Tablett und trug sie hinaus.

Ich loggte mich im Internet ein, tauchte ab in die Nachrichten von Freunden über das Leben zu Hause. In Luleå hatte es geschneit, in Stockholm fingen die Kirschen an zu blühen. Ich hatte bereits Fotos vom Gut und von der Stadt gepostet. Hatte vor mir gesehen, wie wir an warmen Abenden hierherschlendern, im Biergarten ein Glas Wein trinken und die Leute mit Namen kennenlernen würden. Doch noch war es nicht so weit. Die Männer in der Kneipe wischten sich den Bierschaum vom Mund. Der Regen lief immer noch an den Fensterscheiben herab. Die Scheinwerfer vereinzelter Autos blitzten durch das Wasser und verschwanden wieder. Es wäre netter gewesen, die einheimischen Weine probieren zu können, ihre unterschiedliche Qualität zu diskutieren. Dann wäre es eher ein Auftrag gewesen.

Ich bestellte mir noch ein zweites Glas von dem Französischen.

Als Libor von seiner Runde nach draußen an die Rezeption zurückkehrte, erzählte ich ihm von dem Weinkeller, den wir auf dem Gut gefunden hatten.

«Der könnte sehr alt sein», sagte er und betrachtete das Foto, das ich ihm zeigte. «Wenn er zu den Tunneln gehört, ist er viele hundert Jahre älter als das Haus selbst.»

«Was für Tunnel?»

«Die es hier unter der Stadt gab.» Libor sah sich die anderen Fotos an und hielt bei einem inne, auf dem die Weinflaschen zu sehen waren.

Es habe ein verschlungenes System von Gängen gegeben, teilweise bis zu drei Stockwerke unter der Erde. Sie seien im Mittelalter angelegt worden, um in Kriegszeiten Essen transportieren zu können. Zur Zeit der alten Könige hätten sie als Munitionslager gedient sowie als Fluchtwege und Schutzräume. Anfang des zwanzigsten Jahrhunderts seien sie wieder zugemauert worden, als alles ans Licht strebte, nach oben und in die Moderne.

Er vergrößerte das Foto einer Weinflasche, Jahrgang 1937.

«Lag der da unten? Nicht schlecht, möchte mal wissen, wie der schmeckt.»

«Grässlich.»

Er lachte laut.

«Verkaufen Sie ihn an deutsche Touristen. 1937! Da lässt sich vielleicht sogar böhmischer Wein verkaufen, sie zahlen wer weiß was für antike Sachen.»

Ich fragte ihn nach dem Text auf dem Etikett und erfuhr, dass Müller-Thurgau der Name einer Rebsorte sei oder besser gesagt einer Kreuzung mehrerer Rebsorten, ursprünglich vor allem in Deutschland angebaut, sie erinnere an Riesling.

«Eine der beiden Rebsorten, die im Kommunismus erlaubt waren, deshalb hat er keinen besonders guten Ruf. Im Kohleabbau waren sie deutlich besser, wenn man das so sagen darf.»

«Wie hieß die andere?»

«Ja, wie hieß die … Muscat?»

Zu dem, was sonst noch auf dem Etikett stand, konnte er nichts sagen, weder zum Namen des Weinguts noch des Weins, er konnte sich überhaupt nicht erinnern, dass in dieser Stadt je Wein produziert worden wäre oder dass überhaupt jemand auf dem Gut gewohnt hätte. Als Kind sei er herumgestromert und habe auf den verlassenen Höfen Abwehrstellungen gebaut, das täten wohl alle Jungs, die zu spät geboren worden seien, um Partisanen zu werden. Sie folgten den Spuren der Werwölfe und malten sich aus, die Deutschen würden sich noch irgendwo verstecken.

«Weißt du noch?», rief er zum Tisch hinüber und wiederholte etwas auf Tschechisch, einer der Männer schüttelte die Faust in der Luft, *bumm bumm*, lautes Lachen erfüllte das Lokal.

«Mein Großvater kam in den vierziger Jahren hierher und

übernahm den Laden», sagte Libor, «aber er hatte es wohl nicht so mit dem Wein.»

Ich hatte mich von den Stimmen einhüllen lassen und gar nicht bemerkt, dass sie aufgetaucht war, die Engländerin. Wusste nicht, wie lange sie schon hinter mir gestanden hatte, ein paar Meter entfernt, als ich mich der Höflichkeit halber umdrehte und in das Lachen der Männer einstimmte.

Ihr Regenschirm war anscheinend von besserer Qualität als meiner, das Wasser lief daran herab, als sie ihn zusammenklappte, und bildete eine kleine Pfütze, die von den dunklen, beinahe schwarzen Dielen aufgesogen wurde. Sie selbst war vollkommen trocken.

«Ich muss mich entschuldigen, ich war neulich nicht besonders freundlich», sagte sie.

«Kein Problem», sagte ich, «ich habe gar nicht darüber nachgedacht.»

«Vielleicht lag es an der Hitze, die vertrage ich nicht so gut. Hätten Sie etwas dagegen, wenn ich mich zu Ihnen setze?» Sie schaute sich diskret um. «Sieht aus, als wären wir hier die einzigen Damen.»

«Nein, ja, klar», sagte ich und zog einen Barhocker heraus. «Ich wollte nur den Regen abwarten, aber der scheint ja gar nicht mehr aufhören zu wollen.»

Diskret. Ihre Bewegungen, ihre ganze Erscheinung fanden in diesem Wort Platz. Wie sie lautlos den Barhocker zu sich heranzog und eine schwarze Ledertasche auf dem Boden abstellte, sich mit einer kaum merklichen Geste ein Glas Wein derselben Sorte wie meines bestellte.

Ihr Lächeln, als sie am Wein nippte.

«Hm, nicht besonders, oder?»

Plötzlich war da ein kleines Einvernehmen. Ich ließ mir mein Glas nachfüllen.

Sie hieß Anna Jones.

«Sonja», wiederholte sie, nachdem ich mich vorgestellt hatte, «und wie spricht man Ihren Nachnamen aus, diese Kringel und Punkte, Aastrom?»

«Åström, das ist sehr schwedisch, nicht zu gebrauchen im Rest der Welt.»

Sie wiederholte es dreimal und bekam es korrekt hin. Es gefiel mir, dass ihr das wichtig war. Wir wechselten ein paar Worte über den Regen, die Hitze, und sie meinte, dass das Gästezimmer im Wirtshaus besser sei, als sie erwartet habe. Eigentlich habe sie ein Zimmer im Grandhotel am Markt gebucht. Ihr sei nicht klar gewesen, dass dort gerade renoviert wurde. «Ich hatte nicht den Eindruck, dass da irgendetwas passiert.» Ihr Akzent erinnerte mich an Downton Abbey, britische Schlösser und Herrensitze.

«Und was machen Sie hier?», fragte ich. «Geschäfte?»

Jetzt, wo sie so nah war, konnte ich graue Strähnen in ihrem Haar erkennen, kleine Fältchen rund um die Augen, sie war ein paar Jahre älter als ich.

«Ich reise und schaue mich um», sagte sie, «zu Orten, an denen ich noch nie war, jetzt, da ich unerwartet Zeit dafür habe.»

Anna Jones fingerte an ihrem Glas herum, trank ein bisschen vom Wein. Es kam mir aufdringlich vor, weiterzufragen.

«Mein Mann», sagte sie schließlich, «entschuldigen Sie, mein Exmann, läuft mit künstlerischen Ambitionen durch die Gegend und glaubt, er würde mal ein großer Fotograf werden, mit den richtigen Kameras, er liebt große Objektive.» Sie zeigte mit einer Geste, wie groß, und wir lachten. «Er arbeitet in der Personalabteilung einer der größeren Londoner Banken, es wäre daher ein ziemlicher Schritt, aber wie auch immer, nach einer Menge Wein kam er auf die Idee, ein Buch zu machen, zusammen mit einem Freund, der in ähnlicher Weise davon träumt, Autor zu werden und den ganzen Zirkus in der Stadt einfach hinter sich zu lassen. *Am Arsch Europas* sollte es heißen.»

Ich lachte ein bisschen zu laut, allmählich fühlte ich mich ziemlich beschwipst. Anna Jones hatte noch nicht einmal ihr erstes Glas ausgetrunken.

«Sie wollten die deprimierendsten Orte Europas aufsuchen», fuhr sie fort, «die allerlangweiligsten Städte, die hässlichsten und nichtssagendsten Gegenden, es sollte ein Reiseführer werden, wie es ihn bisher noch nie gegeben hat, ein Bestseller, weil die Leute großartige Bauwerke und hinreißende Landschaften angeblich so leid sind. Das alles sei doch längst bis zum Erbrechen abfotografiert worden, niemand wolle mehr die Brücken von Venedig sehen oder die Sagrada Família.»

Sie schwieg und schaute aus dem Fenster, der Regen hatte etwas nachgelassen, man konnte jetzt die Häuser auf der anderen Straßenseite sehen. Die Männer hatten ihr Kartenspiel beendet, leere Seidel auf dem Tisch, nur einer saß noch da, über eine Zeitung gebeugt.

«Was meinen Sie, wäre dieser Ort hier dafür geeignet?»

«Nein», sagte ich.

Als sie lächelte, hoben ihre Mundwinkel sich kaum merklich, aber es war ein Lächeln.

«Ich finde es schön hier», sagte ich und suchte nach Worten für das, was ich empfand. Es ging nicht nur um die blühenden Felder und die Berge und den Fluss, auch die verlassenen Häuser hatten etwas, die Schönheit des Verfalls. Es regte die Phantasie an. Vielleicht hatte es etwas damit zu tun, wo ich aufgewachsen war. Ich hätte ihrem Exmann eine Menge über die schwedische Abreißhysterie in den sechziger Jahren erzählen können, von viereckigen Marktplätzen und ebensolchen Domus-Kaufhäusern.

Anna Jones lachte leise.

«Es wird nicht schlimmer gewesen sein als dort, wo ich herkomme», sagte sie.

Wie sich herausstellte, kam sie gar nicht aus England, sondern aus Deutschland, war im Osten aufgewachsen, nicht weit von der polnischen Grenze. Im Braunkohlegebiet, sagte sie. Tal der Ahnungslosen habe man damals die Gegenden genannt, die so weit im Osten lagen, dass man dort kein Westfernsehen empfangen konnte. Dort wohnten die, die von nichts eine Ahnung hatten. Doch das habe sie als Kind nicht gewusst und deshalb gar nicht begriffen, wie ahnungslos sie war, bis sie nach Berlin gezogen sei. Am Abend, als die Mauer fiel, habe sie in ihrem Studentenzimmer gesessen und Jura gebüffelt, sei später aber rausgegangen, um sich etwas zu essen zu kaufen. Der einsame Barmann habe gefragt, was sie dort noch zu suchen hätte. «Alle anderen sind in den Westen abgehauen.»

«Man hört Ihnen gar nicht an, dass Sie Deutsche sind», sagte ich. «Ich dachte, Sie kämen aus England.»

«Ich habe selbst beinahe angefangen, das zu glauben.»

Ich spürte eine Art Verbundenheit. Wir hatten beide etwas hinter uns gelassen, befanden uns beide an einer Weggabelung. Plötzlich drehte sich alles.

«Ich glaube, ich muss was essen», sagte ich.

«Entschuldigung, ich will Sie nicht aufhalten.»

«Nein, nein, es ist sehr nett mit Ihnen.»

Ich schickte Daniel eine Nachricht, dass ich später kommen würde, schob es auf den Regen und bestellte einen Römersalat. Anna Jones nahm eine Tasse Tee, «ich bin sehr britisch geworden, wie Sie sehen».

«Das mit dem Weingut klingt interessant», sagte sie dann, «ja, Entschuldigung, ich habe Sie über Rebsorten reden hören, als ich reinkam … Warum ausgerechnet hier?»

Ich erzählte von der Anzeige, dass wir einfach Lust gehabt hatten, mit dem Rest unseres Lebens noch etwas Neues anzufangen, wegzugehen und gleichzeitig innezuhalten. Von der Sehnsucht nach Ganzheitlichkeit und Bodenständigkeit, die wohl auch ein bisschen damit zusammenhing, wie erschreckend und unbegreiflich die Welt sich entwickelte. Sie hörte aufmerksam zu, stellte aber keine weiteren Fragen. Ich erzählte wohl auch ein bisschen mehr über meinen Mann. Dass er das bräuchte, eine Veränderung, etwas zum Anpacken.

«Und Sie, brauchen Sie das auch?»

Brauchte ich es?

«Es ist, als befänden wir uns am Beginn eines Traums», sagte ich, «es fühlt sich irgendwie unwirklich an.»

Als ich weitere Fragen zu ihrer Herkunft stellte, antwortete Anna Jones höflich, aber ziemlich distanziert, als gehe es um jemand anderen. Sie hatte in Berlin einen Engländer kennengelernt, als die Mauer gefallen und Deutschland wiedervereint war, sie bekamen zwei Kinder. Ein Haus in Nordlondon, eine Anstellung bei einer Firma, die sich auf europäisches Wirtschaftsrecht spezialisiert hatte.

«Was bin ich also, Deutsche, Engländerin, Europäerin? Das Land, in dem ich aufgewachsen bin, ist verschwunden. Es sollte keine Grenzen mehr geben. Jetzt soll der Hauptsitz unserer Firma von London nach Frankfurt verlegt werden, meine Söhne sind erwachsen. Als wir uns kurz vor der Abstimmung über den Brexit beim Schuhmacher trafen, sagte eine Nachbarin zu mir, dass es ganz bestimmt nicht solche wie ich wären, die sie loswerden wollten, *my dear Mrs. Jones*, solche, die arbeiteten und sich integriert hätten und die sie gut kennen würden. Aber wenn ich nicht mehr *Mrs. Jones* bin, wenn ich meinen Job verliere und in ein Viertel ziehe, wo mich niemand kennt, was bin ich dann?»

Anna Jones wiederholte leise, nur für sich und auf Deutsch: *Was bin ich?* Es war das Einzige, was ich sie auf Deutsch sagen hörte.

«Und was hast du dann gesagt?»

«Wozu?»

Daniel trug Sportklamotten, als ich kurz vor der Dämmerung nach Hause kam. Wir trafen uns im Flur vor der Küche. Ich hatte ihm von meiner Begegnung im Wirtshaus erzählt und warum ich so lange dortgeblieben war, dass der Supermarkt schon geschlossen hatte.

«Willst du jetzt wirklich rausgehen?», fragte ich. «Im Wald muss es pitschnass sein.»

«Das meiste saugt der Boden auf.»

«Ich habe nur erzählt, dass wir einen Neuanfang machen wollten, dass wir das Gefühl hatten, es wäre an der Zeit dafür.»

«Okay.» Er bückte sich und schnürte seine Laufschuhe. «Ich habe übrigens den Boden im Salon abgeschliffen.»

«Komplett?»

«Ja.»

Ich ahnte einen Vorwurf, er hatte in Staub und Sägemehl gekniet, während ich Wein geschlürft hatte. Ich strich ihm über den Arm.

«Ich habe nichts über dich erzählt.»

«Schon okay.» Er schnallte die Stirnlampe fest, auf den Waldwegen würde es bald dunkel werden. Bis zur nächsten Straßenlaterne war es weit, einen halben Kilometer, wo der Kiesweg an der Brücke in die Landstraße überging. «Ich möchte nur gerne wissen, was die Leute von mir denken, wenn du jetzt mit Freundinnen in der Stadt rumhängst.»

«Es war keine *Freundin*. Nur jemand auf der Durchreise, mit der ich in der Bar gesessen habe, weil es draußen regnete.»

Für den Regen konnte ich nichts.

«Ist doch nett, wenn du Leute kennenlernst.» Daniel befestigte die Hülle mit dem Handy an seinem Arm. Die Stirnlampe leuchtete grellweiß, wie ein drittes Auge auf seiner Stirn. «Es ist mir nur wichtig, selbst Einfluss auf den ersten Eindruck zu haben, den die Leute von mir bekommen.»

«Du brauchst dir keine Sorgen zu machen.»

Nach dem Regen waren die Gerüche draußen stärker geworden, die Rosen drängten sich förmlich in den Vordergrund. Ich meinte, Thymian zu riechen. Auf dem Weg, den Daniel getrampelt hatte, erhöhte er das Tempo, joggte durch das wildwachsende Gras und verschwand nach oben, Richtung Wald.

Im Salon lag eine dünne Schicht Sägemehl auf dem Boden. Die Maserung des Holzes trat nach dem Schleifen deutlicher hervor, ein Schimmern im letzten Sonnenlicht. Mir wurde ganz feierlich zumute. Ein Raum, der in mir den Wunsch weckte, einen Kronleuchter zu kaufen, was wir uns natürlich nicht leisten konnten. Einige der Glasscheiben waren noch hinter Masonitplatten verborgen. Die Fenster reichten beinahe vom Boden bis zur Decke, die doppelte Terrassentür führte auf einen runden Balkon mit Aussicht über den Fluss. Auch die Treppe nach oben war wunderschön, unglaublich breit, wie man sie in Filmen sieht. Ich mochte es, dort zu sitzen und mir vorzustellen, wie Gäste mit Champagnergläsern umhergingen, Klaviermusik spielte, während die Sonne unterging und es langsam dunkel wurde.

Der Rausch war noch da, in einem ranzigen Nachgeschmack, einer Schwere im Kopf. Was machte es schon, wenn ich einer Fremden in der Bar ein bisschen zu viel erzählt hatte?

Daniel brauchte Zeit, das war alles. Ruhe. Entspannung. Für ihn war es etwas anderes, das musste ich akzeptieren. Er hatte sich so stark über seine Arbeit definiert. Und es war ja auch eine sehr wichtige Aufgabe gewesen: Er hatte Schulbücher konzipiert, das Wissen künftiger Generationen gesichert. Dennoch fragte ich mich manchmal, ob wirklich der Verlust der Arbeit so schlimm für ihn gewesen war oder eher die Tatsache, nicht mehr Chefherausgeber zu sein.

Du, sei einfach nur du, versuchte ich ihm zu sagen, du hattest Pech, das kann jedem passieren. Aber Daniel zog es vor, nicht darüber zu reden, oder, wie er meinte, als ich darüber sprechen wollte: «Den Scheiß nehmen wir nicht mit hierher.»

Es knackte im alten Holz, es pochte. Zunächst dachte ich, es wären die Geräusche des Hauses, arbeitendes Holz, vielleicht schlug auch irgendetwas Loses im Wind. Doch es war eher ein Klopfen. Das Geräusch kam von der Tür zum Salon, aus dem prunkvoll gestalteten Flur mit den vielen kleinen Fensterscheiben, die gelb und rot gefärbt waren, sodass man nicht hindurchsehen konnte. Ich dachte, Daniel hätte vielleicht seinen Schlüssel vergessen und stünde schon seit einer Weile draußen, ohne dass ich es gehört hatte. Es gelang mir, das schwergängige Schloss zu öffnen, und mit einem kräftigen Stoß öffnete ich die Tür.

Ein alter Mann stand davor. Er nahm seine Mütze ab. Größer als ich, aufrecht, das Hemd bis oben zugeknöpft, darüber eine braune Strickjacke. Seine Schuhe waren ziemlich abgetragen.

«Guten Abend», sagte er, «bitte um Entschuldigung, ich hoffe, ich störe nicht.»

Er sprach deutsch. Es klang ungewöhnlich, aber geschliffen, vielleicht, weil er so langsam sprach. Jedes Wort wie ein Zögern. Ich sagte, wir würden den Haupteingang nie benutzen, deshalb hätte es so lange gedauert. Haupteingang – konnte man das wirklich sagen? Es klang so pompös.

Er entschuldigte sich noch einmal, ich hatte das Gefühl, er schämte sich.

«Mein Name ist Ján, Ján Kahuda.»

Ich stellte mich ebenfalls vor und er hielt meine Hand gewissenhaft, beinahe nachdenklich. Plötzlich merkte ich, dass er mir bekannt vorkam. Ich hatte ihn schon einmal gesehen, vielleicht im Wirtshaus. Vielleicht war er einer der Kartenspieler.

«Was kann ich für Sie tun?», fragte ich.

Er schaute auf die gesprungenen Steinstufen hinab. Hier und da sprießte Unkraut hervor.

«Ich bin nicht mehr jung, aber wenn Sie Hilfe im Garten brauchen, die Rosen schneiden … Es ist viel Arbeit.»

«Sehr freundlich von Ihnen.» Ich wusste nicht recht, was ich von seinem Angebot halten sollte. Er war bestimmt über siebzig, vielleicht sogar über achtzig. «Ich weiß nur nicht, ob wir es uns leisten können, jemanden einzustellen.»

«Ich war Gärtner in der Stadt, mein Vater hat es mir beigebracht. Er hat hier auf dem Gut gearbeitet. Es ist lange her.»

«Hier? Ach, wirklich? Im Weinbau?»

«*Alles*», sagte er, «der Wein, der Garten, die Rosen …» Er

blickte sich um, doch das Einzige, was man vor dem stolzen Eingang noch vom Garten erkennen konnte, waren Unkraut und Gestrüpp.

«Dann wissen Sie vielleicht, welche Trauben hier wachsen», sagte ich.

Er nickte langsam und schien etwas hinter mir zu betrachten.

«Vor allem Müller-Thurgau. Ganz früher auch Blauer Portugieser und Riesling. Vor meiner Zeit. Ich glaube, das war vor der Pest. Von der Weinpest haben Sie bestimmt gehört?»

«Wunderbar, Sie müssen reinkommen und es mir erzählen.»

Ján Kahuda suchte mit dem Blick nach einer Fußmatte, um sich die Schuhe abzutreten, blieb im Flur stehen. Wir hatten hier noch nicht aufgeräumt, im Gegenteil, etliche Tapetenrollen und Farbeimer waren erst einmal hier gelandet. Ich war, gelinde gesagt, begeistert. In den Unterlagen der Verwaltung war die Stadt als Eigentümerin eingetragen, es waren keine Namen genannt. Wir hatten den Makler gefragt, wie lange der Besitz schon leer stehe und seit wann dort kein Wein mehr angebaut worden sei. Er werde sich melden, hatte er uns gesagt. Was er bis heute nicht getan hatte.

«Dann muss Ihr Vater ja die Leute gekannt haben, die hier wohnten», sagte ich.

«Er war nur ein einfacher Angestellter.»

«Waren Sie selbst mal hier im Haus?»

«Ich war damals noch ein Kind.» Ján Kahuda betrachtete die kleinen Fensterscheiben, deren Farben man im Moment nicht unterscheiden konnte. Es gab keine funktionierende

Lampe im Flur, die ich hätte anmachen können. «Vielleicht haben wir hier gespielt …»

Ich lachte. «Ja, ich habe im Wirtshaus davon gehört. Werwölfe jagen und Krieg spielen … Waren Sie heute nicht ebenfalls dort? Ich meine, Sie dort gesehen zu haben.»

Der Mann nickte. Sein Blick folgte den abgewetzten Paneelen und verzierten Türen, wanderte zum Salon hinüber. Ich fragte mich, ob er den wirklichen Zustand wahrnahm, oder ob er alles so sah, wie es früher einmal ausgesehen hatte.

«Tut mir leid», sagte er, «mein Deutsch … Ich habe es lange nicht mehr gesprochen.» Er setzte sich die Mütze wieder auf, und die Art, wie er sie zurechtrückte, hatte etwas Jungenhaftes. «Ich muss gehen, es ist spät.»

Ich sagte ihm, ich würde seine Dienste sehr gerne in Anspruch nehmen, und bat ihn wiederzukommen, wenn es hell wäre.

«Gerne morgen schon, ich möchte alles wissen.»

Zur Sicherheit blieb ich stehen, bis er die Treppe hinunter war. Dünne Wolken bedeckten den Himmel und verbargen den Mond beinahe ganz. Der alte Mann wirkte noch sehr beweglich. Was für ein Geschenk, dachte ich, während seine Schritte langsam auf der Straße verhallten. Ein erfahrener Gärtner war genau das, was wir brauchten, Wissen, das über Generationen weitergegeben worden war. Es gab so vieles, worüber ich nicht Bescheid wusste. Über die Weinpest, zum Beispiel.

Ich schloss die Tür hinter ihm zu.

Ján Kahuda hätte wahrscheinlich gelacht über die Vorstellung, ein achtzig Jahre alter Müller-Thurgau könnte ein Geschmackserlebnis sein. Vielleicht hatte sein Vater ihm beigebracht, wie das Handwerk vor dem Maschinenzeitalter verrichtet worden war. Vielleicht konnte er uns erklären, wozu die Geräte da waren, zeitlich einordnen, was für uns einfach nur alt war. Das Haus war vermutlich Ende des neunzehnten Jahrhunderts erbaut worden, doch die Mauer am Tor und andere Einzelheiten wiesen darauf hin, dass es hier schon lange vorher ein Anwesen gegeben hatte.

Mir fiel ein, was der Wirt über die Tunnel unter der Stadt gesagt hatte, die noch aus der Zeit der böhmischen Könige stammten. Als sie regierten, um das Jahr 1000 herum, waren sie die Mächtigsten in ganz Europa gewesen. Eine ihrer Königinnen war die Erste gewesen, die so weit im Norden Wein angebaut hatte, an den Südhängen des Flusstals.

Schwindel ergriff mich. Wenn Essen durch die Tunnel unter der Stadt transportiert worden war, warum dann nicht auch Wein? Wir hatten nur an unseren Weinkeller gedacht. Aber war das schon alles? Da unten hatte eine Schubkarre gestanden, sie machte einen uralten Eindruck. Wozu schleppte man so ein schweres Ding dort hinunter, wenn man es nicht auch benutzte? Ich spürte die Tiefe, unterirdische Gänge, die sich wanden.

Daniel lief meist, bis seine Muskeln brannten, er würde nicht vor einer Stunde zurück sein. Wovor sollte ich Angst haben? Vor Werwölfen?

Ich holte die Taschenlampe.

Die Anspannung war viel größer, wenn man allein hinunterging, sie pulsierte, jeder Nerv berührte die Haut. Es war ein geradezu erotisches Gefühl, das mich erfasste, als ich mich die untere, schmale Treppe hinabtastete, bis der Fels mich umfing.

Über dem Weinkeller lag die düstere Erinnerung an Daniels Enttäuschung. Ich ließ den Lichtstrahl weiter über die Felswand wandern. Die Schubkarre stand mitten im Gang, groß und plump, Holz und Eisen. Ich ging langsam daran vorbei. Beim letzten Mal hatten wir nur kurz in diese Richtung geleuchtet. Die Wand war gemauert, aber die Fugen wie gelockert, die Zeit hatte sie fast vollständig zermürbt. Es war nicht eisig und feucht, wie man vielleicht hätte meinen können, sondern eher kühl und trocken.

Richtung Norden erhoben sich die Berge, im Süden lag die Stadt. Wenn es wirklich einen Tunnel gab, der das Weingut mit den Gängen dort verband, dann musste es hier noch tiefer hinuntergehen, unter dem Fluss hindurch. Ich zählte meine Schritte, stellte mir die Landschaft oben vor. Leuchtete nach rechts, tastete mich mit dem Lichtstrahl voran. Weitere gemauerte Wände, aber auch ein Nichts. Dunkelheit hinter der Dunkelheit.

Ich konnte aufrecht gehen, bückte mich aber dennoch, um mir den Kopf nicht an etwas Unerwartetem zu stoßen, beleuchtete den Boden vor mir, um zu sehen, wohin ich meine Füße setzte. Die Decke war gewölbt und wurde niedriger. Ich fragte mich, wie Daniel reagieren würde, wenn ich nicht da war. Wo würde er mich suchen?

Der Gang war so schmal, dass ich zu beiden Seiten die Wand berühren konnte, ein leichtes Gefälle. Wenn er um die Ecke gehen oder sich teilen würde, müsste ich umkehren, sonst wäre ich verloren.

Dann endete rechts die Steinwand, sie verschwand unter meiner Hand. Ein großes Loch, eine Öffnung tat sich auf, ein gemauertes Gewölbe.

Jetzt muss ich umkehren, dachte ich, ich darf nicht abbiegen. Ich beugte mich vor und streckte den Arm, um die Reichweite der Taschenlampe voll ausschöpfen zu können. Ein Nebengang? Ein Raum? Ich hatte das Gefühl, dass der Tunnel nicht sonderlich lang war, die Luft erschien mir dumpf, verdichtet.

Ein paar Schritte konnte ich wohl noch wagen.

Auf dem Boden lagen Weinflaschen. Ich registrierte, dass sie leer waren. Die Decke war hier ein bisschen höher. Ein paar dunkle Bretter an der Wand. Wie eine Pritsche. Ich musste an Verliese denken. Irgendetwas Graues, konnte das Sackleinen sein, irgendein Stoff? Weiter im Innern, wo das Licht in Dunkelheit überging, erahnte ich noch etwas. Ein paar Meter würden mich schon nicht verwirren. Der Lichtstrahl kletterte langsam vom Boden zur Decke, drang tiefer hinein. Die Wände waren unregelmäßig, abgerundet, ein paar Steine ragten heraus, eine Bank oder ein Regal, ein schützendes Dach über etwas, das ich kaum erkennen konnte. Die Taschenlampe in meiner Hand zitterte.

Vielleicht ist es das erste Mal, dass hier elektrisches Licht hereinfällt, dachte ich. Ich stellte mir brennende Fackeln vor, wie das Licht der Flammen über die Wände züngelte. Dann fiel der Lichtkegel auf etwas ganz hinten.

Mir stockte der Atem. Ich trat näher, umklammerte die Taschenlampe, um sie ruhig halten zu können.

Der Körper war kaum zu erkennen. Die Haut verschmolz mit den Steinen der Mauer, mit dem Sand des Bodens. Es war, als hätte er dieselbe graubraune Färbung angenommen wie die Felskammer, vielleicht war er grauer als die Erde. Klein und dünn, zusammengerollt wie ein Embryo.

Ein Kind. Es musste ein Kind sein.

Kein Geruch, nur der kalte Duft nach Keller und Erde. Als wäre alles Leben aus dem Körper gesaugt worden und eine leere Hülle zurückgeblieben.

Ich konnte nicht zurück, nur vorsichtig näher heran, auf die Knie gehen, ohne etwas zu berühren. Beleuchten, was einmal ein Gesicht gewesen war.

So unnatürlich mager, alles unter der Haut schien verschwunden, wie ein straffes Segel spannte sie sich über den Schädel. Wie konnte da noch Haut sein, wenn es keine Augen mehr gab? Graue, verlassene Löcher direkt ins Leere, ohne Boden oder Ende.

Ich konnte nicht aufhören zu starren. Zerzauste kurze Haarsträhnen in der Stirn, auf dem Kopf Reste von etwas, das eine Mütze gewesen sein konnte. Eine Kappe? Wie lange hielt so etwas, bis es sich auflöste und zu Staub wurde? Rippen und Hüfte hoben sich ab, kantig und scharf, als versuchten sie die Haut zu durchstoßen. War es ein Junge? Von der Hose waren nur noch Fetzen übrig, an den Knien schauten die Knochen heraus, an den Füßen saßen ein Paar Stiefel. Die Schnürsenkel beinahe aufgelöst, doch das Leder und die Sohlen noch vorhanden, dünne Beine wie die eines Vogels.

Etwas Scharfes schnitt mir in die Hand, als ich mich am Boden abstützte, um aufzustehen. Ich schrie nicht, ließ aber die Taschenlampe fallen. Sie erlosch. In mir ein Geräusch, das ich nicht herauslassen konnte. Mit den Händen tastete ich den Boden ab, Sand und Steine und Dreck, ich fand die Scherben einer Flasche, an denen ich mich geschnitten hatte, dann endlich die Taschenlampe. Ich drehte und drückte, klopfte damit auf den Boden, bekam sie aber nicht wieder an.

Rückwärts kroch ich von dem Kind fort, versuchte einen Zipfel meiner Strickjacke um meine Hand zu schlingen, um das Blut zu stoppen, das reichlich floss. Irgendwie kam ich auf die Füße. Ging die letzten Schritte rückwärts, bis ich festen Stein am Rücken spürte und mich nach draußen tastete, zurück durch den Tunnel. Dunkelheit hat keine Farbe, sie ist einfach nur da. Ich stieß mich an der Schubkarre, Holz und Eisen fühlten sich fest an. Eine leichte Veränderung, und für ein paar Sekunden sah ich Schatten, eine Lampe schien in den Keller weiter oben, drang schwach herab, wie eine Vorahnung von Licht. Ich konnte den wachsenden Fleck in meiner Handfläche erkennen, ein pochender Schmerz. Weit entfernt Daniels Rufen.

«Sonja? Verdammt, wo bist du?»

NOTIZEN, BEOBACHTUNG
in der Nacht zu Montag, 05:50 Uhr

Verstreute Dinge. Die Schublade der Kommode herausgezogen, umgekippt.
Er sitzt auf dem Bett.
Murmelt vor sich hin.

Unter der Linde,
an der Heide,
wo unser beider Bett war.

Was ist das für ein Lied?

Nur ein altes Gedicht.

Wie geht es weiter? Unter der Linde, an der Heide …

… wo unser beider Bett war.
Vor dem Walde in einem Tal,
tandaradei,
sang schön die Nachtigall.

Hat das jemand für Sie gesungen?

Warum fragen Sie mich das?
Wer ist da?
Ist das Julia?

Das zweite Auto fuhr gleich nach dem Mittagessen auf den Hof. Zwei Männer mit Metallkoffern und einer Bahre, die sie die Treppe hinuntertrugen, Scheinwerfer, die wir gemeinsam an eine funktionierende Steckdose anschlossen. Verlängerungskabel schlängelten sich kreuz und quer über den Boden. Was sie da unten machten, wusste ich nicht, der Keller war jetzt verbotenes Terrain für uns.

Wahrscheinlich das, was man eben machte, um einen Tatort zu untersuchen, so wie ich es schon in tausend Filmen gesehen hatte. Fotos machen, Proben nehmen.

War es ein Tatort?

Daniel lief rastlos in der Küche auf und ab, blieb stehen, trank ein Glas Wasser, drehte noch eine Runde.

«Wann erfahren wir endlich was?»

Ich nahm Mehl, Zucker und Butter, irgendetwas musste ich ja tun, während die örtliche Polizei unser Haus in Beschlag nahm. Schmutzige Fußspuren führten von der Haustür quer durch die Küche.

Backen, dachte ich. Der Duft nach Zuckerkuchen, ein Gegengewicht.

«Ich frage mich, wann sie uns wohl verhören», sagte Daniel.

Wir redeten leise, obwohl niemand unsere Sprache verstand. Ich weiß nicht, warum ich eine Art Schuldgefühl empfand. Der ältere Polizist, den ich für den Chef hielt, war im Keller vor der eingerissenen Mauer stehen geblieben und hatte sie betrachtet. Gesten und ein paar Brocken Englisch waren alles gewesen, was uns zur Verfügung gestanden hatte. Der jüngere, der über etwas mehr Sprachkenntnisse zu verfügen schien, hatte etwas von einem Dolmetscher gesagt, aber nicht, wann er kommen würde. Sobald wir ihnen gezeigt hatten, wo die Leiche lag, waren wir aufgefordert worden, den Ort zu verlassen. *Police work.*

Ich schlug die Eier von Hand, um keinen Lärm zu machen.

«Das eilt wahrscheinlich nicht», sagte ich. «Wir wissen ja nichts. Wir haben nichts gesehen, was sie nicht auch selbst sehen können, oder?»

«Es fühlt sich nur seltsam an, dass wir so gar nicht einbezogen werden. Immerhin ist es unser Keller.»

«Woher wollen wir das wissen, wenn er auf keiner Zeichnung auftaucht?»

«Ich frage mich, wie alt er wohl war.» Daniel schaute aus dem Fenster. Schon den ganzen Tag war er so, blieb nicht bei der Sache. «Was denkt ein Kind, das sich so in der Ecke verkriecht, wusste es, dass es sein Ende sein würde?»

Es war unmöglich, Halt zu finden. Es gab keine Antwort. Ich hatte an den Krieg gedacht, an den Kommunismus, an den Wein, der auf 1937 datiert war. Ob es vorher oder nachher passiert war oder alles noch viel weiter zurücklag.

Ich wusste, dass Daniel Fotos gemacht hatte, nachdem er mich im Keller gefunden hatte und ich wieder zur Besinnung gekommen war, nachdem wir meine Hand gewaschen und verbunden hatten, ich ein Glas Wasser getrunken, mich in eine warme Wolldecke gehüllt und mir dicke Socken angezogen hatte. Irgendwann in den Stunden, in denen ich schlief, früh am Morgen, war er runtergegangen, um zu sehen, was ich gesehen hatte.

«Hast du die Flaschen bemerkt?», fragte ich.

«Welche Flaschen?»

«Die dort lagen. An deren Scherben ich mich geschnitten habe. Wenn es derselbe Jahrgang war, kann er jedenfalls nicht vor 1937 dort gelegen haben.»

«Ich meinte eher, wie alt er war, als er starb. Zehn?»

«Möglich, elf, zwölf vielleicht ...» Die Entfernung zu meinen eigenen Kindern wurde mir bewusst, wenn ich so konkret darüber nachdachte. Elmer auf der anderen Seite des Atlantiks, My kurz unterhalb des Polarkreises. Es war eine Ewigkeit her, dass sie so klein gewesen waren, es war gestern. Ich hatte angerufen und sie um Rückruf gebeten.

«Furchtbar.» Daniel zog an seinen Fingern, bis sie knackten, eine schlechte Angewohnheit, die er sich im letzten Jahr zugelegt hatte. «Es spielt im Grunde keine Rolle, ob es hundert Jahre her ist. Jemand muss nach ihm gesucht haben.»

Die Wunde an meiner Hand pulsierte. Manchmal waren die Stimmen der Männer zu hören, schwach, wie ein dumpfes Murmeln, von dem man nicht recht weiß, woher es kommt.

Erst am Morgen hatten wir die Polizei angerufen, nach ein paar Stunden unruhigen Schlafs, wirre Fragmente von Träumen und Wachen. Selbst wenn ein Verbrechen stattgefunden hatte, das Kind lag dort schon lange. Nichts würde sich ändern, nur weil wir warteten, bis die Sonne aufging. Jetzt schien sie wieder, genauso heiß wie vor dem Regen. Mir kam es vor, als wäre das Grün klarer und lebendiger als am Tag zuvor. Bestimmt lag das nur am Regen, aber mich erinnerte es an die Tage nach dem Tod meiner Mutter. Ich hatte ihre Hand gehalten, als sie in ihren eigenen Atemzügen stecken blieb, ein Krampf, als sie den letzten tat. Als ich hinaustrat, überwältigte mich die Natur, ich war wie geblendet. Ich glaube, was ich da spürte, war die Nähe zum Tod. Etwas in mir hatte sich weit geöffnet, ein Übergang. Es hielt ungefähr vierzehn Tage an. Dann wurde die Welt wieder normal, blasser und ein klein wenig stumm.

Ich zerkrümelte ein paar Vollkornkekse und streute sie statt Paniermehl in die Form. Daniel stand lange schweigend am Fenster und schaute zum Fluss hinunter.

«Guck mal, verdammt, da kommen sie schon angelaufen», sagte er.

«Wie bitte?»

«Bestimmt hat es sich rumgesprochen. Wir werden keine ruhige Minute mehr haben.»

Ich trat ans Fenster. Unter der riesigen Linde am Hang, der zum Flussufer abfiel, stand ein einzelner Mann, ganz still. Aufrecht, doch seine Haltung verriet, wie alt er war. Er stützte sich mit einer Hand am Baum ab.

Der Gärtner. Ich hatte ihn ganz vergessen. Also erzählte ich von Ján Kahudas Besuch am Vorabend und dass ich ihn gebeten hatte wiederzukommen.

«Wahrscheinlich ist es besser, du sagst ihm nichts», meinte Daniel, als ich mir die Schuhe anzog, um hinauszugehen. «Es ist nicht unsere Sache, zu entscheiden, was davon an die Öffentlichkeit gelangt und was nicht.»

Draußen wurde ich von einem lauten Miauen empfangen. Die Katze hatte sich versteckt, als die fremden Leute kamen, ich hatte ganz vergessen, ihr etwas zum Frühstück zu geben. Die Polizeiwagen parkten nachlässig auf der Wiese.

Der Gärtner stand immer noch unter der Linde, wie auf einem gelben Teppich. Löwenzahn und Butterblumen breiteten sich um ihn herum aus.

«Was ist passiert?», fragte er, als ich bei ihm war.

«Wir haben ein paar alte Sachen im Keller entdeckt», sagte ich, «nichts Schlimmes. Die Polizei will es sich anschauen, deshalb ist es drinnen gerade ein bisschen chaotisch.»

«Ich kann ein andermal wiederkommen.»

«Wir können trotzdem eine Runde durch den Garten machen.»

«Ich weiß nicht ...»

«Mir tut es gut, ein bisschen rauszukommen.»

Ich bat ihn zu warten, während ich eine Dose Katzenfutter öffnete. Ich ertrug Madame Bovarys anhaltendes Miauen nicht mehr. Daniel wollte lieber drinnen bleiben. «Jemand muss schließlich aufpassen», sagte er und nickte zur Kellertreppe.

Es war eine Wohltat, an die frische Luft zu kommen, die Sonne auf der Haut zu spüren, das Summen der Hummeln zu hören. Der Gärtner entschuldigte sich verlegen für das Unkraut, als wäre es seine Schuld. Bei den zauberhaften rosa und gelbweißen Rosen am Westgiebel blieb er stehen.

Ehrfurchtsvoll sprach er ihre Namen aus: Rose de Rescht und Rosa serafinii, Comte de Chambord, oh, was für Namen! Souvenir de la Malmaison und Rosa Mundi, ansprechend rosa und rot gestreift. Sie sollten geschnitten werden, bevor die Bäume im Frühling ausschlagen. Er streichelte vorsichtig eine Blüte, die ich bisher noch nicht gesehen hatte, ganz hellrosa in den äußeren Blütenblättern und zur Mitte hin immer dunkler werdend, ganz innen nahezu purpurfarben. Sie duftete mir etwas zu süß, nach Honig und Butter.

«Die Habsburger Rose», sagte er. «Es heißt, sie wurde aus dem Garten der Kaiserin in Wien hierhergebracht und als Hochzeitsgeschenk eingepflanzt.»

«Wann? Für wen?»

Einen Moment schien er verwirrt.

«Das hat mir mein Vater erzählt, er nannte sie die Kaiserin, aber das ist nicht ihr richtiger Name. Es gibt keine Rose, die so heißt. Es tut mir leid.»

Ján Kahuda ging durch das immer höher werdende Gras zum Wald hinauf, bahnte sich einen Weg, oder vielleicht hatte es hier schon immer einen gegeben, der inzwischen nur überwuchert war. Der Fels und die Erde seien voller Mineralien, sagte er im Gehen. Das verleihe dem Wein seinen charakteristischen Geschmack, sie seien besonders für Weißwein geeignet.

Wir kamen an einem eingestürzten kleinen Häuschen vorbei, anscheinend ein Geräteschuppen. Sträucher und andere Pflanzen wanden sich um die Reste des Mauerwerks, ein Baum hatte in der Ruine Wurzeln geschlagen. Seine Krone breitete sich anstelle des Daches schützend über das, was längst vergangen war.

An einem kleinen Wäldchen mit Ahornbäumen, wo das Gras weiß gesprenkelt war von Tausendschön, blieb er stehen. Das seien die wertvollsten Bäume in den Wäldern hier, sagte er, sie seien dazu ausersehen, in der Fabrik in Luby zu Streichinstrumenten verarbeitet zu werden. Er klopfte auf einen der Stämme und forderte mich auf, mein Ohr daran zu legen. Wenn man genau lausche, könne man hören, welches von ihnen eine gute Resonanz erzeuge. Er selbst höre leider viel zu schlecht, eine alte Verletzung des rechten Ohrs. Ich hörte nur, wie er gegen den Stamm klopfte, dennoch machte mich all das so glücklich. Ein kleiner Teil dieser Landschaft war mein geworden, sie trat hervor, nicht mit der Schärfe, die ich mit dem Tod verband, eher berührte sie mich in der Tiefe, ein Gefühl, als nähme ich ihre Wurzelfasern wahr. Die nächtlichen Ereignisse waren plötzlich weit weg, als beträfen sie jemand anderes. War dies nicht meine Sehnsucht gewesen, etwas Ursprünglichem näherzukommen, der flüchtigen Hektik zu entfliehen? Der Gärtner sprach sein langsames, umständliches Deutsch, in dem er nach jedem Wort suchte, sorgfältig darauf achtete, es richtig zu machen. Ich konnte es im Kopf übersetzen, bevor er zum nächsten Satz überging. So erfuhr ich, wie die Dinge und Gegenstände hießen. Ein Baum war nicht nur ein Baum.

Wir kamen zu den Weinpflanzungen, die sich nach Westen ausdehnten, folgten dem Hang zu den Bergen hinauf. Hier und da schauten die trockenen und verschlungenen Stämme der Weinranken zwischen Löwenzahn, wilden Gräsern und Disteln hervor, braun und knorrig. Die ordentlichen Reihen, die es einmal gegeben hatte, ließen sich nur noch erahnen.

«Meinen Sie, man kann sie wieder zum Leben erwecken, oder müssen wir neue pflanzen?»

Ján Kahuda kniete sich hin und riss ein wenig Unkraut aus, sodass der Wurzelstock zum Vorschein kam, ein verdrehter kleiner Stumpf, knotig und zerfurcht, beinahe schwarz mit abgebrochenen Trieben, Weinranken, die sich nicht ausgebildet hatten oder abgestorben waren.

«Ich weiß es nicht», sagte er, riss ein weiteres Büschel Unkraut aus und warf es mit plötzlicher Wut von sich, «ich weiß es wirklich nicht.»

Er erzählte, es habe weitere, noch größere Felder gegeben, die zum Gut gehörten, weiter westlich, doch die seien nach dem Krieg zerstört worden, wahrscheinlich, weil darunter Kohle gewesen sei. Weinpressen und andere Gerätschaften seien weggebracht worden, er wisse nicht, wohin.

Der Gärtner stützte sich am Boden ab, um wieder hochzukommen, klopfte sich die Erde von den Händen und deutete den Hang hinunter am Gut vorbei.

«Sie sollten vorsichtig sein und nicht zu nah am Fluss anbauen», sagte er. «Es tut mir leid, aber ich muss Ihnen davon abraten, dort in der Erde zu graben.»

Er erzählte von Giften, die mit der Strömung aus den verseuchtesten Böden Böhmens hierhergelangten, aus den zahllosen Kohlegruben und Chemiefabriken, die während des Kommunismus im Grenzland errichtet worden seien, ganz zu schweigen vom Uranabbau in Jáchymov. Vor dreißig Jahren sei dies hier das Land der toten Wälder gewesen, sagte er, doch die Natur und die Pflanzen hätten eine erstaunliche Lebenskraft. Arten schienen von den Toten aufzuerstehen und neue sich herausbilden zu können, wie, wisse man nicht, vielleicht hätten sie tief unten im Boden geschlummert oder seien mit den Vögeln gekommen und hätten hier Wurzeln geschlagen.

Während wir zum Gut zurückgingen und ich immer niedergeschlagener wurde, redete er weiter über den Fluss, das ruhig dahinfließende, trügerische Blau, das mit der Elbe verbunden sei und weiter südlich sogar mit der Moldau, Inspiration für die schönste Musik. Dasselbe Wasser, das alle Geheimnisse teilte, ein Nebenfluss ohne Namen.

Wurde es dunkel, zogen Wolken herein oder war es nur ein Gefühl? Ich spürte, dass ich Daniel lieber nicht erzählen sollte, warum wir nicht unten am Fluss graben konnten. Er würde wütend werden, den Kauf rückgängig machen wollen, sich selbst mit Vorwürfen überhäufen.

«Sie mussten weggehen», sagte Ján Kahuda.

«Wie bitte?»

Er sah mich nicht an, sondern schaute auf die Stadt hinunter, auf das Muster der unterschiedlich geneigten Dächer.

«Die Deutschen. Nach dem Krieg wollte niemand sie mehr hier haben. Später zogen andere Leute ein, ich weiß nicht, wer sie waren. Arbeiter oder Diebe, was weiß ich, sie kannten sich mit der Erde nicht aus, ernteten zur falschen Zeit. Ziemlich bald verschwanden sie wieder.»

«Und seitdem hat das Haus leergestanden?»

«Ich bin manchmal vorbeigekommen. Ich wohne dort drüben, auf der anderen Seite des Flusses.» Er zeigte auf ein einsames Haus oberhalb des roten Mohnstreifens am Flussufer, ein dichtbelaubter kleiner Garten. «Mein Vater wollte nicht, dass die Rosen eingingen, einige von ihnen waren sehr selten.»

Am Tor verabschiedeten wir uns und vereinbarten, dass er jeden Tag für ein paar Stunden kommen sollte, um uns zu helfen, das Unkraut rund ums Haus zu beseitigen, die Beete freizulegen, um zu entscheiden, was entfernt werden und was bleiben sollte. Der Lohn, den ich ihm anbot, war ihm viel zu hoch, ich hatte den Eindruck, er wäre auch bereit gewesen, ohne Bezahlung zu arbeiten.

Als er ging, nahm ich eine hastige Bewegung im Gras wahr, die scheue Katze. Sie folgte ihm die Böschung hinunter und ein Stück weiter den Weg entlang. Kurz hinter der Grundstücksgrenze bog sie ab und verschwand wieder in den Wiesenblumen.

Hinter mir waren die Stimmen der Männer zu hören. Ich drehte mich um und sah ein paar Polizisten die Bahre heraustragen. Daniel hielt ihnen die Küchentür auf. Die Leiche war jetzt zugedeckt. Das Knallen der Autotüren blieb wie ein Echo hängen. Langsam rollten die beiden Fahrzeuge an mir vorbei und entfernten sich.

Ich hatte helle Vorhänge an den Fenstern angebracht, doch es wehte kein Wind, in dem sie hätten flattern können. Alles stand still, als warte die Zeit mit uns. Am Tag danach und an dem darauffolgenden Tag, ich weiß nicht, was wir die ganze Zeit machten. Wir strichen hier und da etwas an und warteten, begleitet vom Geräusch der Schleifmaschine und von Fragen, die jeden Winkel des Hauses füllten. Im Keller hing immer noch das Absperrband der Polizei. Wir versuchten mehrmals in der Dienststelle anzurufen, wurden aber noch nicht einmal zur richtigen Person durchgestellt.

Unsere Kinder schickten Kurznachrichten mit Fragen, auf die ich nicht antworten konnte. Wer war der Junge, wurde er ermordet, kannst du jetzt überhaupt noch dort schlafen? Am dritten Tag machte ich vor dem Einkaufen einen Umweg über den Marktplatz. Er war das Einzige, was wir auf den Fotos im Internet von der Stadt gesehen hatten, bevor wir hierhergekommen waren. Alle Bilder schienen von derselben Stelle aufgenommen worden zu sein, von dem zugemauerten Brunnen in der Mitte des Platzes, das Objektiv auf eine Reihe mittelalterlicher kleiner Steinhäuser gerichtet, die mit Arkaden verbunden und in warmen Pastelltönen gestrichen waren, blau und gelb und orange, dazwischen ein Fachwerkhaus, das Grandhotel, das jetzt allerdings geschlossen war. Und so hatte ich mir eine romantische, gut erhaltene kleine Stadt vorgestellt, eine heimliche Perle mitten in Europa, mit ziegelgedeckten Mansardendächern, Ornamenten und Stuck und einer Uhr mit römischen Ziffern am Rathausturm. Unter dessen Gewölbedecke hing eine dumpfe Stille, in der jede Bewegung widerhallte, das wusste ich, seit wir dort gewesen waren, um den Kaufvertrag zu unterschreiben.

Die Polizeidienststelle befand sich im Haus nebenan. Die Originaltüren waren durch Türen mit Sicherheitsschlössern ersetzt worden, die Einrichtung war in den fünfziger Jahren modernisiert worden, Eichenschränke und Holzleisten, Tapeten in Braun- und Beigetönen.

Der Mann an der Rezeption trug keine Uniform. Er sprach keine der Sprachen, die ich ihm anbot, führte aber mehrere Telefonate und reichte mir am Ende den Hörer. Eine Frauenstimme. Sie sprach englisch und verlangte Formulare, dachte offenbar, ich wollte einen Diebstahl melden. Wahrscheinlich hatte ihr das der Mann an der Rezeption gesagt, oder es war das, was die Leute hier meistens taten. Ich musste ihr dreimal erklären, warum ich gekommen war.

«Dann wollen Sie also einen Todesfall melden?», fragte sie schließlich.

«Nein, nein, der Junge war schon lange tot.»

«Dann verstehe ich nicht, weshalb Sie hier anrufen.»

«Jemand wollte sich bei uns melden, aber wir haben jetzt schon seit Tagen nichts gehört.»

«Dann wollen Sie also keine Anzeige erstatten?»

«Wir haben das alles bereits gemeldet. Es muss doch in Ihren Unterlagen stehen, wer für die Ermittlungen zuständig ist.»

«Das gehört nicht zu meinem Aufgabengebiet.»

Ich bat sie, meine Nummer weiterzugeben, und bezweifelte, dass sie es tun würde.

An dem wackligen Tisch vor dem Tabakgeschäft trank ich im Schatten eine Tasse Kaffee. Leute liefen über den Platz, gingen nach Hause oder kamen von dort, Frauen mit vollen Einkaufstüten versammelten sich in einer kleinen Gruppe unter den Arkaden. Ich versuchte mit Hilfe einer App ein paar Zeitungsüberschriften zu übersetzen, man musste das Handy vor den Text halten und er wurde automatisch ins Schwedische übertragen. Nur selten kam etwas Lesbares dabei heraus. Ich fragte mich, ob etwas über den Jungen berichtet worden war.

Als ich mich wieder auf den Weg machte, bog ich in eine der vielen Nebengassen ein, die zu fotografieren sich niemand die Mühe gemacht hatte. Dort lag der Eisenwarenladen, direkt neben einer kleinen Buchhandlung, die ständig geschlossen zu haben schien. An der Tür hatten bisher immer handgeschriebene Zettel gehangen, «Bin ab 16 Uhr wieder da», «Sorry – bin heute arbeiten». Im Schaufenster hatte ich nur tschechische Bücher gesehen und gedacht, dass es für mich dort ohnehin nichts gäbe. Jetzt stand ein Ständer mit Malbüchern und Postkarten auf dem Gehweg, und durch die geöffnete Tür drang Musik, irgendetwas Klassisches. Es war eindeutig etwas Bekanntes, ich kam aber nicht darauf, was, deshalb blieb ich stehen, Streichmusik füllte den uralten Gassenstumpf, wo die Häuser sich aneinanderlehnten und wohin die Sonne nicht reichte, hüllte mich in etwas Vergangenes ein. Die Buchhandlung machte einen betagten Eindruck, mit Regalen vom Boden bis zur Decke und einem Kronleuchter vom Anfang des vorigen Jahrhunderts. Der tote Junge war vielleicht in diesen Gassen herumgerannt, es könnte hier damals genauso ausgesehen haben wie jetzt.

Dann erkannte ich die Kundin, die mit dem Rücken zu mir an der Kasse stand, sie trug dieselbe Jacke wie beim letzten Mal. Anna Jones drehte sich um, als ich eintrat, zögerte kurz, lächelte.

«Hallo, so trifft man sich wieder.»

Die Buchhändlerin gab mir die Hand und nannte ihren Namen, Martha. Sie hatte kurzes Haar und war in Rottöne gekleidet, trug eine moderne Brille, die bläulich schimmerte.

«Sonja hat hier ein Weingut gekauft», sagte Anna Jones.

«Das auf der anderen Seite des Flusses? Ganz schön mutig! Haben Sie vor, die Tradition wiederaufleben zu lassen?»

«Vielleicht», sagte ich und ließ meinen Blick über die Regalbretter gleiten, «aber ich muss noch einiges lernen … Haben Sie Bücher über Weinbau oder auch einfach nur über die Gegend hier, auf Englisch oder Deutsch?» Etwas, wonach ich fragen konnte, ein Auftrag. Die Prachtbände über Wein, die ich zum Abschied von meinen Kollegen bekommen hatte, waren nicht wirklich praktisch. Martha ging ins Innere des Ladens, um nachzusehen, zog eine Leiter hervor und kletterte hinauf.

«Ich habe Sie ein paar Tage nicht gesehen», sagte Anna Jones und verstaute eine Tüte mit Postkarten in ihrer Tasche. «Wahrscheinlich hatten Sie auf dem Gut viel zu tun?»

«Ja … oder nein», sagte ich, «wir haben nicht viel geschafft. Eigentlich fast gar nichts.»

Erst jetzt merkte ich, wie allein ich mit allem war. Wie ich danach lechzte, darüber reden zu können, wie schwer das, was passiert war, auf mir lastete.

Ich senkte die Stimme, sodass nur sie mich hören konnte, und Anna Jones lauschte. Ein Zucken um ihre Augen, als ich den Keller und die Leiche des Jungen beschrieb, eine Veränderung in ihrem festen Blick, das war alles.

Eine kurze Pause, als ich schwieg.

«Ich weiß nicht, ob die Polizei etwas unternimmt», sagte ich. «Müsste man sich nicht darum kümmern, auch wenn es lange her ist, ihm irgendwie Gerechtigkeit verschaffen?»

«Das dauert», sagte Anna Jones, «so etwas ist nicht einfach. Bitte entschuldigen Sie, aber ich bin Juristin, auch wenn das natürlich nicht mein Fachgebiet ist. Es ist sehr kompliziert, Textilmaterial zeitlich einzuordnen, oder den Verwesungsgrad eines Skeletts. Die Identifikation. Es gibt keine DNA zum Abgleich, deshalb muss man wahrscheinlich auf historische Aufzeichnungen zurückgreifen, um nach Vermissten zu suchen, man muss die alten Archive von Grund auf durchforsten. Und wenn man sich dem Krieg nähert, gibt es Tausende von Verschwundenen … Wahrscheinlich ist nichts digitalisiert worden, falls überhaupt etwas aufbewahrt wurde …»

«Ich weiß nicht, was ich machen soll, es fühlt sich an, als wäre die Zeit stehengeblieben. Wir wissen nicht einmal, ob wir in den Keller dürfen, ob er noch auf unserem Grundstück liegt.»

Anna Jones musterte mich schweigend.

«Geht das denn nicht aus dem Kaufvertrag hervor?»

«Ich glaube nicht. Keine Ahnung.»

Ich erzählte von dem kaputten Kopierer in der Stadtverwaltung und dass wir noch nicht alle Dokumente erhalten hätten, die zum Weingut gehörten.

«Das klingt sonderbar», sagte sie.

«Aber vertraut», sagte Martha, die wieder von der Leiter

heruntergestiegen war und die letzten Worte mitbekommen hatte. Sie reichte mir einen kleinen Reiseführer aus einer internationalen Reihe. «Das ist wahrscheinlich nichts für Sie, da sind vor allem die Sehenswürdigkeiten aufgelistet, Kirchen und so etwas. Ich werde weitersuchen, sobald ich dazu komme.»

«Ich nehme es.»

Anna Jones ging raus, während ich das Buch bezahlte. Martha gab mir ihre Visitenkarte und sagte, ich könne in ein paar Tagen noch mal vorbeikommen.

«Ich bin nicht immer da, deshalb rufen Sie am besten vorher an, ich gebe an der Schule Musikunterricht und mache noch ein paar andere Sachen. Hiervon kann ich nicht leben.» Sie machte eine Handbewegung zu den Bücherregalen, weitere Kunden waren nicht zu sehen. Ich nahm die Musik wieder wahr, das sich Steigernde und Kraftvolle darin.

«Was ist das für Musik?»

«Franz Liszt, *Eine Faust-Symphonie*.»

«Es kam mir bekannt vor, aber davon habe ich noch nie gehört.»

«Ich finde bestimmt etwas Interessantes für Sie», sagte Martha. «Diese Buchhandlung gibt es schon seit der letzten Jahrhundertwende, mit kleinen Unterbrechungen natürlich, im Keller lagert noch eine ganze Menge.»

Als ich vor die Tür trat, war Anna Jones noch da. Als hätte sie gewartet. Sie hatte sich einen Zigarillo angezündet. Es war das erste Mal, dass ich sie rauchen sah.

«Wenn Sie Fragen juristischer Art haben, Sie und Ihr Mann», sagte sie, «kann ich gerne mal vorbeikommen.»

«Auf dem Weingut, meinen Sie?» Ich dachte an Daniel

und was er darüber gesagt hatte, dass ich mit Freundinnen redete.

«Ich fände es interessant, es mir mal anzusehen», sagte Anna Jones, «wenn ich es schaffe, bevor ich wieder abreise.»

«Mein Mann will nicht, dass ich über das Kind rede», sagte ich. «Er hat Angst, dass wir nicht mehr zur Ruhe kommen, wenn die Presse davon erfährt.»

Der Rauch ihres Zigarillos stieg in Ringen zu den Dachfirsten auf und verwehte, ein Geruch, der mich an meinen Vater erinnerte.

«War nur so eine Idee.»

«Wann fahren Sie?»

«Ich habe mein Zimmer noch für eine Nacht gebucht.»

Daniel war gerade erst aufgestanden und trank nur mit der Unterhose bekleidet Kaffee, als es an der Tür klopfte. Auch ich war länger im Bett geblieben als sonst. Wir hatten uns geliebt, ziemlich schnell und mechanisch, aber immerhin.

Vor der Tür stand Anna Jones und sah noch tadelloser aus als sonst. Ich selbst fühlte mich klebrig und zerzaust, hatte es aber zumindest geschafft, mir ein Kleid überzuziehen.

«Entschuldigen Sie, ich bin vielleicht zu früh», sagte sie.

«Nein, nein, kein Problem, warten Sie kurz, ich sage meinem Mann Bescheid.» Als ich Daniel erzählt hatte, dass ich eine Wirtschaftsanwältin kennengelernt hätte, war er einverstanden gewesen, dass sie herkam, hatte es sogar für eine gute Idee gehalten. Er verschwand in der Kammer, um sich anzuziehen, und ich bürstete mir die Haare, ohne prüfen zu können, wie ich aussah. Es gab keine Spiegel im Haus, nicht einmal im Badezimmer, es war nicht das Erste, woran wir beim Einkaufen gedacht hatten.

Die Mängel traten noch deutlicher zutage, als Anna Jones eintrat, als hätte jemand einen Scheinwerfer darauf gerichtet. Dielenbretter, die von Zeit und Feuchtigkeit angegriffen waren, Putz, der am Kamin abblätterte, und Schrägen, die mich jetzt, da ich wusste, dass der Fußboden teilweise unterhöhlt war, zunehmend beunruhigten. Ich hatte geträumt, wir würden in diesen Gängen versinken.

«Wissen Sie, was für Leute vor Ihnen hier gewohnt haben?» Anna Jones blickte sich diskret um. Ich wünschte mir, sie würde etwas Nettes über das Potenzial des Hauses sagen, über die original erhaltenen Details.

«Vor dem Krieg gehörte es anscheinend Deutschen», sagte ich und berichtete, was der Gärtner mir erzählt hatte. «Aber bei der Stadtverwaltung hatten sie keine Informationen darüber, wann die letzten Besitzer ausgezogen sind.»

Ich schlug eine Hausbesichtigung vor, während Daniel sich fertigmachte. Vor den hohen Fenstern im Salon blieb Anna Jones stehen. Das Sonnenlicht brach sich in den unebenen Scheiben.

«Haben Sie den Toten unter diesem Raum gefunden?»

«Es ist schwierig, sich unter der Erde zu orientieren, aber ich glaube, es war näher am Fluss, ungefähr auf der Höhe des Tors», sagte ich und zeigte dorthin. Nur die steinernen Pfosten waren stehen geblieben, ein Stück eingerissene Mauer. Die gelbe Katze rekelte sich darauf. Ich erzählte von den unterirdischen Tunneln, die Hunderte von Jahren als Transportwege und Waffenverstecke genutzt worden waren.

«Es wäre interessant, sich die mal anzusehen», sagte Anna Jones.

«Ich glaube, das geht leider nicht. Die Absperrungen …»

«Ja, das sagten Sie.»

Auf dem Weg nach oben strich sie über das Treppengeländer.

«Das ist gutes Handwerk», sagte sie, «edel, ich frage mich, was das für Holz ist.»

Ich nahm mir vor, den alten Gärtner zu fragen, ob er es wusste. Oben waren die Wände inzwischen ein zweites Mal gestrichen, in einem hellen Grau, ich führte meinen Gast von Raum zu Raum und erzählte von unseren Plänen, Fremdenzimmer einzurichten, sie könne gern dort wohnen, wenn sie wiederkäme. Die Einrichtung wollten wir zunächst einfach halten, das Wichtigste war, mit der Vermietung zu beginnen. Wir hatten noch ein bisschen Geld vom Hausverkauf in Stockholm übrig, das mindestens für ein Jahr zum Leben reichen würde, da wir das Gut so günstig bekommen hatten, aber dann musste alles laufen.

In dem Raum, der unser Schlafzimmer werden sollte, trat Anna Jones ans Fenster und blickte schweigend hinaus. Ich sagte etwas über die Aussicht, doch sie schien mich nicht zu hören.

«Was ist das für ein Baum?», fragte sie.

«Eine Linde.» Einsam und majestätisch erhob sie sich über dem letzten Hang, der zum Fluss hinunterführte. Ich stellte mir dort eine blau gestrichene Bank vor, Schatten und Licht, das durch die Blätter der riesigen Krone fiel. «Beeindruckend, oder?»

Ich glaube nicht, dass sie antwortete.

Als wir wieder runterkamen, hatte Daniel neuen Kaffee aufgesetzt. Die beiden begrüßten sich, gaben sich die Hand.

«Glückwunsch», sagte sie, «das ist ein schöner Besitz, den Sie da haben.»

Das Frühstück stand noch auf dem Tisch, aber Anna Jones wollte nur eine Tasse Tee. Der Küchenstuhl kam mir gefährlich klapprig vor, als sie sich setzte.

«Ich habe gehört, Sie haben das Anwesen zu einem guten Preis bekommen», fuhr sie fort. «Vielleicht, weil Sie es direkt von der Stadt gekauft haben?»

«Die Herren verschwanden sogar für fünfzehn Minuten, um die Unterschrift des Bürgermeisters einzuholen», sagte

Daniel, «aber der war anscheinend gerade beschäftigt.» Er suchte die Fotos heraus, die er von einem Teil der Unterlagen gemacht hatte, und reichte ihr das Handy. «Der Kopierer war kaputt, aber sie wollten uns umgehend eine Durchschrift aller Dokumente zuschicken. Ich weiß nicht, wie oft ich sie inzwischen deswegen angemailt habe.»

«Vielleicht sind sie gerade in Urlaub.»

Anna Jones öffnete ihre Tasche und zog eine Brille heraus.

«Ich fürchte, Tschechisch kann ich nicht lesen.»

Daniel aktivierte die Übersetzungsfunktion, und der Text verwandelte sich vor ihren Augen.

«Ist das hier überhaupt rechtsverbindlich?»

«Es ist schwierig, einen juristischen Text zu deuten, wenn er nicht korrekt übersetzt ist.»

Sie bat um eine Kopie, um es sich noch einmal in Ruhe ansehen zu können. Daniel gab ihre Nummer ein und schickte ihr die Bilder, ein Summen aus der Ledertasche, als sie auf ihrem Handy eintrafen.

«Ich weiß nicht, ob wir es uns leisten können, einen Juristen einzuschalten.» Daniel fühlte sich gestresst, ich hörte es ihm an, die Anspannung in seinen Stimmbändern, seine Nerven lagen blank.

«Das brauchen Sie vielleicht auch gar nicht», sagte Anna Jones. «Vielleicht liegt es nur an der veralteten Bürokratie. Es kann dauern, alte Gewohnheiten zu ändern, glauben Sie mir, ich bin in so einer Gesellschaft aufgewachsen.»

Sie bat uns, genau zu erzählen, wie der Kauf abgelaufen war, fragte nach dem Datum und danach, wie die Annonce formuliert gewesen war, ob wir sie noch hätten. Im Internet war sie natürlich längst gelöscht, aber Daniel hatte sie so oft gelesen, dass er sie auswendig konnte. Kurz und anspruchslos, keine Maklerfloskeln zur Beschreibung der Aussicht über den Fluss oder der Deckenhöhe oder der bunten Mehrfachverglasung, nur die Fläche und die Zimmeranzahl.

Ich strich mir noch ein Brot, obwohl ich satt war, eine schlechte Angewohnheit, zu essen, wenn etwas auf dem Tisch steht. Anna Jones machte sich Notizen und fragte, ob wir den Kaufpreis mit dem anderer Weingüter verglichen hätten, schien verblüfft, wie schnell alles abgewickelt worden war. Von dem Zeitpunkt, als Daniel die Anzeige gefunden hatte, waren weniger als zwei Wochen vergangen, bis alles geregelt war. Der Makler hatte uns deutlich zu verstehen gegeben, dass wir sofort zuschlagen müssten.

«Glauben Sie, da stimmt etwas nicht?», fragte ich.

Anna Jones fischte mit dem Löffel ihren Teebeutel aus der Tasse und drückte die letzten Tropfen heraus.

«Wie gesagt, kann sein, dass alles ganz korrekt ist.»

«Und wenn nicht?», fragte Daniel.

«Dann müssen Sie vielleicht doch einen Juristen einschalten.»

Daniel schlug mit der Hand auf die Arbeitsplatte und fluchte auf Schwedisch.

«Natürlich ist alles in Ordnung», sagte ich, «es ist genau wie Sie sagen, Bürokratie. Stammte Kafka nicht aus dieser Gegend?»

Anna Jones lächelte und bedankte sich für den Tee, an dem sie kaum genippt hatte, der Stuhl knarrte, als sie sich erhob. Sie gab Daniel die Hand und versprach wiederzukommen.

Ich folgte ihr nach draußen.

«Wollen Sie den Garten sehen?»

Sie wollte. Der Gärtner war da gewesen und hatte einiges Unkraut entfernt. Anna Jones sagte etwas Bewunderndes über die Rosen, was mich freute. Leider fielen mir in dem Moment nicht alle Namen wieder ein, aber ich konnte ihr die Geschichte der Habsburger Rose erzählen. Sie hörte interessiert zu. Die größte war fast ganz aufgeblüht, ihr purpurnes Inneres lag frei. Sie duftete noch stärker.

Natürlich war alles in Ordnung. Daniel machte sich immer gleich Sorgen, bildete sich ein, ihm könnte alles wieder genommen werden.

Wir hatten bezahlt, unterschrieben, die Papiere trugen das Siegel der Stadt.

«Entschuldigen Sie meinen Mann, er ist nicht ganz er selbst.»

«Kein Wunder, bei dem, was Sie im Keller gefunden haben. Da würde jeder anfangen, Gespenster zu sehen.»

«Er war auch vorher schon so.» Ich ging weiter, sprach nicht länger darüber, das hatte ich Daniel schließlich versprochen. Das Gras bewegte sich im Wind, und plötzlich stand es wieder ganz still. Ich erzählte auch nichts von meinen eigenen Träumen, in denen der Junge im Tunnel mit meiner Schwester verschmolz, die als Kind gestorben war, über die Geräusche, die ich nachts zu hören glaubte.

Am Schuppen blieb ich stehen, um ihr die alten Gartengeräte zu zeigen. Ein paar davon hatte ich herausgeholt, um sie zu säubern.

«Das haben Sie hier auf dem Hof gefunden?» Anna Jones sah sich jedes Gerät genau an. Es freute mich, dass sie sich für etwas interessierte, das andere vielleicht als Schrott bezeichnet hätten. Eine Hacke mit doppelter Spitze und eine andere mit einer rechtwinkligen, außerdem eine irgendwie gebogene Zange und eine krumme, schmale Axt. Einen Teil der Geräte hatten wir in den oberen Kellerräumen gefunden, die durch eine Außentür im unteren Teil des Hauses zu erreichen waren, sowie in dem eingefallenen Ziegelschuppen. Über einen Rechen war ich gestolpert, weil er zur Hälfte von Erdreich bedeckt und von Gras überwuchert gewesen war. Ich erzählte von unserer Idee, ein kleines Museum einzurichten, um den Besuch hier noch interessanter zu gestalten, Weinbau im Laufe der Jahrhunderte, manches konnte schließlich wirklich sehr alt sein. Es klang albern, als ich es sagte. Auch ich war jetzt beunruhigt und versuchte dieses Gefühl mit meinem Gerede zu überspielen.

«Und die Leiche, die Sie im Keller gefunden haben, was glauben Sie, seit wann liegt sie dort?»

«Frühestens seit 1937», sagte ich. «Denn da wurde Wein eingelagert, und es kommt mir unwahrscheinlich vor, dass gleichzeitig ein toter Mensch dort lag.»

«Wenn das Kind … wie alt war?»

«Vielleicht zehn.»

«Woher wissen Sie, dass es ein Junge war?»

«Die Stiefel, sie waren ziemlich kräftig, und er hatte eine Art Schirmmütze auf. Ein Gefühl. Vielleicht täusche ich mich auch.»

«Dann wäre er heute etwas über neunzig, wenn er weitergelebt hätte. Rein theoretisch könnte es noch Menschen geben, die ihn kannten.»

Anna Jones lehnte die Hacke vorsichtig wieder an die Wand.

«Wenn es später passiert ist», sagte ich, «ist die Wahrscheinlichkeit noch größer.»

«Glauben Sie, er wurde …?» Anna Jones schirmte ihre Augen ab, als sie zum Haus hinübersah, die Sonne stand jetzt hoch am Himmel. In meiner Erinnerung war es ein Moment der Stille, keine Insekten oder Vögel, kein Wind. Sie sprach den Satz nicht zu Ende. Getötet, ermordet, ums Leben gebracht, erschlagen. Diese Worte kamen mir in den Sinn, sie schwebten zwischen uns.

«Können Sie noch hier wohnen?», fragte sie schließlich. «So etwas verändert doch wahrscheinlich alles, wirft einen Schatten auf das Ganze.»

Ich ging mit etwas Abstand hinter ihr über die Wiese zurück, dachte über Antworten nach, die ich nicht geben konnte. Unmittelbar vor den Torpfosten blieb Anna Jones stehen, im Schatten der Linde. Ich fragte sie, ob ihr der Urlaub gefallen habe, ob sie wieder nach Hause, nach England zurückwolle.

«Nach Hause?», fragte sie und betrachtete den riesigen Baum, die Wurzeln, die über den Boden krochen, bevor sie in der Erde verschwanden. «Ich bin mir nicht mehr sicher, was dieses Wort bedeutet.»

In dieser Nacht träumte ich wieder von meiner Schwester. Sie war noch ein Säugling, als sie starb, aber im Traum war sie herangewachsen, größer geworden. Der Junge aus dem Keller war ebenfalls da. Beide lebten. Die Grenze war aufgehoben, der Keller ein Totenreich. Die Gänge unter dem Haus führten in verschiedene Richtungen, ich zeigte der Polizei den falschen Weg und versuchte zu erklären, dass es ein

Missverständnis sei, als ein Klingeln ertönte, Daniels Handy. Er schlief tief und fest, ich hatte die Schlaftabletten in seinem Kulturbeutel gesehen.

Ich streckte meinen Arm über ihn hinweg und nahm ab.

Es war ein Mann, den Namen verstand ich nicht. Er sagte, er sei Dolmetscher, sprach fließend Englisch und bat uns, in einer Stunde auf die Polizeidienststelle zu kommen.

Die Sonne drang durch die Ritzen rund um die Jalousien, es war fünf nach acht.

Ich brachte Leben in Daniel, zu frühstücken schafften wir nicht. Als wir am Marktplatz parkten, schlug die Rathausuhr gerade neun, das Läuten hallte durch die Arkaden.

Der Dolmetscher wartete an der Rezeption. Er reichte uns jeweils eine Visitenkarte und wiederholte seinen Namen, Anton Adámek. Warmer, fester Händedruck, ein schöner Mann. Kräftiges Haar, ein Blick, in dem man versinken konnte, ich weiß, dass ich auf so etwas nicht achten sollte.

Wir wurden in einen Raum geführt. Eichenholztisch, kahle Wände, die immergleiche beige-graue Tapete. Der ältere Kommissar war bei uns auf dem Weingut gewesen, seine Assistentin kannte ich nicht.

Josef Krall. Elina Kavaleka. Sie trug ihr Haar offen, eine Mähne, ihr Ausschnitt wirkte nicht sonderlich polizeimäßig.

Sie setzten sich auf eine Seite des Tisches und wir auf die andere, der Dolmetscher ließ sich ein wenig zu lässig am kurzen Ende neben mir nieder. Die Polizistin klappte ihren Laptop auf, legte Mappen auf den Tisch, rückte einen Stift zurecht. Der Kommissar redete in kurzen Sätzen mit übertrieben langen Pausen, um dem Dolmetscher Zeit zu geben, zu übersetzen.

«Ich kann mir denken, dass Sie wissen wollen, was passiert ist. Ich fürchte, ich muss Sie enttäuschen. Es dauert. Es ist lange her. Es sind komplizierte Ermittlungen. Alle Antworten werden wir nie bekommen.»

Daniel wurde ungeduldig.

«Wissen Sie, wer das Kind war? Kann man etwas zur Todesursache sagen?»

Die Übersetzung war kurz, der Dolmetscher gab offenbar nur eine Frage weiter. Ich überlegte, ob er die andere nicht mitbekommen hatte.

«Das Skelett war in Anbetracht des Alters ungewöhnlich gut erhalten», begann die Frau. Es schien, als lese sie vom Bildschirm ab. «Die Leiche scheint gut geschützt gewesen zu sein, es gab keine Insekten oder Tiere im Kellerraum, die sie hätten beschädigt können, außer …» Sie beugte sich ein bisschen vor. «Die Finger, die Knöchel. Die Wunden sind nicht verheilt, könnten vom Versuch des Toten stammen, sich nach draußen zu graben oder auf sich aufmerksam zu machen. Die Schädelform hat bestätigt, dass es sich um einen Jungen handelt.»

Anton Adámek hob die Hand, um sie zu unterbrechen, bis er alles übersetzt hatte. Ich schloss kurz die Augen und öffnete sie wieder, aber das Bild blieb. Eingesperrt. Sich herausgraben.

«Nach dem Tod», fuhr sie eintönig fort, «haben die Verhältnisse vor Ort zu einer relativ raschen Mumifizierung geführt. Die trockene Luft in Kombination mit starker Abmagerung …»

«Wie bitte?»

«Es wurden mehrere leere Flaschen gefunden, Weinvorräte. Der Prozess könnte noch beschleunigt worden sein, wenn das Kind Alkohol getrunken hat.»

«Mumifizierung?» Das Wort versetzte mich in alte Gruselfilme zurück, eingewickelte Körper. Ich hatte nicht begriffen, dass es das war, was ich gesehen hatte. Die Haut, so dünn und spröde, der Eindruck, sie wäre über das Skelett gespannt. «Wie kann das sein?»

Elina Kavaleka hob den Blick über die Bildschirmkante.

«Wie gesagt, die äußeren Umstände. Das trockene Klima, das Fehlen von Insekten. Sowie das Innere. Es ist sehr wahrscheinlich, dass er gehungert hat, was zusammen mit der Einnahme von Alkohol eine sogenannte Spontanmumifizierung begünstigt.»

«Eine was?»

«Spontanmumifizierung», wiederholte der Dolmetscher fragend. Er überprüfte es sicherheitshalber, indem er noch einmal nachfragte, dann bestätigte er es.

«So etwas kann ganz schnell gehen», sagte der Kommissar, «ich war selbst dabei, als ein alter Mann aufgefunden wurde, der sich zu Tode gesoffen hatte. Die Frau war weg, niemand kaufte Essen ein, alle Fenster der Wohnung waren geschlossen. Er hatte nur zwei Jahre dort gelegen.»

«Aber ein Kind?»

Es wurde still. Anton Adámek übersetzte. Die Worte hingen einen Moment in der Luft, derselbe Satz in zwei Sprachen. Daniel suchte unter dem Tisch nach meiner Hand.

«Wissen Sie mehr darüber, wie alt …?»

Die Frau beugte sich über den Laptop, sagte irgendetwas über Kniegelenkmessungen und den proximalen Oberarm, ich hörte schon nicht mehr zu. Der Dolmetscher musste sie bitten, es zu wiederholen, diskutierte mit Daniel kurz die anatomischen Fachbegriffe. Jedenfalls war der Junge zwischen zehn und fünfzehn Jahre alt gewesen, anscheinend das Alter, in dem bestimmte Körperteile mit anderen zusammenwachsen, die Untersuchung des Zahnstatus bestätigte das. Der zweite Molar schien gerade durchgekommen zu sein. Nicht jünger als elf, wahrscheinlich zwölf.

Langsam drang es zu uns durch. Wurde Wirklichkeit.

«Und zeitlich?» Daniel wandte sich an den Dolmetscher. «Kann man etwas darüber sagen, wann er starb, wie lange er dort gelegen hat?»

Die Frau schaute zu dem wesentlich älteren Mann hinüber, der sich über die Glatze strich. Eine klassische Glatze, mit Haarkranz rund um den kahlen Schädel. Vielleicht schob er die Pensionierung schon seit Jahren vor sich her.

«Dazu braucht es umfänglichere Analysen», sagte er. «Genaue Aussagen können die Techniker zu diesem Zeitpunkt noch nicht machen.»

«Und ungefähr? Über welches Jahrzehnt sprechen wir?»

Ihre Blicke trafen sich. Der Kommissar zog eine der Mappen zu sich heran und nahm eine Brille aus der Brusttasche.

«Die Stiefel konnten identifiziert werden. Ein Stempelabdruck wurde gefunden, der darauf hinweist, dass sie von einem Schuhmacher in Deçin hergestellt wurden. Wahrscheinlich in den 1920er Jahren. Das beweist noch nicht viel. Er könnte sie von seinem Vater oder Großvater geerbt haben. Es sei denn, der junge Mann hätte sie gestohlen.»

Er schien zu zögern, als er eine Seite aus der Mappe nahm und sorgfältig musterte, ehe er sie so auf den Tisch legte, dass wir sie einsehen konnten.

«Damit gehen wir nicht an die Presse», sagte er. «Es würde sie nicht interessieren. Nur dass Sie es wissen.»

«Natürlich», sagte Daniel.

Keiner atmete. So fühlte es sich an. Anton Adámek beugte sich vor. Es war nicht leicht zu erkennen, was auf dem Bild zu sehen war. Ein Arm oder ein Bein, irgendwelche Lumpen?

«Es ist nicht viel übrig, aber Sie sehen hier Reste eines Stoffs. Mit siebzigprozentiger Sicherheit, höchstens. Er sieht grau aus. Könnte mal weiß gewesen sein. Wahrscheinlich eine Armbinde.»

«Was bedeutet das?»

«Wenn Sie von hier wären», sagte er, «wüssten Sie das.»

Der Kommissar legte den Ausdruck sorgfältig zurück. Schließlich antwortete der Dolmetscher für ihn.

«Ein Deutscher», sagte er. «Der Tote war Sudetendeutscher.»

Langsam, ganz langsam zog Josef Krall ein weiteres Blatt aus der Mappe.

«Das haben sie gefunden, als sie die Hosentaschen des Jungen näher untersuchten. Das, was davon übrig war.»

Zwei Fotos landeten vor uns auf dem Tisch. Zwei Münzen, oder die beiden Seiten einer Münze. Sie waren so dunkel, dass der Text darauf kaum lesbar war, grau, fleckig, geschwärzt.

Eine große Eins mit zwei kleinen Blättern darunter. Eichenlaub. Die Buchstaben an der oberen Kante entlang. 1 Reichspfennig.

Daniels Schatten verdeckte das Geldstück, als er sich vorbeugte.

Die andere Seite der Münze jagte mir einen Schauer über den Rücken, Kälte, ein tiefes Unbehagen: ein Adler, der ein Hakenkreuz zwischen den Krallen hielt. Deutsches Reich.

«Zu dem Zeitpunkt wurden sie aus Zink hergestellt», meinte die Frau, die eine Weile nichts gesagt hatte. «Billiger und einfacher, je länger der Krieg dauerte.»

Es gelang mir, die Ziffern auf dem angelaufenen Metall zu identifizieren, gleichzeitig sprach die Frau die Jahreszahl laut aus, und die Übersetzung erfolgte simultan.

1943.

«Also, wenn jemand für den unglücklichen Tod dieses Jungen verantwortlich gemacht werden kann, dann ist das wohl leider Hitler persönlich», sagte der Kommissar und schloss sorgsam die Mappe. Die dicke Hand, die er darauf liegen ließ, vermittelte das Gefühl, dass sie nie wieder geöffnet werden würde.

«Ich verstehe, dass das alles Ihnen Unbehagen bereitet», sagte er. «Aber wenn wir nach allen Kindern suchen müssten, die in diesen Jahren verlorengingen …»

«Aber», sagte Daniel, «wenn die Schuhe von hier waren, dann war er doch bestimmt aus der Gegend, vielleicht gibt es Verwandte …»

«Das glaube ich nicht», sagte Josef Krall und lehnte sich zurück, begann ohne Pause zu reden, sodass der Dolmetscher doppelt so schnell sprechen musste.

Mit größter Wahrscheinlichkeit sei der Junge Sudetendeutscher. Die Verbindung zu dieser Gegend, die Schuhe, die Armbinde. Somit habe er hier keine Verwandten, weil es hier, Gott sei Dank, keine Sudetendeutschen mehr gebe.

Hunderte von Jahren hätten sie hier Seite an Seite gelebt, in Frieden, hätten ihre eigenen Schulen und Kirchen gehabt, doch dann sei Hitler gekommen, und die Ersten, die jubelnd auf dem Marktplatz gestanden und in die Hände geklatscht hätten, als die Nazis einmarschierten, seien die Sudetendeutschen gewesen.

Wie die Welt das habe zulassen können. Der Kommissar sah uns scharf an, als wären wir persönlich dafür verantwortlich, ein Teil der Westmächte, die dieses Land Hitler in die Arme getrieben hatten. München 1938, spuckte er aus, Sie wissen vielleicht, was in München geschehen ist? Als Hitler beteuerte, wenn er das Sudetenland bekäme, würde er keine weiteren territorialen Ansprüche in Europa stellen. Andernfalls gäbe es Krieg.

England und Frankreich kuschten, verrieten eine kleine demokratische Nation, der sie Unterstützung versprochen hatten, warfen das Sudetenland dem Deutschen Reich in den Rachen. Und Chamberlain kehrte nach London zurück und prahlte damit, den «Frieden in unserer Zeit» gesichert zu haben.

Am darauffolgenden Tag, am ersten Oktober 1938, fiel Hitler im Sudetenland ein, und dann schluckte das Monster auch noch den Rest des Landes.

«Mein eigener Vater war nach dem Krieg dabei», fuhr der Kommissar fort, «und sorgte dafür, dass jeder Sudetendeutsche hier in der Stadt seinen Koffer packte und in den Zug stieg, und wenn er ihn an Bord tragen musste. Damit sie sich nie wieder hier blicken ließen. Tschechische Kinder starben, jüdische Kinder starben, möge Gott mir verzeihen, wenn ich nicht um einen deutschen Jungen weine.»

In dem Raum wurde es immer stickiger. Alles verstummte, Stühle scharrten, als Josef Krall sich als Erster erhob und alle seinem Beispiel folgten. Die Mappen verschwanden in der Aktentasche seiner Assistentin.

«Ich empfehle Ihnen», sagte der Kommissar, «diesen Gang so bald wie möglich wieder zu verschließen. Ein anderes Kind könnte sich hineinverirren. Es könnte ein Unglück geschehen.»

«Aber das ist unser Weinkeller», sagte Daniel, «der gehört doch zum Gut.»

Der Mann musterte ihn einen Augenblick.

«Dann liegt auch die Verantwortung bei Ihnen.»

Anton Adámek geleitete uns wieder hinaus. Sein Händedruck war noch immer herzlich.

Ich schlug Daniel vor, einen Kaffee trinken zu gehen, aber er wollte lieber sofort nach Hause. Ich überließ ihm das Auto und sagte, ich wolle noch einkaufen gehen.

Vor allem aber brauchte ich Luft.

Als ich Stunden später die Haustür öffnete, schoss mir die Katze entgegen. Ein dunkelgelber Blitz, und weg war sie.

Daniel musste sie versehentlich reingelassen haben. Das wunderte mich. Bisher hatte Madame Bovary keine Anstalten gemacht, zur Hauskatze konvertieren zu wollen, normalerweise rannte sie weg, sobald ich rauskam, und verschwand im Gras, im Gestrüpp, ihrem Revier. Ich verstaute die Lebensmittel, während mein Herz sich langsam beruhigte, tauschte die welken Blumen gegen neue aus, die ich unterwegs gepflückt hatte. Vielleicht hatte sie eine Maus verfolgt, einen eigenen Weg hinein gefunden.

Ich wischte Blütenstaub und herabgefallene Blütenblätter vom Tisch und hörte plötzlich Stimmen. Es war schwer auszumachen, woher sie kamen. Daniels erkannte ich sofort, aber wer war der andere? Seine Stimme war leiser, Daniels erregter. Ich verstand keine Sätze, kaum ein paar Worte, es war mehr ein Hintergrundgeräusch, das anstieg und abfiel, eine abgehackte Sprachmelodie. Pausen, Rufen. Deutsch, Englisch?

Genau so, fiel mir ein, hatten wir die Stimmen wahrgenommen, als die Polizei unten im Tunnel gewesen war, ein Murmeln, das durch Rohre oder Rauchfänge transportiert wurde, durch unbekannte Hohlräume des Hauses.

Ich öffnete die Tür zur Kellertreppe. Daniel befand sich irgendwo im hinteren Teil, der Gang hallte wider von seinem Zorn.

«It's closed, cordoned, shut down. Do you understand? Geschlossen. You can't go in there, how did you even get in?»

Und dann der andere, ein dunklerer Ton, sie fielen sich ins Wort. Jetzt erkannte ich die Stimme wieder. Der alte Gärtner, stammelnd, demütig auf Deutsch.

«Entschuldigung, ich wollte nicht … aber die Katze …»

Er sagte etwas über die Katze, dass sie hineingeschlüpft sei. Dass er die Tür nur angelehnt habe, er entschuldigte sich dafür, es sei sein Fehler gewesen, und dann habe er sie nicht wiedergefunden, oder sie sei ihm entwischt, und ja, er hätte nicht in den Tunnel hinuntergehen dürfen, er bitte auch dafür vielmals um Entschuldigung. Ja, er habe das Polizeiabsperrband gesehen. Ich stellte mir vor, wie Daniel ihm damit vor dem Gesicht herumwedelte.

«Wir wollen nicht, dass hier irgendwelche Leute herumspringen, *out of control*, die herumschnüffeln und hier unten nach wer weiß was suchen. Es ist unsere Verantwortung, verstehen Sie? *Our responsibility.*»

«Es war nicht so gemeint … Ich wollte nur sehen … Es ist so lange her. Ich bin nicht mehr in den Tunneln gewesen, seit ich ein Kind war.»

Sie verstanden sich nicht, redeten aneinander vorbei. Ich ging langsam hinunter. Schwindel ergriff mich, als mich die Erde und der Fels wieder umschlossen, der kühle Geruch, stehende Luft. Diesmal fiel es mir schwerer, sie zu atmen.

«Was ist passiert?»

«Endlich», sagte Daniel. «Hast du diesem Mann erlaubt, hier einfach ein und aus zu gehen, wenn wir nicht da sind?»

«Nein, natürlich nicht, aber so schlimm ist es doch auch wieder nicht …»

Der Alte stützte sich auf die Schubkarre. Das Licht der Taschenlampe in seiner Hand beleuchtete ihre Gesichter von schräg unten, sodass das meiste im Schatten lag.

«Er hat die Katze gesucht», sagte ich und nahm die letzte Stufe, vorsichtig, weil ich den Boden unter mir kaum sah. Ich trat zu ihnen und legte dem Gärtner eine Hand auf den Arm. «Alles in Ordnung», sagte ich auf Deutsch, «mein Mann hat nur einen Schreck bekommen.»

«Die Katze war gar nicht hier, verdammt», fiel Daniel mir ins Wort. Ich will nicht sagen, dass er brüllte, aber seine Stimme wurde immer lauter und hallte von den Felswänden wider. «Sie saß an der Kellertür und miaute. Ich musste wissen, wie sie reingekommen war, und da sah ich, dass die Tür in diesem alten Wäschekeller, oder was auch immer es ist, angelehnt war, diese Tür, die zum Garten führt. Da kann ja jeder reinspazieren.»

«Ich habe ihm den Schlüssel gegeben», sagte ich und versuchte Ján Kahudas Blick einzufangen, aber er stand von mir abgewandt, schaute in die tiefe Dunkelheit hinein. «Er muss schließlich Wasser holen können, wenn er sich um den Garten kümmern soll.»

«Das heißt aber ja wohl nicht, dass er hier einfach ein und aus gehen kann.»

«Er versucht sich zu entschuldigen, die ganze Zeit schon, es tut ihm leid, dass er hier runtergegangen ist.»

Ján Kahuda murmelte noch immer Entschuldigungen vor sich hin, kam aber nicht gegen Daniels Stimme an. Er sagte etwas von Tunneln, dass man weiter drinnen runter und bis zur Stadt gehen konnte, vor langer Zeit.

«Wie es aussieht, wollte er nur mal gucken», versuchte ich

zu erklären, «er sagt, er sei als Kind in den Tunneln gewesen und sei neugierig geworden …»

«Neugierig?» Ein Stöhnen und ein Lachen, das mir sagen sollte, wie blöd das war. «Und das findest du okay, irgendwo reinzugehen, nur weil man *neugierig* ist?»

«Wir sind am anderen Ende reingegangen, das war natürlich verboten», fuhr Ján Kahuda fort, «direkt hinter dem Marktplatz, am alten Eisenwarenladen …» Ihm schien etwas einzufallen, er versuchte sich in seiner Erinnerung zu orientieren, blickte erst in die eine Richtung, dann in die andere. «Diese Mauer gab es damals nicht. Ich erinnere mich an die Treppe hier, aber da oben gab es eine Tür … Wir hielten uns meistens im Tunnel auf, da gab es eine Art Verschlag weiter drinnen …» Er wendete sich zur Dunkelheit hin, und ich spürte, wie ich fröstelte.

«Dort lag er», sagte ich.

«Er?»

«Das Kind.» Ich wiederholte es noch einmal auf Deutsch.

«Von was für einem Kind reden Sie, gnädige Frau?»

Ich musste es ihm sagen, von dem toten Jungen erzählen, den ich gefunden hatte, vielleicht in ebendem blinden Gang im Tunnel, von dem er gerade erzählt hatte. Ich beschrieb die Pritsche oder das Regalbrett ganz in der Ecke, wo das Kind sich zusammengekauert hatte, die Weinflaschen auf dem Boden.

Das Licht flackerte. Dem Alten zitterte die Hand.

«Aber es ist lange her», sagte ich. «Seine Leiche lag wahrscheinlich seit dem Krieg dort, die Polizei meint, der Junge sei Deutscher gewesen, weil er eine Armbinde trug.»

«Die weiße Binde.»

«Und eine Nazimünze in der Hosentasche, von 1943.»

«Worüber redet ihr?», fragte Daniel.

«Entschuldige, es ist mir so rausgerutscht. Als er gesagt hat …»

«Ach du Scheiße.» Daniel breitete in einer plötzlichen Bewegung die Arme aus, sodass seine Knöchel gegen die Felswand prallten, und fluchte weiter. Beinahe hatte ich das Gefühl, ich wäre es, die er schlagen wollte, denn auf den Alten hatte er es ja wohl kaum abgesehen? Es kam mir vor, als stünde ich wie eine Mauer zwischen ihnen.

«Nicht der Krieg», sagte Ján Kahuda. «Es war später. Nach dem Krieg mussten sie die Binden tragen, damit jeder sehen konnte, dass sie Deutsche waren.»

«Kannst du ihm bitte sagen, dass er in der Stadt darüber die Klappe halten soll!», sagte Daniel, und das tat ich, wenn auch mit anderen Worten, ich sagte etwas von Polizei und dass sie nicht wollten, dass zu viel darüber geredet würde. Ich konnte nicht recht erklären, warum, ich hatte es selbst nicht begriffen.

«Ich glaube, ich sollte jetzt gehen», sagte Ján Kahuda. «Ich will Sie nicht länger stören.»

Langsam ging er die Treppe hinauf, schwankend, unsicher. Wir hörten, wie die schwere Holztür zuschlug.

«Warum musstest du ihn so hart angehen?», fragte ich, als wir alleine waren. «Jetzt traut er sich wahrscheinlich gar nicht mehr hierher.»

«Gut. Ich kann nicht die ganze Zeit herumlaufen und aufpassen, dass alle Türen zu sind. Es war nicht meine Idee, einen Achtzigjährigen einzustellen. Der Alte ist ja völlig verwirrt. Er hätte stürzen können, was wäre dann passiert? Wir sind hier verantwortlich, ich würde dann zur Rechenschaft gezogen.»

Und so weiter.

An alles mag ich mich nicht erinnern, nicht an jedes Wort in dem Streit, der folgte. Das Letzte, was ich sagte, bevor ich mich schlafen legte.

«Dann gieß die Rosen doch selbst.»

NOTIZEN, BEOBACHTUNG
in der Nacht zu Samstag, 04:20 Uhr

Schreie aus dem Obergeschoss.
Er ist aufgestanden. Tumult, Lärm.

Sie sind tot.
Sie sind alle tot.

Wer ist tot?

Ich sehe die Kinder nicht.
Haben sie die schon geholt?

Hier sind keine Kinder.

Aber er ruft.
Ich habe es irgendwo gehört.
Nein.
Machen Sie die Tür nicht zu.

Da ist niemand, der ruft.

Jesus, Herrgott sakra!
Hören Sie nicht, dass er ruft?

Die kurvenreichen Straßen zwischen den Dörfern und kleinen Städtchen wurden gerader, die wogende Landschaft ebener. Schornsteine, Industrieanlagen. Ich fuhr auf die Autobahn Richtung Prag. Beschleunigte und drehte die Musik auf, laut, noch lauter, eine Playlist mit klassischer Musik, die ein anderer für mich zusammengestellt hatte. Die Streicher spielten immer schneller, durchschnitten die Schönheit der Melodien, als jagten sie etwas, ich fühlte mich beim Hören frei.

Ich wollte ein paar andere Weingüter besuchen, hatte ich Daniel gesagt, etwas Wein von dort mitbringen, damit wir endlich wüssten, wie der hiesige Wein schmecke. Und mich gründlich bei IKEA umschauen.

Über Nacht bleiben, nur eine Nacht.

Glühbirnen waren das Einzige, was Daniel auf die Liste gesetzt hatte. Er bot nicht an, mich zu begleiten.

Was hätte ich sonst sagen sollen?

Dass ich ein bisschen Zeit für mich brauchte, und *du gehst ja ohnehin nicht gern zu IKEA*. Was die Leute so sagen, wenn sie eigentlich etwas anderes meinen.

Ich ordnete mich rechts ein und hielt nach der Abfahrt Richtung Mělník Ausschau. Ich muss ihm Zeit geben, dachte ich.

Ich durfte mich auch nicht selbst unter Druck setzen, es eilte nicht. Ein neues Leben baut man sich schließlich nicht im Handumdrehen auf, nichts muss innerhalb einer Viertelstunde gelöst werden. Ich war raus aus dem Karussell. All die Morgenstunden, so viele Morgenstunden in so vielen Jahren, in denen ich herumtelefoniert hatte, um Vertretungspersonal für sämtliche Schulen und Kindergärten der Stadt zu finden, während stetig neue Krankmeldungen hereinkamen, eigene kranke Kinder, die betreut werden mussten, Urlaub, freie Tage … Dass die Leute nicht einfach gesund bleiben konnten oder zumindest nicht im Februar krank werden mussten und vor allem nicht in letzter Minute, wenn keine Vertretung es noch rechtzeitig zur ersten Stunde schaffen konnte, sodass die Schulklassen ohne Lehrer dastanden. Das Kindergartenpersonal ging bereits auf dem Zahnfleisch, und schon poppte eine weitere Meldung auf, Langzeiterkrankung, Erschöpfungssyndrom, und eine Erzieherin stand allein mit neunzehn Kindern da. Du kannst dich nicht in alles reinhängen, sagte meine Chefin oft. Es war wie in einem Computerspiel: Sobald man es schaffte, alle Bälle zu fangen, wurde das Tempo erhöht, und immer mehr Bälle tauchten auf.

Auf gewundenen Straßen schlängelte ich mich durch Mělník. Von dem Schloss auf der Anhöhe aus hatte man eine wunderschöne Aussicht über die beiden Flüsse Elbe und Moldau, die zusammenflossen und sich vereinten. Witwensitz zahlreicher Königinnen, las ich in der Broschüre, die man mir in die Hand drückte, während die Gläser hereingetragen wurden. An genau diesen Hängen am Flussufer waren die allerersten Weinpflanzungen Böhmens angelegt worden, Reben, die die Heilige Ludmila sich im neunten Jahrhundert aus Frankreich hinterherschicken ließ, weil sie so begeistert von dem Wein gewesen war, den der französische König ihr kredenzt hatte. Jetzt gehörte das Schloss einem Adligen, der nach dem Zerfall des Kommunismus die Weinproduktion wiederaufgenommen hatte. Ich verkostete ein paar Weine, ließ die Schlucke im Mund kreisen und versuchte die richtigen Worte zu finden, bevor ich ausspuckte. Frisch und ein wenig spritzig, ein schlichter, zurückhaltender, aber dennoch ganz außergewöhnlich guter Wein, hervorragend zu Fisch oder einfach so, leicht, mit einer etwas fruchtigen Note und nicht ohne weiteres von Riesling zu unterscheiden, aber schließlich handelte es sich ja auch um eine Kreuzung von Riesling mit einer anderen Rebsorte, benannt nach dem Mann, der sie im neunzehnten Jahrhundert zusammenführte. So also sollte ein Müller-Thurgau schmecken. Ich kaufte mehrere Flaschen, dazu noch Blauen Portugieser, Johanniter und Muscat und ein paar Flaschen vom schlosseigenen Sekt, eine kleine Kiste voll, die ich im Kofferraum verstaute.

Nur noch eine Stunde Fahrt. Ich fuhr etwas weniger als hundert, schweineteure Autos brausten an mir vorbei, und die Straßenschilder standen jetzt dichter.

Wie die Leute damals geguckt hatten, als ich von unserer Entscheidung erzählte und dass ich gekündigt hatte. Bewunderung und Neid, keine Missgunst, sondern eher freudige Überraschung, wie befreit, dass jemand es wagte, das zu tun, wovon alle träumten. Den eigenen Traum zu leben. Dass wir so mutig waren, man sollte das eigentlich auch … aber nicht jetzt, vielleicht irgendwann später im Leben. Es kam mir vor, als täte ich es auch für sie, als zeigte ich ihnen etwas, das sie sehen sollten.

Ich erzählte niemandem, am allerwenigsten Daniel, was ich dachte, wenn ich in den bangen Stunden des Morgengrauens erwachte, vor allem, nachdem wir die Anzeige für unser Haus geschaltet hatten und dieses leer räumten, weil der Makler gemeint hatte, so treibe man den Preis nach oben, die freien Flächen und schönen Details als Blickfang, Kupfergeschirr und Leinenbettwäsche, denn es sei nicht einfach ein Reihenhaus, was wir verkauften, sondern auch der Traum von einem Leben, das in diesem Haus gelebt werden könnte.

Schlimmstenfalls, so der Gedanke, den ich mit niemandem teilte, gab es immer noch Vertretungsstellen an Schulen und Kindergärten, auf die ich mich bewerben konnte.

Das Navi führte mich ins Zentrum von Prag und in ein Riesenparkhaus unter der Erde. In der Altstadt auf der anderen Seite des Flusses war es unmöglich, einen Parkplatz zu bekommen, und so ging ich den letzten Kilometer zu Fuß. Über die berühmte Brücke mit ihren Skulpturen und mittelalterlichen Türmen, wo Touristen versuchten den Fluss und die Festung auf ihren Selfies einzufangen und wo ein Streichquartett spielte, wahrscheinlich Bach.

Am anderen Brückenende führte eine Straße nach rechts. Dann kam eine kleine Gasse, und höchstens fünfzig Meter weiter sollte es Arkaden mit Bücherregalen und Caféhausstühlen geben, die einem das Gefühl von drinnen und draußen zugleich gaben.

In dem Café sollte ich nach dem Schlüssel fragen, aber er war nicht mehr da.

«Ihr Bekannter ist bereits angekommen.»

Ich wünschte, ich könnte sagen, dass ich in Prag war, um zu IKEA zu gehen, aber in Wahrheit wartete er hier auf mich. Nichts an diesem Tatbestand lässt sich beschönigen.

Paul, wie soll ich Paul erklären?

Wie er im durchsichtigen Mittagslicht aussieht, als ich das Zimmer betrete. Die Sonne, die in die Gasse fällt und dann auf ihn, wie er mit seinem Laptop auf dem Bett ausgestreckt daliegt, sein Haar leicht zerzaust, als wüsste es nicht, in welche Richtung es soll. Durch das offene Fenster dringen Geräusche, aus den Cafés und Bars unten auf der Straße. Er befindet sich in seiner eigenen Welt, und doch auch wieder nicht, er hat sich ausgebreitet. Die Noten, ein Stapel Blätter auf dem kleinen runden Tisch, der geöffnete Koffer auf dem Boden, der schwarze Anzug mit dem weißen Hemd auf einem Bügel an der Badezimmertür.

Ich wünschte, ich könnte überspringen, was jetzt in dem Zimmer passiert, könnte die Einzelheiten weglassen, doch das ist unmöglich. Man würde es nicht verstehen.

Von der Karlsbrücke dringt Musik herein, so leise, dass sie nur derjenige wahrnehmen kann, dessen Sinne weit geöffnet sind, vibrieren.

«Hörst du das?», fragt er. «Das ist Debussy.»

Er steht auf, noch einmal sein Duft. Er ist zu stark, wirkt künstlich. Es stört mich, dass er das Rasierwasser gewechselt hat. Seine Fingerspitzen, die die ferne Musik in meine Hand klopfen, die Innenseite meiner Unterarme hinauf, wo die Haut so zart ist. Niemand hat mich je dort berührt, so fühlt es sich an. Nicht auf diese Weise. Ich weiß nicht, warum wir uns voreinander genieren. Warum sind wir noch nicht im Bett, bin ich nicht schon seit einer Viertelstunde hier, wenn nicht länger? Seit dem letzten Mal sind mehrere Monate vergangen. Jedes Mal muss das letzte sein und ist damit auch das erste.

«Du solltest dich doch nicht mehr bei mir melden», sagte ich, «das hatten wir abgemacht.»

«Du hast es abgemacht. Bist du jetzt wütend auf mich?»

«Stinkwütend.»

«Du darfst mich schlagen, wenn du willst.»

Ich tue es. Das gehört dazu, wir liegen miteinander im Krieg, vielleicht kehre ich deshalb immer wieder zu ihm zurück. Ich schlage ihn, bis er meine Hände festhält.

«Warum bist du hergekommen?»

«Weil du gefragt hast.»

«Weil du nicht nein sagen kannst.»

«Doch, kann ich.»

«Dann sag es.»

«Nein. Nein. Nein.»

Das Fenster ist geöffnet, keine Gardinen. Die Musik wird wilder, seine Hände unter meinem Kleid, all der Stoff, der nur im Weg ist. Jemand könnte uns gesehen haben oder gehört, könnte von den Cafés unten in der Gasse hochgeschaut und sich gefragt haben, was da wohl los ist. Vielleicht haben sie gelacht oder sind rot geworden, haben sich gewünscht, selbst Fremde zu sein, die sich lieben, bis sie sich schlagen oder untergehen.

«War es ein Zufall, dass du diese Konzerte in Prag bekommen hast?»

«Möchtest du glauben, dass es ein Zufall ist?»

«Ja. Nein.»

Er legte mir die Decke über den Mund, sodass ich nichts mehr sagen konnte.

Ich merkte nicht, wann die Noten herunterfielen, aber hinterher hatte er Mühe, die Seiten wieder in die richtige

Reihenfolge zu bringen. Hochkonzentriert kroch er auf dem Boden herum, Notenblätter in der Hand, die er sortierte. Ich sah ihm vom Bett aus zu, er war immer noch nackt, auf allen vieren. Ich weiß nicht, wie ich seinen Körper beschreiben soll. Muss ich das? Es klingt immer so armselig, als würde alles auf das Physische reduziert. Die Muskeln seines Oberschenkels, die sich anspannten, als er auf dem Boden die Position änderte, sich nach einem weiteren Blatt streckte, der feingliedrige Nacken, der mich an eine Rassekatze erinnert hatte, als ich ihn das erste Mal sah, seine Blässe, denn er war keiner, der sich in der Sonne aufhielt. Er hatte eine Hautkrankheit, die er mit Salben und Medikamenten in Schach hielt, nichts Ansteckendes, aber es führte zu helleren Flecken auf seinem Rücken, bis zum Hintern hinunter. Ich streckte einen Zeh aus und streichelte darüber. Wünschte mir plötzlich, etwas zu tun, was physisch unmöglich ist.

«Nicht jetzt», sagte er und lachte und versuchte meinen Fuß wegzuschieben und dann meine Hände, mein Gesicht, «ich muss das hier vor dem Konzert sortieren, ich muss noch duschen. Wir müssen uns anziehen, ich habe einen Tisch reserviert. Bitte, hör auf jetzt.»

Später liefen wir Hand in Hand durch die Stadt. Das hatten wir noch nicht oft getan, viel seltener, als wir uns geliebt hatten. Nur an einem einzigen Abend, nach einem Konzert in Örebro, nachdem er die anderen aus dem Orchester abgeschüttelt hatte, hatte er meine Hand genommen. Damals hatte es mich beunruhigt. Ich kannte niemanden in Örebro, es war dunkel, und ich erinnere mich, dass ein eisiger Wind wehte, es war Februar, und wir begegneten kaum einem

Menschen, dennoch sah ich uns in den Augen der anderen, ein Hologramm, eine Projektion, ein Wahn, dass wir zusammengehörten.

Vielleicht sollte ich es nicht Liebe nennen. Wie oft hatten wir uns gesehen? Mehr als zehn-, keine zwanzigmal.

Noch kein Jahr, seit es begonnen hatte.

Vielleicht bemerkte ich ihn schon während dieses ersten Konzerts, den Mann, der die erste Klarinette spielte. Er hatte ein langes Solo, daran erinnere ich mich noch gut, keine Ahnung, von wem die Musik war. Die Konzertkarte hatte ich von einer Freundin bekommen, deren Mann krank geworden war, sie kannte irgendjemanden im Orchester, es war ein Jubiläumskonzert, und deshalb wurde hinterher noch ein bisschen gefeiert. Eine der Nächte, in denen ich zu lange blieb. Er übernachtete in einem Hotel an der Kungens Kurva, es fühlte sich richtig und gleichzeitig lebensgefährlich an. Ich hatte schon immer eine Schwäche für große Männer gehabt, und dann die Klarinette, die immer wilder spielte, sein Nacken in derselben Bewegung und seine Finger, die über die Klappen flogen, als erfände er die Töne im selben Augenblick. Vielleicht bilde ich mir nur ein, dass es schon damals etwas Unausweichliches gab. Wie man es im Nachhinein gern konstruiert, um sich verteidigen zu können, wenn man schließlich vor Gericht gestellt wird. Ich konnte danach mit anderen zusammen keine klassische Musik mehr hören, hörte sie zu Hause gar nicht mehr.

Ich hatte es beendet, bevor wir das Haus inserierten. Danach hatte ich Paul nur noch ein einziges Mal gesehen. Man könnte annehmen, ich hätte Daniel hintergangen, aber die Wahrheit ist, dass ich keinen von beiden verraten konnte.

Und jetzt Prag. Das Konzert war kurz, es fand in einem reich und prunkvoll geschmückten Saal eines großen Konzerthauses statt. Ich trug ein Samtkleid, nachtblau und noch nie zuvor getragen, und Paul seinen schwarzen Anzug. Wir schlenderten durch die Straßen der alten Stadt, auf dem Weg zum Restaurant, in dem er einen Tisch für uns reserviert hatte, niemand würde uns dort erkennen. Noch immer hielten wir uns an den Händen, sein warmer, nicht zu fester Griff. An einer alten, unglaublich alten Kirche blieb er stehen. Massiver Stein mit gewölbten Fenstern und einem spitzen Dach, zwischen höhere Häuser geduckt, die hellblau, weiß und rosa verputzt waren, wie Gebäck mit einer Zuckerglasur. Sie lag mitten auf der Touristenmeile, und wir hielten den Menschenstrom auf, «komm, lass uns reingehen», sagte er und zog mich an sich heran, ich lachte.

«Willst du beichten?»

«Das ist eine Synagoge.»

«Oh, wie dumm von mir.»

«Komm, ich will dir etwas zeigen. Es ist eine Legende, klar, aber man weiß ja nie. Auch Legenden haben irgendwo begonnen, sie sind der Ursprung der Kunst, und gleichzeitig speisen sie unser Unterbewusstsein.»

So war er, Paul, wollte mich in diese Welten einweihen, Playlists, die er mir unter fremden Namen schickte, Musik, das kulturelle Erbe, die schönen Künste, alles, woraus das Leben seiner Meinung nach bestand.

«Dieses Licht. Darf ich ein Foto von dir machen?»

Abendlicht, schräg einfallende Sonnenstrahlen, in den Fenstern und allem, was sie sonst noch trafen, glühende Blechdächer, die einen Augenblick lang golden schimmerten.

Die Tür war verschlossen, doch es war auch etwas anderes, das er mir zeigen wollte, und so begaben wir uns auf die Rückseite des Gebäudes. Es war die älteste Synagoge in Prag, sogar in ganz Europa, um uns herum hatte das jüdische Ghetto gelegen.

«Es heißt, der Golem liege da drinnen zur ewigen Ruhe, aber ist er auch tot? Kann einer, der aus Lehm gemacht ist, sterben, ist er ein echtes Wesen, so wie Frankensteins Monster, war er ein Mensch?»

Paul zeigte auf die hohen schmalen Fenster unter dem Dach, zum Dachboden der Synagoge. Im sechzehnten Jahrhundert hatte der große Mystiker Rabbi Löw ein Lebewesen, einen Golem, erschaffen, um die Juden vor Verfolgung und Pogromen zu schützen, einen Wächter, der das Ghetto verteidigen sollte und aus Lehm geformt war.

Mit Wasser, Feuer und Luft goss der Rabbiner die Voraussetzungen allen Lebens in den Klumpen. Entscheidend aber war ein Zettel mit Gottes wahrem Namen, den er ihm in den Mund legte. In einer anderen Version schrieb er das hebräische Wort für Wahrheit auf die Stirn des Wesens. Der Golem erwachte zum Leben, und nachts konnte man ihn am Rande des Ghettos beobachten, wie er Wache hielt. Morgens löschte der Rabbiner einen der Buchstaben aus, sodass das hebräische Wort für Wahrheit zu demjenigen für Tod und das Wesen wieder zu Lehm wurde. Eines Morgens vergaß Rabbi Löw, den Buchstaben zu löschen. Der Golem lief im Ghetto Amok und zerstörte alles, was ihm in den Weg kam. Danach wurde er auf den Dachboden verbannt.

«Ein einziger Buchstabe», sagte Paul, «scheidet die Wahrheit vom Tod.»

Er wollte einen kleinen Umweg am jüdischen Friedhof vorbei machen und rezitierte für mich, während wir gingen. Ich achtete mehr auf seine schönen Worte, wenn es denn seine waren, als darauf, was er eigentlich sagte, dass die Häuser die heimlichen, eigentlichen Herren der Gasse seien, die ihr Leben und Fühlen tagsüber aufgäben, um es nachts mit Zins von den Bewohnern zurückzufordern, «… und dann durchfährt ein schwaches Zittern ihre Mauern, ohne Erklärung, Geräusche fegen über ihre Dächer und die Fallrohre hinunter …».

Der jüdische Friedhof war von einer Mauer umgeben, die aber nur so hoch war, dass man über sie hinwegsehen konnte, verwilderter Rasen und umgestürzte Steine, die sich aneinanderlehnten, zwanzigtausend waren auf dieser kleinen Fläche begraben, Schicht um Schicht Gräber, ein Gedränge viel zu vieler Toter. Paul erklärte, wenn man einen Stein auf Rabbi Löws Grab lege, gehe ein Wunsch in Erfüllung, deshalb stehe eine Schlange vor einer der größeren Krypten, doch ich hörte ihm längst nicht mehr zu.

Neben einem Schaufenster auf der anderen Straßenseite hatte ich einen Mann entdeckt. Es gab dort einen Stand mit Apfelstrudel, einen Laden mit böhmischem Kristall, ein Durcheinander von Souvenirs. Zwischen diesen ganzen Dingen und in der Menschenmenge, die stehen blieb und fotografierte, sah ich einen Mantel, wie Daniel ihn hatte. Hellbeige, beinahe weiß, er ging bis kurz übers Knie, einen Strindberg-Mantel hatte die Verkäuferin ihn genannt, als ich ihn vor zwei Jahren als Geburtstagsgeschenk gekauft hatte. Ich versuchte Pauls Hand loszulassen, aber er hielt mich fest, und der Mann war ebenso schnell wieder verschwunden.

Vielleicht war er in einen der Läden gegangen oder stand irgendwo versteckt zwischen den Leuten.

Ich schaute auf mein Handy. Keine Nachrichten, kein entgangener Anruf. Hatte er graublondes Haar gehabt, so wie Daniel, oder war es dunkler gewesen? Der Mantel war kein Einzelstück. Natürlich gab es ihn öfter.

«… und das ist auch der Ursprung der Frankenstein-Geschichte und mehrerer Hollywoodfilme, in denen Roboter als Diener für die Menschen geschaffen werden und dann die Macht übernehmen und die Menschen vernichten … wo Menschen mit der Schöpfung spielen, sich die Rolle Gottes anmaßen …»

Im Touristengedränge auf dem Marktplatz in der Altstadt glaubte ich, Daniel in jedem Mantel zu entdecken, den ich von hinten sah, in den Spiegelungen der Fenster, die blieben, wenn wir schon weitergegangen waren. Der Gedanke, er könnte mir hierhergefolgt sein. Wie hätte er das tun sollen? Mit dem Zug? Natürlich wäre es möglich, aber wie hätte er mich finden können? Ich musste an all die Möglichkeiten denken, die das Handy bot, und mir stockte der Atem. Daniel hatte das alles eingerichtet, falls einer in der Familie sein iPhone verlor.

Das war doch krank, verrückte Phantasien. Daniel war nicht so. Er wusste nichts. Er war viel zu beschäftigt mit dem, was ihm selbst zugestoßen war. Er bemerkte die kleinen Veränderungen längst nicht mehr, Gerüche, Erröten.

Es waren meine Schuldgefühle, die hier spukten, sonst nichts.

«Entschuldige, was hast du gesagt?»

«Ich sagte, wir sind da. Na, wie findest du es?»

Das Restaurant lag am Kai, an Deck eines Schiffes, niedrige Bänke und bunte Lampions, vom Grill roch es nach Rauch und Fleisch.

Das ist das letzte Mal, sagte ich mir und rückte näher an Paul heran, nachdem uns eine Flasche Wein gebracht worden war. Einander gegenüberzusitzen, wäre zu weit entfernt gewesen. Heute Abend noch und dann nie wieder. Unter dem schwarzen Himmel von Prag und dann nie wieder, das Glitzern der bunten Lämpchen im Wasser, das leichte Schwanken des Schiffs. Und dann nie wieder.

«Woher würde dein Stein stammen?», fragte er, während wir auf das Essen warteten und Oliven aus einem Schälchen knabberten.

«Welcher Stein?»

«Den du auf das Grab des Rabbis legen würdest. Er muss von einem Ort stammen, der dir etwas bedeutet.»

«Aha», sagte ich und versuchte mich zu erinnern, was er darüber gesagt hatte. Es war am Friedhof gewesen.

«Dann darf man sich etwas wünschen …» Paul fuhr mir mit der Hand durchs Haar, griff mir in den Nacken.

«Vielleicht aus dem Dorf meiner Großeltern», sagte ich, «aus der Nähe von Kramfors, wir waren jeden Sommer dort. In meiner Erinnerung ist alles blau, die Berge, der Himmel, der Fluss, der dort beinahe so weit ist wie das Meer. Ich durfte nicht allein hinuntergehen, um zu schwimmen, denn die Holzstämme, die dort geflößt wurden, hätten vorbeitreiben und mich unter Wasser drücken können. Vielleicht ein Stein vom Ufer dort.»

Das Fleisch wurde gebracht, dampfend und auf Holzbrettern angerichtet. Von einem Jazz-Boot wehte Musik herüber, ein Geruch nach Marihuana stieg vom Kai auf, wo junge Leute in Gruppen umherschlenderten, vor den Bars oder auf der Kaimauer und den Stegen zusammensaßen.

Jugendliche, Rucksacktouristen, blonde Mädchen mit aufgespritzten Lippen – hier gab es niemanden, der mich kannte.

Niemanden.

«Du hättest also keinen Stein vom Weingut genommen?», fragte Paul. «Bedeutet es dir nicht genug?»

«Natürlich tut es das. Ich habe nur nicht so gedacht.»

«Wo als Kind ich gespielt ... Warum liegt eigentlich immer so ein nostalgischer Schleier über der Kindheit? War sie nicht meistens langweilig? Ich persönlich sehne mich nicht danach zurück.»

«Ich weiß nicht. Vielleicht liegt es daran, dass sie vorbei ist. Es war damals leichter, glücklich zu sein.»

«Dann bist du jetzt also nicht glücklich.»

«Das habe ich nicht gesagt.»

«Ich frage mich ja nur», sagte er und begann das Fleisch vom Knochen zu lösen, «weil du noch gar nichts von deinem Weingut erzählt hast, kein Wort darüber, wie es mit dem Traumprojekt läuft.»

«Ich kann nicht darüber reden, das weißt du doch.»

«Daniel, Daniel ...», er trommelte mit dem Messer auf der Tischplatte herum und summte den alten Elton-John-Song, nur um mich zu ärgern, *«Your eyes have died, but you see more than I, Daniel, you're a star ...»*

«Hör auf. Du weißt, wie es ist. Du hast es von Anfang an gewusst.»

Später schlenderten wir am Kai entlang zurück. Ich sah einen Mann und eine Frau, die einander eng umschlungen unter die Brücke zogen. Sie waren älter als wir, er bestimmt über sechzig, sie ein bisschen jünger. Sie schienen betrunken zu sein, völlig übergeschnappt, und suchten sich ein verborgenes Plätzchen. Ich dachte: Es hört also nie auf. Was man für Jugend gehalten hat, kann mit den Jahren sogar stärker werden, weil man weiß, dass es ein Ende gibt.

Ein letztes, wahnsinniges Mal.

In der Gasse lag ein kleines Weinlokal. Paul wollte gleich aufs Zimmer, ich dagegen wollte noch mehr Wein trinken, uns betrunken machen, ich wollte, dass er einen wunderbaren Wein aus Böhmen kostete und ihm etwas darüber beibringen, der Abend durfte noch nicht zu Ende sein.

«Aus Böhmen?», fragte die junge Frau in der Bar, sie hatte ein Piercing, einen Ring in der Nase, der beim Sprechen wippte, und auf den Arm hatte sie sich einen Vogelschwarm tätowieren lassen. «Haben wir nicht. Nein, es gibt keinen Wein aus Böhmen.»

«Doch», sagte ich und erzählte von dem Schloss in Mělník, sowohl ihr als auch Paul, ich war wahrscheinlich schon ziemlich betrunken. «Ich habe eine Kiste voll im Auto, aber das steht im Parkhaus auf der anderen Seite des Flusses, sonst hättet ihr mal probieren können.»

Sie sah misstrauisch von mir zu Paul, lächelte ihn an, als hoffte sie, ihn auf ihre Seite ziehen zu können.

«Ja, aber selbst, wenn es welchen gibt, ist er nicht gut», murmelte sie und schlug stattdessen einen Riesling aus Mähren vor.

Ich lehnte mich ein wenig zurück, hinter eine Säule, sodass mich von der Straße aus niemand sehen konnte. Auf der Brücke hatte mich dasselbe eiskalte Gefühl übermannt, ein Schatten, jemand, den ich sah oder nicht sah, das Gefühl, beobachtet zu werden. Ich leerte mein Glas ein wenig zu hastig.

«Ich habe dir, glaube ich, noch gar nicht von meiner Schwester erzählt», sagte ich.

«Ich wusste nicht einmal, dass du eine Schwester hast.»

«Nach so etwas fragst du nie.»

«Was ist denn mit ihr?»

Er wusste auch nichts über meine Eltern und ich nicht über seine, wir redeten über Kunst und Musik und Steine, die man irgendwohin legen musste, er hatte mich nicht einmal gefragt, was ich mir am Grab dieses Rabbiners gewünscht hätte. Was möchtest du denn, dass ich mir wünsche?, hätte ich gefragt. Sag schon, hätte er geantwortet, einen Wunsch von mir verlangt. Dich, nackt, gefesselt, solche Dinge hätten wir gesagt, die uns einander nicht näherbrachten.

«In letzter Zeit träume ich wieder von ihr», sagte ich. «Sie starb, hörte einfach auf zu atmen.»

«Oh.»

«Das war vor meiner Geburt. Sie war noch nicht einmal getauft und bekam keinen richtigen Grabstein. Damals wusste man noch nicht, wie wichtig das ist. Nur eine Art Massengrab. Meine Eltern sollten nicht trauern, ihnen wurde geraten, sie zu vergessen, ein neues Kind zu bekommen. Als ich geboren wurde, gaben sie mir ihren Namen. Sie hätte Sonja heißen sollen.»

«Das wusste ich nicht.»

«Sie dachten, sie würden sie weniger vermissen, wenn etwas von ihr bliebe.»

«Man gibt Kindern den Namen von verstorbenen Verwandten, das tun viele, aber den der Schwester? Das ist ja, als hättest du keine eigene Identität bekommen.»

«Sie wurde ja nie getauft. Der Name war wichtig für meine Eltern, er kam in beiden Familien vor. Sie dachten, ich würde ihre Wunde heilen. Das hatten ihnen die Ärzte gesagt, alle hatten ihnen das gesagt.»

«Es ging wohl um die Zeit, die alle Wunden heilt, wenn sie es denn tut?»

«Meine Eltern haben sich getrennt, als ich fünf war. Sieben Jahre nach dem Tod meiner Schwester. In ihrer Trauer hielten sie zusammen, aber die Freude reichte nicht. Ich reichte nicht, ich konnte sie nicht zusammenhalten.»

«Du warst ein Kind, das kann doch niemand verlangen.»

Ich musste mich vorbeugen, um die Welt anzuhalten. Seine Hand wurde immer schwerer auf meinem Rücken, ich drehte mich um, küsste ihn hemmungslos.

Paul bezahlte.

«Komm, wir gehen hoch.»

Wir waren zu betrunken, es wurde nicht gut. Wild, aber viel zu schnell. Hinterher schob er mich behutsam von sich, sodass wir uns voneinander lösten, und stand auf, mit dem Rücken zu mir, nackt vor dem Fenster.

«Was ist los?»

«Du fährst doch jetzt nicht zurück und lässt dich scheiden?»

Ich setzte mich auf. Atmete. Schlang die Decke um mich.

«Nein …»

«Ich bin gerade einfach nicht bereit für so etwas. Ich habe keinen Raum, um mich auf eine Beziehung einzulassen. Ich möchte, dass du das weißt.»

«Warum fängst du jetzt davon an? Ich habe nie gesagt, dass ich mich scheiden lassen will. Wer hat von einer Beziehung gesprochen? Du wolltest mich doch treffen.»

«Du mich etwa nicht?»

Er drehte sich um und sah mich an, das Fenster hinter ihm weit geöffnet. Es war längst nach Mitternacht. Tropfende Feuchtigkeit in der Luft, Abgase, eine Vorahnung von Regen. Ich sollte schlafen, wollte am nächsten Morgen früh raus. IKEA öffnete bereits um neun.

«Natürlich wollte ich das», sagte ich, «ich habe mich nach dir gesehnt, aber das heißt nicht, dass sich etwas geändert hätte.» Ich musste aufstehen und zu ihm gehen, ihn umarmen. Er machte sich los.

«Alles ändert sich», sagte Paul. «Du kannst nicht am Ufer stehen und zweimal in denselben Fluss blicken. Du und ich, wir sind nicht mehr dieselben wie bei unserer ersten Begegnung. Ich mochte es, dass du falsch warst.»

«Was meinst du damit?»

«Es war sexy, dass du mich im Kopf hattest, wenn du zu deinem Mann gingst.»

«Woher weißt du, dass es so war?»

«Das hast du mir gesagt.»

«Vielleicht manchmal.»

«Ich fühle mich, als würde ich in etwas hineingezwungen, das nicht meins ist, das ist alles. Ich habe keine Lust, dein Fluchtweg aus einer schlechten Ehe zu sein. Warum bist du nach Prag gekommen? Du wolltest doch einen Neuanfang mit deinem Mann, so war es doch, einen Neustart, ein anderes Leben? Was hast du dann hier zu suchen?»

«Du weißt nichts über meine Ehe», war alles, was ich herausbrachte. Die Dächer breiteten sich vor mir aus, kletterten übereinander, in einem Wald von Schornsteinen. Ein saurer Geschmack stieg aus meinem Magen auf, wahrscheinlich stank mein Atem. Hinter mir legte Paul sich wieder ins Bett, zog die Decke hoch, ich sah es als Spiegelbild im Fenster.

«Ich muss jetzt schlafen», sagte er, «ich habe morgen auch noch ein Konzert.»

Nachts hatte ich mein Handy auf lautlos gestellt, und erst als ich am Morgen über die Karlsbrücke ging, nahm ich es wieder in die Hand. Eine Nachricht auf der Mailbox, drei kurze SMS.

Ruf mich an.

Ruf an!

Hallo?!

Und dann die Nachricht auf Band. Daniel klang aufgewühlt, mitgenommen, wütend. Oder verbarg sich in dem Ausbruch seine Angst? Ich hörte mir die Nachricht noch einmal an. Er wollte, dass ich sofort zurückrief. Seine Stimme klang schließlich halb erstickt, als würde die Luft nicht reichen, dann ein tiefes Einatmen, als gäbe es noch mehr, was er mir sagen wollte.

Ich schaute auf die Uhr. Unter einer Marienstatue hatten Rucksacktouristen ihr Lager aufgeschlagen, Straßenkehrer fegten Müll zusammen. Die ersten Künstler packten ihre Karren aus, blaustichige Ansichten von Prag.

Ich wählte Daniels Nummer, doch sein Handy war aus. War er so wütend? Es beunruhigte mich, dass er nicht ans Handy ging, und gleichzeitig war ich erleichtert. So konnte ich noch ein bisschen an meiner Lüge feilen, bis ihre Kanten nicht mehr ganz so scharf waren. Vielleicht war ihm beim Aufwachen nicht gleich eingefallen, dass ich unterwegs war. Aber warum war er schon so früh wach? Die Anrufe waren alle kurz vor acht eingegangen, also vor etwas mehr als einer

Stunde. Normalerweise schlief er den ganzen Vormittag. Hatte er sich erschrocken, weil ich nicht neben ihm im Bett lag? Und dann war ihm doch noch eingefallen, dass ich in Prag war, und er war wieder eingeschlafen und hatte vorher das Handy ausgeschaltet, um nicht gestört zu werden.

Alles war gut.

Ich hinterließ ihm einen munteren Spruch auf der Mailbox, mein Akku sei leer gewesen, in ein paar Stunden sei ich zu Hause.

Mitten im Zentrum von Prag war eine neue IKEA-Vorzeigefiliale eröffnet worden, auf dem Wenzelsplatz, wo das Volk vor fast dreißig Jahren gegen den Kommunismus protestiert hatte. Dennoch ging ich in die Tiefgarage und fuhr so schnell wie möglich aus der Stadt heraus, zu einer anderen Filiale, die etwas außerhalb lag. So war ich schon mal auf dem Weg. Nach Hause.

Ein zögernder Kuss, bevor ich gegangen war. Tschüs. Mach's gut.

Das letzte Mal.

Auf dem IKEA-Parkplatz versuchte ich noch einmal, Daniel zu erreichen, es ließ mir keine Ruhe. Ich schickte ihm eine SMS. Hej, hab versucht dich anzurufen, ist irgendetwas Besonderes? Kuss.

Es ist unmöglich, ein IKEA-Geschäft schnell zu durchqueren. Während ich von einer Abteilung in die nächste wanderte, von Schlafzimmern zu Essgruppen zu Bädern, wuchs in mir die Überzeugung, dass es doch Daniel gewesen war, den ich am Abend zuvor gesehen hatte.

Was die Waren anging, war alles wie zu Hause und dennoch fremd. Die schwedischen Namen, Billy-Regale, Hocker namens Bosse und Stühle namens Ypperlig. Ein paar kleinere Möbel würde ich ins Auto bekommen, anderes war einfacher vor Ort zu bestellen als im Internet. Das meiste war mir jedoch entweder zu geistlos oder zu teuer. Konnten wir uns das überhaupt leisten? Eine Badezimmereinrichtung, eine Dunstabzugshaube, eine Arbeitsplatte.

Blåsippa, Sommaräng, Trofast.

Ich verlief mich und landete zum dritten Mal in der Abteilung mit den Kinderzimmern, Rieseneisbären in einem Korb, das Restaurant wünschte «smaklig måltid».

Daniel ging immer noch nicht an sein Handy. Ich hatte meine Einkaufsliste verloren. Badezimmerteppich, Klobürste. Ich überlegte und konzentrierte mich auf die kleineren Sachen, die ich in der großen Tasche tragen konnte. Vorhänge für oben, dazu Vorhangstangen, einfache weiße Bahnen, einfarbig, anspruchslos und lächerlich billig. Plötzlich stand ich vor der unlösbaren Aufgabe, mich zwischen Ingvild und Gertrud zu entscheiden, beide Stoffe kamen mir identisch vor, und vielleicht auch noch irgendetwas in Hellblau. Später wollten wir es dann richtig schön einrichten, wenn es ruhiger geworden war, dann wollte ich mir eine neue Nähmaschine zulegen und eigene Vorhänge nähen. Ich blieb bei den Glühbirnen stehen und erinnerte mich dunkel, dass Daniel irgendetwas von einer anderen Fassung gesagt hatte.

Die Spiegel durfte ich nicht vergessen. Ich hatte gesagt, ich wäre es leid, mich vor dem Taschenspiegel zu schminken, mich nicht richtig sehen zu können. So hatte ich begründet, dass ich ausgerechnet jetzt hierher fuhr.

Jetzt sah ich mich, und zwar tausendfach. Im Ganzkörperprofil, im Halbprofil, mit Goldrand, umgeben von Lampenleisten und ausklappbaren Uhren, endlose Reihen von runden, ovalen und rechteckigen Spiegeln. Keine sichtbaren Anzeichen, nicht einmal gerötete Wangen, obwohl sich meine Haut gereizt anfühlte. Paul war stets gut rasiert, das war es nicht, aber Gott, was wir alles getan hatten, es hing noch immer an mir, und doch war nichts zu sehen. Solche Dinge wie Lüge und Wahrheit stehen einem nicht ins Gesicht geschrieben. Ich sah Augenringe vom Schlafmangel. Die waren vielleicht auch vorher schon da gewesen. Allmählich hinterließ die Zeit ihre Spuren, das zeigte sich ja nicht von einem Tag auf den anderen. Ein paar Falten um den Mund, die sich vertiefen, schlaffer werdende Haut.

Noch lange nicht, dachte ich und packte ein paar Spiegel ein, keine Ahnung, wie sie hießen, einen mit Goldrahmen fürs Bad und ein paar billige ohne Rahmen und irgendwelchen Schnickschnack, um sie im begehbaren Kleiderschrank aufzuhängen.

Ich fuhr weiter, ohne Musik. Laut Navi eine Fahrt von einer Stunde und siebzehn Minuten. Es ging jedoch schneller. Ursprünglich wollte ich mir Zeit lassen, an einem der anderen Weingüter haltmachen, wenn es sich ergab, über mögliche Kooperationen sprechen, Weinreisen vielleicht, und wie wir unseren Wein mit eigenen Etiketten versehen, abfüllen und einlagern könnten, wir hatten so viele Ideen. Mein Handy blieb die ganze Fahrt über stumm. Ich versuchte nicht mehr, Daniel anzurufen. Es hätte ausgesehen, als wäre ich beunruhigt, als hätte ich einen Grund, mir Sorgen zu machen.

Um kurz vor zwölf bog ich von der Hauptverkehrsstraße ab und fuhr langsam in die Stadt. Es war bedeckt, das weiß ich noch, obwohl ich damals kaum auf das Wetter achtete. Wenn ich daran zurückdenke, wie ich ankam, sehe ich kein Sonnenlicht. Das Bild ist grau, fast schwarz-weiß, als hätte ich das Grün der Felder und die Farben der Blumen gar nicht wahrgenommen. Nur das fremde Auto, das auf der anderen Seite der Brücke parkte und den Kiesweg blockierte. Erst im Nachhinein, mit etwas Verzögerung, fiel mir wieder ein, dass ein paar Jugendliche sich über das Brückengeländer gelehnt und zum Weingut hinübergestarrt hatten und dass ich bereits da hätte ahnen können, dass etwas nicht stimmte.

Was die Jugendlichen sahen, war: ein Polizeiauto. Ein Mann in Uniform. Vielleicht auch das Absperrband in der Einfahrt, die Leute, die auf unserem Grundstück herumliefen. Einen roten Volvo, der langsamer wurde und hielt.

Ich kann kein Gefühl beschreiben, das ich nicht empfunden habe. Alles war stumm, da war nichts. Ich weiß auch nicht mehr, wie ich einparkte, das Auto stand schließlich schräg zwischen zwei Bäumen, zwischen der Eberesche und der Ulme, viel zu nah an der Ulme, sodass man die Tür nicht ganz öffnen konnte.

Ein Polizist hielt mich an der Absperrung zurück. Ich versuchte, Daniel zwischen den Menschen ausfindig zu machen, die sich bei den Torpfosten unterhielten, bei der Linde, und die mit irgendetwas auf dem Boden beschäftigt waren. Es waren fünf, nein, sechs, sieben, wenn man den Uniformierten mitzählte, der die Einfahrt bewachte, aber Daniel konnte ich nirgendwo entdecken.

«Was ist passiert? Ich wohne hier.»

Ich zog meinen Ausweis heraus und versuchte mich auf Englisch und Deutsch verständlich zu machen.

Neben der Linde lag eine Plane. Erhaben. Ein einziger Gedanke, und den weigerte ich mich zu denken. Nein. Bitte nicht.

«Wo ist mein Mann? Daniel Åström? Wo ist er? Was ist passiert?»

Ich muss geschrien haben, denn alle drehten sich zu mir um. Gesichter, verständnislos, wie eingefroren. Ein Mann löste sich aus der Erstarrung, winkte einen Kollegen zu sich. Denn das waren sie ja wahrscheinlich, Polizisten allesamt, es waren so viele. Als sie den Jungen aus dem Keller geholt hatten, waren sie nur zu viert gekommen. Er trat auf mich zu, langsam, wie in Zeitlupe, und jetzt erkannte ich den Kommissar, wie hieß er noch mal, den alten, sein Name war mir lächerlich vorgekommen, er hatte mich an die Polizisten bei Pippi Langstrumpf erinnert. Knopp? Krapp? Er redete mit dem Jüngeren, der ihm auf dem Fuß folgte.

«Was machen Sie hier?», fragte ich, als sie in Hörweite waren, «können Sie bitte diesem Mann hier sagen, dass er mich reinlassen soll? Er weiß nicht, wer ich bin, können Sie mir erklären, was hier vorgeht?»

«Guten Tag, gnädige Frau. Wir können Sie leider nicht hineinlassen, bevor wir alle Spuren gesichert haben.»

«Spuren? Was meinen Sie denn mit Spuren? Das ist mein Haus, ich habe das Recht, mein eigenes Grundstück zu betreten.»

Ich fiel dem Polizisten ins Wort, der stockend übersetzte.

«Wenn Sie bitte so freundlich sind, sich zu beruhigen», sagten sie, der eine als Echo des anderen. Ich schwieg. Die Plane war dick und blau, und es zeichnete sich deutlich ab, was darunter lag.

Die Linde, dachte ich, warum hast du es unter der Linde getan?

«Wo waren Sie letzte Nacht?»

«In Prag.»

«Gibt es jemanden, der dafür zeugen kann?»

«Was?»

«Dass Sie in Prag waren.» Das Deutsch des jüngeren Polizisten war nicht besonders gut, falsche Wörter, eine merkwürdige Grammatik. Er meint bezeugen, dachte ich, und der Boden unter mir begann zu wanken. Ein Zeuge, jemand, der ihnen sagen konnte, was ich in Prag gemacht hatte.

«Ich war heute früh bei IKEA», sagte ich. «Den Kassenbon habe ich noch. Und gestern war ich auf dem Schloss in Mělník, um Wein zu verkosten, die erinnern sich bestimmt noch an mich. Sie können auch im Auto nachschauen, wenn Sie mir nicht glauben.»

Der Ältere zog sein Handy heraus und schien etwas zu suchen. Krall, so hieß er, Josef Krall.

«Wo ist Daniel?», stieß ich hervor, «ist er ... hat er ...?» Ich brachte es nicht über die Lippen. Vor Angst krampfte sich alles in mir zusammen. Niemand beachtete meine Fragen, sie wurden nicht einmal übersetzt.

«Schauen Sie sich dieses Foto an», sagte der junge Mann stattdessen, und Krall hielt mir das Handy hin. «Kennen Sie diese Person?»

Es dauerte einen Moment, vielleicht eine Minute, bevor ich es über mich brachte hinzuschauen. Zwei kleine Kinder? Sie schienen auf einer Schaukel zu sitzen, ich konnte ihr Lachen förmlich hören.

«Entschuldigung, das sind meine Enkel», sagte Josef Krall

und drückte seinen fetten Daumen auf das Display, sodass die Kinder verschwanden. Er gab einen Code ein, und das richtige Bild erschien auf dem Schirm.

Ich konnte nicht aufhören, hinzustarren. Ich sah es und begriff doch nichts. Blut, vom Nacken an abwärts, am Hals, die Frau lag im Halbprofil, eine Wange auf dem Boden. Das Haar offen.

Es ist gar nicht Daniel, dachte ich, es ist gar nicht er.

«Sie haben sie also noch nie gesehen?»

«Doch», sagte ich, «Entschuldigung. Ist das … ist sie das, da drunter?»

Die Leute bewegten sich um die Plane herum, ein Mann bückte sich und vermaß den Boden. Ich roch Erde, hörte ihre leisen Stimmen, verstand nichts. Dort unter der Linde hatten wir gestanden, als wir uns verabschiedet hatten.

«Anna Jones. Sie hieß Anna Jones. Wir haben uns im Wirtshaus kennengelernt, sie hatte dort ein Zimmer gemietet, ich dachte, sie wäre längst abgereist.»

«Ihr Mann hat sie gefunden. Heute früh hat er uns angerufen. Hatten Sie seitdem Kontakt?»

Heute früh, kurz vor acht. Kurz bevor ich das Zimmer in Prag verließ, die Berührungen eines anderen Mannes noch frisch auf meiner Haut. Ja, wir hatten es am Morgen noch einmal getan, damit es nicht mit dem Unschönen der Nacht endete, vielleicht hatten wir es sogar genau in jenem Moment getan. Hatte nicht die Kirchturmuhr acht geschlagen, zum offenen Fenster hereingedröhnt? Später war Daniels Handy aus gewesen, hatte er es verloren, hatte er sich geprügelt? Hatte er erst die Polizei angerufen und dann mich oder erst mich, dann sie, und dann war das Handy ausgegangen?

«Er hat sie dort unter der Linde gefunden. Die Hacke gehört wahrscheinlich Ihnen?»

Der Kommissar zeigte mir ein weiteres Bild. Es war die mit den doppelten Spitzen. Gebogen, scharf, rostig. Ein langer Holzstiel.

«Wo ist er? Wo ist mein Mann?»

Vielleicht bewegte sich einer von ihnen kaum merklich, ein Blick, ich wusste es nicht, es konnte Zufall gewesen sein, dass ich ausgerechnet in diesem Moment zu den beiden Autos auf dem Hof aufschaute. Oder es lag an dem Unerklärlichen, das geschieht, wenn man lange zusammengelebt hat.

Daniels Gesicht hinter dem Fenster auf der Rückbank. Die Aufschrift «Policie» dominierte das Auto, Details in Blau und Gelb. Aus der Ferne konnte ich seinen Gesichtsausdruck nicht deuten. Hatte er Angst, war sein Blick leer, war er wütend?

Er musste mich die ganze Zeit gesehen haben. Dennoch war er nicht ausgestiegen, mir entgegengekommen, hatte mich nicht in den Arm genommen und gesagt, komm, wir scheißen drauf.

«Kann ich mit ihm reden?»

«Leider nicht. Wir nehmen ihn mit auf die Wache.»

«Warum das denn?»

«Wir müssen ihm ein paar Fragen stellen. Die Techniker sind noch nicht fertig. Ich würde Ihnen empfehlen, heute woanders zu übernachten.»

Ich trat ein paar Schritte zurück, als sie die Absperrung öffneten. Später, nachdem ich ihnen meinen Kassenbon gegeben hatte. Das Auto rollte zwischen den Torpfosten hindurch und langsam an mir vorbei. Daniels Blick streifte mich kurz wie eine Berührung, von der man nicht weiß, ob man sie sich vielleicht nur eingebildet hat. Der Kies knirschte unter den Reifen, immer leiser, dann waren sie fort.

Ich bemerkte die Blicke im Restaurant. Niemand unterhielt sich, die Gespräche waren verstummt, als ich eintrat.

Der Wirt hielt mir einen Schlüssel hin, behielt ihn aber noch in der Hand. Er fragte, ob Zimmer Nummer acht für mich okay wäre.

«Wenn es Ihnen nichts ausmacht», sagte er mit teilnahmsvoller Stimme. «Das Zimmer nebenan war das von dieser Frau.»

«Dann wissen Sie also, was passiert ist?»

«Viel verraten sie einem ja nicht.» Libor blickte mich forschend an, als versuchte er, aus meinen Reaktionen etwas abzulesen, um es dem, was er bereits wusste, hinzuzufügen. Die Polizei habe ihn vor einer halben Stunde angerufen und ihn angewiesen, das Zimmer nicht zu betreten. Es sei ein Unfall passiert, hatten sie gesagt, es gehe um einen seiner Gäste. Im Restaurant war ebenfalls geredet worden, jemand hatte die Polizeiautos gesehen, ein anderer etwas aufgeschnappt, und so wusste Libor, dass es auf meinem Weingut passiert war.

Gib mir einfach den Schlüssel, dachte ich, und lass mich in Ruhe.

«Schon okay», sagte ich.

«Was?»

«Das Zimmer neben ihrem», sagte ich. «Es macht mir nichts aus.»

«Furchtbar», sagte er und hielt den Schlüssel immer noch

fest, sodass Muskeln und Sehnen sich auf seinem Handrücken abzeichneten, «man weiß gar nicht mehr, was hier für Leute herumlaufen, als Frau ist man nirgendwo mehr sicher, und sie wollen uns ja noch mehr aufhalsen, Migranten, Flüchtlinge. Aber entschuldigen Sie, Sie kannten sie, oder? Ich erinnere mich, dass Sie sich unterhalten haben.»

«Ich glaube, ich kann gerade nicht darüber reden.»

«Natürlich, der Schock.» Libor senkte die Stimme, warf einen Blick ins Restaurant, wo ein paar Gäste lautstark ein Tor kommentierten oder einen verpassten Torschuss, es lief Fußball. «Ich möchte nur, dass Sie wissen, dass Sie keine Angst zu haben brauchen, wenn Sie etwas aus Zimmer Nummer sieben hören.»

«Danke.»

«Es muss schließlich alles untersucht werden. Auch wenn es *ein Unfall* war.» Letzteres sagte er in einem Ton, der mir deutlich machte, dass er den Worten der Polizei nicht glaubte. «Also, wenn Sie nebenan etwas hören, dann ist es das. Ich wollte es Ihnen nur sagen.»

«Keine Sorge», sagte ich und war alles andere als beruhigt. «Ich glaube nicht an Gespenster.»

Endlich ließ er den Schlüssel los.

Zwei Treppen hoch. Die Reisetasche fühlte sich schwerer an als zuvor, obwohl der Inhalt noch derselbe war. Ich hatte nicht einmal ins Haus gehen dürfen, um mir frische Unterwäsche zu holen.

Ich warf die Tasche auf den Boden und machte das Fenster weit auf.

Ein Doppelzimmer. Es konnte sich nur um Stunden handeln, bis sie Daniel gehen ließen, doch zum Weingut konnten wir in dieser Nacht natürlich nicht zurück, selbst wenn wir gewollt hätten.

Anna Jones hatte recht gehabt. Die Zimmer waren in Ordnung.

Das Bett war breit, ich ließ mich darauf nieder. Die Matratze war fest. Kissen und Tagesdecke in Weiß und Hellbraun, die Nachttischlampen kleine Kronleuchterimitationen. Hellblaue Tapeten. Über dem Schreibtisch ein Gemälde des Prebischtors, einer riesigen Sandsteinformation, die eine Brücke bildete, ich hatte gelesen, dass dort eine Szene aus Narnia gedreht worden war. Doppelte Vorhänge, die sehr dick waren und komplett zugezogen werden konnten, wenn man nichts sehen oder nicht gesehen werden wollte. Oder weiterschlafen, wenn die Sonne längst aufgegangen war, man aber am liebsten nie wieder aufwachen wollte.

Ein Klicken und ein Ton, als ich den Hörer des Hoteltelefons abhob. Ein Relikt aus einer anderen Zeit, beigefarben und klobig, mit Nummerntasten, die Ziffern abgegriffen. Meine Erinnerung sagte mir, dass man die Null vorwählen musste, um nach draußen telefonieren zu können. Es funktionierte tatsächlich, ein anderer, hellerer Ton.

Die Polizei hatte mein Handy konfisziert. Mich freundlich gebeten, es ihr zu überlassen, um die Anrufe mit meinen Aussagen abgleichen zu können. Und natürlich, um sehen zu können, wo ich gewesen war. Das Handy hatte Informationen gesammelt und meine Spuren gespeichert, das Handy ist ein Spion, der jeden Schritt überwacht. Die Nachrichten von Paul hatte ich am Morgen gelöscht, wie ich es immer tat. Ich schämte mich über die Erleichterung, die ich bei dem Gedanken empfand.

Ich kann Ihren Anruf leider nicht persönlich entgegennehmen.

Daniels Stimme auf der Mailbox, dieselbe wie immer, als wäre er nur draußen, um eine Runde zu joggen. Ich hinterließ ihm eine Nachricht, wo ich war, und wiederholte die Nummer des Wirtshauses, damit er mich zurückrufen konnte.

Kuss, ich liebe dich, bis gleich.

Meinen Laptop hatte ich immerhin behalten dürfen. Ich hatte ihn in meine Reisetasche gepackt, bevor ich nach Prag gefahren war, vielleicht aus Sorge, Daniel könnte hineinschauen. Etwas entdecken, das nur mir gehörte. Texte, die man so schreibt. Briefentwürfe oder halbe Gedichte, wirre Gefühle, die ich in Worte zu fassen versucht hatte.

Ich klappte den Rechner auf, auf dem Schreibtisch und unter dem Land Narnia, und atmete durch die Nase ein, durch den Mund wieder aus.

Die Kinder. Ich muss die Kinder kontaktieren.

Sie anzurufen, gelingt mir nicht, zu hören, wie die Freude in ihren Stimmen erlischt, ich will nicht, dass sie sich Sorgen um uns machen.

… Daniel hat sie gefunden, jetzt sitzt er bei der Polizei, aber macht euch keine Sorgen, es ist wirklich nichts Schlimmes.

Ich löschte alles und begann von vorn.

Sachlich, dachte ich, keine Übertreibungen, aber auch nicht zu spärlich, vor allem My durchschaute so etwas sofort. Wenn ich sagte: Mach dir keine Sorgen, antwortete sie: Was gibt es denn, worüber ich mir Sorgen machen könnte? Sie hatte es am eiligsten gehabt, auszuziehen, bereits ein Jahr vor Elmer, obwohl sie jünger war, und dennoch war sie wütend geworden, als wir das Reihenhaus verkauften.

«Natürlich sollt ihr euch euren Traum erfüllen, es ist nur komisch, kein Elternhaus mehr zu haben, zu dem man zurückkehren kann, und wisst ihr überhaupt, was ihr tut, ist das nicht so ein typisches Midlife-Crisis-Ding, was die Leute machen, um ihre Ehen zu retten?»

«Cool, macht euer Ding», sagte dagegen Elmer und kümmerte sich wieder um seine eigenen Angelegenheiten.

Ich ging auf ihre Facebook-Seiten, erst Elmers, dann Mys. Keiner von beiden war dort aktiv, sie lebten ihr soziales Medienleben auf anderen Plattformen, wo ich ihnen nicht folgen konnte, ohne dass es sich anfühlte, als wollte ich sie ausspionieren, aber manchmal tauchte ein Foto auf, irgendein Freund markierte sie auf einem Bild.

Elmer mit Freunden auf einem Konzert in Seattle, der Künstlername sagte mir nichts. Ein Link zu seinen neuesten Aufnahmen, talentierte E-Musik, aber in meinen Ohren ziemlich langsam und eintönig. My mit ihrem Freund, wenn sie denn noch zusammen waren, das Foto war vor zwei Monaten gepostet worden und ich hatte nicht mehr gefragt, lachend und so lebendig, ihr Haar flatterte über einem rauschenden Wasserfall irgendwo außerhalb von Umeå.

Mussten sie wirklich sofort erfahren, was passiert war? War es nicht besser, abzuwarten, bis ich wusste, was eigentlich los war, bis Daniel zurück war, bis es stimmte, dass es keinen Grund zur Sorge gab?

Das Telefon schwieg immer noch. Am liebsten hätte ich es aus der Steckdose gerissen und gegen die Wand geschleudert, damit es in lauter hässliche, sinnlose Plastiksplitter zersprang, doch das tat ich natürlich nicht. Ich nahm den Hörer ab, um das Klicken zu hören und dann den Ton, um mich zu vergewissern, dass es tatsächlich funktionierte. Legte auf und es wurde wieder still.

Ich wünschte mir, schlafen zu können, wenigstens kurz.

Die Rathausuhr schlug fünf, gefolgt vom spröderen Klang einer der Kirchturmuhren, die Zeit war ein wenig aus dem Takt. Dann hörte ich sie kommen.

Erst jetzt merkte ich, wie hellhörig das Haus war.

Eine Tür im Zimmer nebenan, die sich öffnete und wieder schloss. Dann Stimmen auf der anderen Seite der Wand, leise, kurze Sätze mit umso längeren Pausen dazwischen. Es war kein Gespräch, eher schienen sie sich gegenseitig Anweisungen zu geben. Ich weiß nicht warum, aber ich hatte das Gefühl, als hätten sie es eilig. Das Scharren von Schubladen, die herausgezogen wurden, eine Schranktür, die zufiel. Klirren und Lärmen, das schwieriger zu deuten war. Ein paarmal stießen sie gegen die Wand, an der ich saß. Ein dumpfer Aufprall, vielleicht war ihnen ein Koffer umgefallen. Vielleicht hatte Anna Jones schon alles gepackt, sie hatte ja gesagt, dass sie abreisen wollte. Die Bettwäsche, bestimmt nahmen sie die mit. Was konnte ein Hotelzimmer eigentlich über einen Menschen aussagen? Darüber, ob er Besuch empfangen hatte? Einen Liebhaber, eine Geliebte?

Ich weiß nicht, warum ich davon ausging, dass sie so alleine war.

Etwas später meinte ich zu hören, wie die Tür noch einmal geöffnet wurde. Der plötzliche Gedanke, Anna Jones wäre zurückgekehrt. Kein Laut von nebenan. Ich glaube, anschließend wurde die Tür ziemlich schnell wieder geschlossen, so leise, dass es kaum zu hören war.

Meine Beine waren steif geworden, ich hatte zu lange auf der Fensterbank gehockt und versucht mich zu erinnern: Hatte ich die Hacke wirklich wieder in die Scheune gestellt?

Der Polizei gegenüber hatte ich das behauptet, aber ich war mir nicht mehr sicher, ob ich mich wirklich richtig erinnerte. Ich streckte meine Beine und ging im Zimmer auf und ab, traute mich nicht, es zu verlassen. Ich musste das Telefon bewachen. Je mehr ich mich bemühte, mir Anna Jones vorzustellen und was sie eigentlich in einem Zimmer wie diesem den ganzen Tag gemacht hatte, desto unsicherer wurde ich mir über das Bild, das ich von ihr hatte.

Warum war sie letzte Nacht auf dem Weingut gewesen oder gestern Abend oder sogar heute am frühen Morgen? Mir wurde plötzlich klar, dass ich nicht einmal wusste, wann genau sie gestorben war.

Ich dachte an unsere erste Begegnung, erinnerte mich an das Gefühl, durchschaut zu haben, was für eine Art Mensch sie war. Wann war das noch mal gewesen? Vor mehr als einer Woche, aber nicht vor zweien, oder? Die Tage waren einander hier so verwirrend ähnlich, die Zeit strömte gleichmäßiger dahin, ein stetes Jetzt, in dem der Dienstag oder Mittwoch im Grunde keine Rolle spielte. Und dann hatte sie mich angesprochen, an einem Tag, an dem es geregnet hatte, wir hatten Wein getrunken. War das letzten Donnerstag gewesen?

Ich setzte mich wieder in meine Nische, den Laptop auf dem Schoß. An den Schreibtisch wollte ich nicht, das weckte nur wieder die Angst, den Kindern schreiben zu müssen. Vom Fenster aus hatte ich einen weiten Blick zwischen den Dächern hindurch, ich erkannte den Rathausturm und überlegte, ob er wohl dort saß, in der Polizeidienststelle nebenan, erinnerte mich an die dicken Mauern, die Sicherheitstüren, die ganz in Brauntönen gehaltene Einrichtung. Daniel würde heute Abend nicht entlassen werden, sonst wäre er längst hier. Es dämmerte, die Uhren in der Stadt hatten bereits sieben und halb acht geschlagen.

Wie hatte es eigentlich angefangen?

Ich schreibe nur für mich, um Ordnung in das Ganze zu bringen. Diesen hellen, frühsommerlich heißen Morgen heraufzubeschwören, an dem ich Anna Jones zum ersten Mal im Wirtshaus sah. Alles beginnt und endet mit Anna Jones. Mit meinem Bild von ihr, wie sie mit einem Buch in der Hand in der Ecke des Restaurants sitzt, unter dem Kopf eines toten Rehbocks.

Nein, ich sah es nicht als Omen, so etwas wäre mir damals nicht in den Sinn gekommen.

Sie passte nicht hierher. Das hatte ich gedacht.

Erinnerungen sind trügerisch. Sie führen uns in die Irre, führen Dinge zusammen, weil das Gehirn es so will, es will Muster und Sinn sehen, selbst da, wo nur ein Zufall dem nächsten folgt, es formt um und fügt hinzu, was andere erzählt haben oder was wir vielleicht nur geträumt haben.

War wirklich ich es, die sie ansprach, oder hatte sie dafür gesorgt, dass wir uns begegneten?

War da ein Unterton, als sie mich nach der Linde fragte, oder höre ich ihn nur jetzt im Nachhinein?

Ich muss ständig wieder aufhören, innehalten und die Augen schließen, das Jetzt ausblenden und den Abend, der immer dunkler wird.

Wer warst du wirklich, Anna Jones?

Die Zeit hörte auf zu existieren. Sie rann wie Luft durch mich hindurch, während ich schrieb, Stunden und Minuten, die ich in Form von unsichtbaren Partikeln ein- und ausatmete, irgendwann war auch dieser Tag endlich vorüber. Mein Körper schmerzte vor Müdigkeit, dennoch wagte ich nicht, mich hinzulegen, aus Furcht, einzuschlafen, aus Furcht, zu vergessen, aus Furcht vor der Angst vor dem, was passierte. Der Abend war ungewohnt kühl. Ich schloss das Fenster und merkte, wie hungrig ich war, ich hatte lediglich ein Sandwich gegessen.

Libor kam aus dem Hinterzimmer, als ich die Klingel an der Rezeption drückte. Er sah aus, als hätte ich ihn geweckt. Es war schon nach elf und das Restaurant hatte bereits geschlossen, aber er knöpfte sich das Hemd zu und meinte, er könne mir noch ein Gulasch organisieren.

Zehn Minuten später piepte es in der Küche, und er stellte einen Teller auf die Theke. Ich nahm an, dass es Reste vom Mittagessen waren.

«Und Ihr Mann? Was hatten Sie gesagt, wann er kommt?»

«Ich weiß es nicht genau. Hier hat auch niemand angerufen?»

Der Wirt schüttelte den Kopf und holte eine Flasche des französischen Weins heraus.

«Ich kann die Rezeption leider nach Mitternacht nicht geöffnet halten», sagte er, «aber Sie haben ja sicher ein Handy?»

Ich schlang die Suppe in mich hinein, um nicht antworten zu müssen. Das Fleisch war faserig, das Brot ein wenig trocken.

«Dann könnten Sie einfach selber runtergehen und aufmachen», fuhr Libor fort. «Wenn Ihr Mann nachher kommt, meine ich.»

Obwohl ich auf meinen Teller starrte, merkte ich, dass er beobachtete, wie ich den Löffel zum Mund führte, aufgelöste Möhren- und Kartoffelstücke schwammen in dem Gulasch, das eher eine Suppe war, ein Klecks saure Sahne teilte sich, als ich mit dem Löffel dagegen stieß, zerfloss und trübte die Oberfläche.

«Ich habe gehört, wie die Polizei das Zimmer durchsucht hat», sagte ich.

Versuchte mich aus der Affäre zu ziehen.

«Wissen Sie, ob sie etwas gefunden haben?»

«Ich glaube nicht.» Libor zapfte sich selbst ein Bier. «Solche Fragen würde ich übrigens nicht den falschen Leuten stellen, wenn ich Sie wäre.»

«Wie meinen Sie das?»

Er sah zu, wie der Schaum sich setzte. Während ich auf die Antwort wartete, aß ich den Rest auf.

«Wir sind schon lange hier», sagte Libor schließlich. «Mein Großvater hat die Gaststätte nach dem Krieg übernommen, und ich stand schon an der Rezeption, als ich noch nicht mal an das Schlüsselbrett rankam. Sie haben vielleicht gemerkt, dass wir nicht viele Gäste haben, aber wir haben schon schlimmere Zeiten überlebt. Das geht nur, wenn man sich nicht in Angelegenheiten mischt, die einen nichts angehen. Man hält Augen und Ohren offen, aber man hört und sieht nichts. Hängt die richtige Fahne aus dem Fenster, wenn geflaggt wird, rot, wenn gerade Rot angesagt ist, in Zeiten wie diesen die Nationalfahne. Ich rate Ihnen, vorsichtig zu sein, das ist alles.»

«Aber warum?» Mein Gehirn war wie benebelt vor Müdigkeit und langsam wie ein Faultier, ich konnte seinen Gedanken nicht ganz folgen. «Was haben sie denn gesagt?»

«Kein Wort, zu mir jedenfalls. Und ich habe ihnen auch nichts gesagt. Sie haben da oben ihre Angelegenheiten erledigt, den Schlüssel zurückgegeben, sich bedankt und sind wieder gegangen. Sehr höflich. Ich würde sagen, sie waren eine knappe halbe Stunde drinnen. Den Koffer haben sie natürlich mitgenommen, ich habe ihn wiedererkannt, habe ja selbst geholfen, ihn hochzutragen. Sie werden bestimmt wiederkommen, dachte ich, um Fingerabdrücke zu nehmen und Fasern zu sammeln und all so was, was man im Fernsehen sieht, aber sie haben nicht einmal die Tür versiegelt. Ich bin, wie gesagt, ein vorsichtiger Mensch, will mit niemandem aneinandergeraten, das bringt einem in einer Stadt wie dieser nichts.»

Ich erinnerte mich daran, ihre Eile gespürt zu haben. Wahrscheinlich war es Libor gewesen, den ich kurz darauf gehört hatte, nachdem sie gegangen waren.

«Ob sie fertig wären, ob das Zimmer jetzt geputzt werden könnte, das habe ich sie gefragt», fuhr Libor fort. «Ja, Sie müssen entschuldigen, ich möchte nicht unsensibel erscheinen, es ist schrecklich, was einem meiner Gäste da passiert ist, einer netten Frau übrigens, immer höflich, sehr diskret, keine Klagen, obwohl es in ihren Augen hier sehr einfach gewirkt haben muss, aber ich darf mein Geschäft nicht gefährden, und ich bezweifle, dass die Polizei dafür aufkommt, wenn hier ein Zimmer frei bleibt.»

«Ich glaube, das verstehe ich nicht ganz.»

Er lehnte sich über den Tresen und senkte die Stimme, obwohl niemand da war.

«Das Zimmer brauchte nicht geputzt zu werden», sagte er. «Überhaupt nicht. Sie hatten das schon für mich erledigt, danke dafür, liebe Polizisten in Zivil. Soweit ich sehen konnte, haben sie alle Oberflächen abgewischt, keinen Müll und keinen Fleck, nicht ein einziges Staubkorn haben sie zurückgelassen.»

Kann sein, dass ich etwas missverstand, oder ich ergänzte etwas, von dem ich glaubte, dass er es sagen wollte. Sein Englisch war nicht so gut, wie gesagt, und sein Deutsch noch schlechter. Ein Wort schlug ich später nach, um mir sicher zu sein, dass ich ihn richtig verstanden hatte, wie ich es oft tue, um falsche Schreibweisen zu vermeiden. Die Wörter müssen korrekt und richtig buchstabiert sein, das prägt sich ein, wenn die Mutter Bibliothekarin war.

Auslöschen.

Libor schaute mir in die Augen, als er es sagte, ich las Härte in seinem Blick.

«Sie waren nicht da, um das Zimmer zu untersuchen, meine Liebe. Sie waren da, um alle Spuren auszulöschen.»

«Aber warum?»

«Tja, das würde man die Polizisten gerne fragen. Wenn man jemand wäre, der Fragen stellt.»

Dann nahm er einen Lappen und begann sorgfältig, Fett und eingetrocknete Bierflecken von der Theke zu rubbeln.

Die Visitenkarte steckte noch in meinem Portemonnaie, fiel mir in der Nacht ein, als ich schrieb und gleichzeitig überlegte, was ich tun könnte, sobald es hell war.

Zur Polizei gehen, dachte ich, wo man mich die letzten Male doch nur hin und her geschickt hatte, oder die Botschaft anrufen, aber die war weit weg.

Die Hand des Dolmetschers hatte meine berührt, als er mir seine Visitenkarte reichte.

Ich wagte nicht, ihn vor acht anzurufen. Da hatte ich knapp zwei Stunden geschlafen, im Traum etwas gesucht, ohne zu wissen, was. Alles war zu spät, zu spät, um Daniel zu retten, zu spät für alles. Ich wachte schweißgebadet auf, obwohl ich die Decke von mir gestrampelt hatte.

Eine gute Stunde später betrat Anton Adámek das Restaurant. Ich hatte mich ganz hinten in die Ecke gesetzt, wo niemand uns hören konnte. Er begrüßte mich und warf einen Blick auf den Rehbock über mir, bevor er sich setzte.

«Es tut mir leid», sagte er. «Erst die Geschichte mit dem Sudetendeutschen in Ihrem Keller, und jetzt das hier. Es muss ein Schock für Sie sein.»

«Möchten Sie Kaffee?»

«Ich habe nicht viel Zeit. Um zehn habe ich einen Termin.»

«Bei der Polizei?»

Der Dolmetscher nickte und legte sein Handy auf den Tisch, die Digitalziffern leuchteten. Noch sechsundvierzig Minuten. Bis zum Markt brauchte man zu Fuß höchstens drei Minuten.

«Haben Sie meinen Mann gesehen? Wie geht es ihm?»

«Sie haben mich gestern Nachmittag dazugeholt, um ihm zu erklären, wie die Regeln sind, welche Rechte er hat und so weiter. Eigentlich kann ich Ihnen nichts sagen. Ich habe ihn nur ganz kurz gesehen.»

«Und wie sind die Regeln? Ist er festgenommen, verhaftet? Darf er Besuch bekommen?»

Anton Adámek drehte sich um, schien die anderen Gäste im Lokal zu mustern. Deutsche Touristen, die für eine Bergbesteigung gekleidet waren, einer der Stammgäste hatte das erste Bier des Tages bestellt.

«Ich nehme doch einen Kaffee», sagte der Dolmetscher.

Meine Hand zitterte kaum merklich, als ich ihm aus der Kanne einschenkte, die zum Frühstück gehörte.

«Das unterliegt natürlich der Geheimhaltung», fuhr er fort, «eigentlich dürfen wir gar nicht miteinander sprechen.»

Mir kam es vor, als ließe er den Blick auf meinen Brüsten ruhen, aber ich bin mir nicht sicher. Ich hatte ein weißes Kleid angezogen, hatte die Müdigkeit so gut es ging weggeschminkt, helle Schatten aufgelegt, die die echten verbargen.

«Ich bin froh, dass Sie gekommen sind», sagte ich.

Der Dolmetscher spielte mit dem Kaffeelöffel.

«Die Polizei darf Ihren Mann achtundvierzig Stunden lang festhalten. Er hat das Recht, seine Botschaft zu kontaktieren, aber das lehnte er ab, weil er seiner Ansicht nach kein Verbrechen begangen hat, stattdessen verlangte er – ziemlich lautstark –, sofort freigelassen zu werden. Aus demselben Grund hat er es abgelehnt, einen Anwalt hinzuzuziehen. Ich fürchte, das war falsch.»

«Er hat kein Verbrechen begangen.»

«Ich bin nur der Dolmetscher.»

«Sollte er sich denn einen Anwalt nehmen?»

«Wenn es darum geht, ob er ins Gefängnis kommt oder

nicht, wird er einen gestellt bekommen, egal, ob es ihm passt. Das verlangt das Gesetz, wenn es um ein Kapitalverbrechen geht.»

«Achtundvierzig Stunden?» Die Zeit drehte sich in meinem Kopf, es war ungefähr ein Uhr gewesen, als Daniel tags zuvor weggebracht worden war, oder zählte es ab dem Zeitpunkt, an dem er eingesperrt worden war? Ich sah die Zelle vor mir, irgendetwas Mittelalterliches mit dicken Mauern.

«Das ist doch verrückt», sagte ich. «Können die einen Menschen wirklich zwei Tage festhalten, wenn er gar nichts getan hat?»

«Sofern sie die Anklage nicht einem Richter vorlegen, nachdem die achtundvierzig Stunden verstrichen sind. Dann können sie ihn sogar weitere vierundzwanzig Stunden festhalten, in denen auf den Haftbefehl gewartet wird.»

Er trank einen Schluck und schnitt eine Grimasse, ich weiß nicht, ob wegen des Kaffees oder des Rechtssystems oder Daniels Verhalten, weil er so laut geworden war und forderte und sich weigerte …

«Was glauben Sie, wann ich zu ihm kann?»

«Das wird wohl leider erst mal nicht gehen.»

Die Angst nahm eine neue Form an. Ich spürte den Boden unter mir und die Kellergewölbe, die immer weiter und weiter hinabreichten, immer tiefer, und dass es keinerlei Ausweg gab.

«Meinem Mann geht es nicht so gut.» Ich muss auf die Tischplatte geschaut und geflüstert haben, denn ich sah das halbaufgegessene Brot vor mir, die Aprikosenmarmelade und den fad schmeckenden Käse.

«Entschuldigung», sagte der Dolmetscher, «ich habe Sie nicht verstanden …»

Ich wiederholte, was ich gesagt hatte, und erinnerte mich daran, dass ich schon beim ersten Mal seine Augen gemocht hatte. Seinen festen Blick, diese Tiefe.

«Das kann ich gut verstehen», sagte er, «in so einer Situation würde es wahrscheinlich niemandem gutgehen.»

«So meine ich es nicht», antwortete ich und warf einen Blick auf die Uhr. Noch war Zeit. Ich musste es jemandem erklären, dachte ich, jemand muss Daniel verstehen. «Was ich sagen will, ist, dass er nicht er selbst ist, er kann ein wenig, wie soll ich sagen, aufbrausend sein, wegen Kleinigkeiten aggressiv werden, nur dass Sie das wissen, wenn es da drinnen, während des Verhörs passiert, dann heißt das nicht zwangsläufig ...»

Anton Adámek musterte mich schweigend, aber interessiert, so fasste ich es zumindest auf.

«Das war der Grund, weshalb wir das Weingut gekauft haben», fuhr ich fort, «weil er keinen Ausweg gesehen hat. Es war nicht seine Schuld, es war unfair und ungerechtfertigt, aber es ist eben passiert. Er hat es ziemlich schwergenommen. Sehr schwer sogar. Es ging um seine Arbeit, die ihm gefiel, und er war gut, er liebte seinen Job. Vielleicht können Sie sich vorstellen, wie es ist, wenn Ihr halbes Leben, alles, was Sie sicher geglaubt haben, Ihnen quasi über Nacht genommen wird. Wenn die Leute Ihnen den Rücken zukehren, wegschauen.»

«Ja, das kann ich», sagte Anton Adámek.

«Er hatte sich das Knie verletzt», sagte ich, «vorletzten Winter, ein Skiunfall in den französischen Alpen, und das Problem war, dass es nicht richtig heilte, vielleicht hatte der erste Chirurg gepfuscht, oder Daniel hatte einfach Pech ...»

Ich merkte, wie ich mich in viel zu komplizierten Erklärungen verhedderte, sah es auch an Adámeks Blick, angestrengt geduldig, als täte ich ihm leid, als wäre das der Grund, weshalb er mich weiterreden ließ, aber ich konnte nicht einfach nur sagen, dass Daniel seine Arbeit verloren hatte. Dann hätten sie geglaubt, es hätte an ihm gelegen. So war es aber nicht. Es war eine Verkettung unglücklicher Umstände gewesen. Die zufällig zusammentrafen.

«Er hat in einem Schulbuchverlag gearbeitet. Hier ist es bestimmt ähnlich, alles ändert sich sehr schnell. Das Material wird digitalisiert, die Schulen kaufen keine Bücher mehr, die Kinder werden mit iPads ausgestattet. Auf allen Ebenen wird umstrukturiert, alles an die neue Wirklichkeit angepasst, Ökonomen bekommen die Chefposten, andere Kompetenzen sind gefragt. Die ‹digital natives›, wie einer der Jüngeren es formuliert hatte, junge Leute, die mit den neuen Medien groß geworden sind. Es dauert eine Weile, bis man merkt, dass es Treffen gibt, zu denen man nicht eingeladen wird. Dass die eigene Erfahrung nichts mehr wert ist.»

Ich wusste, dass ich zu viel redete, aber ich wollte wirklich, dass er es verstand.

«Und das alles fiel mit der Knieverletzung und weiteren Operationen zusammen, drei insgesamt, und Daniel konnte nicht vor Ort sein und seinen Arbeitsplatz verteidigen.»

Anton Adámek tippte sein Handy an, sodass das Display aufleuchtete, wahrscheinlich wollte er wissen, wie spät es war. Noch achtzehn Minuten bis zu seinem Termin.

«Entschuldigung», sagte ich, «ich weiß, es ist eine lange Geschichte …»

«Ich glaube, ich habe es verstanden.»

«Daniel wurde immer sehr geschätzt. Er konnte sich gar nicht vorstellen, dass es eines Tages auch ihn treffen könnte.»

«Was?»

Ich schaute zu Boden und fühlte mich wie eine Verräterin. Alles, was ich tat, tat ich doch für Daniel. Ich hatte mich darauf eingelassen, das Weingut in dieser Scheißstadt zu kaufen, um etwas Neues und Eigenes aufzubauen, etwas, das Bestand hatte. Das ihm nicht genommen werden konnte, das ihn wieder stolz machen würde.

«Ich verstehe, dass es schwer für Sie ist.» Anton Adámeks Blick war intensiv, forschend und vielleicht in mehrfacher Hinsicht interessiert. Er machte mich nervös.

«Was ich sagen möchte, ist, dass Daniel sich über Kleinigkeiten aufregen kann, wenn er sich bedroht oder missverstanden fühlt. Dass es daran liegt. Manchmal hat er das Gefühl, alle sind gegen ihn, aber er würde niemals …»

«Ich müsste lügen, wenn ich behaupten würde, dass es einfach ist. Es gibt keine Zeugen, ein Mann, der sein Eigentum verteidigen will, seine Frau die ganze Nacht weg …»

«Wann ist es eigentlich passiert», fragte ich, «mitten in der Nacht oder morgens?»

«Ich weiß nicht, ob ich Ihnen das sagen darf.»

Wenn die Tränen hochschießen und man weiß, dass man nicht weinen darf. Einer muss sich zusammenreißen, einer muss die Fassung bewahren. Einer muss alles zusammenhalten, wenn es aufbricht und alles kaputtgeht.

«Wenn ich bloß zu Hause gewesen wäre. Dann hätte ich bezeugen können, dass er in seinem Bett lag, er hat geschlafen, das weiß ich, ab und zu nimmt er sogar Tabletten.»

«Ich sage nur, wie es sich darstellt.»

«Ich bin nach Prag gefahren, um Spiegel zu kaufen. Können Sie sich so etwas Absurdes vorstellen?»

«Spiegel?»

«Es gibt keine Spiegel im Haus, keinen einzigen, und es macht etwas mit einem, wenn man sich selbst nie sieht. Ich kann nicht aufhören, daran zu denken, dass das alles vielleicht gar nicht passiert wäre, wenn das Auto in der Einfahrt gestanden hätte. Wenn ich zu Hause geblieben wäre.»

Runter mit euch, ihr gottverdammten Tränen.

«Die Leute haben sie rausgeworfen», sagte Anton Adámek, «als sie in die leerstehenden Häuser zogen. Mein Vater ist in einem Haus ohne Spiegel aufgewachsen und gewöhnte sich nie an sein Spiegelbild. Es hieß, wenn man sie hängen ließ, würde man die Sudetendeutschen darin sehen, die vorher dort gewohnt hatten.»

Noch elf Minuten.

«Können Sie Daniel von mir grüßen?»

Er stand auf, stand mir im Licht, Jackett über dem Arm, breite Schultern.

«Es ist besser, wenn ich nicht sage, dass wir uns getroffen haben.»

Dann ging er. Sein fester warmer Händedruck hinterließ ein Gefühl von Einvernehmen. Ich sank auf die Bank zurück, erschöpft von der Anspannung. Immerhin hatte mir jemand zugehört. Ich tat wirklich, was ich konnte. Sekunden später sah ich ihn mit großen Schritten am Fenster vorbeigehen, Richtung Marktplatz. Das Jackett hatte er wieder angezogen.

Die tropische Hitzewelle über Zentraleuropa war einer Art schwedischem Sommer gewichen. Feuchter, unangenehmer Wind, der aus verschiedenen Richtungen wehte und vor dem man lieber die Fenster verschloss, die Ankündigung von Regen in der Luft. Ich holte mir meine dünne Regenjacke aus dem Auto, setzte zum Schutz gegen den Wind die Kapuze auf. Daniel würde noch ein paar Stunden im Verhör sitzen, ich konnte also nur abwarten. Für einen Moment fühlte ich mich beschämend frei.

Im Gehen sortierten sich meine Gedanken, gleichzeitig wurde mir schlagartig klar, dass das, was ich gesagt hatte, falsch verstanden werden konnte und Daniel so überhaupt keine Hilfe wäre. Hatte ich ihn nicht als unberechenbar hingestellt, auf der Kippe stehend, in Auflösung begriffen? Verteidigte so ein Mann nicht um jeden Preis sein Revier, sein Eigentum?

Als ich mich dem Fluss näherte, nahm der Wind noch zu. Ich bog ab, bevor ich die Brücke erreichte. Die Straße auf dieser Seite war fast ebenso schmal wie bei uns und sehr alt, Schichten aus Sand, Kopfsteinpflaster und Asphalt, an den Rändern ausgefranst.

Gepflegte Einfamilienhäuser, eine verfallene Scheune. Dann öffnete sich der Blick auf das Weingut auf der gegenüberliegenden Seite des Flusses. Das unerschütterliche Grün der Linde, die dunkle Erde. Es sah so ruhig aus. Ich konnte keine Polizisten entdecken, weder bei der Linde noch irgendwo sonst auf dem Grundstück, keine Autos, überhaupt keine Bewegung, außer der des Windes im Gras und in den Bäumen, ein paar Vögel, die niedrige Kreise zogen.

Lange stand ich da und versuchte herauszufinden, was ich empfand. War da ein schwaches Licht in einem der Fenster, eine Lampe, die brannte? Ich fühlte mich beobachtet, obwohl kein Mensch zu sehen war. Ich musste daran denken, was Paul gesagt oder aus dem Gedächtnis rezitiert hatte, als wir durch das alte Prag gelaufen waren, über das Zittern in den Mauern und die Geräusche, die von den Dächern kamen, und dass die Häuser die eigentlichen Herren der Stadt waren, die ihr Leben den Bewohnern nur zeitweise ausliehen.

Eine kleine Allee führte zum Haus des Gärtners, es lag ein wenig abgeschieden. Der Garten peinlich gepflegt, mit einem kleinen Springbrunnen in Form eines Engels mit Fischschwanz, eine blühende Hagebuttenhecke, Rosen, die an unsere erinnerten.

Ich klingelte an der Tür, hörte es aber nicht läuten. Klopfte und wartete und klopfte noch einmal. Ich hatte dem alten Mann schließlich eine Art Anstellung versprochen. Also hatte ich auch eine gewisse Verantwortung, er verdiente es, davon zu erfahren. Vielleicht hatte er es auch schon im Wirtshaus gehört oder woanders oder die Polizeiautos am anderen Flussufer gesehen. Er musste sich fragen, was er jetzt machen sollte.

Ich ging die Eingangstreppe wieder hinunter und in den Garten, um zu schauen, ob er vielleicht draußen war. Da wuchs kein Unkraut, der Rasen war gemäht und getrimmt. Die Hagebuttenhecke roch nach den Sommern meiner Kindheit. Durch die Fenster erkannte ich lediglich den oberen Rand von ein paar Bildern, helle Spitzengardinen. Ich überlegte, ihm eine Nachricht zu hinterlassen, wusste aber nicht, was ich schreiben sollte. Musste ich Ján Kahuda mitteilen, dass wir seine Dienste nicht mehr benötigten?

Ich fühlte mich plötzlich unendlich müde.

Sollte er doch hingehen und weiter unsere Rosen gießen, wenn ihm danach war.

«Sie sind da. Das freut mich. Ich hätte nicht gedacht, dass Sie kommen.»

Martha ließ die Bücher fallen, die sie in der Hand hielt, als das Glöckchen über der Tür bimmelte. Sie kam mir förmlich entgegengelaufen. Nahm mich am Arm und zog mich in den Laden, schloss die Tür hinter mir.

«Ich habe es gehört, es ist so schrecklich, was passiert ist. Dass jemand bei Ihnen drüben erschlagen wurde. Möchten Sie einen Tee oder Kaffee, irgendetwas?»

«Nein, danke, ich bleibe nicht lange.»

Dennoch zog ich mir die Jacke aus, unterwegs hatte es angefangen zu regnen.

«Aber Sie frieren ja.»

«Halb so wild.»

«Kommen Sie.»

Die Buchhändlerin schloss die Tür ab.

«Es kommt sowieso niemand. Ich pfeif drauf.»

Sie nahm mich mit in einen kleinen Raum hinter der Theke und schaltete einen Wasserkocher ein. Eine Packung Butterkekse, eine Dose Instantkaffee, Blick auf den Innenhof durch ein schmales Fenster, Mülltonnen. Auf einem zerknitterten, aber gerahmten Plakat an der Wand erkannte ich den früheren Präsidenten und Freiheitskämpfer, Václav Havel. *Havel na Hrad*, stand darauf.

«Havel auf die Burg», sagte Martha, «das war in den Wochen im November 1989, als wir den Kommunisten die

Macht entrissen haben. Ich war dort, ich habe damals in Prag studiert. Das da ist eines der Wahlplakate, die wir gedruckt haben, für die Präsidentschaftswahl. Nie werde ich die Neujahrsnacht auf dem Wenzelsplatz vergessen, wie wir tanzten und Totenwache für Marx und Lenin hielten, wie wir dachten, jetzt wären alle frei und glücklich.»

«Aber so kam es wohl nicht?»

«Kommt drauf an, wen Sie fragen.»

Sie legte mir eine Strickjacke um und goss heißes Wasser in die Tassen, ich wärmte mir die Hände. Sie hatte recht, ich fror. Der Wind hatte zugelegt und blies direkt aus Norden, als ich vom Haus des Gärtners aufgebrochen, falsch abgebogen war und mich zwischen Einfamilienhäusern mit bellenden Hunden und Gartengrundstücken verlaufen hatte.

«Erzählen Sie mal», sagte Martha und setzte sich, «was ist eigentlich genau bei Ihnen passiert?»

«Ich glaube, ich darf nicht darüber reden.»

«Hier belauscht uns keiner.» Martha lächelte und klopfte auf den Tisch. «Nicht mehr.»

«Was wissen Sie denn schon?»

«Dass einem Fremden letzte Nacht etwas zugestoßen ist. Jemand, ich glaube die Nachbarin gegenüber, meinte, es sei vor dem Weingut passiert, und da musste ich gleich an Sie denken, aber dann meinte ein Lehrer in der Schule, dass es keiner von hier war, ein Landstreicher oder vielleicht ein Tourist. Der Eisenwarenhändler hat behauptet, dass sie schon jemanden festgenommen hätten. Das klang gut.»

Ich rührte das Kaffeepulver um, aß einen Keks, nahm mir einen weiteren und versuchte, alles Mögliche gleichzeitig zu denken. Was kam wohl von der Polizei, und was hatte eher jemand zu sehen geglaubt und dann weiterverbreitet? Ich erinnerte mich an die Jugendlichen auf der Brücke, die herübergeschaut hatten.

«Sagen die Leute denn, dass es ein Mann sei, der erschlagen wurde?»

Marthas Augen weiteten sich.

«Ich wusste nicht, dass er tot ist.»

«Wenn ich etwas erzähle, ahnen sie vielleicht, woher es kommt», sagte ich. «Es scheint, als wollten sie auf keinen Fall, dass etwas herauskommt, ich weiß nicht, warum.»

Martha lehnte sich zurück, die Tasse in beiden Händen und beobachtete mich, während sie trank.

«Wissen Sie, warum ich so eisern an der Buchhandlung festhalte», sagte sie, «obwohl fast niemand mehr Bücher kauft und es kaum für Strom und Miete reicht und ich mir schon vor dreißig Jahren geschworen habe, von hier wegzugehen?»

Ich schüttelte den Kopf, und Martha schaute auf die Mülltonnen draußen, graue Fassaden, ein Stapel Alteisen in der Ecke.

«Meine Großmutter war hier Verkäuferin, bevor sie den Laden übernahm, und dann führte meine Mutter die Buchhandlung weiter. In den siebziger Jahren musste sie für ein paar Jahre in die Uranbergwerke von Jáchymov, weil sie Samisdat, verbotene Schriften, unter dem Ladentisch verkauft hatte. Die Kommunisten beschlagnahmten die Buchhandlung, und wir verloren auch die dazugehörige Wohnung.»

Martha zeigte zur Decke, und ich dachte, wie traumhaft, eine kleine Buchhandlung mit einer Wohnung darüber.

«Ich bin sozusagen da oben geboren. Nach der Samtenen Revolution, als meine Mutter noch lebte, auch wenn sie schwer krebskrank war, gelang es uns, das alles hier zurückzubekommen. Der Prozess dauerte sieben Jahre, aber ich glaube, es war das, was sie am Leben hielt, mehr als jede Chemotherapie oder Bestrahlung. Trotz heftiger Schmerzen bestand sie darauf, dass ich sie an dem Tag, an dem wir die Schlüssel zurückbekamen, im Rollstuhl hierherfuhr. Eine Woche später war sie tot. Glauben Sie mir, ich habe gelernt, die Klappe zu halten.»

«Es war kein Mann», sagte ich.

Martha betrachtete mich einen Moment, dann knallte sie ihre Tasse auf den Tisch.

«Oh, verdammt», sagte sie. «Muss es immer eine Frau sein? Eine arme Prostituierte aus der Ukraine oder Moldawien natürlich, die sie hier abgekippt haben. Nach der Grenzöffnung waren die Straßen hier das reinste Bordell, überall bis zur deutschen Grenze. Ich hoffe wirklich, dass Sie sich trauen, trotzdem dort zu wohnen, jetzt wo der Scheißkerl ja gefasst wurde.»

Irgendwo lärmte eine Lüftungsanlage, ein dumpfes, irritierendes Brummen.

«Ich weiß nicht, ob Sie sich noch erinnern», sagte ich, «aber als ich das letzte Mal hier war, war noch eine andere Frau im Laden, wir unterhielten uns eine ganze Weile.»

«Ja, natürlich erinnere ich mich, Anna hieß sie. Sie kam oft vorbei, meine beste Kundin in letzter Zeit, aber jetzt habe ich sie schon seit zwei Tagen nicht mehr gesehen, ich weiß nicht, ob sie abgereist …»

Der Rest des Satzes blieb ihr förmlich im Halse stecken.

Ich sah etwas in ihr Amok laufen, ihre Augen flackerten und blieben schließlich an mir hängen. Es kam mir vor, als hätten sie ihre Farbe verloren, wären verblasst, so als hätten sie das Grau draußen vor dem Fenster in sich aufgesogen.

«Das ist nicht wahr», sagte sie. «Sagen Sie mir bitte, dass das nicht wahr ist.»

Mein Schweigen genügte. Keine Antwort war auch eine Antwort, sie hallte wider, füllte den engen Raum. Ich habe nichts gesagt, dachte ich, niemand kann mir vorwerfen, Anna Jones Namen genannt zu haben.

«Aber warum?», fragte Martha schließlich. «Wer wollte ihr etwas Böses?»

«Keine Ahnung. Vielleicht war es Zufall, dass es sie getroffen hat.»

«Sie hat mehrere Bücher bei mir gekauft, ein paar englische Taschenbücher und ein oder zwei Postkarten jeden Tag, aber sie antwortete nie richtig, wenn ich sie fragte, was sie hier machte. ‹Ich schau mir Gegenden an, wo ich bisher noch nicht war›, so etwas sagte sie. Kannten Sie sie gut?»

«Nein, überhaupt nicht.»

Die Lüftungsanlage schien immer lauter zu werden. Eine graue Katze lief draußen zwischen den Mülltonnen herum, sie ähnelte irritierend einer Ratte.

Ich musste an Madame Bovary denken, die hatte ich bei alldem ganz vergessen. War sie schlau genug, sich selbst zu versorgen, oder hatte sie sich daran gewöhnt, gefüttert zu werden, saß sie jetzt vor unserer Tür und maunzte?

«Ich begreife nicht, warum sie mitten in der Nacht auf unserem Gut war», sagte ich, «oder auch erst am frühen Morgen. Vielleicht wollte sie etwas mit mir besprechen.»

«Aber deshalb tragen Sie doch keine Schuld, das wissen Sie, oder?»

Ich antwortete nicht, denn ich wusste nicht, ob ich sagen sollte, nein, es war nicht meine Schuld, oder ja, ich weiß, und im Übrigen war ich überzeugt, dass ich irgendwie doch schuld war. Ich war es, die sie als Erste auf das Gut eingeladen hatte.

«Sie hatte Kinder», sagte ich, «erwachsene Kinder, in England. Ich frage mich, ob sie es schon wissen.»

«Aber sie war Deutsche, irgendwo im Osten aufgewachsen», sagte Martha, «das weiß ich, weil wir über Dinge geredet haben, die man nur kennt, wenn man bestimmte Erfahrungen gemacht hat. Sie meinte, es würde sie wahnsinnig machen, die Arbeitsatmosphäre im Westen, wo alle die Klappe halten und nichts sagen, wenn die Chefs sich wie Idioten verhalten. Sie begriff nicht, wovor die Menschen solche Angst hatten. ‹Sie landen schließlich nicht im Gefängnis. Schlimmstenfalls werden sie nicht befördert.›»

«Sie stand davor, ihren Job zu verlieren», sagte ich, «oder hatte ihn schon verloren. Ich hatte den Eindruck, sie überlegte, was sie mit dem Rest ihres Lebens anfangen sollte, war auf der Suche.»

Wir schwiegen beide. Am liebsten hätte ich geweint, stattdessen stand ich auf und stellte meine Tasse in das kleine Spülbecken.

«Man muss sich wohl darauf verlassen, dass die Polizei tut, was sie kann», sagte ich.

«Hm», sagte Martha.

«Ich gehe jetzt am besten wieder nach Hause.»

Sie maß mich von oben bis unten.

«Trauen Sie sich das denn?»

Ich sagte ihr, dass ich mich im Wirtshaus einquartiert hatte, aber über Daniel sagte ich nichts.

«Ich hab da was gefunden, das Sie interessieren könnte», sagte Martha, «aber im Moment haben Sie wahrscheinlich keinen Kopf dafür.»

«Kopf wofür?»

«Ich hatte doch versprochen, im Lager nachzusehen, als Sie das letzte Mal hier waren.» Martha stand ebenfalls auf und spülte die Tassen aus.

«Ach, stimmt», sagte ich und versuchte, mich zu erinnern, wonach ich sie gefragt hatte. Bücher. Es kam mir so unwichtig vor. Ich sah das Zimmer im Wirtshaus vor mir, dachte an das ewige Läuten der Kirchenglocken und das Telefon, das nur stumm dastand. Ein Tag und eine Nacht noch, bis die achtundvierzig Stunden um waren.

«Was haben Sie denn gefunden?»

Martha kramte den Schlüssel aus ihrer Tasche.

«Kommen Sie.»

Sie ging nicht in den Laden, sondern eine kleine Treppe hinunter, die in eine Abstellkammer führte. Hinter Eimern und Mopps und einem Stapel Kartons befand sich eine weitere Tür und eine noch schmalere Treppe, die vor einer niedrigen Holztür mit Eisenbeschlägen endete. Wir waren vielleicht zehn Meter unter der Erde, der Schlüssel war dreimal so groß wie die anderen.

«Den hier hat meine Mutter nie aus der Hand gegeben, all die Jahre hat sie ihn versteckt. An jenem Tag, an dem wir die Nachricht bekamen, dass die Buchhandlung wieder uns gehörte, erzählte sie mir davon.»

Dunkelheit schlug uns entgegen, ein Kellergeruch, der mir

bekannt vorkam. Trocken und kühl. Gemauerte Wände, eine unregelmäßige Treppe aus Stein. Martha drückte auf einen Lichtschalter, und unter uns leuchtete eine schwache Lampe auf.

Auf dem letzten Stück musste ich mich ducken, die Decke wurde immer niedriger. Am Fuß der Treppe öffnete sich ein runder Raum. Eine nackte Glühbirne an der Decke. Der Raum war voller Bücher. In Regalen, aufgestapelt, in Kisten, überall an den Wänden entlang, nur nicht dort, wo weitere Gänge ins Dunkle führten.

«Passen Sie auf, wo Sie hintreten, es ist ein bisschen chaotisch», sagte Martha.

«Ich wusste nicht, dass man diese Tunnel betreten kann», sagte ich. «Wurden sie nicht vor hundert Jahren zugemacht?»

«Sie führen nirgendwo mehr hin, sie beginnen und enden dann plötzlich, wie Blinddärme.»

Ich strich vorsichtig mit der Hand über die Buchrücken, sie waren von einer dünnen Staubschicht bedeckt. Eine stumme Ehrfurcht vor dem Alten, dem Wissen, dem, was zwischen den Einbänden gesammelt war.

«Was sind das für Bücher?»

«Hier oben vor allem die Bücher, die meine Mutter in die Uranbergwerke gebracht haben, die Schriften und Bücher, die sie verstecken konnte. Massenhaft Werke von Autoren, die die Charta 77 unterschrieben haben, zum Beispiel, ich habe sogar eine Kopie der Originalversion des Dokuments gefunden, und hier haben wir Bohumil Hrabal, einen unserer größten Autoren …» Martha nahm einen Stapel dünnen Papiers aus einer der Kisten. «Seine Romane wurden in zahlreiche Sprachen übersetzt, aber hier konnten sie nur in kopierter Form verbreitet werden. Meine Mutter war völlig euphorisch, als sie sie mir gezeigt hat, so euphorisch, wie man unter hochdosiertem Morphium nur sein kann. Sie dachte, ich könnte all die Bücher hier nach oben in den Laden bringen, als wieder Freiheit herrschte, doch da waren schon mehrere Jahre seit der Samtenen Revolution vergangen. Diese Zeit ging so schnell vorbei. Havels Tagebücher aus dem Gefängnis zum Beispiel oder die Briefe an seine Frau Olga, davon hätte ich vielleicht ein paar Exemplare verkaufen können, wenn er sich nicht zu den Sudetendeutschen geäußert hätte.»

«Was hat er denn gesagt?»

«Dass wir sie um Vergebung bitten müssten.»

Martha ging weiter in einen der blinden Gänge, in die kein Licht drang. Ihre Stimme wurde leiser, als der Tunnel schmaler wurde.

«Und jetzt kauft überhaupt kaum noch jemand Bücher, ich lebe vom Weihnachtsgeschäft und von Ansichtskarten und vielleicht noch von Harry Potter, denn jeder wünscht sich doch, dass es neben der Welt, die wir sehen, noch eine magische gibt.»

Ich beeilte mich hinterherzukommen und wäre beinahe in sie hineingelaufen.

«Vorsicht.»

«Entschuldigung!»

«So war das nicht gemeint. Sie hätten da runterfallen können.»

Martha knipste eine Taschenlampe an. Vor ihren Füßen tat sich ein Loch im Boden auf, das an drei Seiten von einer kleinen Mauer umgeben war. Eine weitere Treppe führte noch tiefer hinab, es sah aus, als wäre sie in den Fels geschlagen worden. Ich erinnerte mich, dass die mittelalterlichen Tunnel angeblich drei Stockwerke unter der Stadt gebildet hatten.

Marthas Schatten glitt über meine Füße.

«Wie weit gehen wir runter?»

«Nur bis hier.»

Martha blieb auf einem Absatz stehen und nickte zur nächsten Treppe hinüber, die in die Dunkelheit führte.

«Ganz unten liegen die Schätze, die die Vorbesitzer gerade noch verstecken konnten, bevor die Nazis kamen. Ein älteres jüdisches Paar, das nach Theresienstadt deportiert wurde, die Bücher sind immer noch da. Literatur, die sonst auf dem Scheiterhaufen gelandet wäre, jüdische oder «entartete» oder allzu revolutionäre. Freud und Jung, Marx natürlich, Bertolt Brecht, Kafka … Im Grunde hätten sowohl meine Großmutter als auch meine Mutter all das im Kommu-nismus wieder hervorholen und offen verkaufen können, aber es sind fast ausschließlich deutsche Ausgaben, und zu dem Zeitpunkt hatte man den gesamten deutschsprachigen Teil der Bevölkerung vertrieben, wer hätte es also lesen sollen?»

Weiter hinten tat sich ein weiterer Kellerraum auf, langgestreckt mit gewölbter Decke und ein paar in die Wand gehauenen Nischen. Bücher lagen überall auf dem Boden und in Regalen aus dunklem Holz, die aussahen, als wären sie hastig vor Ort zusammengenagelt worden, schief und krumm und allem Anschein nach ohne jedes System gefüllt.

«Schauen Sie mal, das hier wollte ich Ihnen zeigen.»

Martha knipste eine Batterielampe auf einem kleinen Schreibtisch an. Darauf stand eine Tasse mit eingetrocknetem Kaffee, ein zerknittertes Schokoladenpapier lag daneben, anscheinend hielt sie sich öfter hier auf.

Sie hatte ein paar Hefte und ein Buch für mich bereitgelegt. Ich trat näher und sah Notenlinien, ein Musikstück. Das Buch war aufgeschlagen. Alte Schwarz-Weiß-Fotos, eine Kirche, eine Schulklasse, ein paar Menschen, die herausgeputzt vor ihren Häusern standen.

«Erkennen Sie das hier wieder?»

«Was?»

Martha deutete auf ein Familienporträt. Der Mann trug einen beeindruckenden Schnurrbart und hielt einen Hut in der Hand, die Mutter hatte einen Säugling auf dem Arm. Ein etwas älterer Junge stand steif daneben.

Plötzlich erkannte ich die Treppe, die kleinen Scheiben in der Tür. Es war der Eingang, den wir nie benutzten, wo das Unkraut durch die Ritzen gedrungen war.

Viktor und Anna Heller, stand unter dem Bild, die Kinder hießen Otto und Johann, eine Jahreszahl, 1914. Weingut Erzgebirge. Der Name des Anwesens.

Ansonsten ein stinklangweiliges Buch, hörte ich Martha sagen, eine Art Heimatchronik über das deutsche Leben im Ort.

«Aber als ich das Bild und die Namen sah, musste ich noch an etwas anderes denken.» Sie hielt mir die Notenblätter hin. Die Seiten waren vergilbt, vielleicht war das Papier aber auch von Anfang an so gewesen, verschnörkelte, feierliche Buchstaben auf dem Einband, ein Werk von Franz Liszt.

Liebestraum.

Martha schlug die erste Seite auf und zeigte mir den Stempel, ein Exlibris.

Name: Julia Heller.

Wo hatte ich den Namen Julia schon mal gesehen, neulich erst?

Der Wein! Auf dem Etikett einer der Flaschen mit dem sauren Wein hatte dieser Name gestanden.

«Ich bin mir nicht sicher», sagte Martha, «aber wenn Julia Heller eine Verwandte der Leute auf Ihrer Treppe ist, dann wurde möglicherweise Liszt in Ihrem Salon gespielt.»

«Komisch», sagte ich, «Sie haben auch etwas von ihm gespielt, als ich das letzte Mal in Ihrer Buchhandlung war.»

«Wirklich? Daran erinnere ich mich gar nicht. Habe ich das?»

Ich blätterte ein bisschen und wünschte mir, ich könnte die Noten lesen, um die Musik von den Blättern aufsteigen zu hören.

«Liszt beschreibt die Liebe nicht nur, er weckt sie in dir», fuhr Martha fort. «Diese Noten hier habe ich zum Beispiel vor ein paar Jahren mit in die Wohnung genommen, um zu üben, und da erinnerte ich mich, dass ich dasselbe Exlibris bereits mehrfach gesehen hatte, als ich damals versuchte, ein wenig Ordnung in das Ganze zu bringen.» Sie stieg über ein paar Kisten, um zu einem Regal zu gelangen, das ziemlich schräg stand. «Meine Mutter hat wahrscheinlich versucht, es nach einem logischen System zu ordnen, aber ich fürchte, es ist ihr nicht gelungen, mir die Gesetze dieser Logik nahezubringen. Manches finde ich hier, anderes dort.»

Martha zog einen nachgedunkelten Lederband aus dem Regal, ich erkannte, dass es ein Buch von Goethe war. Ein Stempel auf dem Vorsatzblatt, dasselbe Exlibris.

«Es gibt hier bestimmt fünfzehn, zwanzig Bücher, die Julia

Heller gehört haben, vielleicht sogar mehr. Alles konnte der Alte wahrscheinlich nicht retten.»

Martha strich mit der Hand über die Reihe in Leder gebundener Bücher, zog ein paar Exemplare mit gewellten Einbänden heraus, die Seiten waren ganz zerknittert und klebten teilweise zusammen.

«Das war der Regen», sagte sie.

Die Stille so tief unter der Erde ist eine besondere Stille. Es ist nicht nur die Abwesenheit von Lärm, sondern etwas Fundamentales, wie die zusammengepresste Erde, wie der Fels. Sobald Martha innehielt, war es, als würden die Worte verschluckt, kein Echo, nichts, was blieb, außer dem Gefühl, dass die Stille immer schwerer wurde, von all dem, was sie enthielt.

Der alte Buchhändler hatte das Konzentrationslager überlebt. Er kehrte allein zurück. Seine Frau war nach Norden deportiert worden, es hieß, sie werde an einen Ort gebracht, an dem sie sich erholen, ausruhen könnte, um dann in einem Wald in Ostpolen erschossen zu werden. Der Buchhändler selbst hatte in Theresienstadt die Kinder unterrichtet, solange er konnte. Lesen und Rechtschreiben, während die Züge nach Auschwitz in immer kürzeren Abständen rollten. Als hätte er versucht, sich an den Worten festzuhalten, hatte Marthas Großmutter gesagt, als hätten sie irgendjemanden retten können.

Nachdem der Buchhändler zurück war, nahm sie ihre Arbeit wieder auf. Half ihm, den Laden aufzuräumen, die Bücher wieder in die Regale zu stellen, und schließlich hinter den wütenden Tschechen aufzuräumen, als diese Steine durchs Schaufenster warfen. Was ihre wütenden Nachbarn an deutscher Literatur gefunden hatten, warfen sie auf einen Haufen und verbrannten sie auf der Straße, in einem rasenden Feuer. Die Großmutter hatte durchs Fenster zugesehen und sich nicht hinausgewagt. In dieser Zeit unmittelbar nach dem Friedensschluss und in den Monaten danach bahnte sich die Wut immer wieder ihren Weg. Die Großmutter war Tschechin und damit eigentlich sicher, doch sie hatte in der Buchhandlung gearbeitet, deutsche Literatur verkauft.

Später, sowohl spät am Abend als auch spät im Herbst – die meisten Sudetendeutschen waren bereits vertrieben worden und Neuankömmlinge aus dem Süden hatten ihre Häuser und Höfe übernommen, sehr schnell, manchmal noch bevor die ehemaligen Bewohner ihre Häuser verlassen hatten –, sah sie den alten Buchhändler durch die Straßen gehen, in gebückter Haltung, den Straßengräben zwischen den Höfen folgend. Er sammelte die Bücher ein, die die neuen Bewohner hinauswarfen. Goethe im Ledereinband, teure Kostbarkeiten, die zu verhasstem Unrat geworden waren. Es waren arme Landarbeiter und nationalistisch gesinnte Tschechen, die in die Häuser einzogen, Leute von überall im Land, angelockt vom Versprechen auf Arbeit und leerstehende Häuser, darunter auch einige Rumänen und Ukrainer oder einfach Kriminelle, die die Gelegenheit nutzten zu plündern.

Selbst im Regen ging der alte Buchhändler draußen umher, Marthas Großmutter sah ihn, wie er durch den Schlamm humpelte. Er sammelte, was er tragen konnte, und versteckte es in den Kellergewölben, genau wie er ein paar Jahre zuvor jüdische Literatur versteckt hatte, bis zu dem Tag, an dem jemand in den Laden kommen würde und wieder danach fragte, denn er konnte den Anblick von Büchern im Rinnstein nicht ertragen.

«Einmal hörte ich, wie meine Mutter meine Großmutter fragte, was sie selbst getan habe, ob sie ihm geholfen hätte. Großmutter hatte schon ziemlich viel Becherovka intus, wie sooft gegen Ende ihres Lebens, ihr Bett war ständig von einem Geruch nach Zimtschnaps umgeben, ja, sie trank im Bett, um schlafen zu können, nehme ich an, um sich zu betäuben. ‹Das hätte ich bestimmt gemacht›, sagte sie, ‹das weißt du doch. Wenn ich mich nicht um dich hätte kümmern müssen und wenn es nicht angefangen hätte zu regnen.›»

Kurz darauf wurde auch der Buchhändler deportiert, mit einem der letzten Züge, in denen die Sudetendeutschen endgültig außer Landes geschafft wurden. Die Rache dafür, dass sie sich mit Deutschland vereinigen wollten, Rache für den Krieg, für den Terror unter dem Naziregime, Rache für das Massaker in Lidice, Rache für alles.

«Aber Sie haben doch gesagt, dass er Jude war.»

«Er sprach deutsch, wie die meisten Juden hierzulande. Damit galt er als Deutscher, und sie schickten ihn nach Deutschland, und was dort mit ihm geschah, erfuhr meine Großmutter nie, jedenfalls erzählte sie nichts darüber. Bevor der Zug abfuhr, überschrieb er ihr die Buchhandlung. Den Vertriebenen wurde ohnehin alles genommen. In nationalen Dekreten wurde festgehalten, dass sie keinerlei Recht hätten, zurückzukehren oder etwas zurückzuverlangen, und diese Dekrete wurden Gesetz und gelten bis heute.»

Martha hatte sich in eine Nische gesetzt, wo ein schmaler Lüftungsschacht nach oben führte, und begann sich eine Zigarette zu drehen. Durch ein enges Gitter dreißig Meter über uns fiel etwas Tageslicht herein.

«Machen Sie sich keine Sorge wegen des Rauchs, der zieht nach oben. Möchten Sie?»

Sie zog an der schlampig gedrehten Zigarette, es roch süßlich, als sie den Rauch ausblies, der eine halbe Drehung um ihren Kopf machte und dann aufstieg.

«Entschuldigung, ganz vergessen», sagte sie und lachte, «Sie sind ja aus dem Westen, Sie haben bestimmt schon mit vierzehn aufgehört, Gras zu rauchen.»

«Dreizehn», sagte ich und rückte meinen Stuhl näher an das Loch. Sog den Rauch zu schnell und zu tief ein, mir tränten die Augen, und ich musste husten. Es war wirklich sehr lange her, seit ich so etwas gemacht hatte. Martha nahm die Zigarette und gab sie mir anschließend wieder zurück. Langsam wurden alle Umrisse weicher und Ruhe breitete sich in mir aus. Ich meinte, Fäden zu erkennen, die die Dinge verbanden, wie Spinnweben. Nichts schien mehr zufällig, alles war Teil ein und desselben Netzes.

«Ich wollte eigentlich nur nach Hause zurück, um meiner Mutter zu helfen», sagte Martha. «Ihr sollte Gerechtigkeit widerfahren, und anschließend wollte ich sauber machen und aufräumen und ein für alle Mal aus diesem böhmischen Loch verschwinden, aber je mehr ich mich bemühte, desto weniger gelang es mir. Und als ich versuchte, nach Prag zurückzukehren, war die Ära der Freiheit und der vielen Möglichkeiten vorbei, die Revolutionäre, Dissidenten und Studenten hatten sich in Machtkämpfen um die eigene Position und um Geld aufgerieben, die hitzigen nächtlichen Diskussionen, mal bei dem einen, mal bei dem anderen zu Hause, kehrten nicht wieder. Wir wurden wie alle anderen … wie …»

«Wie wir?»

«Dachtet ihr das im Westen, dass wir das wollten?», fragte Martha und blies ein paar Rauchringe in die Luft, denen sie mit dem Blick folgte. «Dabei kämpften wir um das Recht, wir selbst sein zu dürfen.»

Sie hielt die Zigarette, damit ich ein letztes Mal daran ziehen konnte, verbrannte sich beinahe die Fingerspitzen, ihre Stimme ringelte sich wie Nebelschwaden mit dem Rauch, der in einem hellen Blau zu dem winzigen Punkt Sonnenlicht aufstieg, nach oben. Schien dort tatsächlich die Sonne? Eben hatte es noch geregnet, oder verwechselte ich das? In Marthas Erzählung hatte es jedenfalls geregnet. Wenn ich jetzt an die Stadt oben dachte, sah ich eine Straße im Spätherbst 1945 vor mir, Bücher, die im Rinnstein trieben, und einen Mann, der versuchte, sie unter seinem Mantel zu bergen. Seltsamerweise war es viel schwieriger, mir vorzustellen, wie es vor ein paar Stunden dort oben ausgesehen hatte.

«Als Kind denkt man nicht weiter darüber nach, dass eine verlassene Kirche mitten im Ort steht oder warum das ehemalige Schloss als Zementlager genutzt wird. Die Abwesenheit schweigt, sie erzählt nichts.»

Martha zertrat die letzten Krümel Marihuana auf dem Boden, bis keine Spur mehr übrig war.

In vielen Dörfern und Städten wie dieser hier waren die deutschsprachigen Einwohner in der Mehrheit gewesen. Und im Laufe von nur wenigen Monaten war die Bevölkerung ausgewechselt worden, waren eine ganze Kultur und die halbe Geschichte des Landesteils verschwunden. Noch bevor die Kommunisten an der Macht waren, noch vor 1948. Insgesamt wurden beinahe drei Millionen Menschen aus dem Sudetenland vertrieben.

Und niemand redete darüber.

«Ich hätte nie damit anfangen sollen, das hier zu sichten», sagte Martha. «Ich verfolgte keine bestimmte Absicht, hatte nur das Bedürfnis, hinter den Toten aufzuräumen, zu beenden, was unvollendet erschien, aber mit jedem Teil, das ich fand, schien es mir, als verlöre ich mich immer mehr.»

Es waren nicht nur die Bücher. Ihre Großmutter hatte weiter gesammelt, nachdem der Buchhändler fort war, vielleicht aus einem Schuldgefühl heraus. Sie hatte Kartons mit Schulbüchern, Registern, Klassenfotos heruntergetragen, alles Mögliche, das weggeworfen worden war, als die deutsche Grundschule endgültig geschlossen wurde. Dokumente von kommunalen Behörden, die sich jetzt nicht mehr mit der deutschsprachigen Bevölkerung herumschlagen mussten, Krankenakten aus dem deutschen Gesundheitszentrum, Pamphlete und Flugblätter, Märchenbücher aus dem deutschen Kindergarten und zwischen alldem auch ein paar Kisten tschechischer Bücher, die wahrscheinlich weggeworfen worden waren, als die Kommunisten wenige Jahre später die Macht übernahmen.

«Als ich zum ersten Mal hier herunterkam, hatten sich bei meiner Mutter bereits Metastasen an der Hirnhaut gebildet, und sie halluzinierte viel. Und dann die Medikamente … ich bekam keine Antworten mehr auf all die Fragen, die ich ihr gerne gestellt hätte. Es war so wenig Zeit, und dann möchte man ja auch von Liebe reden und den schönen Erinnerungen und nicht über das, worüber keiner mehr etwas wissen will. Es gab aber auch Phasen der Klarheit. An das Friedensjahr hatte meine Mutter so gut wie keine Erinnerung mehr, sie wusste aber noch, dass sie einmal eine Kiste mit Märchenbüchern gesehen hatte und traurig gewesen war, weil sie sie nicht anfassen durfte. Der Abend, an dem draußen auf der Straße die Bücher brannten, hatte sich dagegen tief in ihr Gedächtnis eingeprägt, sie muss damals etwa drei gewesen sein, 1945. Immer wieder kam sie in den letzten Monaten darauf zurück, wenn ich bei ihr saß. Angesichts des Todes kommt ja vieles an die Oberfläche, das vielleicht ein ganzes Leben lang da war und an der Seele gekratzt hat, aber nie ausgesprochen wurde, weil die Erwachsenen einen ganz fest gehalten und gesagt haben, darüber wird nicht geredet. Meine Großmutter hat meine Mutter damals eingesperrt und ihr verboten, rauszugehen, aber sie hat Leute auf der Straße herumrennen sehen, und sie hörte das Geschrei, sie schrien ‹Verräter› und ‹Tod›, und dann wurden unten im Geschäft die Scheiben eingeschlagen, und es brannte, und meine Mutter dachte, der Krieg wäre zurück.

Du hast geträumt, sagte meine Großmutter dann, es ist Frieden, es wird keinen Krieg mehr geben, aber sie hustete mehrere Tage lang von dem Rauch. Vor der Tür lagen noch die schwarzen Aschehaufen.»

Ich spürte einen beginnenden Kopfschmerz, der angenehme Rausch war in ein eher schweres und schläfriges Gefühl übergegangen.

«Sie haben Kinder getauscht, wusstest du das?»

«Was meinst du mit getauscht?»

«Du hast nie etwas vom Kindertausch gehört?»

Ich schüttelte den Kopf. Die Decke schwankte und schien sich auf mich herabzusenken. Ich saß ganz still.

«Eine Art Schüleraustausch auf einfachstem Niveau», erklärte Martha, «ein guter alter Brauch im Sudetenland.» Damit ihre Kinder zweisprachig aufwuchsen, ließen tschechische Eltern ihre Kinder einen Sommer oder ein Schuljahr lang bei einer deutschen Familie wohnen und umgekehrt. Dieser Brauch reiche bis ins 19. Jahrhundert zurück, meinte Martha, oder noch weiter, und es seien nicht die Reichsten gewesen, die ihn praktiziert hätten, denn die konnten ihre Kinder auch an die feinen Schulen in Wien schicken. Arbeiter und Bauern seien es gewesen, sie hielten es für vorteilhaft, wenn ihre Kinder beide Sprachen beherrschten, die seit dem Mittelalter in der Gegend gesprochen wurden. Oft seien dabei Freundschaften fürs Leben entstanden, die Gasteltern wurden zu einer Art zweiten Familie.

«Und seltsamerweise gab es den Kindertausch bis in die dreißiger Jahre, trotz aller Propaganda über das reine und wahre Blut.» Martha wühlte in einem Karton und zog ein paar tschechische Schriften heraus, übersetzte laut: «‹Es führt zu einer gespaltenen Persönlichkeit bei Kindern, sie werden zu Dieben und Mördern, wenn sie etwas anderes sprechen als ihre wahre Muttersprache› … Und hier, ein Lied aus einem Schulbuch: ‹Dort bin ich glücklich, wo die tschechische Sprache erklingt, in die Schule will ich gehen, wo tschechische Kinder gedeihen› …»

Sie schleuderte das Blatt weit von sich. Wo der Fußboden im Dunkeln lag, taumelte es langsam herab.

«Wir lernten, dass alles Böse von den Nazis kam, aber unsere eigenen Leute betrieben eine ganz ähnliche Propaganda, lange bevor Hitler gewählt wurde. Das wahre Volk und bla, bla, bla. Dass Hitler verrückt war, bedeutet noch lange nicht, dass alle anderen klüger waren.»

Ich sehnte mich danach, noch etwas zu rauchen, traute mich aber nicht zu fragen. Meine Müdigkeit war in eine Art Rastlosigkeit übergegangen, sodass ich aufstehen musste, ein Kribbeln, wie eingesperrte Fliegen zwischen Fensterglas. Ich schaute auf die Uhr, dachte, Daniel könnte versucht haben, mich zu erreichen. Die Verhöre mussten doch endlich vorbei sein.

«Diese Gegend war einmal der reichste Teil Europas, wir haben tausend Jahre zusammengelebt. Wir haben uns gegenseitig um unsere Kinder gekümmert, und die Kinder nannten ihre Eltern und Gasteltern Vater und Mutter, *otec* und *matka*. Wo also begann der Hass?»

«Tut mir leid», sagte ich, «aber ich glaube, ich muss mal an die frische Luft.»

Das Sonnenlicht fiel schräg zwischen die Häuser und brachte die Pfützen zum Glitzern. Der Flieder neben dem Eingang stand endlich in voller Blüte.

«Ich habe eine Nachricht für Sie», sagte Libor, als ich hereinkam.

Er riss einen Zettel von seinem Notizblock und legte ihn auf die Theke. Ich sah die Ziffern. 10.00.

«Sie sollen morgen auf die Polizeidienststelle kommen. Sie hätten da was abzuholen.»

Die Klimaanlage röchelte, in der engen Rezeption des Wirtshauses war es heiß und stickig. Dennoch breitete sich Kälte in mir aus, als befände ich mich immer noch unter der Erde.

«Danke.» Ich faltete den Zettel zusammen und bemühte mich um eine unbeteiligte Miene. Etwas abzuholen, es ging bestimmt um mein Handy. «Sonst hat niemand angerufen?»

Der Wirt schüttelte den Kopf und lehnte sich über den Tresen. Er senkte die Stimme und klang dennoch entschiedener als sonst, kurz angebunden, als erteilte er mir einen Befehl.

«Sie erwähnen bitte nichts davon, was ich über das Zimmer gesagt habe. Ich will keine Probleme. Ich habe einen Betrieb zu führen.»

Ich beteuerte, mich nicht daran zu erinnern, dass er irgendetwas gesagt hätte, und Libor lächelte.

«Dann hoffen wir mal, dass sie den Schuldigen haben»,

sagte er und strich mit der Hand über die Theke, als hätte er eine unsichtbare Staubschicht entdeckt. «Ich mag es nicht, wenn meinen Gästen etwas zustößt. Nicht nur, weil es schlecht fürs Geschäft ist, ich mag es grundsätzlich nicht.»

Ich lag eine Weile auf dem Bett. Dann saß ich ein paar Stunden im Fenster und schaute hinaus. Anschließend saß ich ein paar Stunden am Computer und versuchte, mich an Dinge zu erinnern, die vielleicht ohnehin nichts bedeuteten. Dann war ich so hungrig, dass ich es nicht länger aushielt, ging runter und bestellte mir ein Schnitzel.

Es war so groß wie ein halbes Kalb, mit sieben Kartoffeln dazu. Ich weiß nicht, wie ich es schaffte, aber ich aß alles auf.

Eine junge Kellnerin, die hin und wieder ein paar Stunden hier arbeitete, bediente an diesem Abend, doch Libor kam persönlich und füllte mein Glas.

Ich saß am Tisch ganz hinten, das hatte sich so eingespielt. Manchmal versuchte ich herauszufinden, was Anna Jones von hier hatte sehen können. Die gepolsterten Stühle erschienen mir dann plötzlich weniger ansprechend, unmodern und hässlich, die dunkle Einrichtung ein Trauerspiel. Weitere Touristen in Wanderstiefeln waren eingetroffen, sie strahlten Lebensfreude aus und strotzten vor Gesundheit, breiteten ihre Wanderkarten auf den Tischen aus.

Libor zog sich einen Stuhl heran und setzte sich.

«Ich habe gehört, gestern wurde der deutsche Soldat beerdigt», sagte er.

«Welcher Soldat?»

«Den sie bei Ihnen im Keller gefunden haben.»

Ich hätte am liebsten laut gelacht, aber ich konnte nicht.

«Wer hat Ihnen das denn gesagt?»

«Die Stadt ist klein», meinte der Wirt. «Und es ist lange her, seit auf dem Friedhof zuletzt ein Grab ausgehoben wurde.»

Der Wein verstärkte meine Kopfschmerzen wieder, dennoch leerte ich mein Glas. Kleinstadt, dachte ich, Land. Die Sehnsucht nach einem Ort, wo jeder jeden kennt.

«Ob er wohl selbst in den Keller gegangen ist, als die Russen kamen», fuhr Libor fort, «oder ob die Leute vom Gut ihn schützen wollten – auch darüber wird geredet.»

«Es war kein Soldat», sagte ich. «Es war ein Kind.»

«Ein Kind», sagte er, «das herangewachsen wäre, um Soldat zu werden.»

Das Handy zurückzubekommen, war leichter als gedacht. Ich nannte an der Rezeption meinen Namen, unterschrieb ein Papier und bekam es in einer Plastiktüte ausgehändigt. Es fühlte sich nicht wie ein Sieg oder befreiend an, eher stresste es mich, denn wen sollte ich anrufen?

Der Mann hinter der Glasscheibe hob die Hand zum Zeichen, dass ich warten sollte. Er telefonierte und deutete auf eine an der Wand befestigte Bank.

Mein Akku war leer, das Handy tot. Ich wusste meine PIN nicht mehr und konnte nur hoffen, dass ich sie mir irgendwo notiert hatte. Endlich kam eine Frau aus dem Innern des Gebäudes und winkte mich herein. Sie wirkte seltsam aufgetakelt in dieser Umgebung, hohe Absätze und eine Bluse, die über der Brust spannte, lange, perlmuttfarben schimmernde Fingernägel. Sie sagte kein Wort, während ich ihr folgte. Hinter der dritten Tür erhoben sich Anton Adámek und ein jüngerer Polizist von ihren Stühlen. Ich erkannte ihn wieder, er war dabei gewesen, als sie Anna Jones gefunden hatten.

Sie wollten mir nur ein paar abschließende Fragen stellen, sagte Anton Adámek, und wir reichten uns die Hand. Er hielt meine länger fest als nötig.

«Er fragt, was Sie über die Tote wissen und was sie bei Ihnen zu Hause wollte.»

«Wo ist Daniel? Ist das Gefängnis hier im Haus? Darf ich ihn besuchen?»

«Sagen Sie einfach, was Sie wissen.»

Dieser Raum war kleiner als der beim letzten Mal, es gab nur zwei Stühle. Der Polizist und ich saßen uns am Tisch gegenüber, Adámek stand schräg hinter mir.

Ich atmete tief durch und fing ganz von vorne an, wie ich Anna Jones kennengelernt und worüber wir geredet hatten. Einiges hatte ich schon erzählt, als sie mir an der Linde die ersten Fragen gestellt hatten, damals ohne Dolmetscher. Es war beruhigend, die weiche, sachliche Männerstimme übersetzen zu hören, ein Gefühl, als würde das, was ich sagte, so richtiger und wahrer.

«Was glauben Sie, warum sich Frau Jones vor Sonnenaufgang zu Ihrem Gut begeben hat?»

«Es war also vor Sonnenaufgang.»

«Antworten Sie auf die Frage.»

«Ich weiß nicht, warum sie dort war.»

«Hat sie darüber gesprochen, wen sie außer Ihnen in der Stadt kennengelernt hatte? Hat sie Namen genannt?»

«Nein. Ich hatte den Eindruck, sie war allein.»

«Hat sie irgendetwas Feindseliges über eine andere Person geäußert?»

«Nein, auf keinen Fall. Sie war freundlich. Irgendwie korrekt, ein Mensch, der viel für sich behält. Vielleicht war sie ein bisschen deprimiert oder wusste nicht, wie es weitergehen sollte. Sie wusste, dass sie ihren Job verlieren würde, und sie hatte sich getrennt, ich glaube, das war noch nicht lange her. Haben Sie ihre Kinder erreicht?»

«Was hatte sie für ein Verhältnis zu Ihrem Mann?»

«Wie bitte?»

Es wurde still, die beiden Männer wechselten Blicke. Ich schluckte.

«Gar keins», brachte ich heraus. «Die beiden haben sich nur ein einziges Mal getroffen.»

Der Polizist blätterte in seinen Unterlagen.

«Und Sie waren … bei IKEA?»

«Dazu habe ich bereits alles gesagt.»

Er sah mir direkt in die Augen.

«Der Todeszeitpunkt lag aller Wahrscheinlichkeit nach zwischen vier und sechs Uhr morgens. Ich glaube nicht, dass IKEA da geöffnet hat.»

«Ich habe in Prag übernachtet, das müsste ebenfalls dort stehen.»

«Schon, aber wir bräuchten etwas, das uns das bestätigt.»

Mein Gesicht wurde heiß, bis weit den Hals hinunter. Paul hatte bezahlt, wie immer, er hatte das Zimmer auf seinen Namen gebucht. Eine Quittung hatte ich also nicht.

«Ich schaue mal nach der Quittung», sagte ich.

«Prima.»

Der Polizist schob seine Unterlagen zusammen und klopfte sie zurecht, bis sie Kante auf Kante lagen. Dann sagte er, alles, was den Fall betreffe, sei aus ermittlungstechnischen Gründen vertraulich, und ich dürfe nichts von dem, was gesagt worden sei oder was ich wüsste, weitergeben.

Als er aufstand, fragte ich noch einmal nach Daniel. Es war kurz nach elf, noch zwei Stunden, dann waren die achtundvierzig Stunden vorüber.

«Für die Verhöre bin ich nicht zuständig», sagte er.

«Lassen Sie ihn heute gehen?»

«Das kann ich Ihnen nicht beantworten.»

Der Polizist ermahnte mich noch einmal, die Quittung nachzureichen, und verabschiedete sich. Ich hatte sein Namensschild gesehen, aber ich konnte mir seinen Namen einfach nicht merken.

Anton Adámek begleitete mich auf die Straße hinaus. Er stand dicht vor mir, sah mich nicht direkt an, sondern über meinen Kopf hinweg, als sollte niemand sehen, dass wir Freunde waren oder etwas in der Art. Vielleicht dabei waren, es zu werden. Freundschaftlich verbunden zumindest.

«Ich habe heute früh den Richter getroffen», sagte er leise. «Es tut mir leid, aber es kann gut sein, dass sie einen Haftantrag stellen.»

«Das kann doch nicht sein.»

«Vielleicht brauchen sie einfach nur etwas mehr Zeit. Machen Sie sich keine Sorgen.»

Die Hand des Dolmetschers berührte meine ganz leicht, oder war es der Wind, Laub, das aufgewirbelt wurde, irgendetwas Belangloses.

Dann drehte er sich um und ging. Nein, geh nicht, wollte ich rufen, geh wieder da rein und sorg dafür, dass es nicht zu Missverständnissen kommt, aber er stieg in ein glänzendes, blaues Auto, das auf dem Marktplatz parkte. Drehte eine halbe Runde und fuhr weiter, irgendwo anders hin.

Der deutsche Friedhof war auf keiner Karte verzeichnet. Er lag neben einer ehemaligen Ausfahrt, die nirgends mehr hinführte. Auf der anderen Straßenseite stand eine Ruine.

Die Eisenpforte hatte sich aus den Angeln gelöst und war halb im Boden versunken. Sie stand einen Spaltbreit offen. Ich kletterte darüber hinweg.

Das Friedhofsgelände stieg leicht an. Ein sanfter, lebendiger Schatten unter uralten Bäumen, Gras, das mir bis zu den Oberschenkeln reichte. Brennnesseln, Disteln und Grabsteine überall. Sie standen schief, waren schwärzlich angelaufen, viele umgestürzt und gesprungen. Löwenzahn wuchs mitten durch sie hindurch, Vergissmeinnicht. Ich sah Gräber, die ganz von Moos überwachsen waren, einen verrosteten Jesus am Kreuz und kaputte Gedenktafeln mit zerschlagenen Namen, ein Ort für die vergessenen Toten. Mir kam der Gedanke, wie es wohl wäre, den Ort verlassen zu müssen, in dem die eigenen Eltern ruhten, ob es die Menschen auf eine besondere Weise veränderte. Meine Eltern hatten ihre Asche in einem Friedwald verstreuen lassen, kein Stein, kein Grab, um das ich mich hätte kümmern können.

Ich las die Namen, die Daten, die Wind und Regen bald auslöschen würden, Körner, Kaiser, Dimter, Blau. Manche Gräber hatten neue Tafeln erhalten, aus schwarzem Granit, der glänzte, wenn die Sonne darauf fiel.

Irgendein Verwandter musste gekommen sein, hatte die eingravierten Namen seiner Toten nachgezogen.

Der Hügel wurde steiler. Ich bückte mich unter tiefhängenden Zweigen und stolperte über die Reste eines Grabsteins, sank ein und hoffte, dass es nur ein Maulwurfsloch war.

Nur an einer einzigen Stelle war frisch gegraben worden, lag die Erde bloß und feucht. Eine unzugängliche Ecke, fast ganz oben am Hang.

Achtlos war die Erde über das frische Grab geschaufelt worden. Ich blieb eine Weile stehen. Sah den Jungen vor mir, zusammengekauert.

Es hatte nichts Friedliches, zumindest konnte ich es nicht so sehen. Ein Gefrieren, ein Erstarren in einem gegebenen Moment, Atem, der plötzlich erlosch. Ich weiß nicht, wie ich es beschreiben soll. Beklemmend.

Viele Jahrzehnte lagen zwischen dem Tod des Jungen und den Ereignissen hier vor nur etwas mehr als vierundzwanzig Stunden. Gab es einen Zusammenhang, war ein solcher Zufall möglich?

Ich wünschte mir, er hätte einen Namen bekommen.

Auf dem Rückweg kam ich an einer zerstörten Krypta vorbei, die beinahe vollständig von Moos bedeckt war. Ich weiß nicht warum, aber ich beugte mich vor, eine kleine Treppe führte in die Grabkammer. Nichts hätte mich dazu bringen können, hinabzusteigen, und dennoch spürte ich die Verlockung. Mir wurde schwindlig und ein bisschen schlecht. Schnell ging ich weiter und stolperte erneut, schlug mir das Knie an einem Stück Grabstein auf, als ich mich abfangen wollte.

Ich weiß nicht, ob ich erst die Rose sah oder die Namen. Es war ein steinernes Kreuz, daneben zwei kleinere Steine, ein paar Meter von mir entfernt. Der eine war halb verwittert. Ein Familiengrab, das fast unter dem Moos verschwand.

Viktor und Anna Heller.

Eine einzige rote Rose, die sich ins Purpurfarbene verdunkelte und noch nicht ganz verwelkt war. Mit dem Finger fuhr ich die kaum noch sichtbare Gravur im Stein nach. 1917. Das Jahr, in dem Viktor gestorben war, drei Jahre nachdem das Foto in dem Buch aufgenommen worden war. Anna hatte bis 1937 gelebt. Es fühlte sich seltsam an, ihre Gesichter zu kennen. Ein weiterer Name stand unter ihren beiden. Otto, geboren 1912. Der Junge, der auf dem Foto neben ihnen gestanden hatte, war 1943 im Krieg gefallen. Ich musste nicht ausrechnen, wie alt er geworden war, die Trauernden hatten es in den Stein gravieren lassen: im 30. Lbsj. Es schien ihnen wichtig gewesen zu sein, das zu betonen, auch wenn das Geld oder der Platz nicht für das ganze Wort «Lebensjahr» gereicht hatte.

Vorsichtig schob ich Brennnesseln und Gras beiseite, eine Hummel flog auf.

Keine weiteren Namen.

«Hat die Polizei Sie anständig behandelt?»

Libor war mit Papierkram beschäftigt, Verwaltung, und beobachtete mich von der Seite.

«Keine Sorge», sagte ich, «ich habe ihnen nicht gesagt, was Sie mir erzählt haben.»

Ich bestellte ein Sandwich, das ich mit auf mein Zimmer nehmen wollte. Er fragte nicht mehr nach meinem Mann. Vielleicht dachte er, Daniel hätte mich verlassen, oder er wusste Bescheid. Sollten die Leute doch reden, Daniel würde ohnehin bald draußen sein.

Ich stellte mir vor, wie wir uns ins Auto setzten und von hier wegfuhren. Wir konnten uns irgendwo ein Haus oder eine Wohnung mieten, ganz klein, egal wo, an der portugiesischen Atlantikküste oder an einem See oben in Norrland, während ein Makler sich um den Verkauf des Weinguts kümmerte. Wir konnten eine richtig ansprechende Anzeige gestalten, es würde schnell gehen. Und wenn wir dabei Verluste machten, war es einfach nur Geld. Geld war nicht wichtig. Papierscheine, Ziffern, die langsam auf dem Konto dahinschmolzen.

Am Automaten neben der Rezeption holte ich mir noch eine Flasche Saft.

«Wir sind fast ausgebucht bis zum Sommer», sagte der Wirt, «Deutsche natürlich, aber auch andere Europäer. Es ist schön, dass sie die Gegend für sich entdecken.»

«Es ist ja auch schön hier.»

«Da möchte man natürlich keine Probleme mit der Polizei haben.»

Der Automat spuckte zu viel Wechselgeld aus. Ich legte die Münzen auf die Theke.

«Ich habe nicht vor, Ihnen irgendwie Ärger zu machen», sagte ich.

«Nein, ich weiß.» Libor schlug den Ordner zu, er arbeitete noch analog. «Aber die Frage ist, was ich hiermit mache.»

Er drehte sich um und zog eine Schublade auf, ich erkannte nicht gleich, worum es ging.

«Ich weiß wirklich nicht, wie ich damit umgehen soll. Soll ich sie der Polizei geben oder zur Post bringen, was ich schon vor Tagen tun wollte, aber dann doch gelassen habe, weil ich keine anderen, dringenden Briefe hatte und es deshalb gut noch ein bisschen vor mir herschieben konnte. Außerdem habe ich da in den letzten Tagen gar nicht mehr reingeguckt.» Er nickte zu dem Kasten neben der Theke hinüber, auf dem tatsächlich «Post» stand. «Ein Service für die Gäste, damit sie nicht herumlaufen und erst Briefmarken und dann einen Briefkasten suchen müssen, mein Vater hat das eingeführt. Die Leute wissen es zu schätzen, und es kostet nicht viel. Vor allem heutzutage, wo die Leute immer weniger Postkarten schreiben. Deshalb vergesse ich auch manchmal nachzusehen.»

Er legte eine Postkarte auf den Tresen. Darauf war der Marktplatz zu sehen. Das Rathaus, die Arkaden, die Polizeidienststelle, wo ich am Morgen erst gewesen war, ich schauderte, als ich daran dachte.

«Sie hat fast täglich eine geschrieben.»

«Anna Jones?»

Ich konnte das Rauschen meines eigenen Blutes hören, oder was auch immer es für ein Geräusch ist, das man innerlich wahrnimmt. Ein leises Brummen vom Getränkeautomaten, der dieselbe Frequenz zu haben schien.

«Ich habe sie in der Buchhandlung getroffen, als sie die Karten gekauft hat», sagte ich. «Da dachte ich genau dasselbe: dass niemand mehr Postkarten schreibt. An wen ist sie adressiert?»

Ich hoffte, sie hätte ihren Kindern geschrieben, sie hätten einen letzten Gruß von ihr bekommen und wüssten, dass sie an sie gedacht hatte, vielleicht konnte ihnen das ein Trost sein.

«Ich lese die Post meiner Gäste natürlich nicht», sagte Libor. «Das hat auch mein Vater nie getan. Außer in Ausnahmefällen, wenn er direkten Befehl vom StB hatte.»

«StB?»

«*Státní bezpečnost*, der frühere Staatssicherheitsdienst.» Wieder eine Pause, dasselbe niedrigfrequente Brummen. «Aber die Adressen muss ich natürlich prüfen, damit ich weiß, welche Briefmarke draufmuss.»

«Und?»

«Zweiunddreißig Kronen, das Porto für Europa. Eine Adresse in Ostdeutschland, genau wie für die anderen Karten, alle an dieselbe Person adressiert. Diese hier lag schon im Postausgang, aber soll ich sie jetzt noch aufgeben?»

Das Tal der Ahnungslosen, dachte ich, der Ort, wo sie aufgewachsen war.

«Sie schreibt, alles sei gut und sie hoffe auf einen schönen Tag», fuhr Libor fort. «Nicht, dass ich heimlich persönliche

Briefe lesen würde, aber manchmal schnappt man etwas auf. Es kommt mir nicht richtig vor, das jetzt noch abzuschicken. Sollte der Empfänger nicht wissen, dass die Absenderin tot ist?»

«Stecken Sie die Karte doch in einen Umschlag und schreiben Sie einen Brief dazu.»

«Das Ganze geht mich aber nichts an», sagte er, «ich bin keiner, der sich einmischt.»

«Warum geben Sie sie dann nicht einfach der Polizei?»

Ich sehnte mich nach meinem Zimmer, dem Läuten der Glocken, das inzwischen so vertraut klang, ich wollte mein Sandwich essen und dann schlafen.

Er lächelte.

«Weil dann das Problem im selben Keller verschwindet wie die anderen Sachen, die sie hier abgeholt haben.»

Ich wollte gerade anfangen zu frühstücken und versuchte umständlich, die Plastikverpackung der Marmelade zu öffnen, als sich plötzlich das Licht veränderte, das auf meine Hände fiel. Ein Schatten.

Daniel.

Es gibt keine Worte für solch einen Moment, nur Schweigen, das zwischen einem selbst und dem Gegenüber steht und wächst. Ich hatte ihn nicht so früh erwartet, es war schrecklich, dass er kam und ich mich gestört fühlte. Er sollte doch erst nach dem Mittagessen freigelassen werden, nach weiteren vierundzwanzig Stunden, vorausgesetzt sie hatten keinen Grund gefunden, ihn in Haft zu nehmen. Dann wäre ich vorbereitet gewesen, auch wenn ich nicht so ganz zu glauben gewagt hatte, dass ich ihn überhaupt zu sehen bekommen würde. Sie würden ihn dortbehalten, das Leben, das wir zu leben meinten, war uns längst genommen worden, es war schon passiert, ich hatte es nur noch nicht begriffen.

Und jetzt stand er da.

Verändert und doch ganz und gar er selbst, bis auf die Bartstoppeln, mehrere Tage alt, ein Flackern und etwas wie Scham in seinem Blick.

Ein paar Sekunden lang bemerkte er nicht, so hoffte ich, wie ich zögerte, bevor ich ihn an mich zog. Ihn fest und lange umarmte, bis ich spürte, wie sein Kopf auf meiner Schulter schwer wurde. Er seufzte schwer, aber ich glaube nicht, dass er weinte.

«Komm, wir fahren nach Hause», sagte er.

«Möchtest du nicht erst frühstücken?»

«Nein, danke.»

Ich weiß nicht, wer von uns zuerst losließ. Daniel hob die Hand und wischte die Nässe von meiner Wange, ich griff nach seiner Hand und küsste sie.

«Ich habe hier ein Zimmer für uns beide», sagte ich. «Du kannst raufgehen und dich ausruhen. Oder duschen. Wie du willst.»

Er schaute weg, zur Wand, vielleicht betrachtete er die alten Fotos der Jäger mit ihrer Beute, die Landschaftsgemälde mit den Hirschen, Vögeln, vielleicht sah er sie aber auch gar nicht.

«Ich kann vorfahren», sagte er. «Wo steht das Auto?»

«Okay.» Ich legte die Marmeladenpackung weg, die ich noch in der Hand hielt, kippte im Stehen meinen Kaffee herunter, der lau, fast kalt geworden war. «Wenn du willst, fahren wir sofort nach Hause.»

Ich holte die Tasche mit der Schmutzwäsche aus meinem Zimmer, checkte aber nicht aus. Er wird es schon merken, dachte ich. Noch bildet er sich ein, dass er dort sein möchte, aber heute Abend wird es anders sein, nachts ist es etwas ganz anderes.

Daniel saß schon im Auto, als ich rauskam.

«Wie war es da drinnen?»

«Eine Zelle», sagte er, «Wärter, mit denen ich nicht reden konnte. Das Licht wurde von außen an- und ausgeschaltet, um Wasser musste man bitten.»

«Warum wolltest du die Botschaft nicht kontaktieren?»

«Die wissen doch gar nicht, wer ich bin.»

«Aber sie hätten dir helfen können», sagte ich, «vielleicht wärst du dann schneller rausgekommen.»

«Jetzt bin ich ja hier.»

Er schloss kurz die Augen und öffnete sie wieder, ließ den Motor an. Schweigend glitten wir durch die engen Straßen, als die Häuser nicht mehr so dicht standen, beschleunigte er. Sein Fahrstil wirkte gehetzt. Er fuhr ruckartig.

«Hast du mit den Kindern gesprochen?», fragte er.

«Ich wollte abwarten, bis wir mehr wissen.»

«Dann haben sie also keine Ahnung?»

«Möchtest du denn, dass sie es wissen?»

Daniel hielt an der Brücke, um einen entgegenkommenden Lkw vorbeizulassen.

«Nein», sagte er. «Oder vielleicht doch. Ich weiß es nicht.»

«Ich wollte sie nicht beunruhigen. Sie müssen nicht alles wissen, was passiert, niemand muss das. Es ist wahrscheinlich besser, es ihnen erst zu sagen, wenn sich alles aufgeklärt hat, sonst machen sie sich unnötige Gedanken und vermuten das Schlimmste. Fand ich jedenfalls.»

«Was wäre denn das Schlimmste?»

Noch ein Lkw, gleich hinter dem ersten, der an uns vorbeigedonnert war, Sand und Staub aufgewirbelt und uns in eine Wolke aus Schmutz gehüllt hatte.

Ich berührte Daniels Hand am Steuer.

«Das spielt keine Rolle», sagte ich, «du bist frei, wir können jetzt machen, was wir wollen.»

Daniel hatte dasselbe T-Shirt an wie vor drei Tagen. Ich überlegte, ob er im Gefängnis andere Sachen hatte tragen müssen oder ob sie ihn dort drei Tage in demselben T-Shirt, denselben Jeans, denselben Unterhosen hatten sitzen lassen. Dann hätte er nach Schweiß riechen müssen, ich hätte seine Angst gerochen. Es gab vieles, was ich ihn fragen wollte, was ich ihn nicht fragen durfte, nicht jetzt, nicht während er die Kupplung kommen ließ und über die Brücke jagte, um vor dem nächsten Lastwagen, der bereits in der Kurve auftauchte, drüben zu sein.

Wir flogen geradezu an der ehemaligen Brauerei vorbei, an dem Feld, ein Streifen Rot, der immer noch blühte. Der Lastwagen war höchstens dreißig Meter entfernt gewesen, ich weiß es nicht genau, vielleicht sogar weniger, für einen Moment schien alles außer Kontrolle zu sein, bis Daniel jäh in den Kiesweg einbog. Beinahe wären wir im Graben gelandet, die Blumen am Straßenrand peitschten gegen die Karosserie, dann landeten wir wieder auf der Straße und Daniel ging vom Gas.

«Oh, mein Gott», sagte ich.

«Er war weit genug weg. Ich bin nicht verrückt, falls du das denkst.»

«Das habe ich nicht gesagt.»

Schweigend näherten wir uns dem Haus.

Daniel hielt auf dem Hof, wir waren an der Linde vorbeigefahren, wir hatten sie gesehen und gleichzeitig vermieden hinzuschauen, wir berührten den Ort mit keinem Wort. Er hatte es eilig, aus dem Auto zu kommen, die Küchentür aufzuschließen. Ich blieb noch einen Moment sitzen.

Mich erstaunte die Ruhe, die Stille. Etwas geschieht, und dann ist es, als wäre es gar nicht passiert. Nur frische Erde unter einem Baum, herausgerissene Grasbüschel und

Löwenzahn, dort, wo die Männer herumgetrampelt waren. Bald würde alles wieder neue Wurzeln schlagen und keine Spur mehr zu sehen sein.

Plötzlich entdeckte ich die Katze. Mit schmalen Augenschlitzen saß sie neben dem Strauch, blickte mich geduldig an, als hätte sie gewartet. Ich stieg aus, ging in die Hocke und lockte und schmeichelte. Madame Bovary kam nicht näher, aber sie lief auch nicht davon, saß ganz still.

Ich hatte nicht daran gedacht, Katzenfutter zu besorgen, aber in der Vorratskammer waren noch ein paar Dosen. Drinnen ein muffiger Geruch nach ungelüfteter Wohnung und etwas Fauligem. Geschirr mit eingetrockneten Essensresten, schimmeliges Brot in einer Tüte, ein Stück Wurst, das Fliegen angelockt hatte. Mir drehte sich der Magen um.

Daniel war gleich unter die Dusche gegangen, ich hörte das Wasser laufen.

Nur der Katzennapf war sauber ausgeleckt und blank. Ich füllte ihn mit einer doppelten Portion, goss Wasser ein. Die Katze kam mir entgegen, tatsächlich, das tat sie. Ein leises Mauzen, als wollte sie erzählen, wie es ihr ergangen war.

Ich flüsterte, dass es mir leidtat, flüsterte eine Entschuldigung.

Als Daniel eine halbe Stunde später aus der Dusche kam, hatte ich bereits das Geschirr eingeweicht. Es war gar nicht so viel gewesen, als ich es erst mal zusammengeräumt hatte, Gläser und Tassen, ein paar Teller mit undefinierbaren Resten, ein paar Bierdosen, Dinge, die ich niemals über Nacht hätte stehen lassen, ich wollte beim Aufwachen immer eine saubere Küche vorfinden, jeden Tag neu beginnen.

Es mussten Überbleibsel von Daniels Mittag- oder Abendessen am Tag meiner Prag-Reise gewesen sein, dem Tag vor seiner Festnahme. Warum hatte er nicht abgeräumt, warum hatte er alles stehen lassen?

Alles brach zusammen, wenn ich nur den Blick abwandte. Wie lange fühlte ich mich eigentlich schon so, so verkrampft, wie lange schon hatte ich aufmerksam seine Gefühle bewacht, vorausgedacht und wieder zurechtgerückt, ein halbes Jahr, ein Jahr?

Ich warf alle Essensreste in einen Müllbeutel, im Kühlschrank war auch noch einiges, verschrumpelte Tomaten, abgelaufene Milch, und brachte alles zur Tonne unten an der Straße. Holte meine Tasche aus dem Auto und legte meine schmutzige Kleidung zum Einweichen in eines der großen Porzellanbecken in der alten Waschküche unten im Keller.

Überall sah ich Spuren des Polizeieinsatzes, sah, dass sie hier gewesen waren und alles durchsucht hatten. Herausgezogene Schubladen im Schlafzimmer, als ich mir saubere Unterwäsche holen wollte, Koffer, die im begehbaren Kleiderschrank umgefallen waren, Küchenschränke, die wir selten benutzten und die jetzt offen standen. Ich öffnete Fenster, ließ frische Luft herein. Setzte Kaffee auf, fand Toastbrot im Gefrierfach. Die Butter war noch gut. Es gab Saft und genießbaren Aufschnitt im Kühlschrank. So viel Zeit war gar nicht vergangen.

Dann kam Daniel in die Küche, ein Handtuch um die Hüfte. Er füllte sich ein Glas Wasser und blieb stehen, ohne zu trinken.

«Sie haben gefragt, ob ich meinen Hof verteidigen wollte», sagte er. Ich sah sein Gesicht nicht, nur die angespannten Kiefer, er drehte mir den Rücken zu. Seine Stimme klang gepresst, als müssten die Worte ohne Luft heraus, weil er keinen Atem mehr hatte. «Sie fragten, ob ich oft gewalttätig werde. Sie fragten, ob ich mich bedroht fühle, wenn jemand die Grundstücksgrenze überquert, sie sagten, das sei verständlich. Ein Mann müsse sein Eigentum verteidigen, das sei nur natürlich, der Kommissar hätte dasselbe getan. Wenn ich gestehen würde, gäbe es eine milde Strafe, Notwehr oder so etwas.»

Ich trat ein paar Schritte auf ihn zu, legte eine Hand auf seinen nackten Rücken.

«Es ist vorbei, Daniel. Sie haben dich gehen lassen. Du stehst nicht mehr unter Verdacht, sonst wärst du nicht hier.»

«Ich habe sie fotografiert, als sie da lag. Sie haben gefragt, warum. Ich habe mir nichts dabei gedacht, ich habe es einfach gemacht.»

Seine Muskeln waren steinhart unter meiner Hand, unter seiner Haut.

«Komm», sagte ich. «Setz dich. Wir essen etwas. Du musst etwas essen.»

Der Duft von getoastetem Brot, von Kaffee. Er setzte sich, immerhin, sah mich aber weiter nicht an. Ich strich eine Scheibe Toast und legte sie auf seinen Teller, er schien nicht zu merken, dass er aß, und dann fing er an zu reden.

«Ich weiß nicht, was mich geweckt hat, warum ich aufstand und rausschaute. Wahrscheinlich war es ein Geräusch. Oder ein Gefühl der Stille, die auf ein Geräusch folgt. Irgendetwas habe ich gesehen, unter dem Baum, aber ich trug keine

Kontaktlinsen. Es war immer noch fast dunkel draußen. Ich versuchte, wieder einzuschlafen, aber es ging nicht. Als ich aufstand und noch einmal hinaussah, wusste ich, dass etwas nicht stimmte. Ich nahm meine Brille und ging in den Garten. Ich habe nicht gleich erkannt, dass sie das war. Ihr Gesicht war …»

«Ich weiß. Ich habe es auf einem Foto gesehen.»

Das Blut, die tiefen Wunden, die das Gartenwerkzeug geschlagen hatte.

«Hast du sonst nichts gesehen», fragte ich, «hast du etwas gehört? Der das getan hatte, er war vielleicht noch da, als du rauskamst.»

«Inzwischen weiß ich gar nichts mehr. Nicht über mich, nicht über dich, das alles hier, ich weiß nicht mehr, was ich sehe oder höre, vielleicht habe ich einen Schrei gehört, vielleicht habe ich es nur geträumt.»

«Manchmal dringen ja Geräusche, die man hört, unbewusst in die Träume, wenn du dich noch erinnerst, was du geträumt hast …»

«Nein, ich weiß nicht mehr, was ich geträumt habe.» Daniel schlug mit der geballten Faust auf den Tisch, mehrmals, verbissen, und bei jedem Schlag flog etwas in mir auf, ein Schwarm aus Angst.

«Ich begreife nicht, warum ich das gemacht habe», sagte er.

«Was?»

«Dieses Ding lag über ihrem Hals. Ich hatte das Gefühl, ich müsste es wegnehmen oder vielleicht wollte ich nur besser sehen können. Ich habe nicht nachgedacht …»

«Die Hacke?» Ich sah sie vor mir, die doppelte Spitze,

rostig, alt, aber immer noch scharf. Ich wusste genau, wo auf dem Gut ich sie gefunden hatte. In dem eingefallenen Ziegelschuppen ein Stück den Hügel hinauf, ich war darüber gestolpert, als ich an einem der ersten Tage hier in die Ruine geklettert war, um das hinreißend Schöne und Wehmütige der Rückeroberung durch die Natur fotografisch festzuhalten. Sie hatte im Gestrüpp zwischen den Resten eines Dielenbodens gelegen.

«Meine Fingerabdrücke waren darauf», sagte Daniel.

«Nicht nur deine. Ich habe sie gefunden, ich habe sie in die Scheune gebracht und zu den anderen Geräten gestellt, jeder x-Beliebige hätte sie …»

«Aber dich verdächtigen sie nicht. Du warst nicht da.»

Er stand auf, öffnete den Kühlschrank und nahm sich ein Bier heraus. Vielleicht fiel ihm ein, dass immer noch Vormittag war, denn er blieb mit der Dose in der Hand stehen.

«Daniel, es muss massenhaft Fingerabdrücke gegeben haben. Sie hätten dich nicht gehen lassen, wenn sie auch nur den geringsten …»

«Ich bin sofort wieder reingegangen und habe dich angerufen. Die Polizei hat mich danach gefragt. Warum ich nicht angerufen hätte. Ich weiß es nicht, ich wählte einfach deine Nummer, ich musste mich vergewissern, dass es dich gab. Es waren nur ein paar Minuten. Dann habe ich sofort die Polizei angerufen. Und es dann wieder bei dir versucht.»

«Mein Akku war leer», sagte ich, «es tut mir leid.»

«Sie haben gefragt, was meine Frau in Prag wollte.»

«Was hast du gesagt?»

Ich konnte seinen Blick nicht deuten, das Schweigen dauerte zu lang.

«Ich sagte, du wolltest zu IKEA, was hätte ich sonst sagen sollen?»

Wie kann es sein, dass Augen, die man seit zwei Jahrzehnten gut kennt, in deren Blick man so oft ertrunken ist, eine Schattierung annehmen können, die sie noch nie zuvor hatten?

Er weiß es, dachte ich, er hat es die ganze Zeit gewusst. Ich strich eine weitere Scheibe kalten Toasts, obwohl mir schlecht war. Erinnerte mich an das Gefühl, ihn in der Menschenmenge gesehen zu haben, kurze Bilder, die ich mir selber schöngeredet hatte. Auch wenn man sehr wohl mit dem Zug hin- und wieder zurückfahren konnte – wieso hätte er das tun sollen? Und warum sagte er dann nichts?

«Ich möchte, dass wir hier weggehen, Daniel. Heute noch. Sobald wir gepackt haben. Sie können dich nicht daran hindern. Sonst rufen wir die Botschaft an, einen Anwalt …»

Er hatte vergessen, den Kühlschrank wieder zu schließen. Ich wollte aufstehen, um es zu tun, die Lebensmittel konnten schließlich verderben, es erschreckte mich, dass er etwas so Selbstverständliches nicht tat.

«Sie haben dich drei Tage verhört», fuhr ich fort. «Stell dir vor, sie haben sonst keine Spur! Der Täter läuft immer noch da draußen herum …»

«Weggehen? Wo sollen wir denn hin?»

«Nach Hause, egal wohin, wir mieten uns ein Haus. Unsere restlichen Sachen können wir später holen oder alles den Käufern überlassen, ist mir egal.»

«Die haben da drinnen versucht, mich zu brechen, immer

wieder dieselben Fragen gestellt, aber ich habe nicht vor, mich geschlagen zu geben.»

«Das ist kein Wettkampf, Daniel. Keiner von uns kann etwas dafür, was passiert ist.»

«Ich wusste, dass du das sagen würdest», sagte er und fuhr mit verstellter Stimme fort: «‹Nicht deine Schuld. Es war nur Pech, der arme Daniel kann gar nichts dafür› … Siehst du nicht, was du die ganze Zeit machst? Immer und immer wieder, als wäre ich ein bescheuertes Kleinkind, das man beschützen muss.»

Jetzt bemerkte er die offene Kühlschranktür. Er trat dagegen, sodass sie zufiel.

«Man kann der Polizei ja einiges vorwerfen. Aber wenigstens haben sie mir etwas zugetraut.»

Es war, als hätte er nur auf eine Gelegenheit gewartet, alles rauszulassen. Um sich zu schlagen, mich anzuschreien, gegen die Kühlschranktür zu treten, mit der Faust gegen die Wand zu schlagen, als wäre ich es, die er treffen wollte.

«Stell dir vor, es war meine Schuld», sagte er. «Vielleicht bin ich ja genau das. Ein bescheuerter Versager, der längst abgedankt und mit der Zukunft nichts mehr zu tun hat. Aber du weigerst dich, das einzusehen, denn dann müsstest du dir ja eingestehen, dass dein Mann ein hoffnungsloser Fall ist, einer, den man nur noch loswerden will, den man kleinmacht, bis er so erbärmlich und überflüssig ist, dass er von selbst verschwindet. Warum weigerst du dich einzusehen, was alle anderen längst begriffen haben?»

«Ich sehe das nicht so.»

«Doch, denn wenn du zugeben würdest, was für ein Versager ich bin, müsstest du dir auch eingestehen, dass dieser

Mann dich nicht mehr interessiert. Dieser erbärmliche Typ. Weißt du, wie anstrengend es ist, ständig dem Bild entsprechen zu wollen, das du von mir hast?»

Daniel hatte das Bier ausgetrunken, das er anscheinend doch geöffnet hatte. Ich redete mir ein, dass ich ihn anschauen müsste, doch mein Blick glitt ständig von ihm ab, fand keinen Halt, es gelang mir nicht, zu ihm durchzudringen.

«Hattest du eine Affäre mit Anna Jones?», fragte ich schließlich.

Worte so trocken wie Wüstensand.

«Wie bitte, was sagst du da?» Er zerdrückte die Bierdose und warf sie in den Mülleimer, ich hatte es noch nicht geschafft, einen neuen Beutel hineinzutun.

«Warum war sie sonst hier», sagte ich, «ausgerechnet in der Nacht, in der ich weg war, womit hattest du so viel zu tun, dass du es nicht einmal geschafft hast, dein dreckiges Geschirr wegzuräumen?»

Diesmal packte ich einen Koffer. Ich wusste nicht für wie viele Nächte, warf einfach hinein, was gerade griffbereit war, Kleider, Unterhosen. Daniel war noch in der Küche, als ich ging. Mir fiel nichts ein, was ich hätte sagen können.

Wir telefonieren, war am Ende das Einzige. Ich war es, die es sagte.

Draußen auf dem Hof wurde mir klar, dass ich nicht das Auto nehmen konnte. Ich hätte ihn eingesperrt. Ihm den letzten Fluchtweg genommen. Ich zog den Koffer den ganzen Weg bis zum Wirtshaus hinter mir her.

Nur für kurz, dachte ich, das hier geht wieder vorbei.

Alles geht vorbei.

Das Bett war frisch gemacht. Es roch nach Chlorreiniger. Wieder betrat ich dasselbe Zimmer und öffnete dasselbe Fenster. Es kam mir vor wie die siebte Vorstellung ein und desselben Stücks, ein Song, bei dem man immer wieder auf Repeat drückt.

Ich legte mich auf das Hotelbett, um die Augen zu schließen und ein bisschen zu dösen, aber Daniels Worte summten wie ein Insektenschwarm durchs Zimmer. Drangen in jeden Winkel und krabbelten auf mir herum.

... weigerst dich, das einzusehen ... die Wahrheit eingestehen ... dem Bild entsprechen zu wollen, das du von mir hast ...

Warum hatte ich das mit Anna Jones gesagt? Der Gedanke hatte mir keine Ruhe gelassen, seit dem Verhör bei der Polizei, seit sie diese Andeutungen gemacht hatten. Dass eine Frau, die sich in der Morgendämmerung in der Nähe eines Hauses befindet, dort etwas will. Und wenn sie ausgerechnet in der Nacht dort ist, in der die Frau des Mannes verreist ist, dann ist die Frau eine dumme Gans, wenn sie das Offensichtliche nicht erkennt.

Es kam mir unwahrscheinlich vor. Anna Jones war nicht sonderlich attraktiv gewesen, oder doch? Auf ihre adrette Art und Weise, unter dem Vorwand, über die juristischen Aspekte des Hauskaufs sprechen zu wollen, eine Herausforderung, jemanden, den man verunsichern und überwältigen konnte. Im Schlafzimmer, in der Küche, irgendwo draußen? Ich versuchte mich mit solchen Bildern zu quälen, glaubte aber selbst nicht daran. Daniel hatte recht. Ich glaubte nicht, dass er in der Lage war, mich zu betrügen, ich traute ihm nichts zu.

Die Kirchturmuhr schlug, es spielte keine Rolle, ob es Viertel vor eins oder Viertel vor zwei war. Hier konnte ich nicht bleiben. Konnte nicht daliegen und dem Läuten lauschen, bis es mir so vertraut war, dass ich es nicht mehr wahrnahm.

Ich überlegte, nach Hause zu fahren, nach Stockholm, ich dachte an Freunde, zu denen ich aufs Sofa kriechen könnte, die verstehen würden, dass sich Träume innerhalb von wenigen Monaten in nichts auflösen können, sie würden es nur zu gut verstehen, und ich wäre gezwungen, die Wahrheit zu akzeptieren, dass alles nur eine Illusion gewesen war, der krampfhafte Versuch, etwas Besonderes aus meinem Leben zu machen. Ich dachte an die Kinder, googelte Verbindungen nach Seattle und Umeå, ich überlegte aufzugeben, man muss nicht alles schaffen.

Dann hörte ich die Musik. Sie wummerte dumpf hinter der Wand, drang aus dem Zimmer, in dem Anna Jones noch vor kurzem gewohnt hatte. Ich hörte keine Melodie, nur den Rhythmus, elektronische Tanzmusik. Stimmen, als ich genauer hinhörte, eine Frau und ein Mann. Fremde, die keine Ahnung hatten, ließen Musik laufen, als wäre nichts passiert. Es machte mich wütend. Ich sah ihr Gesicht vor mir, halb abgewandt, wie sie unter der Linde lag.

Ich stand auf. Wusch mir das Gesicht mit kaltem Wasser. Wechselte die Unterhose und zog Jeans an, eine saubere Bluse aus der Zeit, als ich mein Bügelbrett aufgebaut und es genossen hatte, meine Sachen in den frisch gestrichenen Schrank zu hängen.

«Tut mir leid, dass Sie gestört wurden. Ich werde sie bitten, die Musik leiser zu drehen.»

Libor war sofort aus der Bar gekommen, nachdem ich geklingelt hatte. Er trocknete sich im Gehen die Hände an einem Geschirrtuch ab und warf es sich über die Schulter.

«Nicht nötig», sagte ich, «es war nur seltsam, dort plötzlich Musik zu hören.»

«Menschen kommen und gehen», sagte er. «Ich kann es mir nicht leisten, die Zimmer leer stehen zu lassen.»

«Haben Sie die Postkarte inzwischen abgeschickt?»

Hatte er nicht. Und er hatte sie auch nicht der Polizei übergeben. Wahrscheinlich würde er sie in der Schublade liegen lassen, bis sie unter anderen schwierigen Problemen oder irgendwelchem Plunder begraben war.

«Sie haben recht», sagte ich. «Wer auch immer die Karte bekommen sollte, muss es erfahren. Wenn Sie sie mir geben, fahre ich hin.»

Der Wirt musterte mich skeptisch. Ich ahnte, dass ihm Gedanken über Recht und Unrecht durch den Kopf gingen und vor allem über die Schwierigkeiten, die es ihm einbringen könnte.

«Ich werde sagen, dass sie versehentlich bei mir gelandet ist», sagte ich. «Niemand braucht zu wissen, dass Sie mir die Karte gezeigt haben.»

Schließlich zog er die Schublade heraus.

«Großräschen», sagte er. «Nördlich von Dresden, nicht weit von der polnischen Grenze.»

«Das Tal der Ahnungslosen», sagte ich.

«Bitte?»

Er erhielt keine Antwort. Denn als er die Karte mit der

Rückseite nach oben auf den Tresen legte, vergaß ich augenblicklich, was ich gerade gesagt hatte. Die Adresse, der Name des Empfängers. Die Handschrift war erstaunlich unordentlich, aber lesbar.

Heller, wie eingraviert in einen Grabstein, wie auf dem Stempel in einem Notenheft.

Herrn A. Heller.

Der Zug folgte dem Lauf der Elbe in nördlicher Richtung, schlängelte sich durch tiefe Täler. Kleine Städte lagen eingeklemmt zwischen grünen Berghängen. Ich drückte mein Gesicht an die Scheibe, um hinaufschauen zu können, zu den Sandsteinklippen, die hoch oben hervortraten, die Trollen und Riesen glichen, die alles bewachten, Burgen und Festungen, versteinerte Gesichter.

Die Beschilderung ging ins Deutsche über. In Dresden stieg ich um, ein Zug Richtung Norden, die Landschaft wurde ebener. Weite Felder, Landwirtschaftsflächen.

Ich las die Postkarte immer wieder.

Sie war unpersönlich und doch auch wieder nicht. Begann mit der anonymen Grußformel *Guten Tag*.

Guten Tag.

Hier siehst du den Marktplatz aus einer anderen Perspektive, er ist jetzt restauriert und sehr schön. Es gibt ein Café und weiter unten am Hügel ein Wirtshaus. Vielleicht erinnerst du dich noch daran?

Herr A. Heller war anscheinend ein Mann mit Erinnerungen. Jemand, den sie duzte, der aber eine ältere Person zu sein schien, zumindest älter als sie selbst, so gestelzt schrieb man kaum an jemanden im eigenen Alter.

Ich hoffe, deine Tage sind gut.

Gab es für ihn Tage, die schlechter waren, oder schrieb man das nur so?

Hier ist es sonnig, beinahe schon zu heiß.

Bla, bla, bla.

Als hätte sie an jemanden geschrieben, der ihr nahestehen müsste, es aber dennoch nicht tat, als bewege sie sich auf Zehenspitzen.

Es fiel mir schwer, mich mit dem Gedanken abzufinden, dass die letzten Worte eines Menschen so belanglos und nichtssagend sein konnten.

Inzwischen war es übrigens nicht mehr sonnig, die Wolken lagen trostlos, dicht und grau über den Äckern.

Schöne Grüße, Anna.

Ich stieg in eine andere, langsamere Regionalbahn um. Sie hielt an einem verfallenen Bahnhof, ein einzelner Jugendlicher stieg aus. Die zugenagelten Fenster und schief hängenden Schilder, der Junge, der mit krummem Rücken und Kopfhörern auf den Ohren über die Gleise ging … Ich musste an vergessen geglaubte Liedzeilen denken, «*I'm not the boy that I used to be, this town has got the youth of me …*», *Shoreline* von Broder Daniel, schwarz und verzweifelt, Musik, die Elmer eine Weile permanent gehört hatte. Ich versuchte mich an den ganzen Text zu erinnern, googelte, als es mir nicht gelang. So etwas machte ich auf dieser Fahrt, ich vertrieb mir die Zeit mit Dingen, die mich von meinen Gedanken ablenkten, ich hatte mich durch eine Reihe trockener Texte über die Gegend gequält, zu der ich unterwegs war, über das Lausitzer Seenland. Darin ging es um Städte, die dem Braunkohletagebau hatten weichen müssen und abgerissen worden waren, um so zunächst die ehemalige DDR und dann das wiedervereinte Deutschland mit Strom und Wärme zu versorgen. Einhundertsechsunddreißig Orte waren vernichtet worden, fünfundzwanzigtausend Menschen umgesiedelt. Das lenkte meine Gedanken von Daniel ab, vom Weingut, von meiner verrückten Aktion, einfach abzuhauen und mich in einen Zug zu setzen, statt zu versuchen, ihm in die Augen zu schauen oder was auch immer helfen konnte, damit alles wieder gut wurde.

«All the eyes turn hollow, from the work of sorrow … Oh this town, kill's you when you're young …»

Das Bahnhofsgebäude in Großräschen war zumindest intakt, aus gelb-roten Ziegelsteinen gemauert. Drinnen wummerte laute Technomusik, den Schildern zufolge war die Wartehalle zu einem Fitnessstudio umfunktioniert worden.

Ich zog den Koffer ein paar Kilometer durch den Ort, alles wirkte ordentlich und gepflegt, niedrige Häuser aus den fünfziger Jahren und blühende Gärten, eine Apotheke, eine Konditorei. An den Straßenlaternen hingen Wahlplakate, die dazu aufriefen, für die AfD zu stimmen, «Wir hören zu, wir verstehen, wir handeln», verkündete der Schriftzug über einem grimmigen, leise lächelnden Mann. Hier und da waren noch die Symbole der DDR zu erkennen, Hammer und Zirkel in Stein gehauen an einer Fassade, in eine eiserne Gartenpforte gegossen, schwierig, sie ganz auszulöschen.

Allmählich lichteten sich die Häuserreihen, am Ende der Straße lag ein See.

Seestraße 82. Die Adresse auf der Postkarte.

Ich blieb stehen. Eines der wenigen alten Häuser, eine protzige Villa mit Turm und Verzierungen, zur Hälfte hinter Bäumen und hohen Mauern verborgen. Ein Schild neben dem Tor.

Seniorenheim.

Ich klingelte nicht, das musste warten. Erst musste ich einchecken. Mich unter den Achseln waschen, mir die Haare bürsten, etwas essen, bevor ich mich traute, hineinzugehen und nach Herrn A. Heller zu fragen.

Die Straße endete hier so unvermittelt, als hätte man sie abgeschnitten. Eine weite, metallisch graue Wasserfläche breitete sich aus, spiegelte die Wolken, eine ehemalige Braunkohlegrube, mit Wasser aufgefüllt und zu einem künstlichen See umgestaltet. Einzelne Bäume ragten daraus hervor. Es wirkte öde und verlassen, wie ein überschwemmtes Moor nach einer Umweltkatastrophe.

Ich hatte ein Zimmer im Seehotel gebucht, nur wenige Minuten von der Adresse auf der Postkarte entfernt. Es war frisch renoviert und groß wie ein Herrensitz. Im Speisesaal war ich der einzige Gast. Weiße Tischdecken, wie in einer Pension aus längst vergangenen Zeiten. Ich bestellte ein Fischgericht und ein Glas Wein. Es war noch nicht Abend, die Fahrt war erstaunlich kurz gewesen. Luftlinie waren es nicht einmal zweihundert Kilometer, dennoch fühlte es sich an, als wäre ich in eine andere Welt versetzt worden.

Ein Ort, den die Fernsehsendungen der westlichen Welt damals nicht erreicht hatten.

Was hatte Anna Jones sonst noch erzählt?

Nichts, soweit ich mich erinnerte, nur dass sie hier weggewollt hatte, aus einem Ort in einem Land, das es nicht mehr gab.

Eine Stimme in der Gegensprechanlage, ein Klicken, und ich wurde von der Stille des Gartens umfangen. Ein dunkel angelaufener Springbrunnen, eine Amsel zwitscherte in einem Baum.

Die Frau, die mir öffnete, hieß Heike. Die Hausdame oder Heimleiterin, ich kannte mich mit den deutschen Berufsbezeichnungen nicht so aus. Etwas älter als ich, mollig, aber auf eine attraktive Weise, ein fester Händedruck. Energische Schritte, die mich ins Innere des Hauses geleiteten.

«Schön, dass Sie hier sind. Unsere Gäste bekommen viel zu selten Besuch. Die jungen Leute ziehen weg, alte Freunde werden krank und sterben. Entschuldigen Sie, aber Sie sind keine Angehörige, ich habe Ihren Namen nicht verstanden, als Sie vorhin geklingelt haben.»

Die Heimleiterin, ich entschied mich für diesen Titel, führte mich in eine Art Wohnzimmer, das so eingerichtet war, wie es wahrscheinlich früher üblich gewesen war. Große Gemälde, Nationalromantik. Möbel, die gleichzeitig praktisch und antik waren, Plüsch statt Samt auf den Stuhlsitzen. In der Ecke saß eine sehr alte Dame mit einer Zeitung, sie blickte nicht auf.

«Kann ich Ihnen eine Tasse Kaffee anbieten?»

Ich nahm dankend an und erzählte, dass ich einen Gruß überbringen wollte. Heike betrachtete die Karte, die ich ihr reichte.

«Die ist von seiner Tochter Anna, oder? Sie schreibt ihm oft Postkarten. Kennen Sie sich?»

Ich fühlte mich wie berauscht, als hätte ich zu viel Wein getrunken, aufgedreht, ein wenig benebelt.

Seine Tochter. Ihr Vater.

«Sie ist leider tot», sagte ich.

«Aber …» Die Hausleiterin schlug sich die Hand vor den Mund, als wollte sie ihre Worte aufhalten, vielleicht aber auch einfach nur vor Überraschung. «Wie schrecklich! Und so jung. Es ist noch keine drei, vier Wochen her, seit sie hier war und ihn besucht hat. Nach so vielen Jahren. Das ist ja unfassbar. Hatte sie Krebs?»

Ich schüttelte den Kopf und erzählte, was geschehen war. Heike ließ sich auf die Kante eines Plüschsessels sinken. Ich verspürte eine vage Zufriedenheit. Sie wusste nichts. Die Polizei hatte nicht angerufen, um mit dem Mann in der Adresszeile zu sprechen, ich war nicht umsonst hierhergekommen.

Anna Jones war die Tochter von A. Heller. In welchem Verwandtschaftsverhältnis er wiederum zu den Hellers stand, die auf dem Friedhof lagen, darüber konnte ich nur spekulieren. Ein Enkel? Der seine Tochter nach der Anna benannt hatte, die im Jahr 1914 vor dem Weingut von einem Fotografen abgelichtet worden war?

Ich versuchte, Generationen und Alter zu sortieren, während die Heimleiterin mich die Treppe hinaufführte. Bilder von Anna Jones zogen vor meinem geistigen Auge vorbei, im Garten, in dem Zimmer im Obergeschoss, im Salon, wie sie alles betrachtet hatte, mit der Hand über das Treppengeländer gefahren war, sie hatte eine stärkere Verbindung zu alldem, als ich sie jemals haben würde. Warum hatte sie nichts gesagt?

Vielleicht war sie sich nicht sicher gewesen, dachte ich. Oder sie hatte gelogen. Ich war zu naiv, ich dachte immer nur Gutes von den Leuten. Sie hatte um Kopien des Kaufvertrags gebeten, wollte juristische Fragen klären, aber hatte sie es wirklich in der Absicht getan, uns zu helfen?

Oben angelangt, versuchte ich diese Gedanken zu verdrängen, mir noch eine Weile vorzugaukeln, es hätte keine versteckten Motive gegeben. Vielleicht gab es mehrere Hellers, mehrere Weingüter, vielleicht fuhr sie umher und sah sie sich alle an. Ich musste mir bewusst machen, dass ich hier war, um einem alten Mann eine Todesnachricht zu überbringen.

«Es gibt natürlich auch einen Aufzug für die alten Leute, die nicht mehr so gut laufen können.» Heike wartete, bis ich sie eingeholt hatte. Hier oben waren die Möbel einfacher, die Stühle mit abwaschbarem Stoff bezogen. «Aber Herr Heller schafft das noch gut. Wir wollen sie möglichst lang in Bewegung halten. Das Körperliche ist für ihn nicht das Schlimmste.»

Von irgendwo klang klassische Musik herüber, meditatives Klavierspiel. Ich schaute in ein paar Zimmer hinein, Reihen von Betten, rostfreie, höhenverstellbare Krankenhausmodelle. Das Gefühl, die Pracht im Erdgeschoss sei nur Kulisse. Das hier war kein Erholungsheim aus dem 19. Jahrhundert, sondern nur ein ganz normales Pflegeheim. In vier Betten hatten sich die Alten bereits schlafen gelegt, falls sie denn überhaupt aufstanden, auf einem Sofa im Flur saßen zwei Frauen und starrten vor sich hin. Mein Blick blieb an einer von ihnen hängen. Ihr Gesicht ähnelte meinem, das Haar zu einem Knoten gebunden, verschleierte hellblaue Augen, die ins Nichts starrten. So würde ich selbst vielleicht einmal aussehen, wenn ich so alt wurde, wenn die Zeit davongaloppiert war.

Ich spürte, wie es in meinem Bauch rumorte. Mein Vater war an einem Ort wie diesem langsam eingegangen, hässlicher als dieses Haus hier, Plastikstühle, irgendwann hatte er aufgehört zu sprechen.

«Wir versuchen sie hier bis zu ihrem Lebensende zu pflegen», sagte Heike. «Wir sind eine private Alternative, die ihnen in den letzten Jahren die beste Qualität bieten will, ihnen soll es an nichts fehlen.»

Ich überlegte, ob sie Werbung machen oder die Düsterkeit überspielen wollte, die ich sah. Vielleicht meinte sie es sogar ernst. Es klang so, eine stete Herzlichkeit, eine fürsorgliche Hand auf meiner Schulter, als sie vor einer geschlossenen Tür am Ende des Korridors stehen blieb.

«Ich weiß nicht, wie viel Sie darüber wissen, was …?»

«Nicht viel», sagte ich.

Sie ließ die Hand auf der Klinke ruhen und schwieg, während sie wohl überlegte, was sie trotz Schweigepflicht sagen durfte.

«Tagsüber ist er relativ ruhig», sagte sie schließlich. «Nachts ist die Unruhe viel stärker, und gleichzeitig ist er klarer. Ich arbeite dann nicht mehr, aber ich lese die Berichte der Nachtschwestern. Manchmal müssen sie seine Tür abschließen, er weckt die anderen. Geht in ihre Zimmer und schreit, er denkt, sie wären tot. Um diese Uhrzeit schläft er oft, wir versuchen, einen Tagesrhythmus aufrechtzuerhalten, gleichzeitig wollen wir es aber auch mit der Medikation nicht übertreiben. Das muss immer genau abgewogen werden.»

«Verstehe.»

«Manchmal weiß Herr Heller, wo er ist, manchmal nicht. Es könnte sein, dass er Sie für jemand anderen hält.»

«Ich kenne das», sagte ich, «mein Vater war dement.»

«Ja, dann wissen Sie ja, wie das ist», sagte sie. «Es ist mal so, mal so, je nachdem, wen er vor sich hat. Demenz ist nicht nur ein physiologischer Prozess, es hat auch mit Erinnerungen und Erlebnissen zu tun, die verdrängt worden sind. Posttraumatische Belastungen etwa können viel später zu Symptomen führen, die denen der Alzheimer-Krankheit ähnlich sind.»

Mir fiel auf, wie allgemein sie alles hielt, als gehe es gar nicht um eine bestimmte Person.

«Ein Schutzmechanismus unseres Gehirns, könnte man sagen. Nicht ungewöhnlich in dieser Generation, die den Krieg im Kindesalter miterlebt hat. Die Demenz wird zu einer Flucht vor dem Schwierigen, und gleichzeitig löst sie Erinnerungen aus, die verdrängt worden sind. Es ist dann, als existierten Damals und Heute nebeneinander, ohne innere Ordnung. Oft wird der Demenzpatient als vergesslich bezeichnet. Dabei hat er sich vielleicht eher in seinen Erinnerungen verirrt.»

«Erinnert Herr Heller sich daran, dass er eine Tochter hat?», fragte ich. Mein Vater hatte schon relativ bald vergessen, wer ich war, aber wenn ich meine Kinder mitbrachte, konnte es geschehen, dass er meine Tochter Sonja nannte. Ich versuchte es so zu sehen, dass er sich zumindest daran erinnerte, dass es mich gab, fragte mich allerdings auch manchmal, ob es meine Schwester war, die er zu sehen glaubte. Vielleicht hatte er vergessen, dass sie gestorben war, und erinnerte sich nur noch an die kurze Zeit, die sie gelebt hatte.

«Er kann sprechen», sagte Heike und drückte die Klinke herunter, «aber in welchen Erinnerungen Herr Heller sich heute aufhält, das kann ich Ihnen nicht sagen.»

Der Mann saß auf einem Sessel und sah aus, als würde er schlafen. Das Gesicht zum Fenster gewandt, der Mund halb geöffnet. Er hielt etwas in der Hand, die auf seinem Knie ruhte, eine zusammengeknüllte Serviette. Hellblaues Hemd, dunkle Hose, braune Altmännerpantoffeln aus Filz. Ich wartete an der Tür, während Heike ihm eine Hand auf die Schulter legte, sich zu ihm herabbeugte und sanft mit ihm sprach.

«Herr Heller. Acho. Sie haben Besuch.»

Er zuckte zusammen und stieß einen Laut aus. Heike zog einen Stuhl heran, sodass ich mich ihm gegenübersetzen konnte. Seine Augen waren trüb und zittrig, aber wach, mal schien er mich wirklich zu sehen, dann wieder sein Gedächtnis zu durchforsten, wer ich sein könnte.

«Ach, du bist das.»

«Das ist Sonja, und sie muss Ihnen etwas sagen. Ich fürchte, sie hat schlechte Neuigkeiten.»

Ich nahm seine Hand, sagte guten Tag und nannte meinen Namen, dann setzte ich mich. Wie sagt man so etwas? ‹Ich fürchte, es ist etwas Schlimmes passiert, nein, etwas sehr Trauriges, nein, etwas wirklich Schreckliches›, ich suchte nach Worten.

Acho Heller nahm die Serviette in die andere Hand. Schaute sie an, als fragte er sich, wozu sie gut war. Putzte sich schließlich damit die Nase.

«Anna?», fragte er, als ich es endlich herausgebracht hatte.

«Ihre Tochter», sagte Heike, die neben ihm stand, eine tröstende Hand auf seiner Schulter. «Es tut mir sehr leid.»

Sank er in sich zusammen, hatte er verstanden, schnäuzte er sich deshalb, schien sein Blick sich deshalb auf etwas anderes zu richten? Auf eine andere Zeit, etwas Lebendiges.

«Ich hole eine Kerze», sagte Heike, «die können wir für Ihre Tochter anzünden.»

Der Alte drehte sich halb um, folgte ihr mit dem Blick.

Auf der Kommode neben dem Fenster entdeckte ich an die Wand gelehnte Postkarten. Ich kannte die Motive, die Kirche, den Marktplatz, das Prebischtor. Außerdem ein Familienfoto in verblassenden Farben, vielleicht aus den siebziger Jahren. Ein Mädchen stand zwischen seinen Eltern und blinzelte mit einem Auge in die Sonne. Anna.

Ich fragte mich, ob es unverschämt wäre, hinzugehen und die Postkarten zu lesen, zuckte zusammen, als ich seine Stimme hörte.

«Wer ist gestorben? Julia?»

Es dauerte einen Moment, bevor ich begriff, was er sagte.

«Wer ist Julia?», fragte ich vorsichtig.

Keine Antwort, ich beugte mich vor.

«Ihre Mutter? Hieß Ihre Mutter Julia Heller?»

Acho Heller begann, mit den Fingern auf seine Armlehne zu trommeln, als hätte er genug von mir, als wäre er genervt, und so holte ich stattdessen die Postkarte heraus, schließlich war ich deshalb gekommen. Sein Gesicht leuchtete auf und er bedankte sich, betrachtete das Foto auf der Vorderseite. Ich drehte die Karte vorsichtig um.

«Soll ich sie Ihnen vorlesen? Sie ist von Ihrer Tochter, Anna.»

Er sah mich an, suchend, verwirrt, vielleicht war das eine Antwort. Ich las. Acho Heller nickte und lächelte, ich legte die Postkarte auf seinen Schoß. Er ließ sie dort liegen, klopfte sacht mit den Fingern darauf herum.

«Das ist der Marktplatz von Karlovy Mlýn», sagte ich. «Ich wohne dort in der Nähe, ich habe das Weingut gleich außerhalb des Ortes gekauft, am Fluss. Wenn man über die Brücke kommt, muss man links abbiegen. Sind Sie dort aufgewachsen?» Ich redete weiter, über die Rosen, ich konnte mich sogar an ein paar Namen erinnern, die Linde, ich erzählte auch von der Katze.

Zuckte er zusammen? Er murmelte etwas.

«Aramis», sagte er.

«Wer ist das?»

Seine Antwort blieb in einem Räuspern stecken, oder war es der Gedanke, der ihm entglitt?

«Es gibt dort einen Mann in Ihrem Alter», sagte ich, «vielleicht kennen Sie ihn. Sein Vater war Gärtner, er heißt Ján Kahuda. Ján spielte oft in den Tunneln unter dem Haus, haben Sie das früher auch gemacht?»

Ich hatte nicht gemerkt, dass Heike wieder zurück war, ich war ganz beschäftigt mit der Veränderung im Blick des Alten, er schien auf etwas weit Entferntes zu starren, das sich näherte, einen heranbrausenden Zug. Ich weiß nicht, wie ich es beschreiben soll. Eine Furcht, die in einem aufsteigt, wenn es schon zu spät ist. Seine Hände zitterten.

«Warum ist er dort? Niemand darf kommen. Geh da weg, geh weg.»

Acho Heller hielt sich die Ohren zu, und Heike legte einen Arm um seine Schultern, beruhigte ihn, holte ihn wieder in die Gegenwart zurück oder ins Nichts oder wo er sich gerade befand.

Ich entschuldigte mich, als wir gingen, rasch die Treppe hinuntereilten. Ich wünschte mir, ich hätte bleiben, auf einen klaren Moment warten dürfen, aber die steife Haltung der Heimleiterin schien mir zu signalisieren, dass sie es bereute, mich eingelassen zu haben. Ich erzählte ihr, was ich noch nicht gesagt hatte, dass ich das Weingut in Böhmen gekauft hatte, auf dem Acho Heller aller Wahrscheinlichkeit nach aufgewachsen war. Dass ich auf diese Weise mit Anna in Kontakt gekommen war und jemanden kennengelernt hatte, der vielleicht ein Kindheitsfreund von ihm war. Wäre es nicht gut, über die Vergangenheit zu sprechen, ihn dazu zu bringen, sich zu erinnern, war das nicht sogar einfacher bei Dingen, die weit zurücklagen?

Heike blieb am Fuße der Treppe stehen.

«Hat seine Tochter das gesagt? Dass er dort aufgewachsen ist? Das wäre ja merkwürdig.» Sie sah mich forschend an oder eher skeptisch. «In seinen Akten steht, glaube ich, dass er von hier ist, nichts von einer Herkunft aus einem anderen Land. Noch dazu von einem Weingut. Seltsam. Das hätte ich mir doch bestimmt gemerkt.»

Die Heimleiterin bedeutete mir mit einer Geste, ihr ins Büro zu folgen. Drei der Wände waren mit Regalen aus dunklem Holz bedeckt. Sie zog einen Ordner heraus. Das Zimmer schien einmal eine kleine Bibliothek gewesen zu sein, diese Farben, dunkel und gleichzeitig blass, wie erschöpft, eine vergilbte Medaillon-Tapete, die durchaus original sein konnte.

«Hier gibt es keinerlei Angaben zu den Eltern oder anderen Verwandten, außer zu seiner Frau, die offenbar 1994 gestorben ist, und zu seiner Tochter natürlich, Anna … Wir bitten eigentlich immer um Informationen über den familiären Hintergrund oder Sonstiges, das hilft, wenn es ihnen schwerfällt, sich zu orientieren, aber hier haben wir anscheinend nicht viel herausgefunden … Anstellung in einer Grube bis zu deren Schließung 1992, dann keine Angaben mehr zu einer Arbeitsstelle, vielleicht ist er vorzeitig in den Ruhestand gegangen, viele konnten sich nach der Wende nicht umstellen, nach dem Mauerfall …»

Heike runzelte die Stirn, beugte sich etwas tiefer über den Ordner.

«Ich habe mich anscheinend doch nicht richtig erinnert. Er soll 1934 in Berlin geboren sein, ist aber seit 1946 in Großräschen gemeldet.»

Konnte ich mich so vertan haben? Vielleicht war es nur ein Familienurlaub gewesen, und Anna wollte wissen, ob er sich noch daran erinnerte, eine glückliche Erinnerung, mit der sie ihm eine Freude bereiten wollte, denn sie durften doch damals über die Grenze in gleichgesinnte Länder fahren? Ich wünschte mir, ich hätte mich getraut, mir die anderen Postkarten genauer anzusehen, als die Heimleiterin nicht im Zimmer gewesen war.

Konzentriert las sie weiter. Es schien sie zu stören, dass sie sich nicht richtig erinnert hatte.

Acho Heller, dachte ich.

Geboren 1934. Dann war er jetzt fünfundachtzig. Und am Ende des Krieges?

Elf.

Ich dachte an den zweiten Molar, der in diesem Alter durchkam. Die Oberarme, die noch nicht ausgewachsen waren, einen mageren kleinen Körper.

Ich bin nicht mehr in den Tunneln gewesen, seit ich ein Kind war … Wir haben immer da unten gespielt …

Plötzlich kam mir das Büro stickig vor.

«Es muss nicht unbedingt stimmen. Es war Krieg …»

Heike hatte sich an den Schreibtisch gesetzt. «Wenn er unmittelbar nach Kriegsende hierhergekommen ist, dann waren damals Millionen von Flüchtlingen in Deutschland unterwegs, Vertriebene aus dem Sudetenland und aus Polen oder Ausgebombte, Adressen waren etwas völlig Abstraktes, beinahe Hypothetisches. Ich weiß nicht, ob man sich auf Papiere aus dieser Zeit überhaupt verlassen kann.»

«Kam seine Tochter denn oft hierher, um ihn zu besuchen?», fragte ich.

«Viele, viele Jahre kam sie gar nicht. Sie wohnte ja in England. Vielleicht, als er hier einzog, aber da habe ich noch nicht hier gearbeitet. Erst im Frühjahr …» Die Heimleiterin nahm einen Kalender zur Hand und blätterte. «Ende April dieses Jahres, da kam sie mehrmals, und auch Anfang Mai noch ein paarmal …»

«Er nannte einen Namen, Julia», sagte ich. «Wissen Sie, wen er damit meint? Und Aramis, war das nicht einer der drei Musketiere?»

Heike hörte mir nicht zu, sie schaute in den Kalender.

«Wir müssen Achos Freunde darüber informieren», sagte sie, eher zu sich selbst, den Blick auf einen Eintrag gerichtet. «Sie kennen sich schon so lange, vielleicht haben sie auch die Tochter gekannt.»

Ich sah die Kinder vor mir, in den Tunneln. Spiele, die Jungs im Alter von zwölf Jahren spielen, vielleicht immer und überall.

«Das glaube ich nicht», sagte ich, «sie waren damals ja noch Kinder.»

«Nein, sie kennen sich seit vielen, vielen Jahren.» Die Heimleiterin klang leicht gereizt. «Die Herren haben ihn sehr häufig besucht.»

Sie hielt das Buch hoch und zeigte auf die Namen.

Kurt Lehmann.

Udo Körner.

Endlich begriff ich, was sie meinte.

Acho Heller hatte Freunde, Menschen, die ihn besuchten. Aus irgendeinem Grund erstaunte mich das. Die Einsamkeit war mir hier drinnen so groß vorgekommen, wie eine unsichtbare Haut, die die Bewohner umschloss, es war ein Ort, an dem man der Wirklichkeit entzogen war und im selben Maße vergessen wurde, wie man vergaß. Und der nächste Gedanke: Nur richtig alte, treue Freunde besuchten einen in diesem Zustand. Bei meinem Vater war es in den letzten Jahren ein einziger ehemaliger Kommilitone gewesen, bis auch der aufgab oder keine Lust mehr hatte oder was auch immer mit denen passierte, die sich nicht verpflichtet fühlen zu kommen.

«Pünktlich jede Woche, ordentliche Männer, immer mit Kuchen oder Hochprozentigem zum Kaffee, ja, das ist erlaubt, wir bieten unseren Gästen am Wochenende oft selbst ein Glas Wein oder Likör an, aber einer der beiden hatte im Winter einen Schlaganfall, deshalb kommen sie jetzt nur noch einen Sonntag im Monat. Mit Zug und Bus ist das natürlich sehr umständlich. Anscheinend war es Herr Körner, der früher immer gefahren ist.»

«Ich kann es ihnen mitteilen.» Ich hatte mein Hotelzimmer für zwei Tage im Voraus bezahlt und würde frühestens übermorgen abreisen. Eine Nacht war mir zu wenig vorgekommen, zwei erschienen mir wie eine Ewigkeit. «Für mich ist es einfacher, Fragen zu beantworten, ich war schließlich dort.»

«Das ist sehr nett von Ihnen», sagte Heike und lächelte, nahm meine Hand, bedankte sich aufs Neue, als ich ging. «Ich weiß, dass so etwas nicht leicht ist.»

Erst als ich mich am Tor noch einmal umdrehte, um zu den hohen, schmalen Sprossenfenstern hinaufzuschauen, hinter denen Acho Heller saß, fiel mir Julia Heller wieder ein. Oder eher seine Hände, als ich nach ihr gefragt hatte, wie seine Finger sich über die Armlehne und dann auf der Postkarte auf seinem Schoß bewegt hatten. Als erinnerten sie sich an etwas, an das er selbst nicht herankam.

Spielende Hände, wie auf einem Klavier.

An der Rezeption des Seehotels wurden Fahrräder vermietet, wohl in der Hoffnung, Touristen würden herbeiströmen, um die künstliche Seenlandschaft zu erkunden.

Kurt Lehmann wohnte in Welzow, einer Stadt, in der immer noch Braunkohle gefördert wurde. Ich hatte versucht, anhand der Bus- und Bahnfahrpläne eine Verbindung zu finden, dann aber entdeckt, dass es nur dreizehn Kilometer bis Welzow waren.

Für fünf Euro extra bekam ich noch eine Karte mit den Fahrradwegen dazu.

Bald hatte ich die Stadt verlassen, fuhr auf Radwegen und Landstraßen durch Felder und kleine Dörfer, an ehemaligen Fabriken und frisch aufgeforsteten Wäldern vorbei, wo die Jungbäume in Reih und Glied standen.

Hier und da entdeckte ich Apfelbäume und Flieder, spät blühend zwischen den Kiefern, Spuren von Gärten, die es dort einmal gegeben hatte. Ein einsames weißes Tor auf einem wildwuchernden Feld, eine gewaltige Lindenallee, die ins Nichts führte, eine provisorische Landschaft. Über lange Strecken hörte ich nichts außer meinen Reifen auf dem Asphalt und das niedrigfrequente Dröhnen der Windräder, schwach, unheilverkündend, wie ein Sturm, der bald über mich hinwegfegen würde.

Die ersten Regentropfen fielen, als ich in Welzow einrollte. Die Kneipe, die Kurt Lehmann als Treffpunkt vorgeschlagen hatte, hieß Kumpelklause.

Er saß an der Bar, eine Zigarette in der Hand. Erst war ich mir nicht sicher, ob er es tatsächlich war, er wirkte zu jung. Man erwartet irgendwie, dass alte Freunde gleichaltrig sind. Es lag vor allem an seinem geraden Rücken, dem Stringenten und Stahlgrauen, das mehr als nur die Haare und die Augen bestimmte. Vielleicht war er siebzig oder fünfundsechzig. Er fing meinen Blick auf und drückte die Zigarette aus.

«Frau Åström?»

«Sonja.»

«Kurt Lehmann. Haben Sie gut hierhergefunden?»

Höflichkeitsfloskeln, wir schüttelten uns die Hand. Ich hatte am Telefon nicht mehr gesagt, als dass ich Acho Hellers Tochter kannte und schlechte Nachrichten hatte.

«Wie geht es dem Alten?», fragte er, nachdem wir uns gesetzt hatten. Blau gebeizte Holzpaneele und helle Kiefernholzmöbel, es erinnerte an einen schwedischen Imbiss aus den siebziger Jahren. «Ich hoffe, es ist nichts Ernstes.»

Ich erklärte, dass nicht Acho Heller etwas zugestoßen sei, sondern seiner Tochter. Kurt Lehmann wollte alles wissen. Er hatte etwas an sich, das gewisse Menschen einfach besitzen und gegen das man sich nicht wehren konnte, eine Fähigkeit, die Wahrheit herauszufinden.

«Vergesslichkeit ist vielleicht manchmal auch ein Segen», sagte er, nachdem ich ihm von dem Mord erzählt hatte und dass mein eigener Mann verhört worden sei, «wenn man vor der Gegenwart fliehen kann. Hatten Sie den Eindruck, Acho hat verstanden, was Sie ihm gesagt haben?»

«Ich weiß es nicht. Vielleicht hat er es gleich wieder vergessen.»

«Wie gesagt, ein Segen.»

Kurt Lehmann klopfte behutsam eine Zigarette aus der Schachtel, hielt sie zwischen den Fingern, ohne sie anzuzünden, und betrachtete sie.

«Sagten Sie, es ist auf einem Weingut passiert?»

«Auf unserem Grundstück, nicht weit vom Haus entfernt. Mein Mann und ich sind gerade erst dort eingezogen.»

«In Königsmühle?»

«Nein … es heißt Karlovy Mlýn.» Es fühlte sich noch immer seltsam fremd an, den Namen auszusprechen, ich hatte nicht oft einen Grund dazu. Zu Hause wusste ohnehin niemand, wo die Stadt lag, Böhmen war schon kompliziert genug, ganz zu schweigen vom Sudetenland, ich hatte viele verwirrte Blicke geerntet, Versuche, sich an die Schulbuchgeographie zu erinnern, als ginge es um eine Frage bei Trivial Pursuit.

«Ach, diese Namen.» Kurt Lehman seufzte und winkte mit der Zigarette nach dem Barmann. «Tausche die Namen von Städten und Dörfern, Straßen und Plätzen aus, nimm alle Schilder ab und male neue. So löscht man die Erinnerung an das, was gewesen ist, so erzeugt man das große Vergessen.»

Ein Aschenbecher landete auf dem Tisch.

«In seinen Papieren stand, dass er in Berlin geboren wurde», sagte ich.

«Dann ist das falsch.» Kurt Lehmann zog ein silbernes Feuerzeug hervor, blies den Rauch dicht an mir vorbei. «Aber vielleicht haben sie bei ihrer Ankunft angegeben, dass sie aus Berlin kämen. Das war der Knotenpunkt für die Züge im sowjetischen Sektor, woher sonst hätten sie auch kommen sollen?»

Ich fragte, ob ich eine Zigarette haben könne. Ich hatte

schon vor langer Zeit damit aufgehört, noch vor den Kindern, aber das hier war so eine Gelegenheit. Er gab mir Feuer. Es schmeckte nicht besonders, aber alles löste sich ein wenig auf, wie im Nebel. Ich versank in einer fernen Zeit, als man in Kneipen noch rauchen durfte.

«Vielleicht hatte er sich damals bereits entschieden, Deutscher zu werden», fuhr Kurt Lehmann fort. «Ein richtiger Deutscher, nicht nur ‹Volksdeutscher›.»

«Was waren das für Leute?»

«Ethnisch Deutsche, die nie in Deutschland gelebt hatten, sondern in anderen Gegenden, und das oft über Generationen, lange bevor die Karten umgeschrieben wurden.»

«Ich meinte eigentlich, mit wem Acho Heller aus Berlin gekommen ist, ich glaube, Sie hatten ‹sie› gesagt.»

Er drückte sorgfältig seine Zigarette aus.

«Mein Vater hat ihn gefunden. Oder vielleicht wäre es richtiger zu sagen, Acho Heller hat meinen Vater gefunden, in den Ruinen am Anhalter Bahnhof.»

Das große Schweigen. So hatte sein Vater, Emil Lehmann, es genannt, als er spät in seinem Leben begann, seinem Sohn davon zu erzählen. Er hatte sich daran gewöhnt, zu schweigen, wie alle Flüchtlinge aus dem Osten. Keiner wollte sic haben. Noch mehr hungrige Menschen, die sich zu den anderen Hungernden gesellten, sie waren schon zu viele, Vertriebene aus dem Sudetenland und den zurückeroberten Territorien in Polen. Zu Tausenden und Abertausenden waren sie herbeigeströmt, Tag für Tag, mit Zügen, die unaufhörlich rollten, überfüllte Güterwaggons, in die der Regen ungehindert eindrang, weil dafür solche Waggons eingesetzt worden waren, die nicht mehr dazu taugten, Waren zu transportieren. Bald waren es zwölf Millionen, vielleicht auch vierzehn, ihre genaue Anzahl konnte niemand feststellen. Bis zu eine halbe Million Volksdeutsche verschwand irgendwo unterwegs, und allein aus dem Sudetenland fehlten jegliche Angaben zu zweihunderttausend registrierten Deutschen, möglicherweise waren sie im Krieg gestorben oder abtransportiert in Lager, durch Krankheit oder Hunger umgekommen oder in der wilden Zeit, die auf das Kriegsende folgte, ermordet worden.

Mit dem Herbst kam die Kälte, der heftige Regen. Hamburg und das Ruhrgebiet wurden zu Zonen erklärt, in denen keine weiteren Flüchtlinge mehr aufgenommen wurden, und in Sachsen wurden sie in Kähne gesetzt, die man die Elbe hinuntertreiben ließ. Sie wurden in Schulen untergebracht, in den zerstörten Baracken der Wehrmacht und in Zeltlagern im Park, sie besetzten Bunker und Luftabwehrtürme, bis die Alliierten sie hinauswarfen und die Türme sprengten, um so ein erneutes Aufflammen des Krieges schon im Ansatz zu verhindern.

Viele kamen nicht weiter als bis zum Bahnhof. Vielleicht, weil sie nicht mehr konnten oder weil sie eitle Träume von einem Zug hegten, der sie an einen besseren Ort bringen würde.

Sie schliefen auf Bahnsteigen, in ausgebrannten Güterwaggons auf kaputtgefahrenen Gleisen, in Tunneln und Pissoirs.

Schweigen.

Solange er den Mund hielt, konnte ein Flüchtling in der Menge untertauchen, die in den Ruinen nach Eisenschrott suchte, um ihn zu verkaufen, nach Unkraut, um es zu kochen, oder nach den Resten eines Zuhauses, das es einmal gegeben hatte, Menschen, die bei den weniger Armen betteln gingen oder sich für eine Tafel Schokolade an die Soldaten verkauften.

Und diejenigen bestahlen, die nichts hatten, genau wie der dreckige, schnellfüßige Junge an jenem Abend, als Emil auf der Fahrt mit einem Regionalzug zu den Gärten der Vororte unerwartetes Glück gehabt hatte. Der Junge riss ihm den Sack Kartoffeln aus der Hand und verschwand zwischen den Ruinen, in denen nachts die Hungernden und die Straßenkinder aus dem Osten regierten, die Wolfsjunge genannt wurden, weil sie in Rudeln umherzogen. Emil rannte ihm nach und warf ihn zu Boden, es war ein ungleicher Kampf. Der Junge war mager wie ein Siebenjähriger, wand sich wie ein Wurm und schrie, er solle ihn loslassen.

Die Flüche kannte Emil nur allzu gut, die Art, wie er sie aussprach.

«Herrgott sakra», brüllte der Junge und ruderte mit den Armen.

«Woher kommst du?», fragte Emil Lehmann, der auf dem Jungen kniete und seine Hände zu fassen bekommen hatte, sie in den Staub der Ruinen drückte. «Ich bin aus Preßnitz, kennst du das?»

Aber der Junge fluchte nur noch mehr, Himmel, Herr und Sakrament, er steigerte sich immer weiter hinein, schrie «Kruzitürken» und spuckte Emil Lehmann ins Gesicht. Ein Schmähwort, wie man es heute nicht mehr benutzen würde, das aber in den konservativen und katholischen Gegenden Böhmens seit dem Krieg gegen die Muslime gang und gäbe war. Türken, die gefangen genommen und gezwungen worden waren, unter dem christlichen Kreuz zu kämpfen, nannte man Kreuztürken, und so wurde dieser Name zum schlimmsten Schimpfwort, wenn man jemanden erniedrigen wollte. Emil Lehmann aber fasste es nicht als Beleidigung auf. Er fing an zu lachen.

«Ich höre schon, woher du kommst», sagte er. «Meine Stadt liegt nicht weit von Karlsbad entfernt, ein bisschen weiter nördlich zu den Bergen hin, in der Nähe von Teplitz. Ich heiße Emil Lehmann.»

Er lockte den Jungen mit den Kartoffeln, die er ihm eben erst wieder abgejagt hatte. Vielleicht lag es an seinem Blick, an etwas darin, das er wiedererkannte, die Leere. Die Abwesenheit von allem, was es einmal gegeben hatte. Nicht zu wissen, wohin man unterwegs war, und nicht umkehren zu können, die Angst, endgültig in die Irre zu gehen und nicht mehr zu sich selbst zurückzufinden. Später, nachdem er beinahe sechzig Jahre darüber nachgedacht hatte, begriff er, dass es er selbst gewesen war, den er gesehen hatte. Aus den Augen des Jungen sprach nichts als der Hunger.

«Acho», sagte er endlich, das sei sein Name.

Emil versprach ihm Suppe mit einer ganzen Kartoffel und ein bisschen Unkraut, so konnte er ihn an jenem Abend zum Bleiben bewegen. Es war etwas dran, an dem Zu-sich-selbst-Zurückfinden. Den Namen der Stadt Königsmühle bekam er ebenfalls aus ihm heraus und dass sie nur vierzig Kilometer voneinander entfernt gelebt hatten.

Er versuchte ihm auch zu entlocken, wo seine Familie war.

Der Junge war störrisch, aber für Emil Lehmann war es das erste Mal seit Monaten, dass er über etwas anderes reden konnte als darüber, wo man Arbeit oder Essen fand, ein Bett, bevor der Winter kam, wie man aus dieser Hölle namens Berlin herauskam.

Auch Emils Familie war aus dem Sudetenland gejagt worden, noch bevor die organisierte Vertreibung begann, ein paar Leute aus dem Dorf waren in ihr Haus eingedrungen. Freunde und Bekannte waren auf der Straße verprügelt worden, misshandelt und sogar getötet. Es genügte, sich mit der weißen Binde zu zeigen, die jeder, der deutsch sprach, tragen musste. Auf einer Bank zu sitzen, auf der man nicht sitzen durfte, die falsche Straße entlangzugehen.

Sie bekamen fünfzehn Minuten, um zu packen, was sie tragen konnten, und wurden gezwungen, Richtung Grenze zu marschieren. Die Familie war auseinandergerissen worden, er wusste nicht, wo seine Eltern waren.

«Und was passierte mit Achos Familie?»

Kurt Lehmann schob den Aschenbecher von sich. Weitere Gäste waren hereingekommen, junge Männer, die an der Bar herumhingen und Fußball schauten.

«Er sprach von mehreren Lagern, in die sie transportiert wurden, unter anderem nach Dachau.»

«Ins Konzentrationslager?»

«Es war immerhin ein Dach über dem Kopf. Wenn man in einem zerbombten Land zwölf Millionen Flüchtlinge unterbringen will, muss man nehmen, was da ist.»

Ich versuchte mir den Jungen vorzustellen, ein Bild von Lagern und Ruinen heraufzubeschwören, während Kurt Lehmann sich über das Präsidentendekret ereiferte, welches besagte, dass kein Sudetendeutscher je wieder zurückkehren und seinen Besitz oder seine Staatsbürgerschaft zurückerhalten dürfe. Jeder Deutsche trage eine Schuld an Hitlers Taten, auch wenn er nur den Kopf eingezogen hatte, um zu überleben. In dem Dekret stand außerdem, dass kein Tscheche wegen Gewalt gegen einen Deutschen zur Rechenschaft gezogen werden dürfe, wenn sie provoziert worden war. Und sieben Jahre nach Hitlers Herrschaft konnte alles als Provokation aufgefasst werden.

Die meisten Vertriebenen waren Frauen, Kinder und Alte, die Männer waren schon fast alle fort. Zu Beginn durfte jeder fünfzehn Kilo mitnehmen. Später wurden fünfzig daraus, und die Zeit, die sie zum Packen hatten, wurde auf achtundvierzig Minuten verlängert. Viele vergruben ihre Wertsachen.

Es hieß, man würde Ausnahmen für diejenigen machen, die beweisen konnten, dass sie gegen die Nazis gewesen waren, aber in den Zügen gab es auch Sozialdemokraten und Juden, die sich als Deutsche ausgegeben hatten, um der Verfolgung zu entkommen.

Emil Lehmann hatte nie versucht, seine Unschuld zu beweisen. Bereits zu Beginn des Kriegs war er der Hitlerjugend beigetreten. «Er war damals vierzehn! Hat er es sich ausgesucht, oder ist er einfach nur seiner Clique gefolgt?» So etwas fragte sich Kurt Lehmann viele Jahre später, nachdem er mehr über seinen Vater herausgefunden hatte, was weiß ein Junge von vierzehn Jahren schon über sich selbst?

«Aber versuchen Sie mal, über so etwas zu reden, wenn Sie nach Königsmühle zurückkommen, Entschuldigung, wie heißt es heute? *Karlovy Mlýn.* Da werden Sie zu hören bekommen, dass es uns recht geschah, weil wir Hitler willkommen geheißen hätten, dass wir alle Nazis gewesen wären und das Land in einen weiteren Weltkrieg gestürzt hätten, wenn sie uns nicht losgeworden wären. Dass die Kinder sogar noch gefährlicher gewesen wären als die Erwachsenen.»

«So etwas in der Richtung habe ich tatsächlich gehört», sagte ich.

«Meine Mutter hatte die Nazis nicht einmal gewählt», fuhr Kurt Lehmann fort. «Sie sah sich nicht unbedingt als Deutsche, Oma war Mitteleuropäerin, Habsburgerin, geboren in Preßnitz in Böhmen als Bürgerin des alten Österreich-Ungarn, sie verehrte den Kaiser, obwohl sein Imperium längst zerfallen war. Oma fand Hitler vulgär und nicht besonders intelligent. Wollte ihre Kinder an die Uni in Prag oder Wien schicken und verfluchte den Krieg, der dazwischenkam, ärgerte sich über die nationalistischen Tschechen, hatte jedoch tschechische und jüdische Freunde. Sie sehnte sich keineswegs danach, im Deutschen Reich aufzugehen.»

Er entschuldigte sich und ging zur Toilette. Die Fenster standen offen, ein Ventilator drehte sich unter der Decke.

Der Barmann trat an den Tisch und tauschte den Aschenbecher aus.

«Ich dachte, man dürfte nirgendwo mehr in Gaststätten rauchen», sagte ich.

Er lachte.

«Das stimmt, es ist seit zehn Jahren verboten, aber in Bayern haben sie Ausnahmen für Eckkneipen und Bierzelte gemacht, das wäre gar nicht anders gegangen. In Berlin wurden die Bierstuben in Kulturclubs umbenannt, dort konnte man das machen, aber hier würden die Leute misstrauisch, wenn wir uns so einen todschicken Namen zulegen würden.» Er wischte den Tisch ab und sammelte die leeren Biergläser ein. «Wenn jemand sich beschwert, nennen wir es einfach

Demokratie, Adolf Hitler war der Erste, der das Rauchen verbieten wollte.»

Als Kurt Lehmann zurückkam, willigte er ein, sich zum Essen und auf ein weiteres Bier einladen zu lassen. Ich war nach der langen Radtour völlig ausgehungert und verkraftete keine weiteren Informationen über Volksvertreibungen mehr. Ich konnte nicht beurteilen, ob das, was er mir erzählt hatte, der Wahrheit entsprach. Vor wenigen Wochen noch hatte ich von alldem keine Ahnung gehabt. Wurde es in den Geschichtsbüchern über den Zweiten Weltkrieg überhaupt erwähnt?

«Hat Acho irgendwann mal eine Julia Heller erwähnt?», fragte ich stattdessen.

«Seine Mutter?»

«Wissen Sie, dass es seine Mutter war?»

Kurt Lehmann nickte.

Julia Heller. Ich weiß nicht, warum sie mich so beschäftigte, vielleicht wegen der Bücher, des Notenhefts, ihr Bild schlich sich in meine Phantasien über das Weingut. Dass Acho Heller mich mit ihrem Namen angesprochen hatte, verstärkte mein Gefühl der Verbundenheit mit ihr, es war nicht nur das Haus, in dem sie gelebt hatte und ich jetzt lebte, vielleicht waren wir uns auch ähnlich. Ich stellte mir vor, wie sie am Flügel saß, er musste ungefähr in der Mitte des Salons gestanden haben, in dem Licht, das hereinfiel und gemeinsam mit ihr spielte, die Musik, die die Liebe weckte, *Liebestraum*, während ihr Sohn … Ja, was tat ihr Sohn? Spielte er in den Tunneln? Und was hatte er davor getan? Hatte er an ihrem Rockzipfel gehangen, auf ihrem Schoß gesessen, hatte er zugesehen, wie ihre Finger über die schwarzen und weißen Tasten geglitten waren?

Kurt Lehmann schlug die Speisekarte zu.

«Ich nehme das Zanderfilet und ein Bier.»

Ich nahm dasselbe, ohne genau zu wissen, was es war. Kurt Lehmann schwieg, bis der Kellner gegangen war.

«Julia Heller starb in einem der Lager», sagte er. «In welchem und wo sie begraben wurde, hat mein Vater nicht herausgefunden. Vielleicht wusste der Junge es selbst nicht.»

Wahrscheinlich war es die Ruhr oder Typhus gewesen. Acho wusste nur, dass sie krank geworden war, Fieber bekommen und im Wahn geglaubt hatte, Johann, sein Vater, wäre gekommen, um sie abzuholen.

Nach ihrem Tod hatte Acho sich allein nach Berlin durchgeschlagen. Größtenteils war er schwarz mit dem Zug gefahren, lange Strecken war er zu Fuß gegangen, unmöglich zu sagen, wie weit. Der Junge wusste es selbst nicht, ratterte die Namen unzähliger Bahnhöfe herunter und versuchte, sich daran zu erinnern, in welcher Reihenfolge er an ihnen vorbeigekommen war.

Emil Lehmann hörte ihm auch gar nicht richtig zu. Ein paar der Namen hatte er vielleicht schon einmal im Radio gehört oder im Geographieunterricht, aber er konnte sich nichts darunter vorstellen, war noch nie zuvor in Deutschland gewesen. Es war ein Land, das vorgegeben hatte, ihr Heimatland zu sein, und jetzt blickten die Leute ihnen feindselig hinterher und wünschten sie dahin zurück, wo sie hergekommen waren.

Acho Heller redete davon, in den Osten zu gehen.

Er glaubte dort seinen Vater finden zu können, der an der

Ostfront gewesen war. Vielleicht hatte Johann Heller sich verirrt, war krank oder als Kriegsgefangener in einem sowjetischen Lager gelandet und hatte deshalb nicht nach Hause kommen können.

Johann Heller, dachte ich, das Baby auf dem Arm der Mutter auf dem schwarz-weißen Familienfoto von 1914. Es passte zusammen. Er hatte Julia geheiratet, das Weingut geerbt, und sie hatten einen Sohn bekommen.

Acho.

Emil Lehmann hatte versprochen, dass sie in den Registern nach dem Namen seines Vaters suchen würden, irgendwo würden sie ihn finden, wenn alles erst wieder seinen geordneten Gang ging, ein deutsches Kind konnte nicht allein in die Sowjetunion.

Außerdem war er selbst auf dem Weg nach Osten. Es war nicht leicht, in einen Zug zu kommen, überfüllt wie sie waren mit Leuten, die aufs Land wollten, um irgendwo einen Sack Kartoffeln oder etwas Kohl einzutauschen. Aber hinter Berlin und Dresden waren die Dörfer intakter als in den westlichen Teilen Deutschlands, bis dorthin hatten die Bomben der Alliierten nicht gereicht. Leerstehende Häuser gab es nicht, aber es wurde Land an die Flüchtlinge verteilt. Emil hatte einen sudetendeutschen Kameraden, Udo Körner, der sich ebenfalls in Berlin befand, sie schliefen in den U-Bahn-Tunneln und bewachten gegenseitig ihren Besitz. Sie hatten die Kohlegruben ins Auge gefasst. Deutschland sollte wiederaufgebaut werden. Jeder konnte sich ausrechnen, dass dafür Unmengen an Energie gebraucht wurden.

Udo war es gelungen, einen Rekrutierer zu finden oder einen, der ihm in die Tasche log, sie wussten es nicht. Dennoch, alles war besser als diese Hölle namens Berlin. Sie hatten nicht einmal das Recht, hier zu sein, in den großen deutschen Städten war es verboten, Arbeit oder Wohnung zu suchen, «Zuzugsverbot» – Herumtreiber und Obdachlose gab es auch so schon genug.

Emil und Udo nahmen sich des Jungen an, drängten sich zu dritt zwischen fünfundzwanzig Männer in ein Zugabteil für acht Personen mit kaputten, zugenagelten Fenstern, sodass sie nichts von den Bahnhöfen oder der Strecke sahen, was Acho Angst machte.

Sie nahmen ihn mit in die Abbaugebiete. In wenigen Jahren würde niemand mehr wissen, woher sie gekommen waren.

Kurt Lehmann wuchs in dem Glauben auf, Acho Heller sei ein älterer Verwandter, ein Onkel oder Cousin.

«Anna wusste nichts von alldem», sagte er und klang plötzlich unsicher.

Er kratzte den Rest Soße zusammen und schob seinen Teller beiseite.

«Acho hatte ihr nur gesagt, dass ihre Familie aus einem Dorf auf der anderen Seite der Grenze stamme, dass es aber lange her sei, es gebe dort nichts mehr. Von einem Weingut hatte sie noch nie gehört und auch nichts von dem, was ich Ihnen gerade erzählt habe. Ich glaube, ich habe sie dazu gebracht, dorthin zu fahren.»

Er schwieg, es war sein längstes Schweigen.

«Deshalb ist es doch nicht Ihre Schuld.»

Kurt Lehmann wischte sich sorgfältig die Mundwinkel ab, er wirkte angespannt.

«Und warum sind Sie selbst hier? Sie wussten nichts von

alledem, was ich Ihnen gerade erzählt habe. Sie standen ihr nicht besonders nahe, oder?»

Ich murmelte etwas, wusste aber nicht recht, was ich sagen sollte, fühlte mich ertappt. Und seinem stahlgrauen Blick entging nicht, dass ich ihm auswich.

«Vielleicht fühle ich mich ebenfalls schuldig», sagte ich schließlich. «Ich habe sie eingeladen. Ich habe dieses verdammte Anwesen gekauft, ohne auch nur die geringste Ahnung zu haben.»

«Vielleicht hatte sie ihre Gründe, nichts zu erzählen», sagte Kurt Lehmann.

Er öffnete eine Schachtel Zigaretten und hielt sie mir hin. Von der ersten war mir schlecht geworden, dennoch nahm ich eine zweite. Es redete sich leichter, wenn man rauchte, ich vermisste es zuweilen, diesen kleinsten gemeinsamen Nenner zwischen zwei Menschen, die sich nicht kennen.

Anna Jones war mit ihren Fragen zu ihm gekommen. Im Frühjahr, als sie plötzlich nach Großräschen zurückkehrte. Kurt Lehmann hatte sie viele, viele Jahre nicht gesehen. Ihr Vater war zu diesem Zeitpunkt schon sehr verwirrt und redete über Dinge, von denen sie noch nie etwas gehört hatte, schrie irgendwelche Gespenster an. Es machte ihr Angst und bekümmerte sie, aber gleichzeitig begann sie sich zu fragen, was es zu bedeuten hatte. Warum redete er von einer Linde, wen rief er und was war in der Morgendämmerung passiert, das ihm solche Angst machte?

Vielleicht war sie an einem Punkt in ihrem Leben, an dem sie endlich bereit war, Fragen zu stellen. Und dann war es schon zu spät gewesen.

Kurt Lehmann hatte erzählt, was er wusste. Über Achos

Vertreibung, die Lager und den Tod ihrer Großmutter, die Brocken an Information, die er über die Stadt gesammelt hatte, aus der sie kamen. Vor siebzig Jahren war sein eigener Vater, Emil Lehmann, von Heimweh befallen worden, einer nostalgischen und aussichtslosen Sehnsucht. Er war mit seiner Frau und seinen Freunden ins Sudetenland gereist. Nicht mit Acho, der hatte sich geweigert, sich damit auseinanderzusetzen, aber die anderen waren, seinetwegen, über Königsmühle gefahren. Ja, Kurt Lehmann hatte nicht die Absicht, die Stadt anders zu nennen. Sie hatten sich durchgefragt und das Weingut gefunden, das anscheinend seit langem verlassen war, ein ansehnlicher Besitz, ein wunderschönes Haus, das verfiel, eine Schande, und dabei hatte es so eine hinreißende Aussicht über den Fluss.

Anna war Juristin. Und so hatte sie auch reagiert.

Gerechtigkeit, Restitution, Völkerrecht, Eigentum.

«Ich habe ihr gesagt, dass es sinnlos ist. Dass sie vorsichtig sein soll, wenn sie ins Sudetenland reist, nicht überall sagen soll, wer sie ist, nicht auf ihre störrische Art dieses und jenes verlangen soll …»

Er stützte die Stirn in die Hand, plötzlich wirkte er sehr alt.

«Sie müssen es ebenfalls erfahren», sagte er leise.

«Wer?»

«Die Körners. Udo Körner und vor allem Irene, sie mochte Anna sehr …»

«Sie leben noch?»

Kurt Lehmann nickte, das Gesicht in die Hände gestützt, mit herabgesunkenen Schultern. Ich wollte nicht, dass er mir leidtat. Sein Vater hatte mit den Nationalsozialisten sympathisiert, und außerdem konnte ich schlecht mit Männern, die gefühlsduselig wurden, die anfingen zu weinen. Ich bin nicht stolz darauf. Ich kann auch nicht sagen, warum. Sie haben das Recht zu weinen, natürlich, absolut, aber es weckt ein Unbehagen in mir, dieser unausgesprochene Anspruch, dass ich verstehen, mich kümmern und alles wieder zurechtrücken soll.

«Zumindest lebte er heute Morgen noch», sagte er, «als wir telefonierten. Vierundneunzig ist er jetzt und geht nicht mehr raus. Ich weiß nicht, ob er morgen noch da ist.»

Kurt Lehmann schnäuzte sich. Ein Stofftaschentuch – wann hatte ich so etwas zum letzten Mal gesehen? Er fingerte an der Zigarettenschachtel herum. Dann richtete er sich auf.

«Wir sollten hinfahren», sagte er. «Ich fände es gut, wenn Sie es ihnen erzählen.»

«Wohnen sie hier in der Nähe?»

«Nein, in Großräschen.» Er schaute auf die Uhr. «Wir könnten jetzt gleich hinfahren, dann sind wir vor dem Essen da, wenn Sie anschließend so nett wären, mich wieder nach Hause zu bringen.»

«Tut mir leid», sagte ich, «ich habe kein Auto, ich bin mit dem Fahrrad hier.»

«Ja, dann wird es schwierig.»

Er überlegte eine Weile, dann fiel ihm ein, dass ihn morgen ein Neffe nach Großräschen fahren könnte.

«Hoffen wir mal, dass er dann noch lebt.»

Kurt Lehmann bestand darauf, dass ich Welzow erst verlassen dürfte, wenn ich den Aussichtspunkt besucht hätte. Von dort könne man die ganze Grube sehen, er müsse ohnehin noch seinen täglichen Spaziergang machen. Er sprach mit solchem Stolz von der Grube, dass ich nicht widersprechen konnte, auch wenn ich lieber zurückgefahren wäre, bevor sich der Himmel im Westen noch weiter zuzog, genau dort, wo ich hinmusste.

So schob ich das Fahrrad einen langen Hügel hinauf. Als wir ankamen, stockte mir der Atem. Eine öde, qualmende Landschaft breitete sich vor mir aus, so weit das Auge reichte, noch nie hatte ich so etwas gesehen. Der Boden war aufgerissen, ausgetrocknet, eine Landschaft, wie sie nach der Apokalypse aussehen musste, ein graubraunes Mordor, kilometerweit. Es nahm gar kein Ende, dahinter kam nur noch der Himmel. Ich wusste nicht, woher der aufsteigende Rauch kam, die Wolken aus Staub und Partikeln, die dort schwebten und den Horizont verwischten.

Ich stellte mir vor, wie sie in die Atemwege drangen, sich in den Schweiß auf der Haut mischten und in die Poren krochen, sich über die Fenster legten, sodass alles zu einem graubraunen Nebel wurde. Ob die Wäsche in diesen Städten jemals richtig sauber wurde?

Kurt Lehmann erklärte, wie viele Tonnen Braunkohle hier abgebaut worden waren, deutete mit dem Stock nach Süden, wo in der Ferne Kräne aufragten, Grabmaschinen oder wie immer man sie nannte, und er klagte darüber, wie wenige im Vergleich zu früher noch im Tagebau arbeiteten. Dass sein Vater stolz darauf gewesen sei, ihm ein Studium ermöglichen zu können, um Lehrer zu werden, nicht so sehr indem er das Geld dafür verdient hatte, sondern indem er schwieg und die Klappe hielt über Dinge, über die man nicht sprach.

«Haben sie Acho Hellers Vater jemals gefunden?»

«Sie haben gar nicht nach ihm gesucht. Acho hatten sie vielleicht etwas anderes erzählt, um ihn zu beruhigen, keine Ahnung. Ich selbst habe ihn nie darüber reden hören.»

In den Jahren nach ihrer Ankunft war aus der sowjetischen Besatzungszone die DDR geworden. Nachforschungen über Verwandte anzustellen, die möglicherweise Nazis, Sudetendeutsche und darüber hinaus in der Wehrmacht gewesen waren, war keine gute Idee. Da war es klüger, seine Herkunft zu verschweigen, hart zu arbeiten und ordentlich deutsch sprechen zu lernen.

«Sie taten, was sie konnten. Nämlich nichts.»

Als die Mauer fiel, war Kurt Lehmann nach München gefahren, um mehr über die Familie seines eigenen Vaters herauszufinden.

Dort gab es sudetendeutsche Organisationen, deren Mitglieder sich nicht in Deutsche, welcher Art auch immer, verwandelt hatten, sondern sich fünfzig Jahre später immer noch weigerten zu akzeptieren, dass man ihnen ihre Heimat genommen hatte.

Dort half man ihm bei seinen Nachforschungen. Auf den langen Listen, die zusammengestellt worden waren, fand er die Namen seiner Eltern und den der Schwester seines Vaters.

Emil Lehmann war im Zuge der inoffiziellen Vertreibungen unmittelbar nach dem Frieden von ihnen getrennt worden, als sie aus ihrem Haus geworfen wurden und zur Grenze marschieren mussten. Emil war noch auf der Arbeit gewesen und anschließend bis spätabends bei einem Mädchen geblieben. Als er nach Hause kam, war keiner mehr da. Einige Monate später wurde er selbst in einen Zug gesetzt.

Jetzt erfuhr sein Sohn Kurt, dass es seine Angehörigen nach Österreich verschlagen hatte. Sie hatten das Glück gehabt, im Pförtnerhaus eines Gutshofs unterzukommen, wo sie auch längere Zeit arbeiten durften, im Unterschied zu vielen anderen Flüchtlingen aus dem Osten, die von den Höfen gejagt wurden, sobald die Ernte eingefahren war. Kurt Lehmanns Großeltern väterlicherseits lebten nicht mehr, aber er nahm Kontakt zu seiner Tante auf, die nach Saint Petersburg in Florida weitergezogen war.

Sie erzählte ihm, dass sie jeden Tag versucht hätten, zum Bahnhof zu gehen, um nach den Zügen zu schauen, die dort hindurchfuhren. Außen an die Wagen waren unzählige Namen mit Kreide geschrieben. Auf diese Weise teilten die Vertriebenen einander mit, wo sie waren. Mit Namen übersäte Güterwaggons durchquerten Europa.

Nie entdeckten sie den Namen Lehmann.

«In München fragte ich auch nach Johann Heller. Sie fanden ihn im Archiv des Roten Kreuzes. Gestorben 1947 in der Sowjetunion.»

«Dann hat er also noch gelebt, als Acho nach ihm suchen wollte?»

«In einem Lager für deutsche Kriegsgefangene in Sibirien. Es war gut, dass mein Vater ihn daran gehindert hat.»

Die Sonne brach schwach durch die schmutzigen Nebelschwaden.

Ich erzählte von dem Jungen, den wir tot unter unserem Haus gefunden hatten.

«Die Polizei glaubt, dass er eine von diesen Armbinden getragen hat, dass er ein Sudetendeutscher gewesen ist. Es muss kurz nach dem Krieg passiert sein.»

«Da war er wohl kaum der Einzige.»

«Ich dachte, Acho Heller könnte ihn gekannt haben. Sie waren im selben Alter, sie könnten in derselben Klasse gewesen sein. Vielleicht weiß er sogar, was passiert ist.»

Kurt Lehmann schaute eine Weile schweigend über die verwüstete Landschaft. Wobei verwüstet das falsche Wort ist. Sie war verwüstet, aber sie lebte, schien regelrecht zu atmen.

«Acho hat nie etwas in der Richtung erwähnt», sagte er schließlich, «Aber er redete ja auch nicht über die Vergangenheit. Als ich klein war, spielten wir mit der Eisenbahn, Modelleisenbahnen, er sammelte sie.»

«Die Leiterin seines Pflegeheims meinte, die Erinnerungen könnten zurückkommen, Demenz könne auch mit den Traumata zusammenhängen, die man erlebt habe.»

«Er erhielt sogar Sendungen aus dem Ausland, mit Waggons und Loks», fuhr Kurt Lehmann fort, als hätte er mich gar nicht gehört. Der Wind blies hier oben, wo nichts ihn aufhalten konnte, heftig, das Haar flatterte mir ins Gesicht. «Es gehörte zu den Dingen, die man aus dem Westen erhalten durfte, ähnlich wie Briefmarken. Onkel Acho nahm es sehr genau damit, wie die Bahnhöfe zueinander lagen. Später im Leben habe ich einige davon wiedergefunden, als wir in den Westen durften. Bei einigen der Bahnhöfe fehlten die

Namen. Leere, weiße Schilder. Acho Heller wollte nirgendwo hinfahren. Er versuchte die Strecke nachzubauen, auf der er gekommen war.»

«Sie haben vorhin gesagt, er habe über eine Linde gesprochen und jemanden, der rief …»

«Ich bringe ihm Cognac mit», sagte Kurt Lehmann, «nur einen kleinen, vier Zentiliter, nicht mehr. Wir reden über die Gegenwart. Manchmal hält er mich für meinen Vater. Dann erinnere ich ihn daran, wer ich bin, obwohl es ihn immer traurig macht, Emil ist ihm Vater und Bruder zugleich gewesen. Ich nehme eine Zeitung mit und zeige ihm das Datum, lese ihm die neuesten Nachrichten vor. Unsere Treffen dürfen nicht von den Irrwegen seines Gehirns bestimmt werden. Wenn wir der Verwirrung nachgeben, sind wir dann nicht gewissermaßen schon verloren?»

Er bestand darauf, dass ich fahren sollte, bevor der Regen mich einholte, das Ganze habe ihn müde gemacht.

Also rollte ich den Hügel hinunter und fand den Weg nach Großräschen zurück.

Paul anzurufen, fiel mir nicht leicht. Ich hatte versucht, ihm per SMS zu erklären, weshalb ich eine Kopie der Quittung für unsere Übernachtung in Prag brauchte, hatte mich in irgendwelchen Lügen verstrickt, ich benötige sie für die Steuererklärung. Am Ende löschte ich die Nachricht wieder, es klang zu absurd.

Ich blickte auf den See hinaus, der in der Abenddämmerung schimmerte. Zweihundert Kilometer entfernt von zu Hause, vom Weingut, von Daniel, eine bessere Gelegenheit gab es nicht.

«Ach, du bist es. Hallo.»

Diese Stimme machte etwas mit mir, ich konnte mich nicht dagegen wehren. Er klang bemüht beiläufig.

«Kannst du reden?», flüsterte ich.

«Ja … Ist was passiert?»

«Nein oder doch, aber es geht nicht um uns.»

«Okay.»

Abwartendes Schweigen, ein tieferer Atemzug.

«Diese Nacht …», begann ich. Am besten sagte ich einfach, wie es war, damit er den Ernst der Lage begriff. Mehrmals musste ich fragen, ob er noch dran war, so still wurde es am anderen Ende. Ich sagte ihm nicht, dass Daniel verdächtigt worden war, das war ja jetzt vorbei, sagte nur, dass die Polizei meine Angaben überprüfen müsste. Reine Routine.

«Ich kann mir vorstellen, wie schrecklich das für dich ist», sagte er, «aber ich möchte da nicht reingezogen werden.»

«Es ist doch nur ein Stück Papier.»

«Ich weiß nicht, ob ich die Quittung überhaupt noch habe.»

Hast du, dachte ich, du hebst immer alle Quittungen auf, um sie von der Steuer absetzen zu können oder an den Veranstalter weiterzureichen, du hast so oft meinen Namen auf eine Quittung geschrieben, wenn auch unleserlich oder nicht ganz korrekt, weil der Rechnungsprüfer auf einem Namen bestand.

«Ich wäre dir wirklich dankbar, wenn du noch mal nachschauen könntest», sagte ich.

«Okay, mache ich. Ich schicke sie dir, wenn ich sie gefunden habe.»

«Danke.»

Wieder Schweigen, während wir nach einer Abschiedsfloskel suchten.

«Wir hören voneinander», sagte Paul schließlich.

«Ja klar.»

Ich ging noch einmal zur Rezeption hinunter, brauchte ein bisschen Bewegung. Der Tresen war nicht besetzt, aber jemand hatte Tee und trockene Kekse hingestellt, ich nahm mir zusätzlich eine Handvoll Bonbons. An der Bar saß ein einzelner Mann mit einem Bier. Obwohl ich nicht in seine Richtung schaute, hatte ich das Gefühl, er beobachtete mich, als ich wieder nach oben ging.

Noch war es nicht zu spät, um Daniel anzurufen.

Er entschuldigte sich, noch bevor ich etwas sagen konnte.

«Ist schon okay.»

«Ich habe ein paar ziemlich blöde Sachen gesagt.»

Ich schluckte und rückte auf dem Bett nach oben, in den Berg von Hotelkissen, ins Weiche.

«Zum Teil hattest du ja auch recht», sagte ich. «Ich möchte wirklich immer, dass alles gut ist. Vielleicht will ich manche Dinge einfach nicht so sehen, wie sie sind.»

Es kam mir vor, als hörte ich bei ihm im Hintergrund den Fluss rauschen, vielleicht stand er am Ufer.

«Es ist ja auch nicht verkehrt, wenn man das Gute möchte», sagte Daniel.

In dem Schweigen, das darauf folgte, bereute ich alles. Bereute, dass ich weggefahren war, dass ich ihn betrogen und schon wieder mit Paul geredet hatte, obwohl es vorbei war, ja, es war vorbei, ich bereute alles, was ich je getan und nicht vermocht hatte.

«Wie geht es dir?», fragte ich.

«Ich war noch mal bei der Polizei», sagte Daniel.

«Warum?»

Ich stand auf, fühlte mich rastlos. Vier Schritte in die eine Richtung und fünf in die andere, ich musste an eine Zelle denken.

«Nichts Schlimmes, sie wollten nur, dass ich mir ein paar Fotos ansehe. Junge Männer, alle dunkelhaarig, vielleicht haben sie sämtliche hier in der Gegend registrierten Roma zusammengesucht, damit ich einen von ihnen als Täter identifiziere.»

«Was hast du gemacht?»

«Ich habe ja niemanden gesehen, an dem Morgen. Das habe ich ihnen immer wieder gesagt, und trotzdem bestanden sie darauf, dass ich sie mir noch einmal ansehen sollte. Ich hatte fast das Gefühl, sie wollten, dass ich einfach jemanden angebe, egal ob es stimmt oder nicht, damit sie den Fall abschließen können.»

«Ich war bei Anna Jones' Vater», sagte ich. «Ich erzähl es dir, wenn ich wieder zu Hause bin.»

«Wann kommst du nach Hause?»

Anschließend konnte ich nicht einschlafen. Ich setzte mich an meinen Laptop und schrieb, um mich zu erinnern, um nicht zu vergessen.

Seinen Namen ersetzte ich durch einen andren. Ich würde ihn nicht mit hineinziehen.

Paul. Ich beschloss, ihn Paul zu nennen.

Im Fenster des Obergeschosses zeichnete sich eine Silhouette ab, der gelbe Schein eines Nachtlichts in seinem Zimmer.

Acho Heller war wach.

Ich war nur nach draußen gegangen, um frische Luft zu schnappen, spazieren zu gehen und nachzudenken. Ich hatte nicht vorgehabt, so spät noch zu klingeln, aber über dem Eingang ging plötzlich Licht an und jemand kam heraus. Ein junger Mann, Aushilfspfleger wahrscheinlich, der ein Fahrrad über den Kies schob.

Ich grüßte und hielt das Tor zur Straße auf, bevor es wieder zufallen konnte.

«Wollen Sie rein?»

«Nur kurz», sagte ich, «ein Verwandter von mir …»

Er saß bereits auf dem Fahrrad und strampelte los. Im schwachen Licht der Straßenlaterne war der Kiesweg kaum zu erkennen, von oben senkten die Baumkronen Dunkelheit herab. Über dem Eingang ging erneut das grelle Licht an, Sensoren registrierten meine Bewegungen. Ich klopfte, um nicht zu viel Lärm zu verursachen, überlegte mir beim Warten eine Erklärung.

«Entschuldigung, dass ich so spät noch mal vorbeikomme.»

«Wer sind Sie?»

Die Nachtschwester war klein und dünn, wahrscheinlich um die dreißig, sah aber eher aus wie zweiundzwanzig. Ich nannte ihr meinen Namen und sagte, ich sei eine Freundin der Familie. Ich sei tags zuvor schon einmal da gewesen und wolle mich, bevor ich Großräschen wieder verlassen würde, erkundigen, wie es dem alten Herrn gehe, nachdem er erfahren habe, dass seine Tochter gestorben sei.

Das klang gut, fand ich.

«Kommen Sie rein.»

Sie hatte gehört, was passiert war, und sprach mir ihr Beileid aus. Auf ihrem Namensschild stand Charlotte, sie stellte sich jedoch als Lotte vor.

«Ich habe ihm gestern nichts angemerkt, und heute auch nicht. Er war auf und ist herumgelaufen, kein Unterschied zu sonst.» Ihre Stimme war tiefer, als man bei ihrer Statur erwartet hätte, eine Altstimme, dunkel und melodisch. «Gerade habe ich meine Runde gemacht, alle haben geschlafen.»

«Ich glaube, ich habe ihn eben am Fenster gesehen.»

«Da steht er oft, wenn ich reinkomme, selbst mitten in der Nacht. Manchmal nur in der Unterhose oder sogar völlig nackt.»

«Die Heimleiterin meinte, er wäre nachts klarer.»

«Ich weiß nicht, ob das wirklich so ist. Vielleicht eher bewusster, aktiver. Wie auch immer man es nennen möchte.»

Die Nachtschwester betrachtete mich von der Seite, wir standen immer noch im Flur. Sie wirkte unschlüssig, vielleicht bereute sie, mich eingelassen zu haben.

«Wäre es eine schlechte Idee, wenn ich noch einmal versuchen würde, mit ihm zu reden?», fragte ich. «Vielleicht nicht über seine Tochter, aber ich habe herausgefunden, dass er auf dem Weingut, das ich gerade gekauft habe, aufgewachsen ist. Ich könnte ihm etwas von den Pflanzen dort erzählen, wir könnten über seine Kindheitserinnerungen reden und über die Spiele, die er früher dort gespielt hat.»

«Ein Weingut?» Sie sagte es nicht mit dem träumerischen Erstaunen, wie ich es schon so oft gehört hatte, sondern eher abwägend, fast ein bisschen belustigt. «Das ist ja was! Ein richtiges Weingut?»

«Mit eigenen Etiketten», sagte ich. «Wir haben im Keller Weinflaschen von 1937 gefunden, daran musste ich denken, Acho muss gerade geboren worden sein, als dieser Wein geerntet wurde.»

Lotte bat mich, mit ins Büro zu kommen.

«Ich bin nicht allein hier», sagte sie, als wäre ihr gerade der Gedanke gekommen, ich könnte irgendeine Verrückte sein. «Mein Kollege arbeitet als Springer, da kann man schlafen, bis man gebraucht wird. Er studiert tagsüber. Ich rufe ihn nur, wenn etwas ist.»

Im Büro war es kühl, das Fenster zum Garten stand offen. Weiter hinten sah man den See zwischen den Bäumen schimmern, der Mond spiegelte sich im Wasser. Ein leises Rauschen in den Eichen, das Unwetter war gekommen und wieder abgezogen.

Es duftete stark nach Jasmin.

«Als unsere Gäste jung waren, war da draußen eine richtige Stadt», sagte Lotte. «Straßen, Geschäfte, Cafés, eine Fußgängerzone. So gut wie alles wurde abgerissen, als der Kohleabbau expandierte, nur ein paar Häuser wie dieses hier blieben stehen. Jetzt ist dort ein See, den es vorher nicht gegeben hat. Alles sieht anders aus, als unsere Alten es gekannt haben. Das macht es schwieriger, über ihre Erinnerungen an sie heranzukommen. Selbst das Land, in dem sie gelebt haben, gibt es nicht mehr.»

Sie holte eine große Handtasche aus der Ecke und setzte

sich halb auf die Schreibtischkante, während sie darin kramte. Ein Paket Binden und ein Schminketui landeten auf dem Tisch.

«Die meisten jungen Leute arbeiten nur vorübergehend hier, um sich ein bisschen Geld zu verdienen, bevor sie auf Weltreise gehen oder nach Berlin ziehen, aber für mich ist das anders. Ich will mich weiterbilden. Ich bin abends und in den Nächten hier, wenn sie aufwachen, ich bekomme die Angst mit, die in den frühen Morgenstunden zuschlägt. Ich sehe, wie sie innerlich schweben, zwischen den Lebensphasen hin und her treiben, sie sind Kinder und gleichzeitig uralt, manchmal tritt die Gestalt eines Geliebten, längst Verstorbenen zu ihnen herein, und ich sehe die Liebe im Gesicht einer alten Frau aufleuchten. In diesem Augenblick ist das Glück gegenwärtig. Früher war es wichtig zu prüfen, ob sie wussten, welches Datum wir hatten und wer gerade Bundeskanzler war, aber was hat das letztlich für eine Bedeutung? Ich habe ein Praktikum in der Demenzpflege gemacht und während meiner Ausbildung eine Arbeit darüber geschrieben, mich interessierte die Sprache der Verwirrung und was es eigentlich ist, das aus dem Vergessen auftaucht. Können wir es deuten, wenn wir es versuchen? Ich stelle es mir immer wie Löwenzahn auf einer Wiese vor. Etwas, das man nicht ausrotten kann. Man reißt es aus, jedes Jahr versucht man es wieder, aber irgendwann schafft man es nicht mehr, und es bricht wieder hervor.»

Sie hatte ein schwarzes Notizbuch aus ihrer Tasche gezogen, strich mit der Hand über den Einband.

«Ich zeige das hier niemandem, mache nur für mich selbst ein paar Notizen, ich schreibe auch keine Namen dazu.» Sie musterte mich, wie um zu prüfen, ob ich vertrauenswürdig war.

«Ich betrachte Sie jetzt einfach mal als Angehörige, die das Recht hat, Informationen zu erhalten.»

«Es gibt wohl auch keine weiteren», sagte ich.

«Was?»

«Angehörige.»

«Stimmt, ja.»

‹Notizen, Beobachtungen› stand ganz oben auf jeder Seite. Lotte versuchte, die Worte genau so zu notieren, wie sie sie gehört hatte. Wenn sie vorsichtig nachfragte, fand Acho Heller manchmal ein weiteres Erinnerungsbruchstück. Sie wollte lernen, mit den Dementen in ihrer Sprache zu kommunizieren. Wollte dieses Kaputte, Schwebende und gleichzeitig absolut Konkrete verstehen. Abstraktionen verschwanden sehr früh, dazu gehörte alles, was mit Zeit zu tun hatte. Das Faktische war viel greifbarer.

Eine entlaufene Katze, eine entzweigegangene Weinflasche.

«Sie durften den Wein nicht anrühren», sagte sie jetzt. «Darauf kommt er immer wieder zurück. Eine Weinflasche ist kaputtgegangen, jemand ist wütend geworden, wenn ich es richtig verstehe, seine Mutter. Daran musste ich denken, als Sie vorhin von dem Weingut gesprochen haben. Es scheint eine traumatische Erinnerung zu sein, was einem seltsam vorkommen könnte bei jemandem, der den Krieg miterlebt hat, aber unsere Logik zählt hier nicht. Dass seine Mutter wütend wurde, kann für ihn als Kind etwas sehr Einschneidendes gewesen sein und dieselbe Panik auslösen wie die Erinnerung an die Toten.»

«An die Toten?»

«Die Toten tragen die Lebenden», zitierte sie auswendig aus ihrem Notizbuch. «Dann korrigierte er sich, die Lebenden tragen die Toten. Das passiert regelmäßig in den frühen Morgenstunden, da wird er oft unruhig. Er hört Rufen.»

«Was für Rufen?»

«Jemand ruft. Das kehrt immer wieder, hier … und hier. Er wird wütend, weil ich nicht höre, was nicht zu hören ist. Er sagt, ‹er› dürfe nicht dort sein. Ich habe den Eindruck, dass seine Panik am größten wird, wenn das Rufen verstummt.»

«Wer ruft denn?»

«Das weiß ich nicht.»

Annahmen und Vermutungen. Es ärgerte mich, dass ich immer irgendwelche Schlüsse aus den Dingen zog, obwohl ich unmöglich wissen konnte, wie etwas zusammenhing. Aber das Rufen, der Wein … Ich erzählte von dem Jungen, den wir tot aufgefunden hatten, von den Tunneln und den Spielen dort.

«Ich glaube, Acho Heller und Ján Kahuda waren Kindheitsfreunde», sagte ich, «aber ich frage mich, ob sie nicht eher zu dritt gespielt haben, die drei Musketiere. Acho nannte jedenfalls einen ihrer Namen, Aramis.»

Lotte lachte und bat mich kurz zu warten, während sie in ihrem Buch zurückblätterte.

«Hier ist es», sagte sie. «Er sucht nach Aramis. Aramis ist weggelaufen. Jemand muss die Katze reinlassen. Ist es nicht faszinierend, warum man sich an so etwas erinnert und so viel anderes aus seinem Leben vergisst?»

«Dann ist Aramis eine Katze?»

Bruchstücke, Einzelteile, wie zufällig aus einem Tausend-Teile-Puzzle herausgenommen und verstreut, und man denkt, man hätte einen Blick auf das Ganze erhascht. Ich weiß nicht, wie viel tatsächlich in Acho Hellers Erinnerungsfragmenten steckte und wie viel ich selbst hineininterpretierte, aber ich sah Bild um Bild vor mir, während wir dasaßen, während vielleicht eine halbe Stunde oder auch eine ganze Stunde verging.

Das Schlafzimmer im Obergeschoss, die Aussicht auf den Fluss und das Tor, auf die Linde, ob das Achos Zimmer gewesen war? Ich stellte mir vor, wie er dort stand und hinaussah, so wie er am Fenster des Pflegeheims gestanden hatte, als ich kam.

Jemand, der rief. Eine Katze, die weggelaufen war.

Ein Junge rollte sich im Tunnel zusammen, trank von dem Wein, den man nicht anrühren durfte.

Ein Rufen, das verstummte.

Ich suchte nach weiteren Teilen, um die Lücken zu schließen, mein Gehirn schrie nach Ordnung, war aber längst viel zu müde. Die Nacht goss ihre Dunkelheit hinein.

Auch die Linde sei etwas, das immer wiederkehre, sagte Lotte und blätterte, sie zitierte Strophen aus einem Lied oder Gedicht.

Bilder erschienen vor meinem inneren Auge und lösten sich wieder auf, von der Linde, der Heide, wo unser beider Bett war. «Neben dem Wald in einem Tal …»

«Ich wünschte, ich könnte mit ihm reden», sagte ich. «Ich weiß, dass es spät ist, aber wenn er selbst gar keinen Unterschied macht zwischen Tag und Nacht …»

Lotte erstarrte. Von oben drang Lärm herunter, eine Männerstimme, ein Aufprall. Sie erhob sich hastig, ihr Notizbuch verschwand in der Tasche.

«Ich muss hoch», sagte sie.

Ich folgte ihr, wollte mich verabschieden, aber sie nahm meine Hand nicht, der Schlüsselbund wog schwer in ihrer. Jetzt war es oben wieder still.

«Sie können im Flur warten», sagte sie, «vor der Tür.»

Mit leisen Schritten ging ich hinter ihr her, um kein Geräusch zu machen, das sie dazu bringen könnte, es sich anders zu überlegen. Die Tür zu Acho Hellers Zimmer war abgeschlossen. Sie erklärte, er sei Schlafwandler, und suchte derweil den Schlüssel heraus.

«Wir haben ihn mehrfach in anderen Zimmern erwischt, er erschreckt die Bewohner zu Tode. Manchmal hält er die anderen in ihren Betten für Tote. Nur in seinem Zimmer stört er niemanden. Ich glaube, es ist dort einfach ruhiger für ihn.»

Erst sah ich nur das Chaos im Zimmer. Socken und Unterhosen über den Boden verstreut, das Bett zerwühlt. Ein Nachtlicht an der Tür und ein paar Notleuchten am Boden spendeten etwas Licht.

«Er packt seinen Koffer», flüsterte Lotte. «Das kommt vor.»

Ich wartete draußen, während sie drinnen beruhigend auf ihn einredete, hörte, wie sie ihm sagte, es würde leider nichts aus der Reise, es sei ja auch mitten in der Nacht. Da es dauerte, trat ich einen Schritt näher zur Tür.

Acho Heller saß vornübergebeugt auf seinem Bett. Dürre Beine staken unter seinem Nachthemd hervor, knotige Füße. Die Altersspuren werden so viel deutlicher, wenn die nackte Haut zum Vorschein kommt, all die Adern und Flecken, dennoch sah ich ihn anders, irgendwie ganzer. Als mein Vater ins Pflegeheim kam, wurde mir empfohlen, Fotos des Dementen aufzuhängen, auf denen er als jüngerer Mensch zu sehen war, damit das Personal an den Menschen erinnert würde, der er früher war. Es kam mir damals seltsam vor, dass er den ganzen Tag Bilder von sich selbst anstarren sollte, deshalb kümmerte ich mich nie darum, aber jetzt fiel es mir wieder ein. So viel hatte ich über Acho Heller erfahren, dass mir der Junge plötzlich ganz anders erschien, wie er allein aus dem Lager aufbrach, in überfüllte Züge stieg, den Vater suchte, den er nie fand. Ich meinte eine Kraft und Ausdauer zu spüren, einen unbedingten Willen, trotz allem am Leben zu bleiben.

Lotte schenkte ihm ein Glas Wein ein, und er trank, sie redete immer weiter mit ihm, während sie mir gleichzeitig einen Blick zuwarf und den Kopf schüttelte. Ich sollte also nicht reinkommen. Ein paar der Postkarten waren von der Kommode heruntergefallen. Ich wünschte, ich könnte sie lesen, wusste aber, dass ich kaum danach fragen konnte.

Dann hörte ich, wie Lotte einen Namen nannte, Ján Kahuda, wie sie Acho nach seinen Freunden fragte. Vielleicht hob sie die Stimme dabei ein wenig, sodass ich es ebenfalls hören konnte. Acho Heller drehte sich um, aber ich glaube nicht, dass er mich sah. Sein Blick irrte umher, suchte Halt.

«Sie hatten doch einen Freund, der Ján hieß», fuhr Lotte fort, während sie die Kissen zurechtklopfte. «Er lässt Sie grüßen. Ich glaube, Sie haben zusammen gespielt. Die drei Musketiere, oder? Das waren Sie und Ján. Acho, Ján und …»

Der Alte murmelte etwas. Ich ahnte, was sie versuchte. Es

war wie ein Vers, ein Erinnerungsmechanismus, bei dem eines mit dem anderen zusammenhängt, wie Dienstag und Mittwoch, wie Lieder, an die man sich aus seiner Kindheit erinnert.

«Was haben Sie gesagt? Da war Acho, da war Ján und da war …»

«Ludvík.»

«Ludvík?»

Mein Herz stand kurz still, ich hielt den Atem an. Lotte warf einen Blick in meine Richtung.

«Wissen Sie, was mit ihm passiert ist?»

«Ludvík», wiederholte er und strich mit den Fingern über die Bettdecke.

«Was ist mit Ihrem Freund passiert? Ist er es, der ruft?»

Doch sein Blick war wieder leer, und seine Finger zupften an der Bettdecke.

Ich sah zu, wie Lotte die Sachen vom Boden aufhob und wieder in die Schubladen legte. Ein paar Handtücher und ein Hemd, einen Schlips und Schuhe und ein paar Eisenbahnwaggons, Schienenteile, die in der untersten Schublade verschwanden, die Modelleisenbahn, die ihm bis zur letzten Station gefolgt war.

Acho Hellers Gesicht konnte ich nicht mehr erkennen, er hatte sich hingelegt. Die Nachtschwester deckte ihn zu und schloss die Tür wieder ab.

Das Licht über dem Eingang erlosch hinter mir, der Garten lag beinahe vollständig im Dunkeln.

Auf dem Weg zum Tor hatte ich plötzlich das Gefühl, beobachtet zu werden, als sei der alte Mann wieder aufgestanden und versteckte sich hinter den Vorhängen, verfolgte meine Schritte. Ich drehte mich um, sah aber nur den schwachen Lichtschein der Nachtleuchten, unruhige Schatten. Ich tastete nach dem Knopf, der das Tor öffnete. Ein leises Surren, ein Klicken.

Der See lag still und blank, eine Straße aus Mondlicht quer darüber. Die Bäume schienen über der Wasseroberfläche zu schweben, gespreizte Schatten.

In der Bar neben der Rezeption saß derselbe Mann wie vorhin, aber auf einem anderen Sessel. Eine Flasche Bier ohne Glas auf seinem Tisch. Er sagte guten Abend, auf Englisch, mit starkem Akzent.

«Wollen Sie sich nicht setzen? Wir scheinen hier die einzigen Gäste zu sein.»

Ich hatte plötzlich das vage Gefühl, ihn schon einmal gesehen zu haben, irgendwo anders. Sein Gesicht war wenig markant, rund und völlig faltenfrei, was ihn möglicherweise ein wenig jünger aussehen ließ, als er war. Um den Mund herum wirkte er aufgedunsen, er war kahl und trug eine dünne, anonyme Metallbrille. Es musste Tausende von Männern seines Alters geben, die ungefähr genauso aussahen, unzählige, die ich nicht bemerkt hatte.

«Die Bar ist geschlossen», sagte er, «aber ich habe noch eine Flasche Bier auf meinem Zimmer, die können Sie sich gerne abholen.»

«Nein, danke.»

«Oder ein Glas Wein, wenn es Ihnen lieber ist.»

«Gute Nacht», sagte ich und beeilte mich, in mein Zimmer zu kommen, drehte den Schlüssel zweimal um.

Es war ganz ungewohnt, ein belebtes, ordentliches Zuhause zu betreten, in dem es nach Apfelkuchen und Fürsorglichkeit roch. Der Tisch war gedeckt, Kaffeetassen mit Goldrand, eine Kuchenplatte vom selben Service. Fotos der Kinder, rosa blühende Topfpflanzen. Seit der Auflösung meines eigenen Zuhauses in Stockholm, in dem nach und nach alle persönlichen Gegenstände entfernt worden waren, bis nur noch eine anonyme Oberfläche für die Anzeige des Maklers übrig war, hatte ich kein so gemütliches Heim mehr betreten.

Dann der Umzug auf ein Weingut, das noch nicht annähernd ein Zuhause war, sondern mir Widerstand bot, sich gegen mich sträubte, ich fragte mich, ob ich es wohl je in Besitz nehmen könnte. Ich hatte es nicht einmal geschafft, die Spiegel aufzuhängen, bevor Daniel so wütend geworden war, sie standen immer noch verpackt im Flur.

Irgendwo anders wieder neu anzufangen – war das wirklich so einfach?

Irene Körner schenkte Kaffee ein, wahrscheinlich hatte sie den Tisch schon vor vielen Stunden gedeckt, war der Besuch ein großes Ereignis für sie. Ungeschickt hantierte sie mit dem Tortenheber und verteilte den Apfelkuchen, sie schien ein bisschen aus dem Gleichgewicht.

«Wir waren Nachbarn», sagte sie, «also in der alten Stadt, als die Kinder noch klein waren, in einem dieser unmodernen Häuser, die später abgerissen wurden. Anna war beinahe wie meine eigene Tochter – soweit man das von einem fremden Kind behaupten kann.»

Sie schluchzte und legte den Tortenheber beiseite.

Für Annas Mutter, Hilde, war es eine schwere Geburt gewesen, und auch danach gab es Komplikationen, sie hatte nicht viel Milch.

«Unser Jüngstes war ja erst ein halbes Jahr alt, und so gab ich ihnen jeden Abend ein Fläschchen Milch ab. Ich hatte mehr als genug. Niemand hatte mich darum gebeten, man machte das einfach so. Half sich unter Nachbarn, jedem fehlte irgendetwas, und keiner hatte viel mehr als der andere.»

Das Ehepaar Körner lebte in einer ordentlichen Reihenhaussiedlung am anderen Ende von Großräschen. Handtuchgroße Gärten auf der anderen Straßenseite, die Leute waren draußen und mähten Rasen und zupften Unkraut oder ruhten sich mit einer Kanne Saft unter bunten Sonnenschirmen aus. So hatte ich mir die fünfziger Jahre immer vorgestellt, wenn auch nicht in diesem Teil der Welt.

«Die Gemeinschaft», sagte Irene Körner, «die vermisst man heute. Ich sage nicht, dass es früher besser war, aber es war auch nicht alles schlechter.»

Sie war etwa fünfzehn Jahre jünger als ihr Mann, die Sorte Frau, die sich nicht an den gedeckten Tisch setzte, weil sie immer schon einen Schritt weiter war, das Nächste organisieren musste, Angst vor Pausen hatte, in denen das Unangenehme hervortreten könnte. Ich kannte das von meiner Mutter, als meine Eltern noch zusammenlebten. Jemand musste den Alltag aufrechterhalten, allerhöchstens konnte man sich erlauben, eine halbe Minute mit der Kaffeetasse in der Hand innezuhalten.

Udo Körner saß im Rollstuhl und bekam seinen Kaffee in der Schnabeltasse serviert. Als ich ihnen erzählte, dass Acho Hellers Tochter brutal ermordet worden war, zuckte die eine Hälfte seines Gesichts und der linke Arm, den er nach dem Schlaganfall noch bewegen konnte, heftig. Was er sagte, konnte ich jedoch nicht verstehen.

«Aber dann zog sie weg, die Anna», fuhr seine Frau fort, «meldete sich all die Jahre bei niemandem von uns. Und jetzt im Frühjahr tauchte sie plötzlich wieder auf und beschimpfte uns, weil wir mitgeholfen hätten, die Lüge aufzubauen, die ihre Kindheit gewesen sei. So hat sie es doch gesagt, oder, Udo? Sie hat sich vornehm ausgedrückt, ja, sie hat schließlich auch eine vornehme Ausbildung bekommen.»

Letzteres sagte sie mit gekräuselten Lippen, einem Anflug von Bitterkeit. Ich ahnte, dass diese sich gegen ihren Mann richtete.

Nach dem, was Kurt Lehmann mir berichtet hatte, als wir uns kurz vorher draußen an der Kreuzung getroffen hatten, war Udo Körner ein ziemlicher Weiberheld gewesen, hatte eine Ehe und mehrere Affären hinter sich. Er hatte sich nicht angepasst, wie die anderen, sondern ständig gesagt, was man besser nicht sagte, und das zu den falschen Leuten, er hatte Briefe an diesen und jenen geschrieben und früher oft im Verhör gesessen. Deshalb konnte auch nie die Rede davon sein, dass seine Kinder eine gute Ausbildung bekamen. Zwei seiner Söhne waren arbeitslos, weil es einfach keine Jobs für sie gab, ja, der Osten sei betrogen und in den Arsch gefickt worden, so hatte Kurt Lehmann es ausgedrückt, es klang merkwürdig aus dem Mund eines Mannes, der ansonsten wie ein Gentleman auftrat.

«Ein See», hatte er verächtlich ausgespuckt. «Tausende Menschen haben in den Gruben gearbeitet, mein Vater, Acho Heller, Udo Körner, und jetzt wollen die Eliten in Berlin und Brüssel alles in einen Freizeitpark verwandeln. Was sollen denn die Leute machen, sollen sie als Museumsstücke in DDR-Uniform herumlaufen, damit die Touristen hierherfahren und sie anglotzen können?» Kurt Lehmann hatte auf ein Wahlplakat geklopft, das an einem Laternenpfahl hing, bevor er den Stock gesenkt hatte und auf das Reihenhaus der Körners zugesteuert war. «Die hab ich auch gewählt, vielleicht rüttelt das die in Berlin ja wach.»

Ein Fotoalbum landete auf dem Wohnzimmertisch, Irene Körner bestand darauf, dass ich mich aufs Sofa setzte.

«Haben Sie Kinder?», fragte sie und blätterte zu den Fotos, auf denen Anna mit ihren eigenen Kleinen zu sehen war, spielend, nackt an einem Strand. Auch die Eltern waren nackt. «Das war oben an der Küste», sagte sie und lachte bei der Erinnerung, «aber seit der Westen mit seiner religiösen Prüderie das Sagen hat, wird so was alles natürlich verboten. Jetzt sind von den früher kilometerlangen FKK-Stränden nur noch ein paar wenige übrig.»

Ich erzählte von meinen Kindern, und in mir ballte sich Angst zusammen, physisch wie ein Schlag, eine brennende Sehnsucht. Das schlechte Gewissen, weil ich mehrere Abende dagesessen und Briefe an sie geschrieben hatte, die ich dann doch nicht abgeschickt hatte, nur ein paar kurze Hallo-wie-geht's-Nachrichten, hoffe, es ist alles in Ordnung, ist gerade viel hier, ich erzähl euch später mehr. Sobald ich ihnen zu schreiben versuchte, tauchte Paul vor meinem inneren Auge auf. Fragen. Wo warst du, Mama, warum warst du nicht da? Es machte mich wahnsinnig, dass er dabei als Hauptfigur auftreten sollte, als derjenige, der schuld an meiner Abwesenheit war. Er war eine Nebenfigur, zweitrangig, es ging um viel größere, wichtigere Dinge, dennoch polterte er herein, als wäre ein bisschen Sex das Wichtigste auf der Welt. Nein, nicht nur Sex. Ein stärkeres Gefühl, das Gefühl, wirklich da zu sein, auf einen Abgrund zuzusteuern.

«Und schauen Sie mal hier», sagte Irene Körner und legte Kinderzeichnungen auf den Tisch, die sie in einer Mappe gesammelt hatte. «Vor allem an dieses erinnere ich mich so gut.» Sie legte das Bild obenauf. «Jedes Detail so genau! Ich hatte es lange an der Wand hängen, aber als die Häuser abgerissen wurden und wir umziehen mussten, waren die Kinder erwachsen, sie zogen aus und ließen die Bilder zurück. Sie hatte ein Händchen für Farben, die Anna.»

Pastellkreiden, ein riesiger Baum, wie man ihn malt, wenn man … vielleicht acht ist? Und an den Wurzeln, die über die Erde krochen, ein Pfeil, eine Kiste unter der Erde, ein vergrabener Schatz. Ich bat, die Zeichnung fotografieren zu dürfen.

Unter der Linde, dachte ich, auf der Heide, wo unser beider Bett war.

Auf die lustigen Kinderfotos im Sandkasten folgte ein weiteres Album. Wald und Hügel, eine Kirche, ein Fluss.

«So sah es dort aus, als wir mit dem Auto hin sind», sagte Irene Körner und hielt das Album so, dass auch die beiden Männer gut sehen konnten, «stimmt's, Udo? Das ist das Dorf von den Lehmanns, Preßnitz, schauen Sie mal.»

Es waren Fotos von der Reise, die sie nach dem Mauerfall

gemacht hatten, Emil Lehmann und seine Frau, die damals noch lebten, sowie das Ehepaar Körner. Irene Körner hatte auch ein paar ältere Bilder eingeklebt, wie es früher ausgesehen hatte, jeweils neben die neuen Fotos. Ich sah eine kleine Stadt in Schwarz-Weiß, umgeben von Feldern, ein Kirchturm ragte auf. Auf dem Farbfoto von ihrer Reise war dort Wald, wo die Stadt gestanden hatte. Wären die Felsen im Hintergrund nicht gewesen, hätte man nicht erkannt, dass es sich um denselben Ort handelte.

«Ausgelöscht», stellte Kurt Lehmann fest.

In Udo Körners Heimatstadt hatten sie dagegen das Haus gefunden, in dem er aufgewachsen war. Vermuteten sie zumindest. Sie hatten die Leute gefragt, ob sie mal reinschauen dürften. Emil und Udo hatten nach Wörtern aus ihrer Kindheit geangelt. Die neue Bewohnerin wirkte nervös und konnte nur Tschechisch, sie sagte nichts, während sie herumgingen, und schloss nachher rasch die Tür hinter ihnen zu. Das Haus war kleiner und die Zimmer anders angeordnet, als Udo Körner es in Erinnerung gehabt hatte. Das Mansardendach hatte eine etwas andere Form gehabt.

«Als ihr wieder gefahren seid, hattest du Zweifel, ob es das richtige Haus war, stimmt's, Udo?»

Er schüttelte den Kopf, ruckartig und lange.

«Man glaubt, man könnte zurück», sagte Kurt Lehmann, «aber kann man zu etwas zurückkehren, das es gar nicht mehr gibt? Die Erde ist dieselbe, aber die, die sie bevölkert haben, sind fort, die Spuren unserer Väter, die Geschichten darüber, was war.»

Irene Körner blätterte weiter durch die Seiten mit den Landschaftsfotos, mit den Dörfern, von denen nur noch einzelne Häuser standen, Ruinen auf einem weiten Feld. Dann erkannte ich die Stadt wieder, die sie Königsmühle nannten.

Sie hatten fleißig fotografiert, um sie Acho Heller zeigen zu können. Das Wirtshaus und den Marktplatz, die kleine Kirche, von der sie sagten, es sei die deutsche, die Brücke über den Fluss, über die ich immer ging.

Und da war auch das Weingut. Fremd und wohlbekannt zugleich. Sie waren im Spätherbst dort gewesen, die Linde hatte keine Blätter mehr gehabt. Schwarz ragte sie empor, und die verzweigten Äste sahen aus, als würden sie sich nach etwas strecken.

«Schrecklich, was dort passiert ist», sagte Irene Körner und fuhr mit dem Finger den Flusslauf entlang, ich bemerkte, dass sich ihr Ehering tief ins Fleisch geschnitten hatte oder dass der Finger um ihn herumgewachsen war, sodass sie ihn wahrscheinlich gar nicht mehr abbekam.

«Ja, ganz furchtbar», sagte ich.

Udo Körner versuchte ebenfalls etwas zu sagen, die Schnabeltasse fiel ihm herunter und rollte unter das Sofa. Ich bückte mich und hob sie auf.

«Acho leugnete es später, als du Genaueres wissen wolltest, stimmt's?», fragte seine Frau, und ich begriff, dass sie gar nicht den Mord an Anna Jones gemeint hatte.

«Als du angefangen hattest, alles aufzuschreiben und Beweise zu sammeln, aufzuklären. Acho war sich nicht mehr sicher, woran er sich tatsächlich erinnerte und was nur Albträume aus jener Zeit waren, er wollte nichts mehr damit zu tun haben. Er hatte das alles hinter sich gelassen.» Irene Körner wandte sich mir zu, ein Lächeln, von Frau zu Frau. «Aber Udo gab keine Ruhe. So war er schon immer.»

Die Laute aus dem Rollstuhl hatten etwas Insistierendes. Wahrscheinlich hatte Irene Körner gelernt, seine rudimentäre Sprache zu deuten, anhand der Reihenfolge der Vokale, oder sie wusste, wann er was wollte, auf jeden Fall holte sie einen Karton. Laut Kurt Lehmann hatte Frau Körner als kaufmännische Angestellte im Bergbaubüro gearbeitet. Klarheit und Ordnung, Mappen und Ordner. Udo Körners Aufzeichnungen lagen dagegen in einem einzigen Durcheinander in einem Karton, wahrscheinlich hatte er sie da nicht herangelassen, oder sie wollte sich nicht damit beschäftigen. Auf einer alten Schreibmaschine geschrieben, manche Buchstaben schwächer als die anderen, manchmal schienen die Farbbänder aufgebraucht gewesen zu sein.

«Da steht alles, wovon Acho in der ersten Zeit erzählt hat, stimmt's? Als er noch ein Kind war und nicht wusste, dass es ihm nichts Gutes einbrachte. Über die Albträume, die er ständig hatte. Ich selbst war da noch gar nicht geboren. Hatte Eltern, die sich nicht mit der Vergangenheit befassen wollten. Sie wollten nach vorne schauen, es sollte eine neue Zeit anbrechen, wozu sollte es gut sein, die Dinge in Frage zu stellen?»

Irene Körner durchwühlte die Kiste, während sie ununterbrochen redete, ihr Mann brummte etwas Aufforderndes, oder protestierte er? Zumindest schien es ihm wichtig gewesen zu sein, die Vergangenheit aufzuzeichnen.

Berichte von Menschen, die er während der Vertreibung kennengelernt hatte, Dinge, an die er sich selbst erinnerte oder die er von anderen Sudetendeutschen erfahren hatte, nachdem es möglich geworden war, auch mit denen in Kontakt zu treten, die im Westen gelandet waren.

«Er wollte Beweise sammeln, damit jemand zur Verantwortung gezogen werden konnte. Udo begriff nicht, dass das sinnlos war.»

«Die dort eingezogen waren sowie ihre Kinder und Enkelkinder, lebten gut von den konfiszierten Gütern», sagte Kurt Lehmann. «Und die Westmächte hatten den Vertreibungen zugestimmt, wer also hätte ihm zuhören sollen?»

«Hier ist es.»

Irene Körner reichte mir ein paar dichtbeschriebene Seiten, damit ich selbst lesen konnte.

Es begann stichpunktartig. Acho Hellers Name, seine Herkunft, bei welchen Gelegenheiten sie sich darüber unterhalten hatten, eine kurze Geschichte darüber, wie er und Kurt Lehmann in Berlin auf den damals zwölfjährigen Jungen gestoßen waren. Eine Zusammenstellung von Erinnerungsbruchstücken, die Acho preisgegeben hatte, Antworten auf Fragen, die Udo Körner ihm gestellt hatte, wenn seine Albträume heftig wurden.

Sommer 1945. Datum nicht bestätigt. In der Stadt Königsmühle soll es zu einer Explosion gekommen sein, in der Brauerei ist angeblich Feuer ausgebrochen. Ich beschreibe es so, wie ich es verstanden habe.

Acho Heller erinnert sich, dass es schon fast Abend ist, als er zur Brücke hinunterrennt. Er rennt, weil er so spät nicht mehr draußen sein darf. Er weiß nicht mehr, was er in der Stadt auf der anderen Seite des Flusses gemacht hat. Vielleicht hat er versucht, die Lebensmittelration einzulösen? Ja, er hat ein Brot in der Hand. Er hat es eilig, nach Hause zu kommen, denn es ist gefährlich auf dieser Seite der Brücke. Jungs laufen in Gruppen herum und prügeln sich, die Soldaten, die Garde. Als Acho am Fluss ankommt, sieht er die Brauereiarbeiter auf der anderen Seite, den Rauch hat er vorher schon entdeckt, aber es ist nicht ungewöhnlich, dass es raucht, dass es brennt. Alles riecht jetzt nach Rauch. Brennender Himmel, brennende Erde, der Gestank aus Dresden zieht immer noch herüber.

Die ihm entgegenkommen, sind vor allem deutsche Frauen, die in der Brauerei arbeiten. Sie tragen eine weiße Binde am Arm, genau wie er. Es sind Mütter seiner Freunde, früher waren sie Näherinnen oder besaßen einen Laden, dort ist auch die Lehrerin, er winkt einem Jungen, mit dem er zur Schule gegangen ist, bevor sie geschlossen wurde. Dann hört er den Lärm hinter sich. Rufen, Gebrüll. Er dreht sich um. Es sind Leute aus der Stadt, Sägewerksarbeiter, sie laufen auf ihn zu. Jungen mit Steinen in den Händen. Er kennt sie fast alle.

Soldaten? Er glaubt, es sind auch Soldaten darunter oder welche, die sich so nennen, er weiß es nicht mehr genau.

Die Revolutionsgarde?

Der erste Stein. Schüsse. Eine Frau bricht mitten auf der Brücke zusammen. Eine andere hat ein Kind auf dem Arm, es ist noch ein Baby. Schreie.

Acho verschwindet, er ist klein und schnell, er kann sich hinter allem Möglichen verstecken. Er rennt das Flussufer entlang und weiß genau, wie er es anstellen muss, nicht gesehen zu werden, schlängelt sich hinter Sträuchern und Steinen vorwärts. Drüben sieht er je-

manden fallen. Einen Körper, mehrere Körper. Er kann schwimmen, er versteckt sich zwischen Schilf und Steinen auf der anderen Seite, bis es einen Moment lang still wird. Etwas treibt auf ihn zu, stößt an einen Stein. Ein Stück Stoff, eine Frau. Das Haar ausgebreitet, trägt der Strom sie langsam fort, an seinem Versteck vorbei. Da steigt er aus dem Wasser, da läuft er, so schnell er kann.

Seine Mutter ist zu Hause, sie zieht ihn herein und schließt ab. Auch sie muss jetzt arbeiten, sie war in der Brauerei. Etwas war geschehen, eine Explosion oder so, und die Leute schrien, das seien die Deutschen gewesen, Sabotage, Nazibanden im Wald, Werwölfe, die die ganze Stadt in die Luft sprengen wollten. Auch Julia riecht nach Rauch. Die Brauerei steht an ihrem Flussufer, deshalb brauchte sie nicht über die Brücke, wie die anderen. Deshalb liegt sie nicht ebenfalls im Wasser. Sie ist nach Hause gerannt, und sie ist wütend, sehr wütend, weil er nicht zu Hause war. Hatte sie ihm nicht verboten, jetzt noch draußen zu sein und mit denen zu spielen, von denen er glaubt, es wären seine Freunde?

Acho sagt nicht, wen er gesehen hat. Nichts von dem Stein, der durch die Luft geflogen ist.

Sie hat alles Silber zusammengetragen, die Kerzenständer und Schüsseln, das Service aus Wien, alles Dinge, die er nicht anfassen darf. Er steht still. Er fasst nichts an. Er will ihr das Brot zeigen, aber es hat sich im Wasser aufgelöst, nur noch Brei ist in seiner Hosentasche. Er will sie anschreien, dass sie nicht in den Garten gehen soll. Die Russen könnten kommen, jeder weiß, was die mit deutschen Frauen machen. Und all die anderen, die auf der Brücke mit Steinen geworfen haben, die Arbeiter, Soldaten, Milizen.

Acho läuft ihr hinterher und hilft ihr, den Sack mit Ziegelsteinen von der Scheune, die vor dem Krieg nicht fertig geworden ist, ins Haus zu tragen, abzuschließen und ihn dann weiter in den Keller zu schleppen.

Was machst du, Mutter?

Sie hat die ganze Öffnung zugemauert. Die Tür, die dort war, ist fast nicht mehr zu sehen, nur noch ein Spalt ganz oben.

Sie hält ihn fest.

Wir müssen weg. Wenn dein Vater kommt, kommen wir wieder zurück. Dann soll alles noch da sein und wieder genauso werden, wie es war, das haben wir ihm versprochen, weißt du noch? Dass wir uns um alles kümmern werden, du und ich.

Julia drückt ihn noch fester. Er erinnert sich, dass es weh tat.

Wir gehen nach Wien, du und ich. Du erinnerst dich doch, was ich dir erzählt habe, als du klein warst, von der Limonade in den Parks und dem Riesenrad, das einen bis in den Himmel trägt. Da möchtest du doch sicher hin?

Hier endete Acho Hellers Bericht. Darunter war von Hand etwas gekritzelt worden, mit Bleistift und schon recht verblasst.

Irene Körner versuchte, die Handschrift ihres Mannes zu entziffern, und schüttelte den Kopf.

«Irgendwas von Wölfen …»

«Werwölfen?»

«Terrorgruppen der Nazis», sagte Kurt Lehmann, «die gab es unbestritten, sie tauchten unter, als Deutschland fiel, aber niemand konnte beweisen, dass sie in den sudetischen Wäldern unterwegs waren. War es das, was du sagen wolltest, Udo?»

Ein Nicken.

Irene Körner nahm den Text wieder an sich. Ich fragte, ob ich ihn abfotografieren dürfte, um ihn noch einmal in Ruhe lesen zu können. Udo Körner hob die Hand zu einer Geste, die ich übersetzte als: Nur zu, es kümmert sich ohnehin niemand darum.

«Als Erwachsener wollte Acho nichts mehr damit zu tun haben», sagte Irene Körner, «deshalb weiß niemand, was davon stimmt. Er hat nie wieder ein Wort darüber verloren, nicht einmal Hilde gegenüber, sonst hätte ich es gewusst. Wir haben über alles geredet.»

Udo Körner protestierte, er wedelte mit der Hand Richtung Kiste und wollte offensichtlich, dass sie mir noch etwas zeigte.

«Ja, ja.» Widerstrebend hielt seine Frau ein Blatt nach dem anderen hoch, er schüttelte jedoch nur den Kopf. «Siehst du nicht, dass wir unseren Besuch mit diesem ganzen Zeug bloß langweilen?»

«Kein Problem», sagte ich und lächelte den Mann im Rollstuhl an. Ich war mir sicher, dass es ein Grinsen war, das daraufhin auf seinem halb gelähmten Gesicht erschien.

«Und selbst wenn, so ändert es doch nichts», murrte Irene Körner. «Es ist bloß sinnlose Arbeit …»

Etwas sagte mir, dass sie sich für die Seitensprünge rächte, dafür, dass die Kinder arbeitslos waren, Verbitterung, vielleicht gab sie die Schuld an allem, was schiefgegangen war, dem Mann, der jetzt im Rollstuhl saß und ganz in ihrer gutmütigen Gewalt war.

Schließlich fand sie doch noch einen zusammengehefteten Stapel Papier, auf den ihr Mann reagierte.

«Ja, ja, ja», sagte er, oder vielmehr bin ich mir fast sicher, dass er es sagte.

Ich blätterte langsam. Es waren die Namen von Städten und Dörfern im Sudetenland, Orte, die es auf der Karte nicht mehr gab, die umbenannt oder abgerissen oder vollkommen ausgelöscht worden waren. Unter jedem gab es lange Spalten mit Vor- und Zunamen.

«Die Verschwundenen», sagte Kurt Lehmann und setzte sich neben mich auf das Sofa, stoppte mich, wenn ich zu schnell blätterte.

Die meisten Ortsnamen sagten mir nichts, aber an Postelberg erinnerte ich mich. Die Liste der Verschwundenen war viele Seiten lang. Siebenhundertdreiundsechzig Leichen hatte man in einem Massengrab gefunden, deutsche Männer und Jungen, die gefoltert worden waren. Achthundert weitere jedoch, die sich 1945 noch in dem Lager befunden hatten, tauchten nie wieder auf. Dann erzählte Kurt Lehmann von Brünn, wo es viele Tausende Vermisste und Tote nach einem Todesmarsch Richtung Österreich gegeben hatte. Und Prerau, über zweihundert Vertriebene wurden gezwungen, aus einem Zug zu steigen und sich ihr eigenes Grab zu schaufeln, bevor sie erschossen wurden, siebzig davon Kinder. «Was hätte ich machen sollen, nachdem ich ihre Eltern erschossen hatte?», hatte der verantwortliche Leutnant gesagt.

Und dann sah ich den Eintrag Königsmühle. Auch hier umfassten die Namen mehrere Seiten. Ich wandte mich Udo Körner zu.

«Meinen Sie, sie sind damals verschwunden, sie sind auf der Brücke getötet worden?»

Er nickte, eindeutig. Die Krankheit hatte der Klarheit in seinem Blick nichts anhaben können, ich meinte ein kurzes Einvernehmen zu spüren, eine Genugtuung, dass jemand ihm zuhörte. Die Liste über die vielen Verschwundenen war ein Beweis, dass Acho Hellers Geschichte stimmte, ich begriff, dass er das sagen wollte.

Deshalb las ich sehr sorgfältig. Bis zur Abfahrt meines Zugs nach Dresden war es immer noch eine Stunde. Ich konnte es mir also leisten. Die ganze Mühe, die er sich gemacht hatte, fahrig zusammengesammelt und in einer Pappkiste versteckt.

Es gab keine alphabetische Ordnung, vielleicht waren die Namen einfach nach und nach hinzugekommen, aus verschiedenen Registern und Quellen oder woher auch immer sie stammten. Erst ganz unten auf der Liste erkannte ich einen Namen wieder.

Ludvík.

Es rauschte in meinen Ohren, das Blatt Papier zitterte in meiner Hand. Acho Hellers Stimme, wie er diesen Namen ausgesprochen hatte, als die Nachtschwester mit ihm über die drei Jungen zu reden versuchte.

Acho, Ján und Ludvík.

Ludvík Blau.

Irgendwo hatte ich den Nachnamen schon einmal gelesen, genau so geschrieben.

Es gab eine weitere Person mit demselben Nachnamen auf der Liste.

Milena Blau.

«Ist das ein häufiger Name?»

«Keine Ahnung», sagte Irene Körner, die begonnen hatte, die Kaffeetassen abzuräumen, «ich komme nicht von dort.»

«Ludvík, in dieser Schreibweise, und Milena …», sagte Kurt Lehmann, «das klingt in meinen Augen eher tschechisch als deutsch.»

Ich überlegte, ihnen die ganze Geschichte von dem toten Jungen im Tunnel zu erzählen, zögerte jedoch, weil ich Udo Körner nicht daran erinnern wollte, dass ich eine von denen war, die in den Häusern Vertriebener wohnten. In diesem Augenblick klingelte mein Handy.

Daniel.

Ich entschuldigte mich und ging hinaus. Er war kurz angebunden, seine Stimme klang erstickt.

«Sie laden mich wieder vor.»

«Was? Warum?»

«Sie sagen, es gebe einen Zeugen. Sonja, irgendwer lügt hier.»

Dann musste er Schluss machen. Als ich kurz darauf die Wohnung des Ehepaars Körner verließ und mich auf den Weg zum Bahnhof machte, versuchte ich noch mehrmals ihn zu erreichen. Das Handy war ausgeschaltet.

Ich zögerte, dann suchte ich Anton Adámeks Nummer heraus. Beim dritten Versuch, als ich bereits im Zug saß, nahm er ab.

«Dazu darf ich natürlich nichts sagen», meinte er.

«Wissen Sie etwas von einem Zeugen?»

«Nicht mehr, als dass neue Beweise hinzugekommen sind, die dafür sprechen, dass Ihr Mann zu aggressiven Wutausbrüchen neigt, sowie weitere Fakten, die den Verdacht auf ein Motiv bestärken. Ich habe es bei seiner Festnahme vorgelesen. Das Verhör findet erst morgen statt.»

«Was für ein Motiv?»

«Dass er seinen Hof, seine Familie verteidigen wollte. Streng genommen wollen das doch die meisten.»

Der Zug fuhr quälend langsam. Um mich abzulenken, las ich mir noch einmal den Bericht über die Ereignisse auf der Brücke durch. Irgendwo hinter Dresden, wo das Flachland in die dramatischen Felsformationen überging, erinnerte ich mich wieder, wo ich den Namen Blau schon einmal gelesen hatte.

Beinahe ausgelöscht von der Zeit und vom Regen, auf einem umgestürzten Grabstein im Gras.

Die Kartons mit den Spiegeln im Flur waren fort. Die Autoschlüssel lagen in der Schale. In der Küche war alles sauber, der Abwasch gemacht. Daniel hatte Zeit gehabt zu spülen, Zeit gehabt aufzuräumen, bevor sie ihn abgeholt hatten.

Ich ging direkt in die Speisekammer zu den Dosen mit dem Katzenfutter. Es schienen weniger geworden zu sein. Bei allem Elend freute es mich, dass Daniel daran gedacht hatte, die Katze zu füttern.

Aber warum eigentlich auch nicht?

Was er mir an den Kopf geworfen hatte, als wir zuletzt hier in der Küche gestanden hatten, hallte in mir nach. Dass ich ihm nichts zutraute.

Die Katze hatte sich bereits eingefunden und wartete an der Tür, wie immer zog sie sich ein wenig hinter die Sträucher zurück.

«Aramis», rief ich leise. «Soll ich dich vielleicht lieber so nennen, kleines Kätzchen?»

Dann packte ich meinen Koffer aus und stellte in der Waschküche fest, dass meine Wäsche vom letzten Mal noch immer einweichte. Das Samtkleid schwamm in graubraunem Wasser, eine Erinnerung an die Luftverschmutzung in Prag.

Ich rief in der Telefonzentrale der Polizei an und wurde zu jemandem weiterverbunden, der nicht im Haus war. Wieder einmal blieb mir nichts anderes übrig, als die Stunden zu zählen. Bis übermorgen konnten sie Daniel festhalten, und dann galt dasselbe wie beim letzten Mal: noch weitere vierundzwanzig Stunden oder sogar mehr.

Ein Knarren des Holzfußbodens, ein eingesperrter Schmetterling, der gegen die Fensterscheibe prallte, ein Zuhause, das nichts als solche Geräusche enthielt.

Auf der Toilette stellte ich fest, dass Daniel einen der Spiegel aufgehängt hatte. Den falschen. So hatte ich es mir nicht vorgestellt, aber es machte nichts. Überhaupt nichts. Ich sah es als Zeichen dafür, dass mein Mann sich während meiner Abwesenheit einen Moment lang eine Zukunft hier hatte vorstellen können. Oder hatte es ihn lediglich wahnsinnig gemacht, dass ich die Kartons im Flur hatte stehen lassen? Ich musste daran denken, was ich im Ort gehört hatte, dass man in den Spiegeln die Vertriebenen sehen könne, die eigentlichen Bewohner des Hauses.

Acho Heller, Julia Heller, Johann, der verschwunden und nie gefunden worden war, Anna, die zurückgekehrt war, um sich zu holen, was ihr zustand.

Geistergeschichten, Aberglaube.

Das Einzige, was ich im Spiegel sah, war mein Gesicht, und ich ertrug es nicht.

Ich ging zu dem Haus auf der anderen Seite des Flusses. Ján Kahuda war in seinem Garten beschäftigt, er schnitt die Rasenkanten mit einem Trimmer und hörte mich nicht kommen.

Der Duft der Rosen war geradezu betäubend. Ich meinte sowohl Rosa Mundi als auch Souvenir de Malmaison zu erkennen.

«Stammen die vom Weingut?», fragte ich laut hinter

seinem Rücken. Er zuckte zusammen, beinahe wäre er gestürzt.

«Entschuldigen Sie, ich wollte Sie nicht erschrecken.»

Der Gärtner nahm seinen Gehörschutz ab. Der Trimmer spie Grasreste in die Luft, bis Ján Kahuda sich wieder gefasst hatte und ihn ausschaltete.

«Es tut mir leid», sagte er, «ich konnte mich nicht um den Garten kümmern. Die Polizei hatte alles abgesperrt …»

«Mein Mann ist festgenommen worden», sagte ich. «Wussten Sie das?»

Die Furcht, die diese Frage in ihm auslöste, war offensichtlich. Gehetzt sah er sich nach allen Richtungen um, als suchte er einen Fluchtweg, er öffnete den Mund und schloss ihn wieder.

«Sind Sie der Zeuge, der gegen ihn ausgesagt hat?»

«Vielleicht können wir reingehen?», fragte er schließlich.

«Okay.»

Der Gärtner klopfte sich das Gras von Hemd und Hose. Er müsse sich waschen, sagte er und bat mich, einen Moment draußen zu warten.

Von der Eingangstreppe sah ich auf die Ebene hinunter, wo der Klatschmohn sich ausbreitete. Der Fluss wurde schmaler und machte genau dort eine kleine Biegung, Luftlinie war es nicht weit bis zum Weingut am anderen Ufer. Ján Kahuda musste die Polizeiautos gesehen haben, möglicherweise hatte er sogar gesehen, dass unter der Linde jemand lag.

Er ließ sich Zeit, musste sich wohl etwas zu seiner Verteidigung ausdenken oder vielleicht noch schnell aufräumen, bevor er Damenbesuch bekam. Als er die Tür endlich öffnete, begriff ich es. Es war eng drinnen, voller Möbel und

Dinge, von denen einige bestimmt an genau derselben Stelle standen, wo seine Eltern sie einst hingestellt hatten, gleichzeitig aber war es sauber und ordentlich. Familienfotos und Bilder an den Wänden, Drucke bekannter und unbekannterer Gemälde, doch was mir vor allem auffiel, war der Geruch. Gar nicht stark, überhaupt nicht. Jemand anderes hätte ihn vielleicht gar nicht bemerkt. Ein schwacher Alkoholdunst, der mit aller Macht übertönt werden sollte, ein muffiger Geruch. Halsbonbons, Rasierwasser, weit geöffnete Fenster – es gab viele Möglichkeiten, aber keine war wirklich zufriedenstellend. In den letzten Jahren, die mein Vater noch zu Hause verbracht hatte, hatte ich ständig abwägen müssen, ihn mit dem, was ich wusste, zu konfrontieren oder ihm die kleine Überlegenheit zu lassen, die Würde, die in dem Glauben lag, es geheim halten zu können. An Ján Kahuda hatte ich diesen Geruch bisher nicht wahrgenommen, oder hatte ich es doch, nur unbewusst? Hatte ich deshalb sofort ein gewisses Vertrauen empfunden und zugleich Mitleid? Der Geruch der Einsamkeit, mit dem ich so schlecht umgehen konnte und gegen den ich alles in meiner Macht Stehende tun musste, zum Beispiel, indem ich ihm Arbeit gab.

Er stellte einen Topf Wasser auf den Herd.

«Was sollte ich sagen, als sie mich befragt haben? Man kann nicht leugnen, wenn sie einen so bedrängen, man kann nichts tun, als zu sagen, wie es ist.»

«Und was haben Sie gesagt? Dass Daniel aggressiv ist? Sie wussten doch aber, dass Sie nicht einfach ins Haus gehen dürfen?»

Ján Kahuda prüfte, ob die Tassen sauber waren, dann gab er jeweils einen Löffel Instantkaffee hinein und entschuldigte sich, dass er nichts anderes dahatte. Dass er mir Kaffee anbot, konnte nicht über die Tatsache hinwegtäuschen, dass er mich weit wegwünschte.

«Sie bedrängen einen und verdrehen alles», sagte er und schüttelte den Kopf, lehnte sich an die Spüle, die zu niedrig war für seine Größe. «Ist er gewalttätig geworden, fühlten Sie sich bedroht, ist er laut geworden? Ja, vielleicht teilweise, sagt man dann, und sofort wird es als Tatsache hingestellt.»

«War das alles?»

«Vielleicht habe ich in jener Nacht auch etwas gesehen.»

«Jener Nacht?»

«Ich hätte wahrscheinlich nicht ...»

«Ich muss es wissen. Daniel ist mein Mann. Ich werde es ganz bestimmt nicht in der Stadt herumerzählen.»

Ján Kahuda schaute zum Fenster, vielleicht konnte er von seinem Platz aus einen Teil des Anwesens sehen.

«Ich musste raus, um ... Ja, Sie wissen schon. Draußen war es noch dunkel. Ein Schatten bewegte sich drüben, eine Gestalt. Ich ging raus auf die Brücke.»

«Ein Schatten? Eine Gestalt? Das heißt aber doch noch gar nichts.»

Ján Kahuda blickte auf seine Hände hinab, ein paar Grashalme klebten noch an den Ärmeln. Ich versuchte seinen Blick auf mich zu lenken.

«Sie glauben doch nicht ernsthaft, dass Daniel es getan hat?»

Die Frage blieb in dem Schweigen zwischen uns hängen. Nichts schien mehr selbstverständlich. Daniel war wirklich unfreundlich zu ihm gewesen, im Keller. Natürlich hatte der alte Mann sich bedroht gefühlt, vor allem, da sie sich nicht verständigen konnten. Auch ich hatte Daniel ja als labil dargestellt, zwar nur gegenüber dem Dolmetscher, aber hatte ich ihn nicht auch gebeten, es der Polizei weiterzugeben? Mir wurde eiskalt, als ich begriff, dass ich so etwas wie eine Zeugin war, dass das, was ich gesagt hatte, schriftlich festgehalten worden war, unmöglich, es zurückzunehmen.

Indizien, aufeinandergestapelt. Der Löffel klirrte frenetisch, Ján Kahuda rührte immer noch den Kaffee um, das Pulver musste sich längst aufgelöst haben.

«Die Polizei tut sicher alles, um die Wahrheit herauszufinden», sagte er.

Der Kaffee war schwach, beinahe ungenießbar. Eine hellbraune Plörre. Ich stellte die Tasse ab, ich hatte nicht darum gebeten, war ihm keinerlei Höflichkeit schuldig. Wenn er einsam und Alkoholiker war, war das wirklich nicht mein Problem.

Auf diese Weise redete ich mir gut zu und versuchte mich zu stählen.

«Ich habe Ihren Kindheitsfreund getroffen», sagte ich. «Acho Heller. Wussten Sie, dass er noch lebt?»

Die Reaktion des alten Mannes war schwer zu deuten. Er starrte mich an und dann zum Fenster hinaus, vielleicht nahm er die Aussicht auf das Weingut in sich auf, gab sich Kindheitserinnerungen hin.

«Wussten Sie, dass die Tote Acho Hellers Tochter war?»

«Er hat eine Tochter?»

«Ja, Anna Jones, geborene Heller.»

«Das wusste ich nicht.»

Ján Kahuda machte ein paar unsichere Schritte nach vorn, als könnten seine Beine jeden Moment einknicken.

Er tastete sich von der Spüle zum Tisch, zum Sessel, auf dem er sich schließlich niederließ.

«Ich dachte, sie würden wiederkommen. Irgendwann.»

«Seine Mutter starb in einem Lager. Julia Heller, erinnern Sie sich an sie?»

Er fasste sich an die Brust, räusperte sich.

«Ist er jetzt hier? Ist Acho Heller zurück?»

Ich erzählte von dem Pflegeheim in Großräschen und warum er dort untergebracht war. Dass er anscheinend alles hatte vergessen wollen, die Erinnerungen jedoch stärker gewesen waren. Dass Anna schließlich erfahren hatte, woher sie stammte.

«Warum ist sie hierhergekommen?» Ján Kahuda fiel es schwer, einen bestimmten Punkt zu fixieren. Sein Blick flog von Bild zu Bild, von einem Gegenstand zum nächsten.

«Vielleicht, weil sie versuchen wollte, sich zurückzuholen, was ihr ihrer Meinung nach zustand», sagte ich. «Weil ihr Vater sein Erbe bekommen sollte, bevor er starb, weil er in seiner Heimaterde begraben werden sollte, vielleicht aus Heimweh, ich weiß es nicht.»

Im Sitzen sah er durch das Fenster, sah wahrscheinlich nur noch den Himmel und die Baumkronen. Eine Glaskaraffe, ein Engel aus Porzellan, die allem Anschein nach gebügelten Vorhänge.

«Sie waren wie Brüder», sagte er. «Wohnten mal hier und mal dort. Damals hatten sie ein Boot und ruderten über den Fluss, wenn sie sich besuchen wollten, aber das war natürlich, bevor …»

«Sprechen Sie von Ihrem Vater?»

«Ja und von Johann Heller. Immer saß jemand mit am

Tisch, entweder hier oder dort, ein ganzes Schuljahr lang wohnte mein Vater bei seiner Familie, um gut Deutsch zu lernen.»

«Johann Heller starb 1947», sagte ich, «als Kriegsgefangener in der Sowjetunion.»

Der Gärtner entschuldigte sich, er müsse kurz ins Bad. Ich hörte Wasser laufen und die Toilettenspülung und überlegte, ob er wohl dort seine Flaschen versteckte. Ganz unten im Wäschekorb vielleicht oder etwas sichtbarer im Badezimmerschrank. Als er wieder rauskam, waren seine Hände feucht, er hatte vergessen, sie sich abzutrocknen, blieb im Türrahmen stehen.

«Es ging das Gerücht, er wäre zurückgekommen. Mein Vater sah Dinge, die es nicht gab. Bildete sich ein, die Toten könnten wiederkehren, Johann Heller wäre auf dem Weingut umgegangen. Er sei zu Fuß von der Ostfront zurückgelaufen, hieß es, als Gespenst umhergespukt und hätte sich an jenen gerächt, die seine Familie vertrieben hatten. Die Leute, die dort zunächst eingezogen waren, gingen sofort wieder, sie konnten ohnehin nichts mit dem Boden anfangen, nahmen vom beweglichen Besitz, was sie tragen konnten, und verschwanden dann, aber manche behaupten auch, er hätte sie fortgejagt. Vielleicht wollte deshalb niemand von hier das Anwesen übernehmen.»

«Die Habsburger Rose», sagte ich. «Hat Johann die für Julia gepflanzt?»

«Nein, umgekehrt, sie hat sie aus ihrer Heimatstadt Wien mitgebracht. Mein Vater hat sie vergöttert, ständig hieß es Julia hier, Julia da … Gott behüte, dass die Rose stirbt.»

Seine Stimme klang plötzlich anders, irgendwie verträumt und jung, als er ihr Haar, ihre Kleidung und ihre Musik beschrieb. Julia Heller sei aus dem kaiserlichen Wien gekommen, wo man im Park flanierte, Limonade trank und Ausflüge in den Wienerwald unternahm, ein Hauch von vergangenem Kaisertum, sie habe ihnen vom Palast und von den Blumen im Garten der Kaiserin erzählt, von den Karussells und dem Riesenrad im Prater. Manchmal, wenn im Radio entsprechende Musik gespielt wurde, habe sie die Jungs geholt, um ihnen das Tanzen beizubringen, obwohl sie nicht wollten, Acho habe es verabscheut.

«Sie haben gesagt, Sie könnten sich an nichts mehr erinnern.»

«Ich bitte um Entschuldigung. Es ist lange her.»

Er strich sich über die Stirn und schloss die Augen.

«Und Ludvík», fragte ich, «tanzte der gern?»

Ján Kahuda sank tiefer in den Sessel, sein Körper schien mit jedem Atemzug schwerer zu werden.

«Er war's, oder?», fragte ich. «Er lag da unten in dem Tunnel. Sie drei haben dort früher immer gespielt. Hieß er Ludvík Blau? Wenn Sie wissen, was passiert ist, dann sagen Sie es, er ist bereits begraben, und niemand kümmert sich darum. Es kann doch nicht so schlimm sein, es zu erzählen!»

Ich hatte unrecht, es war schlimm, es tat ihm weh. Seine Gesichtsmuskeln zogen sich zusammen, er stöhnte.

«Ich habe ihm geholfen. Das ist alles, was ich getan habe.»

Und dann weinte er, ein trockenes Schluchzen, das seinen Bericht zerhackte. Ein Stück nach dem anderen kam heraus, wie bei einem zerschnittenen Film, der von hinten beginnt, wo die Zeitebenen sich vermischen, sodass der Betrachter die Handlung im Kopf wieder zusammensetzen muss.

Nach und nach begriff ich, dass er von jenem Abend erzählte. Von den Ereignissen auf der Brücke. Ich sollte es nicht Ereignisse nennen, es war so viel schlimmer als das.

Juni 1945. Ein Frieden, der mit Frieden nichts gemein hatte. Ján begriff damals nicht alles, und auch heute konnte er nicht behaupten, es verstanden zu haben. Diese Leute, die über die Brücke kamen, viele von ihnen kannte er, er hatte bei ihnen zu Hause gespielt, seine Mutter hatte bei ihnen eingekauft, es waren Menschen darunter, deren Gärten sein Vater pflegte. Stimmte es, dass sie die ganze Stadt in die Luft jagen wollten? Verräter und Saboteure. Die alte Frau, die den Kurzwarenladen hinter dem Marktplatz führte? Milena, die Kuchen backte und Saft einkochte?

«Milena Blau?»

Er schien nicht zu bemerken, dass ich ihren Namen fallenließ.

Die gelben Sterne, die die letzten Juden der Stadt hatten tragen müssen, waren durch weiße Binden an den Armen der Deutschen ersetzt worden und später durch weiße Schilder, die an der Kleidung befestigt wurden, mit dem Buchstaben N wie *Němec*, Deutscher. Jetzt zahlte man es ihnen heim. *Auf die Gesichter oder auf ihre Titten müsst ihr zielen, das tut am meisten weh*, schrie ihm jemand ins Ohr. Ein Sitznachbar aus der Schule, der noch heute in der Stadt lebte. Sie grüßten sich im Wirtshaus immer, manchmal spielten sie auch Karten.

Über das hier redeten sie nie.

Jemand schubste ihn, drückte ihm einen Stein in die Hand, *jetzt wirf schon, wirf, du kleiner Deutschenfreund, ganz zu schweigen von deinem Vater, in Prag hängen sie solche wie ihn an den Laternenpfählen auf, zeig, wozu du zu gebrauchen bist, auf welcher Seite du wirklich stehst.*

Kollaborateur. Ein Wort, das sie gelernt hatten.

Es waren auch Kinder auf der Brücke. Die ganz Kleinen, die man nicht allein zu Hause lassen konnte, die von ihren Müttern mit zur Arbeit genommen wurden, weil man sie nirgendwo abgeben konnte, alle deutschen Institutionen waren ja geschlossen worden, sobald der Krieg zu Ende und die Nazis vertrieben worden waren, die Schule, der Kindergarten.

«Haben Sie Acho Heller gesehen?», fragte ich. «Er war dort, er hat davon erzählt, aber später wollte er sich nicht mehr daran erinnern.»

«Da gibt es auch nichts zu erinnern», sagte Ján Kahuda und wandte sich von mir ab.

Nein, er hatte ihn nicht gesehen.

Aber Ludvík. Der aus der Stadt gerannt kommt und weiß, dass seine Mutter dort auf der Brücke ist. Vielleicht ist sie eine von denen, die über das Geländer gestoßen werden, zwischen den leblosen Körpern im Wasser treiben. Ludvík ist auf dem Weg zu ihr, aber Ján löst sich aus der Menge und rennt seinem Freund entgegen. Er hebt die Hand mit dem Stein, falls jemand hinguckt, aber niemand schaut in seine Richtung, es ist ein solcher Lärm, alle Arten von Schreien in der Luft, von denen, die töten werden, von denen, die sterben werden, selbst die Vögel schreien, er ist sich sicher, der Himmel ist schwarz.

«Lauf weg», flüstert er Ludvík zu, der sich wehrt und auf die Brücke will, «ich schlag dir den Schädel ein, wenn du nicht abhaust und dich versteckst», droht er ihm zum Schluss, «versteck dich im Tunnel, schnell, bevor sie dich sehen.»

Ludvík war Achos Freund aus der deutschen Grundschule, aber sie hatten immer zu dritt gespielt. Solange Ján sich zurückerinnern konnte, seit sie kleine Rotznasen gewesen waren. Als Tschechen und Deutsche nicht mehr miteinander spielen durften, versteckten sie sich unten in den Tunneln.

Schlichen nacheinander hinab, während einer Wache hielt.

Ludvík war es gewesen, der den vergessenen Eingang zu den Tunneln unter der Stadt gefunden hatte. Eine alte Kellerluke neben dem Haus, in dem er wohnte, zwischen Eisenwarenladen und Buchhandlung, wo nur schmale Jungenkörper sich hindurchzwängen konnten. Ludvík war schlau, er wollte Erfinder werden, und hatte ein Brett über der Öffnung befestigt, in das er Löcher bohrte, sodass man eine Schnur hindurchziehen konnte. So sah es aus, als wäre der Eingang verschlossen, doch sie mussten das Brett nur wegschieben und konnten es später wieder einsetzen, wenn sie hineingeklettert waren.

«Ich habe ihn in den Gesichtern der alten Männer gesucht, die in schicken Autos hierher zurückkehrten, die herumgingen und die Häuser fotografierten und Blumen auf die Gräber legten … Ich dachte, es wäre ihm irgendwie gelungen zu fliehen, wohin auch immer. In den Wald, über die Berge, nach Amerika.»

Der Geruch nach Alkohol war jetzt unverkennbar, brach durch die Vorsichtsmaßnahmen hindurch. Seine Nase lief, Ján Kahuda wischte sie sich mit dem Ärmel ab.

Von der Brücke aus waren die Leute weitergezogen, aufgehetzt und schreiend liefen sie durch die Stadt, jagten die Deutschen aus ihren Häusern und trieben sie auf den Marktplatz, warfen ihr Hab und Gut zu den Fenstern hinaus.

«Und schlugen die Scheiben der Buchhandlung ein», sagte ich, «zündeten die deutschen Bücher an.»

Ján Kahuda blickte auf.

«Sie wissen davon?»

«Die Buchhändlerin hat es mir erzählt.»

«Es brannte so heftig, dass man nicht zum Tunneleingang durchkam. Am darauffolgenden Tag glühte es noch immer, überall waren die pechschwarzen Reste. Über mehrere Tage konnte man nicht hinunter.»

«Oder heraus.»

Ján Kahuda rang die Hände. All die Jahre war er sich sicher gewesen, dass Ludvík hinuntergeklettert und anschließend den ganzen Weg durch den Tunnel bis zum Weingut gerannt war, wo Acho ihn herausgelassen haben musste.

Ján versuchte nie wieder, in den Tunnel hinabzusteigen, was hätte er dort allein auch tun sollen? Das Loch verschwand mit der Zeit unter dem Asphalt.

«Aber er ist nie herausgekommen», sagte ich. «Julia Heller hatte die Tür zugemauert.»

«Das wusste ich nicht», sagte Ján Kahuda. «Warum hat sie das getan? Ich habe Acho nicht wiedergesehen, nicht an diesem Abend, und dann wurden sie weggeschickt. Ich wusste es wirklich nicht.»

«Ich glaube, sie wollte den Wein schützen.»

Ich hatte diese Stelle in Achos Bericht wieder und wieder gelesen, während der Zug durch Zentraleuropa kroch. «Sie wollte wohl sichergehen, dass noch alles da war, wenn Johann Heller zurückkehrte, der Wein und die Wertsachen, Julia Heller glaubte, dass sie eines Tages wiederkommen würden. Acho sagte sie, sie würden nach Wien fahren.»

«Nach Wien», wiederholte Ján Kahuda.

In verbotenen Radioübertragungen hatten sie damals gehört, Wien werde in weiß glühende Ruinen mit umherfliegender Menschenasche verwandelt. Das habe Bomber-Harris angekündigt, der auch die Bomben über Dresden abgeworfen habe.

Dazu war es zwar nicht gekommen, aber die Leute hungerten trotzdem, auch in Wien.

Ján hatte Acho und Julia am Bahnhof gesehen, als sie fortgeschickt wurden, aber er hatte sich nicht getraut, zu ihnen zu gehen. Sie waren in einen Güterzug gestiegen, er wusste nicht wohin.

«Sie hatte versucht, ihn an die Hand zu nehmen», sagte er. «Aber das wollte er nicht. Mit elf lässt man sich nicht mehr von seiner Mutter an die Hand nehmen.»

Der Gärtner blickte sich nervös im Zimmer um. Ich hatte das Gefühl, es wäre ihm lieber, dass ich ging. Er wirkte rastlos. Einen Schnaps, dachte ich und überlegte, ihn zu fragen, ob er mir nicht auch einen anbieten könnte, aber dann fiel mir ein, dass draußen mein Auto stand.

Auf der Außentreppe, es dämmerte bereits und das Licht war kühler geworden, blau und durchsichtig, als wäre die Landschaft ein Aquarellgemälde, fragte ich ihn noch einmal nach seiner Zeugenaussage, ob er der Polizei noch etwas anderes berichtet hätte.

Vielleicht zögerte er. Schließlich öffnete er den Mund und blickte zum anderen Flussufer hinüber.

«Ich bin alt», sagte er. «Von weitem sieht man nicht mehr viel, im Dunkeln.»

Auf Höhe des kleinen Schlosses fuhr ich langsamer, ließ ein paar Lkw vorbei. Wilder Wein bedeckte die heruntergekommenen Fassaden, die zerborstenen Säulen. Plötzlich fiel mir das Gewaltsame des Verfalls auf, der gierige Hunger der Natur, es schien, als lauerte dort etwas, was verdrängt worden war, und brütete vor sich hin. Dann die Brücke, der unerschütterlich dahinströmende Fluss. Im Scheinwerferlicht blitzte das Wasser kurz auf, anschließend Dunkelheit. Ich wurde beinahe geblendet, als hinter mir ein Auto auftauchte, ich musste mich entscheiden. Schließlich bog ich rechts ab, nicht zum Weingut, sondern in die Stadt, parkte halb auf dem Bürgersteig. Ich schaute zu dem Zimmer hinauf, in dem ich mehrere Nächte verbracht hatte. Es brannte Licht, wie in vielen Zimmern. Die fast verblichenen Buchstaben an der Fassade traten deutlicher als sonst hervor, das deutsche Wort «Gasthaus».

Libor hieß mich willkommen, allerdings seien sie komplett ausgebucht, schade, dass ich nicht vorher angerufen hätte. Dann entschuldigte er sich, im Restaurant sei Hochbetrieb, und so setzte ich mich und bestellte mir etwas zu essen. Jedes Mal, wenn er an meinen Tisch kam, erzählte ich ihm ein Stück der Geschichte von Anna Jones' Postkarte. Dass ich sie abgeliefert und sie mich zu einem der Vertriebenen geführt habe.

«Dann hatte diese Frau also etwas mit denen zu tun», sagte Libor und wischte mit der Hand ein paar Krümel auf den Boden, knüllte eine benutzte Serviette zusammen.

«Bis 1945 gehörte das Anwesen ihrer Familie.»

Libor stellte den Brotkorb ab. Er hatte vergessen, dass ich ein Mineralwasser bestellt hatte, und brachte mir das gewohnte Glas Wein. Ich hatte keine Lust, zu protestieren.

«Die Rückkehrer», sagte er. «Nach 1989 fing das an, die meisten kamen aus dem Westen. Man erkannte sie an ihren BMW, wie sie vorwärtskrochen und den Verkehr lahmlegten. Jeden Stein anglotzten und sich über dieses und jenes beschwerten, anklopften und in die Häuser schauen wollten, die angeblich ihnen gehörten. Freunde meiner Eltern wurden verklagt, weil in das Leinzeug, das sie im Schrank hatten, das Monogramm irgendeiner Großmutter eingestickt war.»

Er nahm eine Bestellung am anderen Ende des Lokals auf. Der Lärmpegel war hoch, flimmernde, zuckende Ausschnitte irgendeines Sportereignisses auf dem Fernsehbildschirm, Männer um die dreißig mit Bauchansatz, Rucksacktouristen. Unter dem Rehbock beugte sich ein junges Paar über seine Handys, vielleicht verglichen sie die Fotos, die sie tagsüber auf ihren Wanderungen gemacht hatten, lächelnd, im Hintergrund Berge, Höhenzüge und Abgründe, vielleicht gaben sie in den sozialen Medien ein wenig damit an, mitten in Zentraleuropa eine unbekannte Perle entdeckt zu haben.

Das bestellte Steak landete vor mir auf dem Tisch.

«Waren die Vorbesitzer des Wirtshauses eigentlich auch Sudetendeutsche?», fragte ich.

«Wie kommen Sie darauf?»

«Ich habe mich gefragt, warum ‹Gasthaus› an der Fassade steht.»

«Neuer Putz ist teuer.»

«Haben Sie manchmal das Gefühl gehabt, Sie hätten kein

Recht auf dieses Haus? Es gehöre eigentlich jemand anderem?»

Libor nahm Pfeffer- und Salzstreuer vom Nachbartisch und stellte sie vor mich hin.

«Haben Sie schon mal von Lidice gehört?», fragte er.

«Ja …?»

«Die Nazis erschossen aus Rache für das Attentat auf den deutschen Reichsprotektor Heydrich in Prag sämtliche Männer des Dorfes, ohne jeglichen Beweis, dass auch nur einer von ihnen etwas damit zu tun hatte. Frauen und Kinder wurden in Konzentrationslager und Gaskammern gebracht, bis auf acht Kinder, die ‹reinrassig› genug waren, um sie zur Adoption freizugeben. Dann wurde ganz Lidice bis auf die Grundmauern abgebrannt. Das Beste, was mein Großvater je getan hat, war, den Laden hier von einem Deutschen zu übernehmen.»

Mit übertrieben heftigen Bewegungen sammelte er die Speisekarten ein und lächelte einem Paar mittleren Alters am Nachbartisch zu, Holländer, glaube ich, füllte ihre Gläser, drehte sich aber noch einmal zu mir um, bevor er weiterging.

«Jemand hat übrigens nach Ihnen gefragt. Kurz nachdem Sie abgereist waren.»

«Wer war das?»

«Wer er war, oder wer er behauptete zu sein?»

Libor schenkte mir ein schiefes Lächeln und verschwand zwischen den Tischen, und ein paar Minuten später sah ich ihn zur Rezeption gehen.

In derselben Bewegung, mit der er das Geschirr abräumte, ließ er die Visitenkarte vor mir auf den Tisch fallen, ich hatte mein Steak nur halb geschafft, den Teller von mir geschoben.

«Übersetzerdienste, steht da.»

Anton Adámek. Was wollte er von mir, ging es um Daniel, um etwas anderes, warum hatte er nichts gesagt, als ich ihn vom Zug aus angerufen hatte?

«Hat er gesagt, was er wollte?»

«Er hat gefragt, wohin Sie gefahren sind und ob Sie zurückkommen würden, es scheint, da hat jemand Gefallen an Ihnen gefunden.»

Es klang säuerlich, ein wenig zu spitz. Wurde ich rot? Ich weiß es nicht, aber mir wurde heiß. Das Restaurant war stickig und die Luft feucht von Atemluft und Schweiß. Etwas im Ton des Wirts hatte sich verändert. War das Haus wirklich ausgebucht?

Ich bedankte mich und drehte mich zum Fenster. Trank meinen Wein aus und versuchte mich darauf zu konzentrieren, meine nächsten Schritte zu planen. Sollte ich Kontakt zu jemandem aufnehmen, zur Botschaft, zu einem Anwalt? Es war zu spät am Abend. Wie weit durfte man gegen den Willen eines anderen Menschen handeln, wenn man ihm helfen wollte?

Draußen war nicht viel zu erkennen, nur das Gedränge im Restaurant, das sich in den Fensterscheiben spiegelte, Schatten und Schemen hinter meinem eigenen Spiegelbild. Das ständige Gefühl, es gäbe da etwas, das ich begreifen müsste, Zusammenhänge, die mir entgingen. An der Straßenecke machte ich eine Gestalt aus, kaum zu erkennen vor der Hauswand. Einen Augenblick dachte ich, es wäre Anton Adámek, der mich beobachtete. Ich versteckte mich hinter der Gardine. War es nur ein Jugendlicher? Als ich erneut hinschaute, war er fort.

Plötzlich fühlte ich mich furchtbar müde. Die nahezu schlaflosen Nächte, in denen ich immer nur kurz eingeschlafen war, um dann panisch wieder aufzuwachen, Dinge, die ohne Richtung in meinem Kopf kreisten. Die Angst machte mich schutzlos. Ich hatte sogar geglaubt, den Mann aus der Bar im Seehotel wiedergesehen zu haben, den Nichtssagenden, auf dem Bahnhof, als ich in Dresden umgestiegen war.

Einer musste einen kühlen Kopf bewahren.

Ich erinnerte mich daran, was der Gärtner gesagt hatte, über Dinge, die es nicht gab, Männer, die von den Toten zurückkehrten und umherirrten.

Wie ein Junge in robusten Stiefeln, mit einer weißen Armbinde, der den Hügel hinauflief und in die Gasse hinein, wo sich die Buchhandlung befand, um in ein Loch hinunterzukriechen, es mit einem Brett zu verschließen, um sich für immer dort unten zu verstecken.

Ich legte das Geld bar auf den Tisch.

Es war schon fast neun Uhr, gleich würden die Glocken wieder um die Wette läuten. Ich wusste nicht, welcher Klang woher kam, vom Rathaus, von der protestantischen oder von der katholischen Kirche. Einige wohlhabende Rückkehrer aus Westdeutschland hatten nach dem Fall des Eisernen Vorhangs die Renovierung ihrer vergessenen Kirchen finanziert, das hatte mir jemand erzählt, ich glaube, Kurt Lehmann. Ihr Gott sollte über die Toten wachen, die sie zurückgelassen hatten.

Für einen Moment wusste ich nicht, wohin mit mir. Zurück zum Weingut, die Einsamkeit dort ertragen? Ich war schon auf dem Weg zum Auto, als ich an das Glas Wein dachte. Welche Promillegrenze hierzulande galt, wollte ich ungern auf diese Weise herausfinden, und so bog ich in die Straße unmittelbar gegenüber ein, folgte der Spur des panischen Zwölfjährigen, der um die Ecke geflüchtet und in den Gassen verschwunden war.

Die Buchhandlung lag im Dunkeln, aber aus den Fenstern oben in der Wohnung drang warmes Licht. Ich wählte Marthas Nummer und sah, wie sich oben etwas bewegte, sie schien Besuch zu haben.

Ich entschuldigte mich für die späte Störung. Das mache doch nichts, sagte Martha ein bisschen zu schnell, sodass das Gefühl blieb, sie doch gestört zu haben.

«Wenn du morgen im Laden bist», sagte ich, «wäre es schön, wenn du für mich nach einem Namen suchen könntest, irgendwo in den Büchern oder Dokumenten unten, von Ende der dreißiger, Anfang der vierziger Jahre … ein sudetendeutscher Junge, Ludvík Blau.»

«Ja, klar», sagte sie.

«Ich kann dich natürlich dafür bezahlen, für die Arbeitszeit.»

«Ist das der Junge, den du gefunden hast?»

«Er war 1945 zwölf Jahre alt. Seine Mutter könnte Milena Blau geheißen haben.»

Wenn ich so darüber nachdachte, war es seltsam, dass Ludvíks Schicksal mir klarer und näher erschien als alles, was Anna Jones oder Daniel betraf. Das konnte ich viel weniger fassen, denn es war von einer Art bedrohlichem Chaos umgeben. Den Jungen dagegen sah ich deutlich vor mir, dieses Gesicht, in den Nächten, in denen ich wach lag, in meinen Träumen und auch jetzt, als ich in dieser Gasse stand.

Martha schlug vor, dass ich morgen Vormittag in der Buchhandlung vorbeikommen solle, dann sei sie da.

«Wie geht es dir?», fragte sie unvermittelt.

«Schon okay», sagte ich, «ist nur alles ein bisschen viel.»

«Das kann ich mir vorstellen.»

Schweigen, mein Magen krampfte sich zusammen, was konnte sie sich vorstellen?

«Es wird geredet», fuhr sie zögernd fort, «wie immer, du weißt ja, wie das ist …»

«Und worüber wird jetzt geredet?»

«Tut mir leid», sagte sie, «aber es ist durchgesickert, dass dein Mann wegen des Mordes an Anna Jones in Haft sitzt.»

«In Untersuchungshaft», sagte ich, «das ist nicht dasselbe.»

«Entschuldige, ich mache es nur noch schlimmer.»

«Glauben die Leute, dass er es getan hat?»

«Die Leute glauben, was sie wollen.» Martha ging in der Wohnung umher, kurz sah ich sie durch den Spalt zwischen den Vorhängen. Ich beeilte mich, aus dem Lichtkegel der Straßenlaternen zu treten. Ein Mensch, der vor dem Fenster eines anderen steht, kann verschiedene Assoziationen hervorrufen, und die meisten sind nicht positiv.

«Ich dachte, es ist gut, wenn du es weißt», fügte Martha noch hinzu.

«Danke», sagte ich. «Dann weiß ich es jetzt.»

«Die Leute wünschen sich, dass der Mörder gefasst wird und dass er von außerhalb kommt, keiner von uns ist. Sie wollen keine Angst haben müssen. Sobald der Fall aufgeklärt ist, reden sie wieder über etwas anderes und schämen sich, weil sie unrecht hatten.»

«Dann glaubst du also, dass sie unrecht haben?»

«Bis morgen», sagte sie.

Als ich schließlich im Auto saß, der Schlüssel schon im Zündschloss steckte, zögerte ich kurz. Es war nur ein einziges Glas Wein gewesen, und inzwischen war fast eine ganze Stunde vergangen. Sei nicht so schwedisch, sagte ich mir und startete den Motor. Sammelte Mut, um trotz allem endlich mein Zuhause in Besitz zu nehmen. Erschrocken zuckte ich zusammen, als plötzlich jemand an die Scheibe klopfte und sich zu mir herunterbeugte.

Dunkle Haare, ein Geruch nach Mann und nach Tabak drang herein, als ich das Fenster herunterließ.

«Dachte ich mir doch, dass Sie das sind», sagte Anton Adámek. «Sind Sie heute zurückgekommen?»

«Heute Nachmittag.»

«Hatten Sie eine angenehme Reise?»

Seine kräftige Hand lag in der Fensteröffnung.

«Auf jeden Fall», sagte ich. «Es war interessant. Ich habe gehört, dass Sie drinnen nach mir gefragt haben. Ich hätte Sie morgen angerufen.»

«Aber jetzt sind wir hier», sagte er und machte eine Geste zum Beifahrersitz, «es sei denn, Sie wollen gleich nach Hause fahren, um zu schlafen.»

«Nein, schon okay.»

Das Licht im Auto erlosch, sobald er neben mir saß. Ich beließ es dabei. So würde man uns nicht gleich sehen, dachte ich mit Blick auf die Gerüchte, die umgingen. Vielleicht wollte ich auch einfach nur im Dunkeln sitzen. Für den Moment ein bisschen weniger allein.

«Haben Sie Daniel getroffen?», fragte ich. «Wissen Sie, wie es ihm geht?»

«Ehrlich gesagt, nicht besonders gut.»

«Sie meinen, die glauben ernsthaft, dass er es getan hat?»

«Darüber kann ich nichts sagen.»

«Entschuldigung,» sagte ich, «aber ich weiß nicht, was ich machen soll, bei der Polizei stellen sie mich nie durch, wenn ich anrufe. Morgen muss ich hin.»

Sein Blick brannte von der Seite.

«Sie könnten mich um Unterstützung bitten», sagte er.

«Danke.»

Ich warf ihm einen Blick zu und sah schnell wieder weg. Er hatte etwas Unnahbares, sachlich, aber nicht zu greifen, vielleicht war er einfach nur professionell. Er hatte noch immer nicht gesagt, was er von mir gewollt hatte.

«Da ist noch etwas …», begann ich.

«Ja?»

«Bestimmt ist es nicht wichtig, aber die Polizei bat mich um einen Beleg, als ich das letzte Mal da war.» Ich achtete darauf, ihn nicht zu streifen, als ich nach meiner Handtasche auf dem Rücksitz griff. Paul hatte mir die Quittung in der Nacht gemailt, ich hatte sie mir im Seehotel ausdrucken lassen, bevor ich ausgecheckt hatte. Seitdem hatte sie wie ein schwelendes Feuer in meiner Tasche gelegen.

«Vielleicht können Sie das dem Beamten geben, der jetzt die Ermittlungen leitet, ich weiß nicht, ob es noch derselbe ist …» Ich konnte kaum atmen, ohne dass es zu laut geklungen hätte.

«Kommissar Josef Krall.»

«Die Polizei hat mich danach gefragt. Es ist die Rechnung

von der Nacht, in der Anna Jones ermordet wurde, der Beweis, dass ich zu der Zeit in Prag war.»

«Warum geben Sie sie nicht einfach selbst ab?»

Alles an der Situation war peinlich. Ich errötete, doch das war in der Dunkelheit nicht zu erkennen. Ich blickte starr geradeaus. Die verschlungenen Straßen zwischen den Häusern, die Fenster, hinter denen es früh Nacht geworden war.

«Es steht ein anderer Name auf der Rechnung», sagte ich. «Ich möchte nicht, dass mein Mann es erfährt.»

Die Hotelrechnung flatterte kurz zwischen uns, er betrachtete sie schweigend. Nur Sekunden, dann faltete er sie in der Mitte.

«Es ist nicht so einfach, wenn man die Sprache nicht kann», fügte ich hinzu. «Deshalb wäre es schön, wenn Sie sie der richtigen Person geben und es erklären könnten, irgendwie.»

Sein Lächeln war ein bisschen zu vielsagend, und mir wurde heiß, viel zu heiß.

«In so einer Situation sind wir doch alle mal gewesen», sagte er.

«Ich muss los», sagte ich.

«Natürlich, ich werde Sie nicht länger aufhalten.» Anton Adámek hielt inne, die Tür geöffnet und einen Fuß auf der Straße. «Ich hoffe, Sie haben keine Angst. Davor, allein dort zu schlafen, meine ich.»

«Nein, nein», log ich, voller Furcht, wozu eine andere Antwort führen könnte: *Möchten Sie, dass ich Ihnen Gesellschaft leiste, ja, nur zu gern, ich wünsche mir jemanden, der mich festhält.* Nichts wünschte ich mir in diesem Moment mehr.

«So ist es richtig», sagte er und lächelte. «Ich bin mir sicher, dass Ihnen keine Gefahr droht.»

Als ich um den Marktplatz herumfuhr, verspürte ich den plötzlichen Impuls, ganz woandershin zu fahren, in eine andere Stadt, ein anonymes Hotel. Ich verpasste die richtige Ausfahrt und musste eine weitere Runde drehen. Da war die Polizeistation, und dort irgendwo war mein Mann. Sie hätten ebenso gut eine Mauer bauen und Grenzposten errichten können, ich saß fest.

Unendlich langsam näherte ich mich der Brücke. Ich fuhr nicht schneller als dreißig oder höchstens vierzig, genau kann ich es nicht mehr sagen, ich schaute nicht auf den Tacho, aber auch nicht richtig auf die Straße, mir ging so vieles durch den Kopf, das in unterschiedlichste Richtungen strebte. Noch immer spürte ich Anton Adámeks Anwesenheit. Konnte ich ihm trauen? Ich hatte das Gefühl, zwar zu sehen und zu hören, das Wesentliche aber zu verpassen. Was der Wirt über Adámek gesagt hatte, *wer er war, oder wer er behauptete zu sein*, irgendwie kryptisch, vielleicht lag es aber auch an der Sprachverwirrung. Ich stellte mir vor, was passierte, wenn sie Daniel die Rechnung vor die Nase hielten, hätte ich mich nicht gegen die Polizei durchsetzen und mich weigern können, sie vorzulegen? Und es irritierte mich, was der Gärtner gesagt beziehungsweise nicht gesagt hatte, das Gefühl, dass er mir etwas verschwieg. Es graute mir davor, bei dem dunkel daliegenden Haus anzukommen, und wie konnte Adámek behaupten, es drohe keine Gefahr? All das drehte sich in meinem Kopf, als ich plötzlich eine Bewegung vor mir wahrnahm.

Ich fuhr sofort rechts ran und brachte das Auto am Brückengeländer zum Stehen. Mein Herz raste.

Mitten auf der Fahrbahn stand ein Mensch, er schwankte.

An den Enden war die Brücke beleuchtet, in der Mitte aber fiel nur das Licht meiner Scheinwerfer auf die Person. Der Mann drehte sich um und stolperte, hob die Hand, um nicht geblendet zu werden. Seine Kleidung war dieselbe wie am Nachmittag, ausgebeulte Hose, ein heraushängendes Hemd.

Ich schaltete die Warnblinkanlage ein und stieg aus. Rief ihn mehrmals beim Namen, aber Ján Kahuda reagierte nicht. Beziehungsweise doch. Er wedelte drohend mit den Armen, als wollte er mich fortscheuchen. Im selben Moment sah ich die Scheinwerfer eines Lkw hinter der Kurve auf der anderen Seite. Sie glitten über den Wald und die ehemalige Brauerei, und ich rannte los.

Ich schrie, er solle an die Seite gehen, griff nach seinem Arm und zog. Der Alte wehrte sich, er war überraschend stark. Lallte, während das Motorengeräusch immer lauter wurde, ich solle ihn in Ruhe lassen. Dann blendete mich das grelle Licht des Lkw, ein ohrenbetäubendes Hupen, Bremsen quietschten, ich konnte den Bremsweg unmöglich einschätzen. Die Brücke war nicht breit genug, wenn der Fahrer auszuweichen versuchte, würde er das Brückengeländer rammen und möglicherweise im Fluss landen. Ich nahm den Geruch nach Diesel und verbranntem Gummi auf Asphalt wahr und warf mich zur Seite, ließ dabei aber das Hemd des Alten nicht los, sodass er das Gleichgewicht verlor und sich am Brückengeländer festhalten musste.

Der Lkw war zum Stehen gekommen, nur wenige Meter von uns entfernt. Der Fahrer lehnte sich aus dem Fenster und schimpfte wütend, ich rief Entschuldigung in mehreren Sprachen und versuchte ihm zu sagen, dass alles okay sei. Wahrscheinlich war es eine ganze Reihe von Flüchen, mit denen er uns bedachte, bevor er wieder aufs Gas trat, wütende rote Rücklichter, die abzogen und kleiner wurden und verschwanden.

«Was machen Sie hier?», fragte ich.

Der Gärtner starrte in das fließende Wasser. Ein schwaches Rauschen war das Einzige, was man hörte, sein rasselnder Atem. Ich fasste ihn am Arm, redete auf ihn ein, versuchte ihn zum Mitkommen zu bewegen, aber er wehrte sich.

«Ich bin damals wieder zurückgerannt», sagte er, «damit niemand merkte, was ich getan hatte. Sie schrien und warfen mit Steinen. ‹Na, mach schon›, brüllten sie, ‹zeig, wer du bist.›»

Er sprach in die Dunkelheit, eher zum Fluss und zu den Erinnerungen als zu mir. Als wäre die Zeit weggewischt und das alles eben erst passiert.

«Ich warf einen Stein. Sie legten mir weitere in die Hände. Stein um Stein um Stein. Ich konnte gut werfen. Ich erinnere mich an das Geräusch von Schüssen, den Lärm. Einen Stein, der trifft. Menschen, die übereinanderfallen. Ein weiterer Stein wurde mir in die Hand gedrückt. Ich glaube, jemand lief immer wieder zum Fluss hinunter und holte neue. Die Männer warfen die Leichen über das Geländer. Im Wasser bewegten sie sich dann nicht mehr. Sie trieben mit dem Strom bis zur Biegung des Flusses. Dort ist es seichter.»

Er zeigte in die Nacht hinaus. Ich sah nichts als Dunkelheit und ein schwaches Schimmern im Wasser, aber ich wusste, was er meinte. Genau unter dem Weingut machte der Fluss eine elegante Biegung, umschloss das Grundstück, wie oft hatte ich diese Aussicht genossen.

«Sie haben ihn gezwungen.»

«Wen?»

«Mein Vater war kein Nazikollaborateur. Er hat einfach nur seine Arbeit gemacht, sich um die Pflanzen gekümmert …» Ján Kahuda lallte jetzt stärker. «Er war kein Totengräber.»

«Ich fahre Sie jetzt nach Hause», sagte ich.

Irgendwie gelang es mir, ihn ins Auto zu bekommen, obwohl er fand, dass er selber gehen könne. Es war schwer einzuschätzen, wie betrunken er tatsächlich war. Er hatte die Fähigkeit des Alkoholikers, sich zusammenzureißen, aber worüber er redete, als ich langsam am Fluss entlangfuhr, jederzeit bereit, anzuhalten, falls er sich übergeben musste, war unzusammenhängend.

«Was meinen Sie damit: ‹Sie haben ihn gezwungen›?»

«Sie kamen im Morgengrauen», sagte er.

«Wer?»

«Immer wieder ging er dorthin», lallte er, «tagein und tagaus, wissen Sie. Er kümmerte sich um die Rosen und so weiter, er fütterte die Katze …»

Ján Kahuda wedelte mit den Armen Richtung Fluss und schlug mit der Hand gegen die Decke des Wagens, kurz bevor wir bei seinem Haus ankamen. Das Weingut am anderen Ufer ließ sich in der Dunkelheit nur erahnen. Was ich vor mir sah, waren die Toten, die hängen geblieben waren, wo der Fluss seichter wurde.

«Niemand kannte die Erde so wie mein Vater, er wusste über ihre Geheimnisse Bescheid, er hat mir alles beigebracht. ‹Ich habe es versprochen›, sagte er. Er hatte es ihnen versprochen, und wenn sie eines Tages zurückkehrten, sollte niemand einen Kahuda wegen Vernachlässigung oder Diebstahl anklagen können.»

In der Gärtnerwohnung brannte Licht. Ich stieg mit ihm aus.

«Aramis», sagte ich.

Ján Kahuda stolperte auf dem gepflasterten Weg und schwankte. Ich hakte ihn unter.

«War es Achos Katze, die er gefüttert hat? Im Pflegeheim haben sie gesagt, er spreche oft von ihr und mache sich Sorgen um sie.»

Etwas in dem alten Mann leuchtete auf, etwas Warmes mitten im Rausch und in der Verzweiflung.

«Sie hat überlebt. Und es kamen neue, Jahr für Jahr, immer gelbe, man hätte meinen können, es sei immer dieselbe Katze. Ich habe mehrere von ihnen Aramis genannt.»

Der Gärtner wühlte in seinen Hosentaschen. Deshalb also war die Katze ihm gefolgt, dachte ich, sie hatte gehofft, er käme mit Futter. Ján Kahuda fand seine Schlüssel nicht, und so ging ich zum Auto zurück, beleuchtete die Tür, sie lagen im Gras, wo er ausgestiegen war. Anschließend brauchte er lange, um den richtigen Schlüssel zu finden, ihm zitterte die Hand.

«Wer war es, der im Morgengrauen kam?»

Ján Kahuda fiel der Schlüsselbund aus der Hand. Ich hob ihn auf und behielt ihn eine Weile in der Hand, um eine Antwort abzuwarten.

«Mein Vater dachte, ich würde schlafen», sagte der Gärtner schließlich.

Wie viele Männer es waren, die an jenem Morgen in ihr Haus gekommen waren, wusste er nicht. Er hatte das Klopfen gehört, dann seinen Vater, der aufstand und ihnen öffnete. Die Stimmen.

Wichtige Männer, einige waren elegant gekleidet, auch Soldaten waren dabei, Milizionäre, er erkannte ein paar Männer von der Brücke wieder, als er heimlich durch den Türspalt spähte.

Sie wollten Spaten, aber nicht nur das. Sie nannten seinen Vater einen Deutschenfreund und erklärten ihm, was man mit solchen wie ihm machen würde, er solle den Schuppen aufmachen und ihnen das Werkzeug geben, sie nahmen ihn mit zum Fluss hinunter.

Dort zwangen sie ihn zu graben.

«Mein Vater verlor kein Wort darüber, als er viele Stunden später zurückkam. Ich verriet nicht, dass ich wach gewesen war. Und so war es, als wäre es nie passiert, und dennoch waren die Stimmen dieser Männer, das Trappeln ihrer Schuhe, hier drinnen immer noch zu hören.»

Endlich gelang es Ján Kahuda, den Schlüssel umzudrehen, und er murmelte etwas, das wie eine Abschiedsfloskel klang. Dann verschwand er im Haus.

Ich musste die Tür hinter ihm schließen.

Die Juninächte hier waren so viel dunkler als in Schweden, nichts von dem durchgängigen Rosa, dem Zauber, dieser geballten Ungeduld des Lichts, die ich mit dieser Zeit um Mittsommer verband.

Ich fuhr direkt vor die Haustür, vorsichtig, falls die Katze plötzlich auftauchen sollte. Ließ den Schlüssel stecken und die Scheinwerfer eingeschaltet, bis ich die Haustür aufgeschlossen und drinnen Licht gemacht hatte.

Dann ging ich wieder raus, zog den Schlüssel ab, ging ins Haus zurück und schloss hinter mir ab.

Angst vor der Dunkelheit ist zugleich die Furcht vor den eigenen Ängsten. Vor dem Gesicht am Fenster, dem Schatten hinter dem Duschvorhang. Der Gedanke selbst jagt einem mehr Furcht ein als das, was tatsächlich passiert. Ich holte die Matratze aus der Kammer im Erdgeschoss und schleppte sie samt Bettzeug die Treppe hinauf. Richtete dort mein Lager ein, wo künftig unser Schlafzimmer sein sollte, wo niemand zum Fenster hereinsehen konnte.

Es drohe keine Gefahr, hatte der Dolmetscher gesagt, ich sagte mir das immer wieder. Atmete den schwachen Duft der biologisch abbaubaren Wandfarbe ein, des Leinöls. Hätte er, der bei den Verhören dabei gewesen war, der einen gewissen Einblick hatte, so etwas gesagt, wenn doch Gefahr bestünde?

Und mein nächster Gedanke, schlimmer noch und in jeder Hinsicht verboten: Wenn sie den Schuldigen bereits hatten, wenn alles, was sie behaupteten, stimmte, dann war es tatsächlich sicher, auf eine ganz schreckliche Weise sicher.

Ich holte mir eine Flasche Wein nach oben. Dazu Cracker und eine Packung Schinken, die erst seit einem Tag abgelaufen war. Vergaß, ein Glas mitzunehmen, und hatte dann keine Lust mehr, noch einmal hinunterzugehen.

Ich saß auf der Matratze, an die Wand gelehnt wie ein Teenager in seinem Zimmer und trank den Wein direkt aus der Flasche. Es war einer dieser ausgezeichneten Weine, die ich auf dem Weg nach Prag gekauft hatte, ein Müller-Thurgau. Ich trank mir Mut an und betäubte mich zugleich, lenkte mich mit der Art Gedanken ab, die am besten geeignet sind, die Angst fernzuhalten. Es hätten Gedanken an Paul sein können, doch sie glitten viel zu leicht zu Anton Adámek. Im Auto. Ohne jede Anwesenheit von Gefühlen. Roh und heftig hätten wir es getan, wie unausweichlich. Wenn er nicht ausgestiegen wäre, wenn ich uns an einen dunkleren Ort gefahren hätte. Ich musste an etwas anderes denken, an was auch immer, sonst wäre ich verloren. Ich war allein, ich fühlte mich elend, und niemand konnte mich sehen, zügig trank ich mich in den Schlaf.

Die Morgendämmerung weckte mich oder vielleicht auch ein Traum. Meine Schwester war wieder da. Sie war sechs oder sieben und rannte draußen auf der Wiese herum, wir hatten zum Gartenfest geladen, da waren Freunde und unsere erwachsenen Kinder, Verwandte. Der Traum hatte nichts Unheimliches, und dennoch spürte ich eine wahnsinnige Angst, als ich erwachte. Es dauerte einen Moment, bis ich wieder wusste, wo ich war. Ich sah die Weinflasche, die ich beinahe ganz geleert hatte, fand unter der Bettdecke mein Handy. Viertel vor fünf. Ich konnte mich nicht erinnern, eingeschlafen zu sein. Es schien mir mehr ein Dämmern gewesen zu sein, direkt unter der Oberfläche des Bewusstseins, wäre da nicht meine Schwester gewesen, die in den tieferen Schlaf gehörte, in die Unterwelt der Träume.

Eine blasse Ahnung von Morgenlicht im Zimmer.

Ich trat ans Fenster. Den Fluss sah ich durch leichten Dunst, Nebelschleier lagen dicht über dem Boden.

Acho hatte vom Fluss geredet, von der Linde. Kein anderes Zimmer bot einen so weiten Ausblick. Und es war die Morgendämmerung, in der er für gewöhnlich aufstand.

Dann war er unruhiger als sonst, hatte das Personal gesagt, gleichzeitig aber auch klarer. Es war, als wäre es auch bei mir so, trotz des vielen Weins noch nach Mitternacht. Als würden die Bilder deutlicher, als fügten die einzelnen Fragmente sich zusammen.

Zum ersten Mal seit langer Zeit weckte ich den Teil meiner Persönlichkeit, von dem ich dachte, ich hätte ihn zurückgelassen, den Teil, den ich nie gemocht hatte, der Dienstpläne und Zeittabellen erstellte, Termine festlegte und Menschen einteilte, für den es keine Fragezeichen und Leerstellen geben durfte.

Auf einer Zeitebene ist es Nacht, die Nacht, in der Ludvík in die Tunnel hinunterfloh. Dieselbe Nacht, in der Acho von der Brücke aus um sein Leben lief und seine Mutter die letzten Ziegelsteine in die Wand einsetzte, sodass es keinen Ausweg mehr aus dem Tunnel gab.

Dieselbe Nacht, die zum Morgen wird.

Wann verstummt das Rufen?

Hat Ludvík bereits aufgehört, auf Rettung zu hoffen, oder dauert es noch, dringen die Laute weiter durch die Rauchabzüge und Hohlräume des Hauses, sodass niemand genau weiß, woher sie eigentlich kommen, hört Julia sie ebenfalls? Hört sie sie bereits, als sie den letzten Stein einsetzt?

Es wird noch ein bisschen heller. Spinnweben glitzern in der hervorbrechenden Sonne. Jenseits des Nebels macht der Fluss eine jähe Biegung. Was geschieht mit so vielen Leichen, wenn sie sich zwischen Steinen und Schilf verfangen, wenn das Wasser seichter wird, werden sie hochgedrückt von den Körpern, die darunter liegen?

Ich dachte an die Listen der Verschwundenen und wie viele wohl in einer Brauerei dieser Größe gearbeitet haben mochten, dachte an den stechenden Geruch nach Hopfen und Malz. Ludvíks Mutter Milena, die sich mitten unter ihnen befand.

Wie nah es gewesen sein könnte, von der Stelle auf der anderen Seite des Flusses, wo die Mutter in der Morgendämmerung mit den anderen Toten begraben wird, durch die Erde hindurch bis zum Tunnel, in dem der Junge sich irgendwann zusammenrollt. Vielleicht geht es schnell, wenn der Rauch des Feuers vor der Buchhandlung bis in die unterirdischen Tunnel dringt, aber noch hat er nicht aufgehört zu rufen.

Die Lebenden tragen die Toten. Es dämmert, als Acho am Fenster steht und die Leichen sieht, die der Fluss angetrieben hat, wie sie aus dem Fluss gehoben und den Hang am anderen Ufer hinaufgetragen werden.

Bald werden die Männer an die Tür des Gärtnerhauses klopfen. Werden Ján Kahudas Vater zwingen, die Spaten herauszuholen, die Gräber auszuheben, während sein Sohn sich im Haus versteckt und zuschaut.

Schatten, die sich im leichten Nebel bewegten. Von dort aus lief meine Schwester in den Traum hinein, vom Fluss, als wollte sie mir etwas sagen. Jagte aus dem Unterbewussten, rannte fort von den Toten.

Der Morgen kam mit Macht, mit strahlend schönem Wetter, die Sonne blendete mich. Ich nahm eine doppelte Dosis Paracetamol. Kaffee und Toastbrot aus dem Gefrierfach.

Um neun Uhr siebenunddreißig erhielt ich eine Nachricht von Anton Adámek.

Der Richter habe Haftbefehl gegen Daniel erlassen. Um Punkt fünfzehn Uhr wolle mich die Polizei zu einem abschließenden Verhör treffen. Er werde als Dolmetscher anwesend sein.

Ich habe gehört, es gibt zwei Arten, auf massiven Stress und Panik zu reagieren. Beide stammen aus der Zeit, als wir noch umgeben von wilden Tieren in der Steppe lebten. Entweder man flieht oder man kämpft. Ein blitzschnelles Abwägen, je nach Typ unterschiedlich gewichtet. Doch die meisten Menschen tragen beide Möglichkeiten in sich.

Ich gab ein wenig zu kräftig Gas, als ich zwischen den Torpfosten hindurchfuhr, mich von dem Ort entfernte, an dem ich davon geträumt hatte, eine blaue Bank aufzustellen.

Fuhr über die Brücke, am Wirtshaus vorbei und parkte am Marktplatz. Trat durch die schwere Tür unter dem Rathausturm und hasste mich selbst dafür, dass ich das nicht sofort in Angriff genommen hatte. Mich überkam das Gefühl oder eher die Gewissheit, dass mir alles genommen werden könnte und nichts mehr übrig blieb.

Vielleicht sah mir die blasse Frau an der Rezeption an,

dass ich mich nicht abwimmeln lassen würde und vielleicht sogar laut werden konnte, jedenfalls griff sie sofort zum Telefon und wies mir schließlich den Weg ans andere Ende des Flurs. Dort kam mir ein übergewichtiger Mann entgegen. Sein Bauch hing über den Bund, die Hose war ihm halb heruntergerutscht. Er hieß Petr Vojtěck und war technischer Assistent. In einem lässigen Englisch bat er mich, in der Rumpelkammer Platz zu nehmen, die ihm als Büro diente, und entschuldigte sich freundlich, er habe mein Anliegen nicht ganz verstanden.

«Die Dokumente zu unserer Immobilie», sagte ich und erklärte, dass die irgendwo liegen geblieben sein müssten, wir hätten sie längst bekommen sollen.

«Dafür bin ich nicht zuständig», sagte er.

«Ich wurde hierhergeschickt.»

«Sie schicken alle möglichen Leute hierher, nur weil ich Englisch kann. Touristen, die sich verlaufen haben, Glückssucher, die meinen, sie könnten Gold oder Uran in den Bergen finden, und die von mir wissen wollen, wie sie eine Genehmigung zum Abbau von Erz erhalten können, *big money …*» Er schwang die Hände wie ein Cheerleader.

«Sie sprechen wirklich gut Englisch», sagte ich und lächelte, bis er ein bisschen rot wurde.

«Mein Vater war Beatles-Fan. Er lernte Englisch von John Lennon und Paul McCartney, und nach meinem fünften Geburtstag redete er nichts anderes mehr mit mir. Spätestens in einer Generation oder so werde ohnehin die ganze Welt englisch sprechen, meinte er, *and the whole world will be one.*»

«Und was ist jetzt genau Ihr Fachbereich?»

«Technik. IT. Breitbandausbau. Entsprechende Verträge, technische Untersuchungen, Auftragswesen.»

«Wenn ich also einen Breitbandanschluss möchte …»

Sein Gesicht leuchtete auf.

«Dann können Sie sich an mich wenden, keine Frage. Um es in die Wege zu leiten. Das könnten Sie tun.» Seine Finger tanzten über die Tastatur, er drehte den Bildschirm zu mir. «Es gibt mehrere Anbieter, die hier aktiv sind, aber wenn Sie mir Ihre Daten geben, Adresse, Bezeichnung der Immobilie, solche Sachen, dann kann ich Ihnen helfen, die beste Lösung …»

«Tja», sagte ich, «und genau da liegt das Problem, dass nämlich die Papiere mit allen Angaben zur Immobilie hier irgendwo hängen geblieben sind.»

Petr Vojtěck stöhnte und hob die Hände zur Decke, als wollte er sagen: «Sind das denn hier alles Idioten?»

«Also, manche Abteilungen … Die leben immer noch in einem anderen Zeitalter. Ich begreife nicht, warum das nicht längst alles digitalisiert ist.»

«Das bedeutet also in der Konsequenz, dass ich keinen Glasfaseranschluss bekommen kann, oder …?»

Er sah bekümmert aus. Dann kam er erstaunlich fix auf die Füße und fragte mich nach meiner Adresse, bat mich, einen Moment zu warten. Ich hörte ihn summen, während er das Zimmer verließ … *I need somebody, help, not just anybody, he-e-e-elp* … Der Spalt zwischen seinen Pobacken schaute heraus, aber er hatte eine schöne Stimme.

Es dauerte beinahe zwanzig Minuten, bis ich sie wieder hörte. Ich hatte gehofft, er würde mir die Dokumente mitbringen, aber er setzte sich mit leeren Händen wieder an den Computer und seine Finger begannen erneut zu arbeiten.

«Haben Sie nichts gefunden?», fragte ich.

«Schlechte Neuigkeiten, leider. Wenn Sie mir gleich gesagt hätten, dass Sie auf der anderen Seite des Flusses wohnen … Zu weit, zu teuer, keine anderen Haushalte da drüben, Sie müssen wohl auf einen guten Mobilfunkanbieter hoffen. Ich drucke Ihnen mal eine Liste der Anbieter aus, die eine gute Bandbreite und Geschwindigkeit zu einem fairen Preis anbieten.»

«Und die Dokumente?»

«Der Kopierer ist wahnsinnig lahm, aber ich habe alles gescannt, was ich gefunden habe. Geben Sie mir mal Ihre E-Mail-Adresse, dann schicke ich es Ihnen.» Petr Vojtěck deutete auf mein Handy, und ich öffnete meinen Account. Sekunden später traf die E-Mail ein.

Drei Dokumente als Anhang.

«Ich glaube nicht, dass Sie sich Sorgen machen müssen», sagte er und musterte mich hinter seinem Bildschirm, «es muss nicht unbedingt Probleme geben.»

«Was für Probleme?»

Er lehnte sich zurück, das Hemd spannte über seinem Bauch. Warum nahm ich eigentlich nur Dinge wahr, die mit seinem Gewicht zu tun hatten? Ebenso gut hätte ich erwähnen können, dass er scharfe und erstaunlich blaue Augen hatte.

Was er mir zugeschickt hatte, war der ursprüngliche Grundbucheintrag aus der Zeit vor 1945. Ich öffnete das Dokument, während er redete, es war auf Deutsch, ich las den Namen Johann Heller, und ein Schauer überlief mich, denn er wurde plötzlich wirklich. Daneben fand ich das Überlassungsschreiben, das die ehemaligen Besitzer unterschreiben mussten, um damit ihre Ansprüche für alle Zeit abzutreten. Eine zierliche Schrift, unterzeichnet: Julia Heller.

«Nicht mein Fachgebiet, wie gesagt. Vielleicht sieht das immer so aus, *hell yeah*, es war schließlich Krieg. Und nur weil jemand Einspruch erhebt, bedeutet das nicht, dass er recht bekommt. Die meisten Menschen bekommen eher unrecht, vor allem, wenn sie sich mit Ämtern anlegen.»

Er lachte über seinen eigenen Witz.

«Warten Sie mal», sagte ich. «Hat jemand formal Einspruch dagegen erhoben, dass wir das Haus kaufen?»

«Ja, so in der Art. Der Verkauf sei auf ungeklärter Grundlage erfolgt, die Besitzverhältnisse seien nicht eindeutig. Eingaben, Beschwerden, eine ziemlich dicke Akte.» Er zeigte es mit der Hand. «Das habe ich nicht alles gescannt, denn dann wäre ich *'til the end of time* da unten gewesen.»

«Aber Sie haben es gelesen.»

Er lächelte.

«Viel juristischer Kram, nicht mein Gebiet, aber einiges lässt sich aus dem Begleitschreiben entnehmen.» Seine blauen Augen sahen mich plötzlich forschend an. «Sie wussten wohl gar nichts davon?»

Dann hatte Anna Jones es also wirklich getan, sie hatte geschrieben und sich mit Eingaben an die Stadt gewandt, während sie gleichzeitig im Wirtshaus mit mir Wein getrunken und *uns* juristische Hilfe angeboten hatte. Sie wusste bereits, wer ich war, noch bevor wir uns einander vorgestellt hatten. Sie hatte nach den Zeichen auf dem A und dem O in Åström gefragt, weil sie den geschriebenen Namen gesehen hatte. Was für eine Schlange, dachte ich, was für ein aalglatter Mensch.

«Nein», sagte ich, «das wusste ich nicht.»

«Unterschrift hin oder her, wie gesagt, so was hätte sie den EU-Instanzen auf den Tisch knallen können, aber hier … wohl eher nicht.»

«Hat sie eine Antwort darauf bekommen?»

«Mmh, abgelehnt. Sie wurde auf das Präsidentendekret von 1945 verwiesen. Das war Anfang Mai. Danach hat sie noch unzählige Briefe geschrieben, *she didn't take no for an answer.*»

Petr Vojtěck stand auf und ging hinaus, kurz darauf war er mit einem Blatt in der Hand zurück, der Liste mit Internetanbietern, an die ich mich wenden konnte.

«Was war denn aber mit den Unterschriften?», fragte ich.

«Genau das wurde unter anderem ins Feld geführt. Ich habe ja nicht alles gelesen, aber der Knackpunkt war wohl, dass die Ehefrau kein juristisches Dokument unterschreiben darf, wenn der Mann als alleiniger Besitzer drinsteht und nicht für tot erklärt worden ist. Juristisches Kauderwelsch in beiden Sprachen, wenn Sie mich fragen, und im Übrigen ist das *ancient history, yesterday …*»

Es klang gleichgültig, aber ich ahnte, dass es ihm nicht egal war. Er hatte in der Vergangenheitsform von Anna Jones gesprochen, vielleicht nannte er ihren Namen bewusst nicht. Er weiß Bescheid, dachte ich.

«Haben Sie sie kennengelernt?», fragte ich.

«Wen?»

«Die Frau, die die Briefe geschrieben und Einspruch erhoben hat. Anna Jones. Sie hat englisch gesprochen, wurde sie auch zu Ihnen geschickt?»

«Ich habe ihr gesagt, dafür wäre ich nicht zuständig.»

Sein Gesicht leuchtete auf und wurde wieder blasser, als er etwas am Computer machte.

«Sorry, ich habe noch anderes zu tun, *working like a dog …*»

Auf dem Marktplatz wurden Stände mit Tomaten, Gurken und Honiggläsern aufgebaut. Ich musste mich zwischen ihnen hindurchschlängeln, denn ich hatte versehentlich mitten auf dem Markt geparkt. Als ich den Wagen mühsam herausbugsierte, fielen mir die mittelalterlichen Häuser wieder ins Auge. Wie verwachsen sie miteinander waren, die Arkaden wie eine Ader zwischen dem Rathaus und der Polizei, wie siamesische Zwillinge hingen sie seit Jahrhunderten aneinander.

Natürlich hatte die Polizei Zugang zu diesen Dokumenten. Sie wusste, dass Anna Jones unsere Existenz bedroht hatte. Ich sah förmlich vor mir, wie jemand während der Gerichtsverhandlung damit herumwedelte, Daniel Åström hatte ein Motiv, er hatte die Gelegenheit, er wurde erwiesenermaßen schnell aggressiv, und außerdem gab es einen Zeugen.

Und seine Fingerabdrücke auf der Hacke. Die hatte ich ganz vergessen.

Sobald ich den Marktplatz und die Menschen hinter mir gelassen hatte, hielt ich am Straßenrand.

Wie ein wildes Tier ergriff die Angst plötzlich Besitz von mir. Wie oft hatte ich die schlimmsten Befürchtungen von mir weggeschoben? Und war das auch nicht richtig?

So etwas würde er niemals tun, denken wir. Er doch nicht, überzeugen wir uns selbst, denn wie sonst könnten wir vertrauen, lieben, Kinder in die Welt setzen? Man kann einen anderen Menschen nicht wirklich kennen, immer nur das, was er von sich preisgibt. Aber was ist mit dem, was im Verborgenen liegt? Der Daniel, den ich kannte, war nicht so, aber vielleicht der, der er geworden war? Wie kann man wissen, wozu ein Mensch unter veränderten Umständen in der Lage ist, wenn er innerlich zerbricht?

Ich hatte in der Nähe des alten Friedhofs angehalten. Musste mich sammeln, frische Luft atmen, nicht die eiskalte, künstliche der Lüftung im Auto, und so trat ich in die verblüffende Stille ein. Grüne Gewölbe außerhalb der Zeit. Vielleicht erinnerten sich meine Füße an das letzte Mal, denn ich fand den Grabstein sofort. Einen schlichten, in der Mitte gesprungen, ein einziger Name. Walter Blau, geboren 1912, gestorben 1944.

Dann war die Familie jetzt möglicherweise wieder vereint. Ein Vater, der in den letzten Kriegsjahren gestorben war, eine Mutter, die von der Brücke geworfen wurde, und ein Junge, der schließlich doch noch auf dem Friedhof seine Ruhe gefunden hatte, weniger als dreißig Meter von seinem Vater entfernt.

Einer im Krieg gefallen, zwei im Frieden. Ich dachte an Rache und Vergeltung, einen Kreislauf des Bösen und des Todes, der nie unterbrochen worden war, dachte an die Menschen, die ohne Grabstein oder Andenken beerdigt worden waren, an die Wahrheiten, die mit ihnen hatten sterben sollen, ich dachte an das Grab, das vor kurzem erst ausgehoben worden war, und wie schnell das Unkraut wuchs. Und bei diesem Gedanken fiel es mir wie Schuppen von den Augen.

Die Hacke.

Was tat man mit einer Hacke? Griff man danach, um Grund und Boden zu verteidigen? Daniel, der sportlich und fit war, gegen eine zierliche Frau, die einen Kopf kleiner war als er? Oder hackte man damit Erde auf, die fest geworden war, die man lockern musste, um anschließend mit einem Spaten weiterarbeiten zu können? Wenn man nicht besonders kräftig war, wenn man gesehen hatte, dass all die Geräte aufgereiht in der Scheune standen. Und dass sich kein Auto auf dem Hof befand. Wenn man davon ausgehen konnte, dass niemand zu Hause war.

Anna Jones war auf das Weingut gegangen, um zu graben.

Unter der Linde, eine Nachtigall … Wie war das noch mal?

Unter der Linde, an der Heide, wo unser beider Bett war …

Ich hatte es eilig, zum Auto zurückzukommen, und stolperte über die Reste eines alten Kreuzes. Nahm die Straße, die außen an der Stadt vorbeiführte, und erreichte das Haus des Gärtners diesmal von der anderen Seite.

Atmete ein paarmal tief durch, bevor ich anklopfte, war auf die Gerüche des schlimmsten Katerstadiums vorbereitet. Ich wusste, wie leicht jemand in diesem Zustand einnässen oder sich im Liegen übergeben und wieder einschlafen konnte.

Niemand öffnete, kein Geräusch. Ich klopfte lauter, es blieb weiterhin still. Drückte die Türklinke, es war nicht abgeschlossen. Erst beunruhigte mich das. Ich hatte ja gesehen, wie er am Abend zuvor mit den Schlüsseln herumgefuhrwerkt hatte, er schloss normalerweise immer ab, wenn er wegging.

Dann fiel mir ein, dass ich ja die Tür hinter ihm geschlossen hatte, während er nur hineingewankt war. Bestimmt schlief er noch wie betäubt.

Vorsichtig schob ich die Tür auf und rief seinen Namen. Es

roch schwach nach Exkrementen, ich hielt mir die Nase zu und atmete beim Eintreten durch den Mund. In der Küche war niemand. Eine Flasche auf der Arbeitsplatte, schmutziges Geschirr, er war ganz sicher nicht in der Lage gewesen, noch aufzuräumen. Das Wohnzimmer unmittelbar daneben, auch dort war niemand.

Es widerstrebte mir, in sein Schlafzimmer zu gehen, in das Allerprivateste. Mehrmals klopfte ich, bevor ich die Tür aufstieß. Drinnen blendete mich das Licht, die Sonne schien direkt hinein. Es war merkwürdig still. Der alte Mann war auf den Boden gefallen, oder er war dort eingeschlafen, er lag auf dem Bauch, sodass ich sein Gesicht nicht sehen konnte. Der Gestank war durchdringend, ein Fleck hinten auf der Hose und entlang des einen Beins erklärte alles.

«Ján», sagte ich, jetzt lauter. «Hallo, können Sie mich hören?» Ich wartete auf ein Husten, eine Bewegung, mehrmals rief ich seinen Namen. Trat näher, so nah, dass ich mich über ihn beugen und ihn vorsichtig an der Schulter rütteln konnte.

«Ján, bitte, wachen Sie auf.»

Ich wusste, wie schlaff und schwer ein Körper sein kann, wenn der Alkohol den Schlaf in Bewusstlosigkeit verwandelt. Die Schwere war zu spüren, zugleich aber auch eine Starre, als ich ihn an der Schulter fasste, um ihn umzudrehen. Kein nach Alkohol stinkender Atem, obwohl sein Mund geöffnet war und ich mich noch näher zu ihm herunterbeugte. Seine Augen waren geschlossen, die Haut eiskalt. Ich tastete nach seinem Handgelenk. Legte die Fingerspitzen an seinen Hals.

Nichts.

Das Nächste, was ich bewusst wahrnehme, ist, dass ich im Auto sitze. Den Schlüssel umdrehe und wegfahren will. War ich wirklich gestolpert, als ich rückwärts hinausging? Das Gefühl kehrte ständig zurück, wie ich über seinen Körper fiel, aber im Nachhinein glaube ich nicht, dass es tatsächlich passierte.

Ich stellte den Motor wieder aus. Was hatte ich mir nur gedacht, wer war ich denn? Ein alter Mann war gestorben, wenige Stunden nachdem ich ihn nach Hause gefahren hatte. Ihn alleingelassen hatte, obwohl ich wusste, dass er sturzbetrunken war.

Ich wollte das einzig Richtige tun und den Notruf wählen. Eins, eins zwei, Rettung kommt herbei, der Reim klang neckisch in meinem Ohr, während ich überlegte, wie ich bloß erklären sollte, was passiert war. Verdammter Reim, es war gar nicht so einfach, Rettung herbeizurufen.

Ján Kahuda sollte gegen meinen Mann aussagen. Als Frau des Angeklagten hätte ich diesen Zeugen niemals aufsuchen dürfen.

Das Gärtnerhaus lag abgeschieden, aber nicht einsam. Fünfzig Meter weiter standen mehrere Einfamilienhäuser. Ich sah einen Mann, der mit seinem Hund Gassi ging, kurz davor war eine Frau mit Zwillingswagen vorbeigekommen, sie hatte genickt und mir zugewinkt, wie konnte ich auch nur daran denken, einfach abzuhauen?

Es gab noch eine andere Nummer. Eingespeichert, zwei Knopfdrücke entfernt.

Anton Adámek nahm nach dem zweiten Klingeln ab.

«Fassen Sie nichts an», sagte er. «Warten Sie draußen, ich komme.»

Ich ließ die Fensterscheiben zu beiden Seiten herunter, damit die Luft frei zirkulieren konnte, während ich wartete. Erstaunlicherweise ging das Leben um mich herum einfach weiter. Ich hörte Kinderlärm und Vogelgezwitscher, atmete den Kindheitsduft der Hagebuttenhecke ein. Die Aussicht hatte etwas schwindelerregend Friedliches, in der Zeit Festgenageltes und Unveränderliches.

Ein Trinkertod. Er war an seinem Erbrochenen erstickt, oder die inneren Organe hatten versagt, ein Herzinfarkt oder die Leber, die Bauchspeicheldrüse, es gab tausend Ursachen, an denen ein alter Mann nach jahrelangem, intensivem Alkoholmissbrauch sterben konnte.

Aber ausgerechnet in dieser Nacht?

Ich wusste, dass Ján Kahuda in seiner Zeugenaussage etwas ausgelassen hatte. Deshalb war ich hierhergefahren, um ihn zu fragen, was genau er gesagt hatte, was sich hinter dem Schemen oder Schatten verbarg, den er vage beschrieben hatte. Ich weiß nicht, warum ich mir sicher war, ich wusste es einfach. Dieses Ausweichende und halb Verborgene kannte ich nur zu gut. Der Alkohol, Dinge, die nicht angesprochen werden durften. Ich war schließlich sogar nach jemandem benannt, den man besser nicht erwähnte.

Der BMW kam mit viel zu hoher Geschwindigkeit heran und bremste auf dem Grundstück scharf, riss dabei ein Stück des so sorgfältig gepflegten Rasens auf.

Anton Adámek stieg aus und spähte zum Haus hinüber. Ich trat zu ihm.

«Schöner Garten», sagte er. «Wie tragisch.»

«Haben Sie die Polizei gerufen?»

«Ich schaue es mir erst mal selber an, dann weiß ich wenigstens, wovon ich rede.»

«Danke, dass Sie gekommen sind.»

Er hielt inne, die Hand auf der Klinke.

«Hatten Sie gesagt, die Tür stand offen?»

«Sie war zu, aber nicht abgeschlossen.»

Ich war ein bisschen überrascht, dass der Dolmetscher den Türgriff mit bloßer Hand anfasste, hatte aber nicht die Kraft, mich einzumischen. Ich fühlte mich unendlich müde und setzte mich auf den Beifahrersitz, die Autotür ließ ich offen.

Ich war nahe dran, einzunicken, und schreckte immer wieder auf, wenn mir der Kopf auf die Brust fiel.

Anton Adámek war wieder herausgekommen und telefonierte auf der Treppe. Es mochten ein paar Minuten vergangen sein oder eine Viertelstunde.

«Sie werden wissen wollen, warum Sie hier waren», sagte Anton Adámek, als wir uns auf dem Rasen trafen. Er kam mir angespannt und gleichzeitig beinahe unnatürlich ruhig vor. Manche Leute reagieren so, rational und effektiv. Es war nicht die Rede davon gewesen, dass es außer dem Fliehen oder Kämpfen noch eine dritte Alternative gab.

«Ich wollte nach ihm schauen», sagte ich. «Er war völlig betrunken gestern Abend.»

«Sie werden fragen, warum Sie ihn nach Hause gebracht haben. Was für eine Beziehung Sie zu dem Toten hatten.»

«Ich hatte ihn als eine Art Gärtner eingestellt. Ich habe mich für ihn verantwortlich gefühlt, er wäre auf der Brücke beinahe überfahren worden.»

«Sie werden fragen, was ein alter Mann so spät noch dort zu suchen hatte.»

«Er war, wie gesagt, sturzbetrunken. Ich habe ihn gerettet. Beinahe wäre er von einem Lkw überfahren worden.»

Es war, als probten wir ein Stück, erschufen Dialoge. Ein Einvernehmen, wie bei einem Tanz, bei dem er führte und ich folgsam die festgelegten Schritte machte.

«War er deprimiert, zornig, worüber haben Sie gesprochen?»

«Nichts Konkretes», sagte ich, während die Frage in mir arbeitete. Wie war er gewesen, deprimiert oder eher verzweifelt? «Er lallte vor allem, redete unzusammenhängendes Zeug.»

Ich erwähnte die Ereignisse auf der Brücke nicht oder die Morgenstunde, in der sie seinen Vater geholt hatten. Warum, kann ich nicht sagen. Vielleicht hatte ich das Gefühl, es würde alles noch komplizierter machen.

«Hatten Sie den Eindruck, er wollte seinem Leben ein Ende setzen?»

«Dann hätte ich ihn nicht alleine gelassen.»

Sie kamen mit zwei Autos, Zivilfahrzeuge. Drei Männer, keine Polizisten, die ich wiedererkannte, keine Uniformen. Einer von ihnen stellte sich als Arzt vor. Der Dolmetscher zeigte ihnen den Weg und kam anschließend wieder heraus. Er hatte die Ruhe, die mir selber fehlte. Wir warteten schweigend. Anton Adámek erwähnte die Zeugenaussage nicht, obwohl er inzwischen einiges darüber wissen musste.

Diese Ruhe. War das noch normal, konnte man so auf einen plötzlichen Todesfall reagieren? Meine eigene Unruhe wurde so nur umso größer. Ich begriff es nicht. Wer er war, oder wer er behauptete zu sein.

Als die Polizisten und der Arzt wieder herauskamen, fühlte ich mich beinahe außerstande zu reden oder mich zu erinnern, was ich mir vorgenommen hatte zu sagen. Ich faselte irgendetwas, sprang von einem zum anderen. Sie hatten eine fast väterliche Art, mit mir zu sprechen, so fürsorglich. Anton Adámek übersetzte, was ich sagte, fast bevor ich es ausgesprochen hatte.

Er hört mir nicht zu, dachte ich, er sagt das, was ich vorhin zu ihm gesagt habe.

Einer der Polizisten nickte und machte sich Notizen.

«Dann hatten Sie heute Nacht also nicht den Eindruck, er war auf der Brücke, um sich das Leben zu nehmen», sagte Anton Adámek, mehr als Behauptung denn als Frage.

«Nein, ich weiß nicht», sagte ich, «er war wahrscheinlich einfach nur betrunken.»

Es geschieht etwas mit einem, wenn man eine Weile in einer fremden Sprache gelebt hat. Auch wenn man die Worte nicht versteht, fängt man doch bald an, Nuancen zu unterscheiden. Einzelne Wörter, bejahend oder verneinend, wie der Tonfall ansteigt und wieder abfällt. Ich hatte den Eindruck, Anton Adámek antwortete ja, wo ich nein gesagt hatte.

«Kann der Arzt etwas dazu sagen, woran er gestorben ist?», fragte ich.

Der Dolmetscher übersetzte, und sie sahen einander an, von rechts nach links und wieder zurück, wechselten untereinander ein paar Worte.

«Es braucht keinen Arzt, um das zu beantworten», sagte Anton Adámek, nachdem sie anscheinend beschlossen hatten, mich einzuweihen. «Haben Sie den Brief auf dem Nachttisch nicht gesehen?»

«Was für einen Brief?»

Anton Adámek legte eine Hand auf meine Schulter, nahm mich beiseite und senkte die Stimme.

«Ján Kahuda hat sich das Leben genommen. Sie konnten natürlich nicht lesen, was in dem Brief stand, aber ich glaube, Sie hätten es verstanden.»

Ich musste mich noch einmal in die Situation zurückversetzen. Was hatte ich gesehen? Den Mann auf dem Boden, das Bett, die zerwühlte Decke, und die Gardinen, auch das hatte ich gesehen, waren nicht zugezogen. Auf dem Nachttisch stand eine Lampe, vielleicht lag da auch ein Buch, aber ein Blatt Papier?

Der schwere Duft der Rosen stieg mir entgegen, es war zu viel, überwältigend, als hätte jemand Parfüm verschüttet. Die Hand auf meiner Schulter wurde schwerer, drückte mich hinab, ich merkte, wie sie mich festhielt.

«Ich weiß nicht, ob ich einen Brief gesehen habe.»

«Das haben Sie bestimmt», sagte er, «aber Sie stehen unter Schock, Sie haben nicht weiter darüber nachgedacht.»

Sah ich die Spinne vor mir wirklich, an einem Faden vom Hausdach herabhängend, oder war es nur dieses Gefühl, zu spüren, wie sie ihr Netz spann? Ich musste an die Andeutungen des Wirts denken, wie sie die Geschichte umschrieben und vertuschten, einen Mord als Unfall bezeichneten.

Ich befreite mich von der Hand des Dolmetschers. Wenn er denn tatsächlich ein Dolmetscher war.

Wie lange war Anton Adámek dort drinnen gewesen, bevor er die Polizei gerufen hatte? Waren es überhaupt Polizisten? Oder dieselben zivil gekleideten Männer, die in Anna Jones' Zimmer alle Spuren beseitigt hatten?

Ich musterte von der Seite sein Profil, das ich so attraktiv gefunden hatte. Ein Mann, der überall auftauchte, bei der Polizei, im Wirtshaus, in meinem Auto und jetzt im Haus eines toten Mannes, jemand, der Fragen über mich gestellt hatte, als ich fort war. Libor hatte etwas geahnt, deshalb hatte er Dinge gesagt und auch wieder nicht gesagt, weil er gelernt hatte, wie man in jeder Situation überlebte.

Wenn ein Mord als Unfall bezeichnet werden konnte, warum dann nicht auch als Selbstmord? Meine Gedanken drehten sich immer schneller. Was hatte Ján Kahuda eigentlich gesehen, was war es, das er verschwiegen hatte? Daniels Worte hallten in mir nach, dass irgendjemand hier log.

Ein Buchstabe trennt die Wahrheit vom Tod.

«Ich muss mal zur Toilette», sagte ich.

«Sie können ruhig die da drinnen benutzen», sagte Anton Adámek und lächelte, «es ist ja kein Tatort. Und Ihre Fingerabdrücke finden sich ja sowieso im Haus.»

Ich hörte die Worte Fingerabdrücke, Tatort, eine leise unterschwellige Drohung.

«Wenn sonst nichts mehr ist, kann ich ja auch fahren», sagte ich und ging zu meinem Auto. «Ich kann da jetzt nicht noch mal reingehen.»

Anton Adámek folgte mir langsam.

«Rufen Sie mich an, wenn noch etwas ist», sagte ich laut auf Deutsch, auf Englisch, als ich an den anderen auf der Treppe vorbeiging. Sie rauchten und redeten über dies und das, zumindest deutete der Tonfall darauf hin, ihre entspannte Haltung und ihr leises Lachen. Ich winkte mit meinem Handy und sagte, der Dolmetscher habe meine Nummer, zeigte auf ihn. Verdammt, er hatte meine Nummer.

Anton Adámek war stehen geblieben, ließ mich aber nicht aus den Augen. Er hinderte mich nicht daran, ins Auto zu steigen. Ich setzte zurück, bog ab, trat zu fest aufs Gas, es sollte nicht so aussehen, als würde ich fliehen, dachte ich, ich musste einfach nur furchtbar dringend pinkeln.

Ich wusste nicht, wohin ich sonst hätte fahren sollen. Den Geruch nach Druckerschwärze, Papier und Staub verband ich einfach mit Geborgenheit, mit der Bibliothek, in der meine Mutter gearbeitet hatte, späte Abende, wenn sie zuschließen musste und es niemanden gab, der auf mich hätte aufpassen können.

Ein Mensch, der sich offensichtlich freute, mich zu sehen, und der mich anschaute, als wäre alles normal. So nahe war ich dem Gefühl von Freundschaft lange nicht mehr gekommen.

«Hallo, da bist du ja endlich», sagte Martha, «ich dachte, du wolltest schon heute Vormittag hier vorbeikommen.»

«Entschuldige, das hatte ich völlig vergessen.»

Ich sank auf einen Hocker, Tasche und Jacke zusammengeknautscht auf meinem Schoß, weiter als bis hier würden mich meine Beine nicht tragen. Vielleicht zitterte ich sogar, zumindest fühlte es sich so an.

«Was ist passiert?»

Schluckte ich, atmete ich? Ja, wahrscheinlich, das tat man ja immer. Überlegte ich, ihr alles zu erzählen? Ich mochte Bücher. Vergötterte sie geradezu. Als Kind war ich ausgeschimpft worden, wenn ich eine Seite umgeknickt hatte, sie waren etwas Heiliges, das man nicht zerstören durfte. «Freistatt», wollte ich rufen, wie die Geächteten, wenn sie die Kathedrale von Notre-Dame betreten hatten.

«Ich habe gerade erfahren, dass ein Freund sich das Leben genommen hat», erklärte ich.

«Oh, wie schrecklich», sagte Martha und setzte sich achtlos auf einen Stapel Neuausgaben berühmter Klassiker. «Standet ihr euch sehr nahe?»

«Nicht besonders, aber dennoch.»

«Kaffee? Ich habe auch Wein da.»

«Mhm.»

«Also beides?»

«Kann ich mal die Toilette benutzen?»

«Klar», sagte sie und deutete zum Hinterzimmer.

Ich hörte, wie sie die Ladentür abschloss. Dann rief sie, ich solle ruhig schon mal den Kaffee aufgießen, während sie in die Wohnung hochgehe. Das war etwas Konkretes, das mich wieder ein bisschen in der Wirklichkeit verankerte. Wasser in den Wasserkocher, die Dose Instantkaffee.

«Möchtest du darüber reden?», fragte Martha, als sie mit einer halben Flasche Rotwein zurückkehrte.

«Im Augenblick nicht. Glaube ich.»

«Okay, dann quatschen wir über was anderes.» Martha schenkte mir Wein in ein Wasserglas und lachte. «Hab gestern ein bisschen viel davon getrunken, aber was soll's, ich muss heute nicht unterrichten.»

Sie goss sich ebenfalls ein Glas ein und erhob es.

«*Na zdraví!* Auf deinen Freund.»

Ich stieß schweigend mit ihr an. Wollte meine Gedanken ausschalten, einfach ausgelassen sein, zumindest für einen Moment. Ein Glas Wein mitten am Tag. Egal, dachte ich, was kann jetzt noch passieren?

Martha schaute auf den Hinterhof hinaus. Mir fiel die Ratte wieder ein, die dort gesessen hatte, oder war es eine Katze gewesen? Irgendetwas Graues, bei den Mülltonnen.

«Ich weiß nicht, warum ich sie immer mit nach Hause schleppen muss», sagte sie und trank ein paar Schlucke. «Wenn man sich kennenlernt, wirken sie so toll und wahnsinnig attraktiv, aber wenn man sie erst in der Wohnung hat, nehmen sie einem alle Luft zum Atmen und hinterlassen eine Leere, die vorher nicht da war. Es ist, als nähre sich die Einsamkeit von ihrer Anwesenheit, geht dir das auch manchmal so? Ach nein, entschuldige, du bist ja verheiratet.»

Der Wasserkocher blubberte und schaltete sich aus.

«Egal, was soll's, komm, mach dir einen Kaffee, dann nehme ich den Wein, ich habe auch Cracker unten, wenn du möchtest.»

Ich blieb sitzen. Der Gedanke, wieder in die Tunnel hinabsteigen zu sollen, lähmte mich, eine Treppe enger als die andere, Fels und Gestein, ich musste an die Tiefe unter der Erde denken, Auswege, die es nicht mehr gab. Dinge, die ich angehen musste, bevor es zu spät war.

«Ich habe ein Foto», sagte Martha. «Ich dachte, du würdest vielleicht gern ein Foto von Ludvík Blau sehen.»

Ich hatte mich getäuscht, es war nicht unheimlicher, in die Tunnel hinabzusteigen, als sich auf Straßenniveau zu bewegen, im Gegenteil, ich empfand es als beruhigend, mich von der Unterwelt umfangen zu lassen, den massiven, gemauerten Wänden und dem Fels, in dem Wissen, dass es keinen Weg hierhinein gab.

Niemand konnte mich hier finden.

Ich stellte Weinglas und Kaffeetasse ab, die ich fast ohne zu Kleckern die Treppen hinunterbekommen hatte.

Martha knipste die Batterielampe an. Auf dem Tisch lag

ein Heft, aufgeschlagen auf einer Seite mit Fotos. Auf einem der Bilder liefen ein paar Jungs in kurzen Hosen um die Wette. Marthas Finger landete auf einem Gruppenfoto.

«Sportwettkampf, Sommerlager 1943. Ganz links.»

Er war etwas kleiner als die anderen Jungen. Ihre Arme seitlich am Körper, herausgeputzt, voller Ernst standen sie vor dem Fotografen. Kurze Hosen und Pullover, alle trugen die gleichen Sachen, das Haar kurz geschnitten, einige lächelten, Ludvík nicht. Das Bild war zwei Jahre vor seinem Tod aufgenommen worden, er war wahrscheinlich noch etwas gewachsen, auf dem Weg in die Pubertät gewesen. Unweigerlich verglich ich das Bild mit dem Eindruck, den der dünne Körper im Keller auf mich gemacht hatte.

Ich kniff die Augen zusammen, um seine Züge besser zu erkennen.

«Das Verrückte ist: Wäre das Ganze vor dem Krieg geschehen, hätte er ebenso gut Tscheche sein können», sagte Martha und zog einen Stapel Papier aus dem Durcheinander. Anscheinend gab es da eine unsichtbare Ordnung. Die Dokumente stammten aus den verlassenen Räumen der geschlossenen deutschen Schule. Martha hatte den Namen Milena Blau in einem Protokoll aus den frühen Kriegsjahren gefunden. Der Junge, um den es ging, war Milenas Sohn, Ludvík. Sein Vater hieß tatsächlich Walter.

«Sein Vater war offensichtlich Sudetendeutscher, seine Mutter aber Tschechin, deshalb war nie ganz eindeutig, auf welche Schule er gehörte.» Sie überflog die vergilbten Seiten. «Hier bezeugen Nachbarn, dass sie zu Hause hauptsächlich tschechisch sprechen würden, aber weil der Vater Deutscher war, galt das Kind ebenfalls als deutsch, vor allem, weil es ein Junge war, der gut und gern nach seinem Vater kommen konnte. Vor der Schulleitung betonte Milena, dass sie dem kleinen Ludvík zu Hause deutsche Märchen vorlese und deutsche Lieder singen würde.» Martha trank einen Schluck Wein und nahm einen weiteren Stapel Dokumente zur Hand. «Es war verdammt schwer zu entscheiden, wer welcher Nationalität angehörte, diese Menschen lebten hier seit tausend Jahren zusammen.»

Sie beugte sich über meine Schulter und blätterte weiter in dem Heft auf dem Tisch, zeigte auf eine Liste. Wettkampfergebnisse. Ludvík war beim Laufen Zweiter geworden.

Dass er so schnell gewesen war.

«Es war nicht unmöglich, Kinder gemischter Familien umklassifizieren zu lassen, um der Deportation zu entkommen, aber es war einfacher, wenn der Vater Tscheche war. Mit einem deutschen Vater hatte er wahrscheinlich keine Chance.»

«Aber sein Vater ist gefallen», sagte ich, «ich habe seinen Grabstein auf dem Friedhof gesehen.»

«Der Kampf um die Seelen der Kinder», sagte Martha. «Wenn er zwölf war, hat man ihn wohl als unheilbar deutsch betrachtet.»

Je mehr ich mich anstrengte, meinen Blick scharfzustellen, während Martha redete, desto verschwommener erschien mir das Gesicht auf dem Foto. Ich bekam Wein nachgeschenkt. Meinen Kaffee hatte ich an der Treppe vergessen, wo er langsam kalt wurde.

«Wusstest du, dass Hitler wütend auf die Sudetendeutschen war?», fragte Martha. «Er hatte sie aus der tschechoslowakischen Unterdrückung befreit, dennoch zeigten sie sich undankbar und faul und überhaupt nicht daran interessiert, für das Reich in den Krieg zu ziehen. Zuweilen zogen die Nazis sogar tschechische Nationalisten, die Gesundheit, Ordnung und Pflicht hochhielten, den Sudetendeutschen vor, weil diese bloß versuchten, sich der Einberufung zu entziehen und lieber zu Hause bei ihren Familien bleiben, sich um die Ernte kümmern und so leben wollten, wie sie es immer getan hatten.»

Ich bekam nicht mit, was genau Martha dazu brachte, das aus der Hand zu legen, was sie gerade hielt. Ob es die Türklingel oder ein anderes Geräusch war, das bis zu uns herabdrang, sie war wahrscheinlich geübt darin, auf solche Dinge zu achten.

«Kommst du einen Moment alleine klar?», fragte sie. «Es tut mir leid, aber ich kann es mir nicht leisten, die wenigen Kunden, die ich habe, nicht hereinzulassen.»

Ja, sicher, so konnte ich alles noch ein bisschen vor mir herschieben, weiter in dem dünnen Heftchen blättern. Es fanden sich noch weitere Wettkampfergebnisse, aber seinen Namen entdeckte ich nirgends mehr.

Immerhin Zweiter. Und ausgerechnet im Laufen.

Sein Fluchtweg musste hinter einer der dicken Mauern verlaufen sein, die mich umgaben. Der geheime Eingang hatte sich neben der Buchhandlung befunden, so nahe, dass das Feuer ihn versperrte, als die Bücher auf der Straße verbrannt wurden. Gefangen wie eine Maus, dachte ich, zwischen diesem und jenem und ohne die geringste Chance zu entkommen.

Ich war erleichtert, als ich oben wieder die Tür gehen hörte, Martha war auf dem Rückweg. Ich beschloss, das Heft zu kaufen. Mit Hilfe der modernen Technik würde es ein Leichtes sein, ein ordentliches Bild von Ludvík Blau zu erstellen. Ich stellte mir eine Gedenkstätte vor, dort wo er gestorben war oder auf dem anonymen Grab, ich konnte für ein Kreuz mit seinem Namen sorgen. Zur Sicherheit fotografierte ich das Bild mit dem Handy ab, falls Martha mir das Heft aus irgendeinem Grund nicht verkaufen wollte, und schaute dabei zufällig auf die Uhr.

Es war zehn nach drei. Siedend heiß fiel mir ein, dass ich etwas verpasst hatte. Einen Termin um drei, ein Verhör bei der Polizei, wie hatte ich das vergessen können?

Ich ging ein paar Schritte auf die Treppe zu. Ist es die Atmung, der Geruch, den man unwillkürlich wahrnimmt, die Schwere der Schritte?

Keine Frau, sondern ein Mann.

Instinktiv trat ich aus dem Licht in einen der kleineren Gänge. Ein niedriges Gewölbe mit einer Öffnung zu einem Tunnel, von dem nichts als ein amputierter Stumpf übrig war.

Wie eine Maus.

«Sonja? Ich weiß, dass Sie hier sind.»

Sein Schatten flackerte unruhig, fiel auf den Boden direkt vor der Nische, in der ich mich verborgen hatte. Geh raus, wollte ich mir selbst zurufen, geh raus und sag: ‹Ach so, Sie sind es nur, wie dumm von mir, mich so zu erschrecken.› Aber ich konnte mich nicht bewegen.

«Ich konnte Ihnen gar nicht sagen, was in dem Brief stand, Sie waren so schnell weg.»

Der Schatten verschwand. Die Schritte wurden leiser, verstummten. Ich hörte ihn blättern, herumkramen, Schlüsselklirren. Meine Handtasche. Sie lag noch auf dem Tisch.

«Sie wollen doch bestimmt wissen, warum Ján Kahuda sich umgebracht hat.»

Nein, schrie es in mir, während ich versuchte, lautlos zu atmen, den Mund geöffnet, langsame, kurze Atemzüge. Er hat sich nicht das Leben genommen. Ihr wollt nur, dass es so aussieht, wer auch immer ihr seid.

Der Lichtschein flackerte. Die Batterielampe. Er musste sie vom Tisch genommen haben und leuchtete jetzt in einen Nebengang und Hohlraum nach dem anderen hinein.

«Manche Menschen kommen an ihre Grenzen», fuhr er fort, und seine Stimme kam wieder näher, «wenn sie nicht mehr mit dem leben können, was sie getan haben.»

Geh runter, dachte ich, es gibt eine weitere Treppe, die in die untersten Gewölbe führt. Wenn ich deine Schritte dorthin verschwinden höre, renne ich los und nehme die Treppe nach oben.

«Ján Kahuda sah jemanden um Ihr Haus streichen. Er dachte, es wäre ein Dieb, und wollte seiner Pflicht nachkommen. Es kam zum Streit. Er sah die Hacke in der Hand der Person, bevor ihm klarwurde, dass es sich um eine Frau handelte. Er bittet Gott um Vergebung.»

War das möglich? Alles drehte sich, das war doch gelogen.

Roch er meine Angst, oder war so viel Zeit vergangen, dass er bereits alle anderen blinden Gänge untersucht hatte? Ich weiß es nicht. Sein Schatten füllte plötzlich die Öffnung, und er bückte sich, um sich nicht den Kopf zu stoßen, der Lichtkegel fiel auf die Wand gegenüber und rückte näher.

Eine Maus hätte zwischen seinen Beinen hindurchflüchten können. Es gab nur zwei Möglichkeiten. Ich kämpfte, als er mich packte, schlug um mich.

Anton Adámek hielt meine Hände fest. Diese Oberarme. Er hätte mir allein mit seiner Muskelkraft den Arm brechen können. Stattdessen zog er mich hinaus, ans Licht. Obwohl es so schwach war, blendete es mich. Meine Augen sehnten sich in die Dunkelheit, wollten nicht zurück ins Licht.

«Jetzt kriegen Sie sich mal ein», sagte er. Alle Wärme war aus seiner Stimme verschwunden. Dieser schnelle Wechsel, zu völliger Kälte oder Schlimmerem. Gleichgültigkeit.

«Entschuldigung, ich habe mich nur so erschrocken», sagte ich. «Ich wusste nicht, wer da ist. Diese Tunnel …» Er ließ mich los, und ich wich einen Schritt zurück. Luft zwischen uns. Ich atmete tief durch. «Wie haben Sie mich hier gefunden?»

«Das ist meine Aufgabe.»

«Als Dolmetscher?»

Anton Adámek lächelte.

«Eins meiner Geschäftsfelder, wie man heute sagt.»

«Ich muss los», sagte ich und wedelte mit dem Handy. «Ich muss zur Polizei, ich bin schon zu spät dran.»

«Das Verhör ist abgesagt worden.»

«Davon hat mir niemand etwas gesagt.»

Anton Adámek zog sein eigenes Handy heraus, das Display leuchtete auf.

Ein Brief, den er abfotografiert hatte. Das Papier war an einer Kante abgerissen, wie aus einem Block oder Buch herausgetrennt. Eine ordentliche Handschrift, vier, fünf Zeilen. Ich konnte es natürlich nicht lesen, weil es auf Tschechisch war, aber ganz unten stand Ján Kahudas Name.

«Selbstmörder schreiben fast nie Abschiedsbriefe», sagte ich und trat noch einen Schritt zurück, versuchte die Entfernung zur Treppe einzuschätzen. «Das ist nur im Film so. Sie hinterlassen nichts als Schweigen und Fragen.»

«Und ich dachte, ich könnte es Ihnen leichter machen», sagte er. «Die Polizei wird Ihren Mann gehen lassen. Es gibt keinen Grund mehr für ein Verhör. Daniel wird bald wieder zu Hause sein, darüber freuen Sie sich doch, oder?»

Anton Adámek musterte mich von oben bis unten, schien beinahe amüsiert. Dieser Unterton. Ich hätte ebenso gut nackt vor ihm stehen können. Was er alles wusste, was ich ihm alles anvertraut hatte.

«Ich kann nur nicht glauben, dass das mit Ján Kahuda stimmt», sagte ich. «Er war so sympathisch.»

«Ich fürchte, das würde Anna Jones anders sehen.»

Warum schwieg ich nicht, warum bedankte ich mich nicht einfach für die Information und ging, um einzukaufen und ein Willkommensessen für Daniel vorzubereiten? Stattdessen wich ich so weit wie möglich zurück. Zwei oder drei Schritte, dann stieß ich gegen die harte Felswand, ein Stein drückte zwischen meine Schulterblätter.

«Diesen Brief hätte jeder schreiben können», sagte ich.

«Der Gärtner war ein treuer Diener. Er hat gesehen, dass Ihr Auto nicht da war, und dachte, die Person würde sich unerlaubt Zutritt verschaffen.»

«Und woher kam die Hacke?»

«Vielleicht wollte sie gerade ein Fenster einschlagen?»

«Oder graben.»

«Es kam zum Streit. Er versuchte sie ihr aus der Hand zu reißen. Sie wehrte sich, sah sich im Recht, schrie, er habe dort nichts zu suchen. Schließlich bekam er die Hacke zu fassen. Er wollte es nicht, vielleicht schlug er zu fest zu, weil er es so gewohnt war. Fragen Sie mich nicht, Gärtnern ist nicht meine Stärke.»

«Und das alles hat er in vier Zeilen berichtet?»

«Genau so ist es gewesen.»

«Warum hätte er Ihnen das erzählen sollen? Oder haben Sie weitere sogenannte Zeugen ausgegraben?»

Anton Adámek trat einen Schritt näher.

«Ich war dort», sagte er.

Ich starrte ihm in die Augen. Spürte den Luftzug seines Atems. Wie ungerührt er wirkte, als mache der Tod ihm nichts aus.

«Wie meinen Sie das?»

«Ich war da, als es passierte.»

«Warum haben Sie das nicht früher gesagt?»

«So einfach ist das nicht», sagte er und schaute ganz kurz weg.

Ich stürzte an ihm vorbei und rannte los. Bis zur Treppe waren es nur ein paar Meter. Ich war schon auf dem Weg nach oben, als er mich am Fußgelenk packte. Ich trat um mich, kam aber nicht los.

«Martha», stieß ich hervor, «die Buchhändlerin, sie kann jeden Moment hier sein.»

«Was glauben Sie, wer mich eingelassen hat?»

Anton Adámek zog einen Schlüsselbund aus der Tasche und drehte ihn zwischen den Fingern. Ich erkannte die Schlüsselanhänger wieder, ein Einhorn, eine kleine Taschenlampe, der riesige Eisenschlüssel, der die Tür zu den Kellergewölben öffnete.

«Das würde sie niemals tun», sagte ich und wich zurück, «nicht freiwillig.»

«Die Leute tun meistens, was man ihnen sagt, wenn man ihnen einen guten Grund gibt.»

«Was haben Sie mit ihr gemacht?»

«Nichts, was sie nicht selbst gewollt hätte.» Sein Lächeln kannte ich inzwischen nur allzu gut, ich erstarrte, es war das Lächeln, mit dem er in meinem Auto gesessen hatte und das in mir Phantasien geweckt hatte, die ich niemals zugeben würde, wenn ich lebend hier herauskäme.

«Wer sind Sie eigentlich?»

Anton Adámek warf den Schlüsselbund in die Luft und fing ihn wieder auf. Dann drehte er sich um, ging zum Tisch. Obwohl der Abstand zu ihm jetzt größer war, konnte ich mich nicht rühren, saß immer noch am Ende der Treppe. Es gab keinen Ausweg. Ich saß da wie das Kaninchen vor der Schlange.

Er holte den Stuhl und setzte sich breitbeinig vor mich hin.

«Überwachung», sagte er. «Sagen wir, das wäre mein zweites Standbein.»

«Überwachung von wem?» Ich setzte mich auf, gefangen zwischen seinen Beinen. «Ján Kahuda? Anna Jones?»

«Sollten wir sie nicht lieber Frau Anna Heller nennen?», fragte er. «Unter dem Namen kennen ihre alten Freunde in Ostdeutschland sie doch, Kurt Lehmann, Udo Körner, ganz zu schweigen von ihrem armen alten Vater.»

«Haben Sie mich auch dorthin verfolgt?»

«Ich wusste nicht, dass Sie verreisen wollten.»

«Aber Sie haben im Wirtshaus nach mir gefragt, Sie haben herausgefunden, wo ich war …»

Plötzlich erkannte ich das Muster. Ich kroch eine Treppenstufe höher, nicht, weil es eine Chance gegeben hätte zu fliehen, ich wollte mich auf Augenhöhe mit seinem Brustkorb befinden, nicht mit etwas anderem.

Libor war der Einzige, der gewusst hatte, wo ich hingefahren war, und er wusste auch, wie man überlebte. Wie man eine Pension führte, unabhängig davon, welche Zeiten gerade herrschten, *Augen und Ohren offenhalten, aber nichts sehen und nichts hören.* Alles fiel auf seinen Platz. Der Mann in der Bar des Seehotels, der so gerne ein Bier mit mir teilen wollte, ich meinte, ihn auch auf dem Dresdner Bahnhof gesehen zu haben. Anton Adámek hatte herausgefunden, wo ich war und jemanden geschickt, der mich im Auge behielt. Es war keine Einbildung gewesen, ich war beobachtet worden. Eine Erkenntnis, die mich eher wütend machte, als dass sie mich ängstigte.

«Wie konnten Sie zulassen, dass Daniel für etwas beschuldigt wurde, das er nicht getan hat?»

Anton Adámek machte eine wegwerfende Handbewegung nach oben, in Richtung der Welt da draußen.

«Wovon leben die Leute hier, was glauben Sie?»

«Ich weiß es nicht.»

«Fast alle Fabriken sind verschwunden, die Gruben geschlossen oder ans Ausland verkauft. Was früher von harter Materie in der Erde abhing, ist jetzt auf die Launen der Touristen angewiesen, das Wohlwollen der Investoren.»

Metall auf Metall. Das alltägliche Geräusch klimpernder Schlüssel wurde immer lauter in einer Umgebung, in der es kein anderes Geräusch gab. Ein Rhythmus ohne Takt, ein Lied darüber, dass ich ganz in seiner Hand war. Weit hinten am anderen Ende des Raums sah ich einen Streifen Licht von dem Spalt hoch oben, durch den neulich der Rauch unserer

Zigarette aufgestiegen war. Es waren dreißig Meter oder mehr bis zur Straße, vielleicht war da oben kein einziger Mensch.

«Niemand hat etwas davon, wenn Juristen aus London kommen und alten Kram ausgraben, damit drohen, diese oder jene Leute zu verklagen. So etwas lenkt unliebsame Aufmerksamkeit in die falsche Richtung, schürt alten Hass. Ich sollte berichten, falls diese Frau etwas unternehmen würde, das Konsequenzen haben könnte.»

«Konsequenzen …», sagte ich und spannte alle Muskeln an, «wie sie totzuschlagen und die Schuld meinem Mann zu geben.»

Dann zielte ich und trat zu, direkt zwischen seine Beine. Anton Adámek stöhnte und fluchte, aus dem Augenwinkel sah ich, wie der Stuhl schwankte, als ich nach oben zu der Öffnung rannte. Ich schrie, so laut ich konnte. Vielleicht wurde mein Rufen durch den gemauerten Schacht verstärkt oder aber erstickt, noch ehe es hinaufdrang.

Innerhalb von Sekunden war er bei mir, legte einen Arm um meinen Hals, hielt mir Mund und Nase zu.

«Ganz ruhig», zischte er, als ich versuchte mich zu befreien, Luft zu bekommen. «Ich wurde nur damit beauftragt, aufzuräumen. Ich habe sie nicht getötet.»

Er ließ ein klein wenig locker, Millimeter, sodass ich atmen konnte, hielt mich aber weiterhin fest.

«Halten Sie den Mund, wenn ich Sie loslasse?»

Es gelang mir zu nicken, ich tat, was er mir sagte. Wenn er mich töten wollte, hätte er es nicht längst getan? Ich sank auf den Boden, lehnte mich an die Wand und knetete meine Hände, versuchte sie warm zu bekommen.

Hörte seine Stimme, sah ihn nicht an.

«Anna Jones verließ das Wirtshaus mitten in der Nacht, als kein Mensch draußen war. Ich musste Abstand halten, damit sie mich nicht entdeckte, ich verlor sie aus den Augen. Als ich begriff, wohin sie unterwegs war, war er schon dort.»

War das die Wahrheit oder nur eine weitere Version? Ich wusste es nicht.

Es war eine Möglichkeit.

Er hatte einen Schrei gehört und war das letzte Stück gerannt, kam aber zu spät. Anna Jones fiel zu Boden, kurz bevor er sie erreichte und dem Gärtner die Hacke entreißen konnte.

Ján Kahuda war in jener Nacht wirklich aufgestanden, um pinkeln zu gehen. Durchs Fenster sah er jemanden auf der anderen Seite des Flusses, der anfing zu graben.

«Wenn ich seine wirre Aussage richtig verstanden habe, ist er hingerannt, um die Person daran zu hindern und zu verjagen. Er wusste nicht, wer sie war. Es kam zum Streit.»

Als er die Hacke zu fassen bekam, holte er aus. Bewusst oder unbewusst, aus Wut oder um sich zu verteidigen. Schwer zu sagen. Er redete unverständliches Zeug, er habe versprochen aufzupassen, alles würde ans Licht kommen, es ging um ihn selbst und um seinen Vater. Um das, was vergessen worden war und nach so vielen Jahren auch vergessen bleiben sollte.

«Anschließend sank er zu Boden und weinte, wollte sich stellen und seine Strafe auf sich nehmen, er meinte, es müsse endlich alles ans Licht.»

«Warum haben Sie ihn nicht einfach gelassen?», fragte ich matt.

«Es wäre zum Prozess gekommen. Ein Einwohner der

Stadt, der auf den Nachkommen eines Sudetendeutschen losgeht, noch dazu in der Nähe eines Ortes, wo … andere Verbrechen begangen wurden. Er hätte auf die Idee kommen können, auszupacken, hätte betrunken vor Gericht erscheinen können, vergessen haben können, worüber er schweigen sollte. Ján Kahuda wäre im Gerichtssaal eine Katastrophe gewesen.»

«Weiß die Polizei darüber Bescheid?»

«Ich habe dafür gesorgt, dass der Alte nach Hause kam. Ich hatte Handschuhe an, als ich nach der Hacke griff. Ich hatte nicht damit gerechnet, dass Ihr Mann zu Hause war.»

«Aber Sie haben zugelassen, dass er festgenommen wurde», sagte ich langsam. «Nicht nur ein Mal, sondern auch ein zweites Mal.»

«Die Polizei hat lediglich ihre Arbeit gemacht. Der Richter akzeptierte seine Rechtfertigungen beim ersten Mal nicht. Ihr Mann erhielt die Gelegenheit, jemand anderen vorzuschieben. Er hätte diese Chance ergreifen können.»

«Aber die anderen waren ebenfalls unschuldig.»

«Das Urteil wäre nicht sehr hart ausgefallen. Notwehr, irgendetwas, was schnell erledigt gewesen wäre.»

«Also musste Ján Kahuda eine Falschaussage machen. Da war seine Aussage vor Gericht plötzlich etwas wert.»

«Wir hätten es gar nicht so weit kommen lassen. Seine Zeugenaussage wurde aufgenommen, vor Gericht sollte er sich dann krankmelden.»

«Oder versterben?»

«Wir haben Tablettenschachteln bei ihm gefunden. Ján Kahuda hat sich das Leben genommen.»

«Und einen Brief geschrieben?»

Ich konnte seinem Blick nicht ausweichen, er nagelte mich fest. Die Lampe hatte er drüben an der Treppe abgestellt. Der Streifen grauen Tageslichts war alles, was bis hierhin vordrang. An seinem Gesicht war nichts abzulesen.

«Ich habe Ihnen den Brief aus einem anderen Grund gezeigt», sagte er. «Wenn noch mal jemand fragt, sollen Sie sich erinnern, wie er aussah.»

«Warum?»

«Weil Sie ihn gesehen haben.»

«Sie meinen, ich soll sagen, dass er auf dem Nachttisch lag?»

«Und alles wird als tragisches Ereignis verbucht, hervorgerufen durch einen Alkoholiker, der die Tat gestanden hat, der dachte, er hätte einen Dieb gesehen.»

Ich weiß nicht, woher mein Lachen kam.

«Sie haben wirklich ganze Arbeit geleistet», sagte ich. «Wer bezahlt Sie eigentlich für das alles? Die Polizei? Oder jemand aus dem Rathaus?»

Anton Adámek antwortete nicht. Mir fiel plötzlich ein, dass man nur im Rathaus von Anna Jones' Widerspruch wusste, in den innersten Räumen, wo sich die äußerste Macht aufhielt, beim Bürgermeister, der unser einziges, zweifelhaftes Dokument noch immer nicht unterschrieben hatte.

Hatte deshalb alles so schnell gehen müssen, war das Weingut deshalb so günstig gewesen?

«Es gibt Menschen in dieser Stadt, die alt genug sind, um dabei gewesen zu sein», sagte er, «ihre Kinder und Enkel werden weiter hier leben. Sie dagegen sind nicht von hier, deshalb werden Sie es nie begreifen. Niemand will Horden von EU-Delegationen und ausländischen Reportern hier haben, die irgendwelche Dinge ausgraben, die besser vergessen bleiben.»

«Es kann doch ohnehin niemand für irgendetwas verurteilt werden.»

«Glauben Sie, dazu braucht es Gerichte? Heutzutage?»

Ich spähte zu dem Streifen Tageslicht hinauf. Keine Schatten, keine Bewegung von irgendjemandem, der hinunterschauen, Hilfe holen könnte, der sich vielleicht fragte, woher der Schrei gekommen war. Ich hatte keine Ahnung, wo genau sich dort oben eigentlich die Öffnung befand. Hinter den Mülltonnen?

«Sie gehen zurück auf Ihr Weingut», sagte er. «Sie kümmern sich um Ihren Mann, Sie renovieren das Haus. Scheren Sie sich nicht weiter um das, was einmal war. Sie züchten Rosen, Sie ernten Wein. Das ist alles.»

«Und wenn ich das nicht tue?»

«Dann könnte dieser Brief hier verschwinden. Ján Kahuda starb tragischerweise an Alkohol und Depressionen, aber seine Aussage gegen Ihren Mann haben wir noch. Und in einem hatte Anna Jones recht: Es gibt keinen gültigen Besitznachweis für das Weingut. Sollte sich der Kauf als illegal herausstellen, können Sie natürlich einen Prozess anstrengen, das kann allerdings zehn oder zwanzig Jahre dauern. Sie wären alt, bis das alles hier vorbei wäre.»

Er streckte die Hand aus und berührte eine Strähne meines Haars. Eine vorsichtige Geste, beinahe zärtlich.

«Und ich frage mich, was Ihr Mann davon halten würde, wenn er erführe, dass seine geliebte Frau in jener Nacht mit einem anderen geschlafen hat.»

Die niedrige Tür stand weit offen, als ich aus dem Keller heraufkam. Langsam ging ich durch die Abstellkammer, lauschte auf Anzeichen, dass er noch im Laden war.

Alles war still.

Anton Adámek hatte mich angewiesen, einen Moment zu warten, ein Lächeln, es sei nicht gut, wenn die Leute uns zusammen herauskommen sähen.

Die Schlüssel steckten. Er hatte die Tür offen gelassen, war verschwunden, in den dunklen Welten, aus denen er kam.

Ich wählte Marthas Nummer. Irgendwo im Inneren der Buchhandlung klingelte ihr Handy. Es lag auf dem Küchentisch. Die Tür, die zur Wohnung oben führte, stand einen Spaltbreit offen.

Das Treppenhaus war heruntergekommen, aber herrschaftlich, mit verblichenen Deckengemälden, von denen die Farbe blätterte. Das karge Licht einer einzelnen Glühbirne. Dreimal klingelte ich. Dann drückte ich die Klinke herunter, die Tür war nicht abgeschlossen.

In der Küche lagen zerbrochene Gläser, Scherben eines Tellers waren bis in den Flur geflogen.

Martha saß im Schlafzimmer auf dem Boden. Um sie herum das heruntergerissene Bettzeug. Ein Blutfleck wuchs auf dem Teppich neben ihr.

«Oh, mein Gott», rief ich und griff nach einem Laken, verband ihr damit die blutende Hand. Die Erleichterung darüber, dass ihr nichts Schlimmeres geschehen war, war groß, gleichzeitig war ich irrsinnig wütend. Sie hatte Adámek den Schlüssel gegeben, ihm verraten, wo ich war. Sie war gegangen und hatte mich allein zurückgelassen.

«Ich bin froh, dass du okay bist», sagte Martha. «Ich werde dich nicht um Verzeihung bitten, das kann ich nicht von dir verlangen.»

«Hat Anton Adámek das angerichtet?»

«Nicht direkt.» Martha wickelte den provisorischen Verband wieder ab und betrachtete ihre Wunde. «Eher das Glas, aus dem er gestern getrunken hat, als ich ihn auf einen Wein eingeladen hatte.»

«Habt ihr ein Verhältnis?»

Sie lachte auf.

«Nicht, dass ich wüsste. Er hat mir mit dem Auto geholfen, als der Motor plötzlich streikte, und dann führte eins zum anderen ... Ich fasse es nicht, dass ich es ihm nicht angemerkt habe.» Sie griff nach dem Haufen Bettwäsche und schleuderte ihn von sich.

«Ich habe seit über einem Jahr keinen Sex mehr gehabt», sagte sie, «und schon bilde ich mir ein, es wäre Liebe.»

Also hatte sie selbst das Chaos im Schlafzimmer angerichtet und Gläser zerbrochen, bis sie blutete.

«Ich habe es ihm auch nicht angemerkt», sagte ich.

«Du bist nicht von hier, aber ich bin mit solchen wie ihm aufgewachsen. Der StB konnte jederzeit rein, wenn ich allein zu Hause war, konnte meine Märchenbücher nach verbotenen Texten durchwühlen, ich hätte das Schema wiedererkennen müssen.»

«Ich hätte nicht gedacht, dass es sie noch gibt», sagte ich.

«Das System ändert sich, aber deshalb verschwinden die

Leute ja nicht. Manche wechselten einfach nur die Kleidung. Stellten fest, dass ihre Fähigkeiten ihnen im Geschäftsleben zugutekommen würden.»

Martha zog die Hand weg, als ich versuchte, sie ihr erneut zu verbinden. Mir wurde schlecht vom Anblick des Blutes, das aus der Wunde quoll.

«War es nötig, ihm zu sagen, dass ich da unten war?»

«Nein», sagte sie, «war es nicht. Ich hätte ihm auch die Schlüssel nicht geben müssen. Es gibt immer eine Alternative. Ich hätte all das hier auch aufgeben können, die Wohnung, die Buchhandlung, alles zusammenpacken und abhauen, irgendwo anders hin, weit weg. Irgendwohin, wo mir keine Gerüchte folgen und niemand weiß, wer ich bin, wo ich niemand bin.»

Martha drückte an ihrer Wunde herum und zog einen Glassplitter heraus. Bestimmt würde die Wunde sich entzünden. Ich setzte mich auf die Bettkante, die nackte Matratze, die halb herunterhing.

«Diebstahl jüdischen Eigentums», sagte sie. «Die ganze Welt hätte erfahren, dass meine Großmutter einen Überlebenden aus Theresienstadt gezwungen hat, ihr das Geschäft und die Wohnung zu überschreiben, oder gar, dass sie seine Unterschrift gefälscht hatte. Dass sie außerdem den Beamten steckte, er wäre ein Beschützer der deutschen Literatur, was dazu beigetragen haben könnte, dass er in ebenjenes Deutschland deportiert wurde, das den Rest seiner Familie ermordet hatte.»

«Aber du hast doch gesagt, er hätte deiner Großmutter den Laden überlassen?»

«Das hat sie behauptet.»

«Und was ist die Wahrheit?»

«Ich habe gedacht, ich wüsste es.» Endlich verband sie ihre Wunde wieder, wickelte sich den Lappen nachlässig um die Hand. Sie zog ihn so fest zu, dass es weh tun musste.

«Wenn du mich bitte entschuldigst … Ich möchte jetzt gern allein sein.»

Als ich ging, hatte sie bereits angefangen, die Scherben in der Küche aufzusammeln.

Sie nahmen sich Zeit bis zum nächsten Tag, dann erst ließen sie Daniel gehen. Im Haus gab es nichts mehr, was mir Angst machte. Ich war ein Teil von ihm geworden.

Wachte in der Morgendämmerung auf, lüftete und holte frische Blumen herein.

Hielt Daniel fest, bis ich spürte, wie seine Muskeln sich entspannten, Nähe, die allmählich zurückkehrte. Er wollte lieber nicht darüber sprechen, wie es ihm in der Haft ergangen war. Ein Ort, an den man sich nicht erinnern möchte, sagte er, an den er ohnehin nie wieder zurückkehren würde.

«Du wirst dich immer daran erinnern», sagte ich.

«Ich weiß», antwortete Daniel, «aber jetzt möchte ich einfach nur eine Tasse Kaffee trinken und ein Fenster öffnen.»

Der Duft nach getoastetem Brot, Insektensummen, ganz einfache Dinge.

«Ich habe mich da drinnen nicht sonderlich klug verhalten», sagte er etwas später, nachdem er lange geduscht und anschließend sofort seine Arbeitskleidung angezogen hatte, er müsse etwas Körperliches, etwas Konkretes tun. «Ich habe alles abgestritten und mich geweigert zu kooperieren, ich war wütend. Kein Wunder, dass das verdächtig wirkte.»

Etwas Neues lag in Daniels Blick, zu dem ich keinen Zugang hatte. Ich interpretierte es als eine tiefe Verunsicherung, als würde er im Dunkeln tappen.

«Wir können wieder nach Hause oder irgendwo anders hin», sagte ich. «Und wenn wir dabei Geld verlieren, ist es einfach nur Geld. Wir finden eine Wohnung oder ein kleines Haus weit entfernt von der Stadt.»

«Können wir nicht einfach hierbleiben?»

«Willst du das denn?»

«Ich kann nicht für den Rest meines Lebens davonlaufen», sagte er, und wieder sah ich diesen Blick. «Ich bin hierhergeflüchtet. Ich möchte das hier in Ordnung bringen, nicht einfach alles wieder verlassen.»

«Vielleicht war es ein naiver Traum», sagte ich. «Stell dir vor, keiner will hierherkommen, niemand ein Zimmer mieten, wovon sollen wir dann leben?»

Daniel holte seinen Laptop. Die Verbindung zur Welt war hergestellt, er zeigte mir ein paar Mails, die er bekommen hatte. Nichts Konkretes, aber während ich fort war, hatte er alte Kontakte wiederbelebt.

«Ein wenig Korrekturlesen, vielleicht ein bisschen Lektorat, alles nicht besonders gut bezahlt …»

«Ich dachte, das sei unter deiner Würde», sagte ich.

Er lachte, tatsächlich.

«Die Perspektive ändert sich, wenn man ein paar Tage im Gefängnis verbracht hat.»

«Dann sollten das vielleicht mehr Leute ausprobieren», sagte ich.

«Und du», fragte er, «willst du bleiben?»

«Mhm.»

«Aber nur, wenn du wirklich willst», sagte Daniel. «Nicht meinetwegen.»

Ich musste überlegen, bevor ich antwortete, in mich hineinspüren, nicht über irgendetwas hinweggehen oder ein wenig lügen, nur damit es ihm gutging. Mich in der Küche umsehen. Ein gedeckter Frühstückstisch, Vorhänge, die im Wind flatterten, all das und zugleich das Rufen, das sich in die Wände eingeätzt hatte, das Sonnenlicht, das durch die Blätter der Linde gefiltert wurde, bevor es zu uns hereinfiel.

«Du musst dich nicht sofort entscheiden», sagte Daniel. «Wir schauen einfach, von einem Tag zum nächsten.»

Es sind ein paar Tage vergangen, als ich mich setze und alles aufschreibe. Die Zeit hat lediglich gereicht, um die Dinge zu ordnen, einfach nur zu sein. Den Wein von Schloss Mělnik zu probieren und uns einig zu sein, dass er schmeckt, behutsam miteinander zu reden.

Es ist möglich, die Wahrheit zu sagen und sie gleichzeitig zu umgehen. Ich weiß nicht, ob sie das zu einer Lüge macht oder nur zu einer minderwertigeren Form der Wahrheit.

Die Polizei hatte Daniel nur mitgeteilt, dass der Fall Anna Jones abgeschlossen sei, sonst nichts. Ich erzählte ihm, dass der Gärtner losgezogen war, um das Anwesen zu verteidigen, wie er es seinem Vater versprochen hatte, der es wiederum Julia Heller gelobt hatte, ein weitervererbtes Gelübde. Von den Jungs, die über den Fluss hinweg miteinander gespielt hatten, in den Tunneln. Die einer im Elternhaus des anderen gelebt und die jeweils andere Sprache gelernt hatten. Von Anna Jones, die versucht hatte, den Familienbesitz wiederzuerlangen, obwohl das unmöglich war, und von dem dementen Acho und seinen Eltern, die im Keller Wein gelagert hatten, von der Klaviermusik, von allem, was ich über die Menschen wusste, die hier vor uns gelebt hatten, und von ihrer Vertreibung.

Von Ludvíks Tod, natürlich, von dem Jungen, der Tscheche und Deutscher war und in einer schrecklichen Nacht versehentlich eingeschlossen wurde.

Die Ereignisse auf der Brücke dagegen verschwieg ich. Ich sagte nichts über die Toten, die mit der Strömung weggetrieben und im Morgendämmern auf der anderen Seite des Flusses begraben worden waren, nichts über das Schweigen, das darauf folgte.

Ich kenne meinen Mann. Er sagt, was er denkt, auch wenn es Konsequenzen hat. Das war einer der Gründe, weshalb er seinen Job verlor.

Ich will ihn nicht noch einmal verlieren.

Den Kindern erzählten wir dieselbe Geschichte. Wir redeten über Skype, es waren lange Gespräche. My suchte bereits nach einem Termin und möglichen Flügen, um uns zu besuchen, Elmer musste die Semesterferien abwarten.

«Was hast du ihnen über mich gesagt?»

«Dass du fälschlicherweise für etwas beschuldigt wurdest, das nicht direkt etwas mit uns zu tun hatte. Dass es aber jetzt vorbei ist.»

«Hatte es das nicht?»

«Was?»

«Mit uns zu tun?»

Am nächsten Tag kümmerte ich mich um die Wäsche. Im Flur hing Daniels heller Mantel. Ich entdeckte ein paar Flecken hinten am Saum und warf ihn deshalb zu den anderen Kleidungsstücken. Gewohnheitsgemäß leerte ich die Taschen, während ich die Wäsche sortierte.

Ein paar Kassenbons, eine Zugfahrkarte.

Das Datum war das Erste, was ich sah, Uhrzeit 22:10.

Von Prag nach Ústí nad Labem.

Dort musste man umsteigen, wenn man hierherwollte, in einen Bus oder möglicherweise ein Sammeltaxi, wenn es schon spät war.

Ich ließ mich zwischen den Wäschebergen auf den Boden sinken und starrte die Fahrkarte an. Daniel war an jenem Abend von Prag hierhergefahren, er war also wirklich dort gewesen. Erst jetzt, im Nachhinein, begriff ich den Unterton in seiner Frage: *Und du, willst du bleiben?*

Im Gedränge des Jüdischen Viertels hatte ich also richtig gesehen. Daniel wusste Bescheid, dennoch hatte er nichts gesagt. War das Schweigen seine Art zu verzeihen?

Als er kurz draußen war, nahm ich mir sein Handy. Die Funktion «Mein iPhone suchen» war aktiviert. Ich kämpfte mit dem Bedürfnis, ihn darauf anzusprechen. Dann würden wir uns streiten müssen, das zarte Band würde wieder zerstört.

Schließlich vergrub ich die Zugfahrkarte unter den Essensresten ganz unten im Abfalleimer.

Nicht in der ersten, aber in der zweiten Nacht schliefen wir miteinander. Es war neu. Etwas Unvorhersagbares war hinzugekommen, etwas Verzweifeltes und gleichzeitig Behutsameres, als wären es die allerersten Male. Das machte es nicht schlechter.

«Was ich immer noch nicht verstehe», sagte Daniel hinterher, «was wollte Anna Jones hier mitten in der Nacht?»

«Ich glaube, sie wollte graben.»

«Graben? Wieso das?»

Ich setzte mich auf und griff nach meinem Handy.

«Acho Heller hat erzählt, dass seine Mutter in den letzten Tagen die Silberleuchter und das ganze gute Porzellan zusammengetragen hat. Warum, wenn sie doch nur fünfzehn oder höchstens fünfzig Kilo mitnehmen durften?»

Ich zeigte ihm die Kinderzeichnung, die ich abfotografiert hatte, das Phantasiebild der achtjährigen Anna von einer Schatzkiste, die unter einem Baum vergraben war.

«Ich glaube, Julia wollte, dass Acho es wusste, wenn er eines Tages wieder zurückkehrte. Sie brachte ihm ein Lied bei, das er wiederum Anna vorsang, als sie klein war. Er erinnert sich noch immer an die Worte, wie man sich an Kinderlieder erinnert, auch wenn man die Bedeutung vergessen hat.»

Unter der Linde,
an der Heide,
wo unser beider Bett war.
Vor dem Walde in einem Tal,
tandaradei,
sang schön die Nachtigall.

Daniels Augen leuchteten auf, der Gedanke an einen vergrabenen Schatz, eine ewige Verlockung.

«Sollen wir ihn ausgraben?», fragte er. «Es könnte einiges wert sein.»

«Nein», sagte ich, «wenn ihn eines Tages jemand ausgräbt, dann bestimmt nicht wir.»

Ich hätte mich nicht mehr an den Wortlaut erinnert, wenn Lotte mir das Gedicht nicht geschickt hätte, aber das war nicht der Grund, weshalb ich sie noch einmal kontaktierte.

Zwei erwachsene Söhne, hatte Anna Jones gesagt, irgendwo in London. Die Nachtschwester in Großräschen hatte versprochen, mir die Adressen von Acho Hellers nächsten noch lebenden Verwandten herauszusuchen.

Wenn sie den Ort besuchen wollten, wo ihr Großvater geboren worden war, würde ich ihnen die Zeichnung geben. Dann konnten sie ausgraben, was immer dort war, sie mussten mir nur eines versprechen.

Es Acho Heller zu zeigen, falls er dann noch am Leben war.

«Der Gärtner wusste Bescheid», sagte ich. «Er hätte diesen Ort um jeden Preis verteidigt. Vielleicht hat Julia Heller seinem Vater ein Versprechen abgenommen, oder er hat es von der anderen Seite des Flusses aus gesehen, vielleicht kannte Ján nicht das ganze Geheimnis, sondern wusste nur, dass es verbotenes Terrain war.»

Ich erzählte, was er mir über die giftigen Rückstände aus den Industriebetrieben zur Zeit des Kalten Kriegs erzählt hatte, die mit der Strömung hereinkamen und sich im Boden ablagerten.

«Der Vater muss es seinem Sohn tief eingeschärft haben, dass niemand je dort graben dürfte.»

«Aber stell dir vor, es stimmt», sagte Daniel.

Ich küsste ihn, streichelte diesen Blick weg.

«Glücklicherweise liegen die Weinpflanzungen höher über dem Fluss», sagte ich.

Daniel ließ seine Finger über meine Haut gleiten.

«Was glaubst du, wie lange es dauern wird bis zu unserer ersten Ernte?»

Es kommt vor, dass ich über die Tastatur streiche, mit dem Gedanken spiele, alles zu löschen. In einem einzigen Augenblick wäre alles fort und stellte keine Gefahr mehr dar.

Stattdessen ändere ich den Namen der Stadt. Ich nenne sie Königsmühle, nach einer der ausgelöschten Städte aus dem Fotoalbum der Körners. Auf den Bildern waren nur Ruinen auf einer Wiese am Waldrand zu sehen, leere Fassaden, durch die die Bäume wuchsen.

Diese Stadt, deren doppelten Kirchturm ich vom Fenster aus in der aufgehenden Sonne leuchten sehe, kann jede beliebige im sogenannten Sudetenland sein.

Draußen steht eine Gartenbank und wartet darauf, blau gestrichen zu werden. Ich habe einen anderen Platz für sie gefunden, auf der anderen Seite des Hauses, wo die Rosen am stärksten duften, wenn sie blühen. Dort können wir im hohen Alter sitzen, wenn es uns gelingt, uns auf so viele Weisen zu lieben, dass es bis dahin reicht.

Es wird jetzt später hell. Der Herbst fühlt sich noch weit entfernt an. Jeden Morgen, wenn Daniel noch schläft und bevor ich meinen Spaziergang zum Bäcker unternehme, schaue ich zur Linde hinaus, über den Fluss. Jeden Morgen denke ich an jenen Morgen. Ich sehe sie immer noch als Schatten. Die Lebenden tragen die Toten. Die Toten tragen die Lebenden. Irgendwann muss ihre Geschichte erzählt werden.

Nur nicht heute, nicht ausgerechnet heute.

DANKSAGUNG DER AUTORIN

Dies ist ein Roman. Die Stadt in diesem Buch ist fiktiv, aber was ich über die Vertreibungen aus dem Sudetenland geschrieben habe, entspricht der Wahrheit.

Vom echten Königsmühle sind tatsächlich nur noch Ruinen auf einem Feld zu sehen.

Das Sudetenland war kein fest umrissenes Gebiet auf einer Landkarte, sondern ein Sammelbegriff für diejenigen Teile von Böhmen, Mähren und Schlesien, deren Bevölkerung zu einem großen Teil aus Deutschen bestand. Die Gegend gehörte bis 1918 zu Österreich-Ungarn und befand sich anschließend innerhalb der Grenzen der neuen Tschechoslowakischen Republik.

Man findet erstaunlich wenig über diese Geschichte. Jedem, der sich näher damit beschäftigen will, empfehle ich *Cleansing the Czechoslovak Borderlands* von Eagle Glassheim und *Ordnungsgemäße Überführung: Die Vertreibung der Deutschen nach dem Zweiten Weltkrieg* von R. M. Douglas.

Eine große Hilfe waren mir auch *Die deutschen Vertriebenen: Keine Täter – sondern Opfer* von Alfred-Maurice de Zayas, *The missing peace of a heritage puzzle* von Frank Koerner und *Das verschwundene Sudetenland,* herausgegeben von der Organisation Antikomplex in Prag. *Kidnapped Souls* von Tara Zahra ist eine einzigartige Betrachtung über die Verbreitung des Nationalismus und den Kampf um die Seelen der Kinder in Böhmen. Das Zitat über die Häuser als die wahren Herrscher der Stadt stammt aus Gustav Meyrinks Roman *Der Golem* [Gustav Meyrink: *Der Golem*, Ullstein Verlag 1998, S. 32].

Das Schreiben ist ein einsames Geschäft, und doch auch wieder nicht. Da sind viele, ohne deren Hilfe, Wissen und Erfahrungen ich dieses Buch nicht hätte schreiben können.

John Werich, der die Erinnerungen seiner Vorfahren mit mir geteilt und mich sowohl zu den Weingütern als auch zu den vergessensten Orten des Sudetenlands gefahren hat.

Maja Konstantinović von der Organisation Antikomplex, die Anfang 1998 von Prager Studenten gegründet wurde, um die totgeschwiegene Geschichte der Vertreibung der Sudetendeutschen zu dokumentieren und zu verarbeiten.

Martin Rak, Geschichtslehrer in einem der fast verlassenen Dörfer, und seine Frau, Vera Rakova, beide Nachkommen der paar wenigen Sudetendeutschen, die damals geblieben sind.

Heike Kirsch, Grit Thunemann und Karla Linke, die ihre Erinnerungen an ihre Kindheit in der ehemaligen DDR mit mir geteilt haben, Pelle Nilsson für Poldis Berichte über Wien und das Sudetenland, Mats Hellström und Hanna Granz für diverse Fragen zum Deutschen sowie Zohra Linder Ben Salah für Details zu Mumifizierung und Ähnlichem, danke!

Einen großen Dank auch der Dramatikerin Boel Forssel für den Austausch und die Unterstützung während des Fortschreitens der Geschichte, Göran Parkrud, Psychologe und Autorenfreund, für Inspiration und Gespräche über die einzelnen Figuren, Gith Haring, Liza Marklund und Anna Zettersten für ihren klugen, scharfen Blick auf den Text.

Mein liebster Verlag Lind & Co, Kristoffer Lind, meine Lektorin Kajsa Willén und all ihr anderen, Niklas Lindberg, der meine Umschläge gestaltet, Astri von Arbin Ahlander und alle von der Ahlander Agency, ich bin so froh, dass ihr euch meiner Bücher annehmt.

Tove Alsterdal

Weitere Titel

Die Eira-Sjödin-Trilogie

Sturmrot

Erdschwarz

Nebelblau